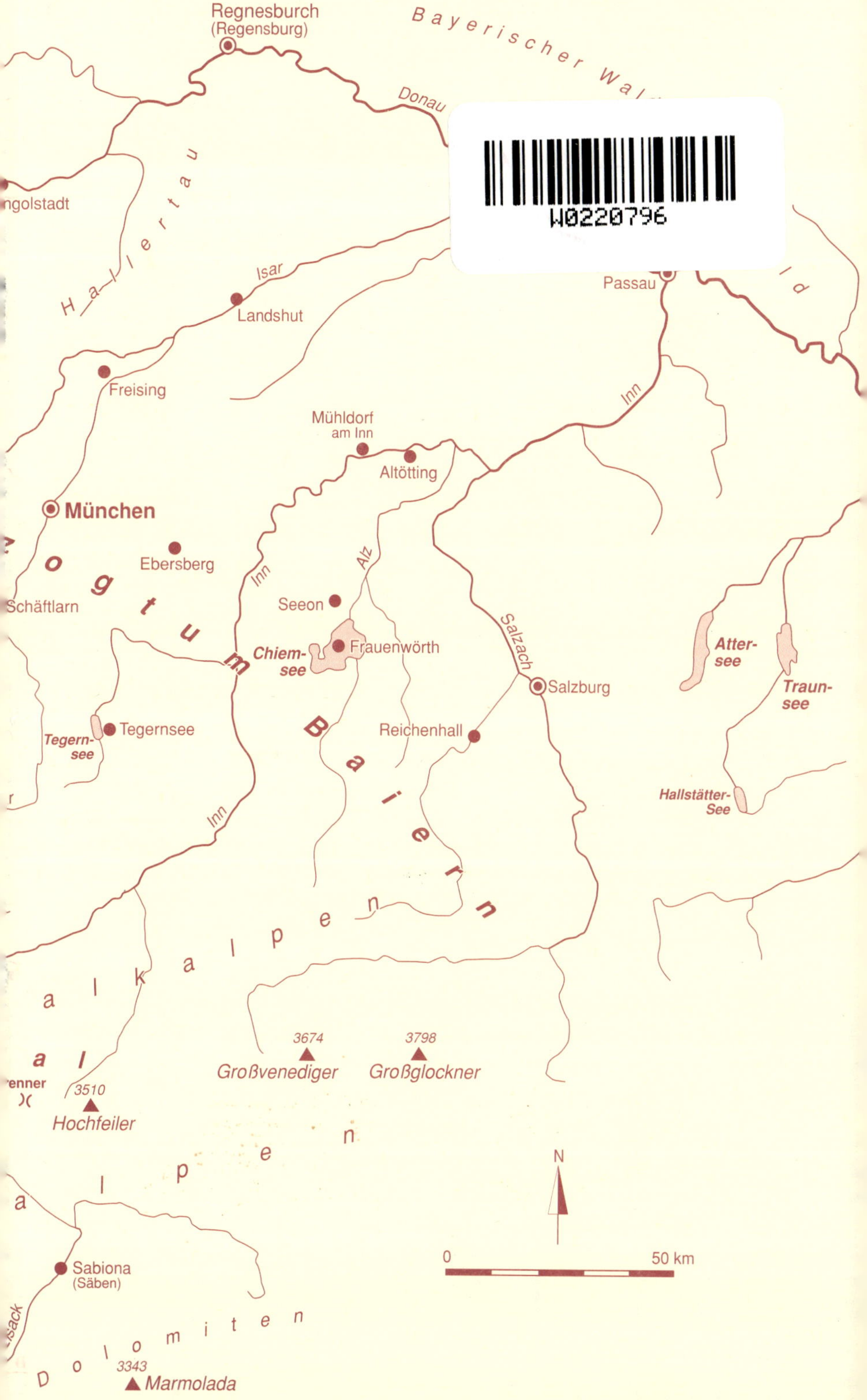

Regnesburch
(Regensburg)
Bayerischer Wal
ld
Donau
Hallertau
ngolstadt
Isar
Landshut
Passau
Freising
Mühldorf
am Inn
Altötting
Inn
München
Ebersberg
ogtum Baiern
Schäftlarn
Inn
Alz
Seeon
Chiem-
see
Frauenwörth
Salzach
Salzburg
Atter-
see
Traun-
see
Tegern-
see
Tegernsee
Reichenhall
Hallstätter-
See
Inn
alkalpen
al
enner
3510
Hochfeiler
3674
Großvenediger
3798
Großglockner
alpen
Sabiona
(Säben)
sack
Dolomiten
3343
Marmolada
N
0
50 km

Angela Dopfer-Werner

Mein Name ist Afra

Angela Dopfer-Werner

Mein Name ist Afra

Roman

Für meinen Vater Karl Werner †

Der Abdruck des Wessobrunner Gebets auf Seite 108
mit der Übersetzung von Hans Pörnbacher
erfolgt mit freundlicher Genehmigung
des Kunstverlags Josef Fink, Lindenberg.

Besuchen Sie uns im Internet unter
http://www.herbig.net
http://www.mein-name-ist-afra.de

2.Auflage November 2000
1.Auflage September 2000

Schutzumschlaggestaltung: Wolfgang Heinzel
Umschlagfotos: ZEVA, Düsseldorf und Mauritus, Mittenwald
Karte auf Vor- und Nachsatz: Eckehard Radehose, Holzkirchen
Zur besseren Orientierung sind auf dieser Karte
auch Orte eingetragen, die es um 1000 n. Chr. noch nicht gab.
Satz: Tausend Premedia GmbH, München
Gesetzt aus: 10,5/13 Punkt Sabon in XPress
Druck und Binden: Wiener Verlag, Himberg
Printed in Austria
ISBN 3-7766-2185-0

Inhalt

1957

Am 23. Juli 1957 stieß ein Bagger des Torfwerkes Peiting beim Abbau von Torfsoden im Schwarzlaichmoor, etwa fünf Kilometer außerhalb der Ortschaft, auf eine schwere Bohlenkiste, deren Deckel mit Holzdübeln fest verschlossen war. Statt des erwarteten Schatzes befand sich darin eine gut erhaltene Leiche, deren Bergung und wissenschaftliche Bearbeitung das Textilmuseum der Stadt Neumünster übernahm.

Die Untersuchungen ergaben, dass sich an vier Ecken des Sargdeckels und an den gegenüberliegenden Stellen in den Seitenwänden daumenstarke Bohrlöcher befanden, und aus diesen Löchern konnten Reste von vergangenen Schnüren, aus Weidenruten, Weidenrinde und Bast gedreht, geborgen werden. Es wird vermutet, dass an diesen Schnüren schwere Steine befestigt worden waren, um den Sarg im damaligen Sumpfgebiet von einem Boot aus dauerhaft zu versenken. Nach längerer Lagerung im Moorsee müssen die Stricke nacheinander gerissen und der Sarg nach oben gestiegen sein, dadurch erklärt sich das Vergehen des Fleisches an den auf der Brust gekreuzten Unterarmen und dem Schädel, die zeitweise nicht von der Moorbrühe bedeckt waren.

Bei der sonst überdurchschnittlich gut erhaltenen Leiche handelt es sich um eine junge Frau aus dem frühen Mittelalter, die kurz vor ihrem Tod ein Kind geboren hatte. Ihre Kleidung bestand aus einem faltenreichen Gewand aus Wolle, das von den Schultern bis zum Knie reichte, aus Leinenunterzeug, einem kunstvoll gearbeiteten Haarband und auffälligen, langen Schaftstiefeln aus Rind- und Ziegenleder. Diese Stiefel gehören eindeutig nicht zum abendländischen Bereich und erinnern eher an südosteuropäische Reitervölker als an bayrische Bauern.

Die Todesursache ist unbekannt und wurde bei der genauen Untersuchung des Körpers nicht gefunden, allerdings wurde die Leiche nicht auf Gifteinwirkung untersucht. Der Sarg wurde in aller Eile hergerichtet, denn es fanden sich noch Späne der Bohrlöcher darin, und die hastig in die Kiste gebettete, bereits tote Frau musste anscheinend schnell und unbemerkt aus der Gemeinschaft verschwinden.

Dieser für Bayern einmalige Moorleichenfund gibt einige Rätsel auf, da die Vorstellung einer Versenkung des Sarges im Moor als einer Gott geweihten, heiligen Stätte wie vor 2000 Jahren bei den Menschen in Nordeuropa für das im frühen Mittelalter christliche Bayern nicht in Frage kommen dürfte, denn das Moor war ein Platz des Grauens und der Furcht.

Afra

Mein Name ist Afra. Keine der anderen Frauen oder Mädchen aus unserem Dorf Pitengouua trägt diesen Namen, noch habe ich ihn sonst irgendwo nennen gehört. Es ist ein ungewöhnlicher Name in unserer Gegend, in der die Mädchen Hiltibirc und Leutgard, Prisca oder Madeltrud heißen. Nach der heiligen Frau, deren Gebeine in Augusburc am Fluss Lecha liegen und die für unseren Glauben gestorben ist, hat mich meine fromme Mutter genannt, wohl auch deshalb, weil ich am Festtag der Märtyrerin Afra, am 7. August, geboren wurde. Die Enttäuschung meines Vaters Wezilo darüber, dass meine Mutter Rautgund wieder eine Tochter geboren hatte und keinen Sohn, der ihm nachfolgen konnte im Amt des Meiers, war so groß, dass er die Wahl des Namens ganz seiner Frau überließ und auch das Neugeborene die ersten Tage kaum beachtete.

Mein Name ist Afra, und trotzdem ich den Namen dieser tapferen Heiligen trage, bin ich doch nicht standhaft und aufrecht geblieben wie sie, sondern war feige und mutlos und wollte vor allem meine eigene Haut retten. Über viele Jahrhunderte hinweg spreche ich heute von meiner Schuld und dem Unrecht, das ich und die anderen aus meinem Dorf meiner Schwester im Herrn und guten Freundin Richlint und dem Vater ihres Kindes angetan haben. Diese Schuld zu sühnen habe ich Zeit meines irdischen Lebens versucht, aber Ruhe und Frieden kann es für mich nicht geben, solange nicht die ganze Geschichte erzählt worden ist. Wie ein dunkler Engel steht Richlint neben mir, mahnend und fordernd über all diese lange Zeit. Ihr selbst und ihrer Liebe zu dem Fremden muss Gerechtigkeit getan werden, und wenn sie ihren Frieden hat, dann werde auch ich den meinen finden. Die wahre Geschichte, das, was wirklich passiert ist im Sommer des Jahres 955, als Richlint starb und uns ihr Kind zurückließ, diese Wahrheit will ich erzählen, und nichts soll beschönigt oder weggelassen werden, wenn es mir auch wehtut, mich an all dies zu erinnern.

Keiner von allen, die dabei waren, hat danach jemals wieder von diesem Tag gesprochen, nie wieder fiel ihr Name oder der ihres Gefährten, noch wurde die Stelle erwähnt, an der sie ihre letzte Ruhe fand. Den Platz ihres Grabes weiß auch ich nicht, nur die vier Männer aus unserem Dorf, die den hastig zusammengebauten, rohen Bohlensarg auf den Karren luden und im Morgengrauen auf dem schmalen Trampelpfad in Richtung Moorsee davonfuhren, nur diese Vier waren auf ihrem letzten Weg dabei. Aber nie kam ein einziges Wort über ihre Lippen, was sie mit dem Totenschrein getan hatten, oder wo Richlints Grabstätte, wenn sie denn eine hatte, zu finden war, und die vier Männer nahmen dieses Geheimnis mit in ihr eigenes Grab.

So bleibt mir als letzte Erinnerung ihr Anblick im Sarg, bevor er verschlossen wurde. Ich selbst habe sie gewaschen, gekämmt und in ihr letztes Bett gelegt, das zu schmal für sie war, eng und zusammengepresst lag sie vor mir. Ihre Beine in den hohen Stiefeln hatte Richlint im Todeskampf zum Bauch hin hochgezogen, es gelang mir nicht, sie wieder ganz auszustrecken und den Leichnam gerade in die zu schnell gefertigte, zu lange und zu schmale Kiste zu legen. Ihre Arme wollte ich über der Brust kreuzen, nach guter christlicher Sitte, doch im Kampf mit dem Tod hatte sie sich an den Hals gegriffen, versucht, Luft zu bekommen, versucht, die Kehle frei zu machen für ihren Atem. So gewaltig war ihr Kampf gewesen, so heftig ihr Widerstand, dass ich kurz nach ihrem letzten Atemzug schon ihre Arme nicht mehr frei bewegen, nicht mehr friedlich gekreuzt auf ihre zusammengefallene Brust legen konnte. Also presste ich sie mit etwas Gewalt seitlich an ihren Körper und versuchte, die Hände wie im tiefen Gebet unter ihrem Kinn übereinander zu legen. Es war eine merkwürdige und befremdende Haltung, wie ich sie nie vorher bei einem Leichnam gesehen hatte.

In der engen, schäbigen Holzhütte am Rande unseres Dorfes, in der Richlint im Kindbett gelegen hatte und ihr Leben zu Ende ging, waren zu viel Menschen und zu wenig Zeit, um meine Freundin schön und würdig, wie es sich gehörte, zu betten. Nur einige letzte Minuten blieben mir mit ihr, denn die anderen drängten, wollten sie loshaben, sie so schnell wie nur irgend möglich verschwinden lassen aus unserer Gemeinschaft. Eine große Gefahr würde sie für uns alle, Männer, Frauen und Kinder aus unserem Dorf darstellen, wenn man sie bei uns finden würde, tot oder lebendig. Ich habe es geglaubt, damals, und nur deshalb, um mich und die Meinen zu schützen, habe ich so gehandelt und Richlint verraten.

Da lag sie nun vor mir, mit gewaltsam geschlossenen Augen, verkrampft, zusammengepfercht in diesem würdelosen, billigen Sarg, angetan mit der minderwertigen Kleidung, die sie während ihrer Schwangerschaft in den letzten Monaten getragen hatte. Ihr einfaches Gewand war aus hellem Schafwollstoff, gewebt von Gisel, einer jungen Magd vom Meierhof ohne Erfahrung und Können, mit Ungleichheiten im Garn und stückweise zusammengesetzt, die vielen unordentlichen Nähte in den reichlichen Falten verborgen. Gisel hatte das Kleid ausgiebig bemessen, damit Richlint es während ihrer Schwangerschaft tragen konnte, nur kurz war das Kleidungsstück geraten, zu kurz für eine anständige Frau, wie die Leute aus dem Dorf meinten, denn es bedeckte gerade die Knie seiner Trägerin. Aber das war Richlints ausgesprochener Wunsch gewesen, denn kein Stück ihrer schönen, hellbraunen Stiefel aus Ziegenleder sollte verborgen bleiben.

Kein Festtagsgewand war das Kleid, in dem meine Freundin schnell und ohne Trauerfeier bestattet wurde, und nur ihr auserlesener Unterrock aus feinster Leinenweberei zeugte von anderen Zeiten. Kein Schmuck, kein Amulett, nicht einmal ein Kreuz als Zeugnis für ihren christlichen Glauben wurde Richlint in den Sarg gelegt, wir alle hatten in den letzten schlimmen Stunden daran nicht gedacht, und so erinnerte kein Gegenstand an das irdische Leben und das Bekenntnis dieser toten

Frau. Sie trug in ihren dichten, goldbraunen Locken nur ein schlichtes Band, das wir gefertigt hatten, als wir Kinder waren und viele schöne Tage mit Spielen und Arbeiten zusammen verbrachten. Justina vom verfallenen welschen Gutshof im Weinland hatte uns damals das Weben mit Brettchen gelehrt, und wir wetteiferten in der Herstellung von einfachen Stirnbändern. Diese einzige Zierde des Leichnams war eine Arbeit von mir, ich erkannte es an dem schwarzen, schmalen Streifen in der Mitte des Bandes. Es kleidete sie gut, im Leben wie im Tod brachte es ihre hohe Stirn und die dichten, sanft geschwungenen Augenbrauen über den nun für immer geschlossenen Augen zur Geltung.

Wie eine unfreie Magd wurde Richlint bestattet, niemand, der sie so liegen sah, hätte etwas Besonderes in ihr vermutet. Nichts Wertvolles, nichts Außergewöhnliches trug sie bei sich, nur ihre schönen, hohen Schaftstiefel kündeten von einer Zeit, als sie noch lachte und lebte und liebte. Weder Justina noch ich waren auf den Gedanken gekommen, ihr die Langschäfter nach dem Tod wieder auszuziehen, mit denen sie vom Kindbett heraus zu ihrem Geliebten wollte, um ihn zu retten, obwohl sie so schwach war, dass sie nicht einmal alleine stehen konnte. Wir wussten, dass es zu spät für die beiden war, dass der Mann mit gespaltenem Schädel erschlagen im Fluss trieb und keine noch so große Liebe ihn mehr retten konnte. Aber diese Stiefel gehörten zu ihr ins Grab, sie waren doch für keinen von uns zu gebrauchen, zu auffällig waren sie und viel zu schön für einfache bairische Leute aus einem kleinen Weiler wie unserem. Ein Geschenk ihres Geliebten und ein wertvoller Besitz waren diese Schuhe, aber auch für das Kind der beiden konnten wir sie nicht als Erinnerung an Mutter und Vater bewahren, denn wenn die Leute des Königs die fremdartigen Stiefel bei uns gefunden hätten, wären wir alle unter Verdacht und in Lebensgefahr geraten. So trug meine Richlint die hellen, weichen Stiefel aus Ziegenleder bei ihrem Tod und auch auf dem Weg zum Grab.

Mein letzter Blick auf die Freundin war nur kurz, denn schon standen die Männer ungeduldig bereit, den Sarg mit massiven Brettern zu verschließen. Mit einem Hohleisen schlugen sie Löcher in den Deckel und verschlossen ihn mit langen, vierkantigen Dübeln aus Holz, und dann trugen sie die schwere Kiste auf ihren Schultern aus der Hütte und luden sie auf einen alten Karren, der vor der Tür bereitstand und vor den ein zottiges, braunes Pferd gespannt war. Ohne einen Gruß oder Blick an die Zurückbleibenden schlugen die vier Männer in der kalten Morgenluft ihre langen Wollumhänge um sich und gingen eilig los, den Wagen mit dem Totenschrein in ihrer Mitte, schweigend und mit niedergeschlagenen Augen.

Das war das Letzte, was ich von Richlint sah, das letzte Mal, dass je von ihr gesprochen wurde. Von diesem grauen, stillen Morgen an war es, als ob es sie nie gegeben hätte, als ob sie nie unter uns und mit uns im Dorf gelebt hätte, als ob sie nicht in Pitengouua aufgewachsen wäre und Jahre voll Freud und Leid mit uns allen geteilt hätte.

Meine beste, meine einzige Freundin war nicht mehr vorhanden. Mein restliches Leben lang habe ich es still und schweigend hingenommen, habe ihr Kind aufgezogen wie meine eigenen, habe jeden Gedanken an Richlint und die Erinnerung an unser gemeinsames Leben beiseite geschoben und versucht, die Vergangenheit zu vergessen. Fromm bin ich geworden, frommer und gläubiger als meine Mutter Rautgund vor mir, eine gute Tochter der Heiligen Kirche, eine Frau voller Demut und Hingabe an ihre Aufgaben. Ich habe versucht, Gutes zu tun, wo immer ich konnte, Arme zu beschenken, Kinder zu trösten, Alte und Kranke zu pflegen und zu heilen. Ich habe gearbeitet, jeden Tag von Sonnenaufgang bis Sonnenuntergang, habe alle meine Pflichten als Hausfrau, Bäuerin und Mutter sorgsam erfüllt. Meinem Mann war ich eine gute, gehorsame Ehefrau ohne Ansprüche, nie habe ich geklagt wie viele andere, wenn seine Treuepflichten für den Herzog oder den Kaiser ihn Monate oder sogar Jahre von meiner Seite nahmen.

Jeden Tag lag ich auf Knien vor dem Altar in unserer kleinen Holzkirche und bat um Vergebung für meine große Sünde, und ich flehte aus tiefstem Herzen bei Gott und allen Heiligen um Gnade und das ewige Leben für die Seele meiner toten Freundin. Einmal in jedem Jahr, solange es mir meine Gesundheit erlaubte, habe ich zu Fuß eine Wallfahrt nach Augusburc zum Grab meiner Namenspatronin, der heiligen Afra, gemacht und dort habe ich dann tagelang gefastet und gebetet und für meine Sünden gebüßt. So verbrachte ich den Rest meines irdischen Lebens auf dieser Welt, damit es später nur Gutes über mich zu berichten gäbe.

Mein Name ist Afra, und nach vielen, langen Tagen und Nächten voll Dunkelheit und Kälte habe ich erkannt, dass mir dieses fromme Leben nichts genützt hat. Keine Ruhe und keinen Frieden kann ich finden in der Ewigkeit Gottes, denn dieser schwarze Engel mit den goldbraunen Augen, der mir so sehr vertraut ist, weicht nicht von meiner Seite. Mehr als tausend Jahre sind seit unserem gemeinsamen Schicksal vergangen, und meine Freundin Richlint kann nicht länger warten. Sie will und soll nicht länger die unbekannte Frau ohne Vergangenheit und Geschichte aus dem einsamen und unheimlichen Moor bei Pitengouua sein, die manche Menschen vielleicht sogar für eine Verbrecherin halten, weil sie dort so allein und heimlich begraben wurde.

Mein Name ist Afra, und ich werde jetzt die ganze Wahrheit über meine Freundin Richlint und ihr Leben und ihren Tod erzählen, wenn es mich auch schmerzt, mich an die eigenen Sünden zu erinnern.

939–940
Kindheit

Ein lauer Wind strich über den Moorsee und seine dicht bewachsenen Ufer, schaukelte sanft das grüne Schilf und die hohen, braunen Rohrkolben, die in dichten Gruppen beieinander standen, hin und her. Vom nahen Birkenwäldchen mit seinen weißen Stämmen und den schon herbstbunt gefärbten Blättern schoss ein kleiner, zarter Vogel herbei, segelte dicht über dem Wasserspiegel auf der Suche nach Mücken, fetten Wasserspinnen oder einer flirrenden Libelle. Ein blaugrüner Kiebitz stakste über die sumpfige Uferwiese, zupfte mit dem Schnabel an grünen Pflänzchen und sicherte immer wieder mit schnellen, scharfen Vogelblicken seine Umgebung. Es war sehr still, außer den Rufen der gefiederten Sänger und dem Rascheln der trockenen Schilfblätter war kein Geräusch zu vernehmen.

Warme Herbstsonne lag über dem dunklen, fast schwarzen Nass und entzündete hin und wieder goldene Lichter im hellbraunen Haar des kleinen Mädchens, das ruhig am Ufer kniete und langsam mit den Händen durch das weiche, dichte Wasser fuhr. Ganz still und in Gedanken versunken saß sie da, und wenn nicht zuweilen das Aufblitzen der Sonne im vom Wind bewegten Haar gewesen wäre, hätte niemand auf den ersten Blick das Kind von seiner Umgebung unterscheiden können. Dunkelbraun wie der Torf ringsum war ihr einfacher Wollüberwurf, mager und sehnig wie junge Wurzeln ihre nackten Arme und Beine, das lange, volle Haar war in zwei sauber geflochtenen Zöpfen fest gehalten, die bis über die schmalen Hüften hinabfielen. Eine dicke, goldfarbene Strähne hatte sich aus dem ordentlichen Flechtwerk des Kopfes gelöst, und der leichte Wind blies sie immer wieder über das tief übers Ufer gebeugte Gesicht, doch keine Hand war frei, sie wegzuwischen. Gebannt schaute das Mädchen dem Spiel ihrer Hände mit den

Tropfen zu, wie die Finger ganz langsam eintauchten ins Warme, Feuchte, an der Oberfläche sichtbar und tiefer gesenkt Stück um Stück verschwunden im Dunkeln des Moorwassers. »Keine Finger mehr«, dachte sie, und erschrocken über diese Vorstellung zog sie beide Hände mit einem Ruck zurück aus dem Nass, dass das Wasser nur so spritzte und Hunderte Tropfen im Sonnenlicht wie Edelsteine blitzten.

Sie erinnerte sich genau an den noch jungen Mann in zerrissenen, ärmlichen Lumpen, der eines Tages durch die Siedlung zog und an jedem Hofeingang mit einer eisernen Schelle, die an einem groben Strick um seinen mageren Leib gebunden war, läutete und um eine kleine Münze, Essen oder Kleidung bettelte. Die Hand, die er bittend ausstreckte, hatte nicht einen ganzen Finger mehr, drei stumpfe Glieder ohne Kuppe und ein dunkelroter, mit gelbem Schorf überzogener Daumen waren alles. Neugierig hatten sich die Dorfkinder um den Fremden geschart, denn alles Neue und Unbekannte zog sie an, und so eine seltsame Krankheit hatten sie nie vorher gesehen. Doch die Frauen des kleinen Weilers riefen ängstlich die Kinder zu sich und schlossen schnell die Tore, nicht ohne ein wenig Essen oder ein Stück alten Wollstoff auf die Erde vor dem Zaun zu legen. Diese Krankheit sei das Zeichen einer großen Sünde, die der junge Mann begangen habe, erklärten sie den Kindern, und wer solchen Menschen zu nahe käme, der müsse einen Teil der Schuld auf sich nehmen und werde selber krank. Aber das christliche Gebot der Nächstenliebe gelte gerade auch bei Armen und Aussätzigen, und deshalb sei es richtig, Almosen zu geben, wenn man selbst etwas entbehren könne.

Ganz versunken in seine Gedanken hockte das zierliche Kind am Ufer des Moorsees, und während es seine Finger wieder langsam hineingleiten ließ in das seidige Wasser, dachte es über den Vorfall von damals nach, und das Mädchen fragte sich, welche Sünde wohl so schlimm sein könnte, dass ein Mensch derart dafür bestraft wurde. Bei dem Gedanken an Sünde fiel ihr der große, geflochtene Weidenkorb ein, den sie achtlos ans Ufer geworfen hatte, als sie ihr Spiel mit dem Wasser begann. Er war leer, und schuldbewusst zuckte sie zusammen, als laute Rufe aus dem Birkenwald sich näherten. Geschwind sprang das Mädchen auf, packte den Korb und rannte barfuß ins nahe Wäldchen. Eilig suchten ihre Augen dort den weichen Moosboden und dichte Sträucher ab, denn ihre Aufgabe war es gewesen, allerlei Beeren und Pilze zu sammeln und nach Hause mitzubringen, vor allem die süßen, schwarzen Heidberis, aus denen die Frauen des Dorfes Heilmittel oder Most herstellten. Stattdessen hatte sie die Zeit müßig am See verbracht und über ihren Gedanken die Arbeit vergessen.

Zu spät war es jetzt, den Korb doch noch zu füllen, so sehr das kleine Mädchen auch suchte, Beeren fand sie in dieser kurzen Zeit nicht. Als sie am Boden kniete und einen dichten Zweig zur Seite schob, um darunter zu schauen, packte sie plötzlich jemand mit eisenhartem Griff, riss sie hoch und schlug ihr mit der Faust ins Gesicht. Blut schoss aus der Nase des Mädchens hervor, die Augenbraue platzte auf, die Wucht des Schlages schleuderte das Kind auf den Waldboden. Doch kein Schmerzenslaut kam über ihre Lippen, mit großen Augen schaute sie ihren Peiniger nur an.

AFRA

Meine Geschichte beginnt im Herbst des Jahres 939, als ich in meiner bis dahin sorglosen und heiteren Kindheit zum ersten Mal erfuhr, dass es Neid, Eifersucht und sogar Hass unter den Menschen gab, die mir von Geburt an vertraut waren. Damals zählte ich acht Lebensjahre, die ich nur in unserem kleinen Dorf mit seinen paar Häusern verbracht hatte, und ich fühlte mich immer sicher und geborgen in meiner Heimat und kann mich nicht erinnern, je etwas Böses erlebt zu haben.

Unser kleiner Weiler besteht aus dem mächtigen Meierhof mit seinen Scheunen, Vorratshäusern, dem Badhaus, der Schmiede und den Grubenkellern, ein hoher, zugespitzter Holzzaun mit zwei großen Toren umgibt das ganze Anwesen zu seinem Schutz, dichte Dornenhecken wachsen an allen Zäunen und Wällen. Dann sind da noch fünf etwas kleinere Höfe, auf denen Hörige leben, die an den Graf aus Altdorf genau wie meine Familie Abgaben zahlen müssen und ihm verschiedene Dienste leisten, und ein paar einfache Hütten als Unterkünfte für die unbehausten Leute und ihre Kinder. Wie viel Menschen wir damals waren, kann ich nicht mehr genau sagen, aber es werden mit den kleinen Kindern wohl so an die fünfzig oder sechzig gewesen sein. Mein Vater Wezilo war der Meier des Ortes, ein freier Mann, der den Hof bewirtschaftete und der Grafenfamilie ein treuer Gefolgsmann war, verantwortlich für alles, was sich im Gau ereignete. Mit ihm und meiner Mutter Rautgund, meiner Schwester Walburc, unserer Großmutter Ella und einigen Knechten und Mägden lebte ich auf dem großen Hof. Unser Dorf wird Pitengouua genannt, und es liegt drei Tagesmärsche oder einen scharfen Ritt von Sonnenaufgang bis zur Nacht südöstlich der altrömischen Stadt Augusburc zwischen den wilden Gebirgsflüssen Lecha und Ambra, in einem fruchtbaren Tal an einem Bach, den wir Pitenach nennen, umgeben von hohen Wäldern und dunklen Mooren.

Es war ein herrlicher Spätsommertag, voll Licht und Sonne und warmer Luft, und wir waren sehr früh am Morgen aufgebrochen, um das letzte Heu dieses Jahres von der Lindenau, einer großen Wiese weitab vom Dorf, trocken und sicher in die Heuschober einzubringen. Drei Holzwagen mit je zwei Ochsen davor und ihrem Treiber zur Seite, mehrere Frauen und Mädchen mit Tüchern und Strohhüten auf dem Kopf und hölzernen Rechen in den Händen, vier Graserinnen mit hohen, aus Weidenruten geflochtenen Körben auf dem Rücken, und über den Köpfen dieser ganzen Menschenschar mein Vater Wezilo, ruhig und sicher auf seinem Arbeitspferd, einem dicken, gutmütigen Schecken, so zogen wir los.

Vom Meierhof, meinem Zuhause, direkt an der breiten Furt der Pitenach gelegen, brachen wir auf, voran die Ochsenkarren und dann die lachenden und plaudernden Frauen, am kühlen Morgen noch kein bisschen müde und froh über die Gelegenheit, einen ausgiebigen Schwatz zu halten. Der holprige

Weg führte zuerst immer den wilden, über Steine springenden und sich lebhaft schlängelnden Bach entlang Richtung Süden, und in einer Senke beim dritten großen Gumpen, einem tiefen Weiher, den das Wildwasser dort bildete, gabelte sich der Pfad. Wezilo trieb seinen Schecken an die Spitze der kleinen Kolonne, als die Ochsentreiber anhielten, unsicher, welchen Weg sie nehmen sollten.

»Nach links, fahrt nach links zum Schnaitberg«, rief er ihnen laut zu, »warum sollten wir einen beschwerlichen Weg wählen, nur um den Haslachern nicht zu begegnen! Der Welfengraf hat's erlaubt beim letzten Gericht, dass wir ihre Pfade benützen, um zu unseren Feldern zu gelangen, und Herr Eticho hat hier wohl mehr zu sagen als der alte Sigiboto.«

Lutold, einer der Knechte, grinste breit und lenkte seine Ochsen in die befohlene Richtung. »Wenn du dabei bist, soll's mir recht sein, Meier, bloß alleine will ich dem alten Haslacher und seinen Söhnen auf ihrem Grund nicht unbedingt begegnen. Du weißt doch noch, wie sie den alten Poppo zugerichtet haben, als er die Schweine versehentlich durch ihr Feld laufen ließ, der Arme kann heute noch nicht wieder gerade gehen!«

Wezilos Stimme war ernst, als er antwortete: »Die Gesetze sind für alle Menschen gleich, und das werden wir den Haslachern schon auch noch beibringen, dass die Gerichtsbarkeit in Pitengouua liegt und sie mit ihren Händeln dorthin müssen und sich dem Grafen stellen. Wo kommen wir dahin, wenn jeder eingebildete Bauer meint, selber Recht sprechen zu dürfen.«

Aufmerksam lauschte ich beim Weitergehen den Reden der Erwachsenen, denn alles, was im Dorf und seiner Umgebung vorging, wollte ich wissen, aber als Lutold und Wezilo gar nicht mehr aufhörten, über die Leute aus Haslach zu schimpfen, wurde es mir bald langweilig und ich sprang wieder wie ein Wirbelwind zwischen dem Trupp hin und her, voller Freude darüber, dass ich heute mit aufs Feld durfte; plauderte dort ein bisschen mit den Frauen, klatschte hier einem braven Ochsen auf die Flanke und strahlte meinen Vater an, wann immer ich ihn zu Gesicht bekam.

Wezilo lachte ob meines Eifers, und trotzdem versuchte er, mich zu mäßigen. »Dir wird die Luft bald ausgehen, Afra«, rief er mir im Vorbeireiten zu, »das hier ist keine Vergnügungsreise, wir sind zum Arbeiten aufgebrochen!« Und obwohl er dabei ein strenges Gesicht machte, sah ich doch ein Lächeln in seinen Augenwinkeln und ich spürte, dass er stolz auf seine flinke, kleine Tochter war.

Wir verstanden uns gut, mein Vater Wezilo und ich, Afra, seine jüngste Tochter, obwohl er über meine Geburt vor acht Jahren nicht glücklich sein konnte, da er sich einen Sohn, der die lange, traditionsreiche Reihe der Meier in unserer Familie fortsetzen würde, mehr als alles andere wünschte. Außer mir hatte er nur Walburc, meine zwei Jahre ältere Schwester, sie war eher das Kind unserer Mutter Rautgund, fromm und ernsthaft wie sie, war Walburc heute lieber zu Hause geblieben, um dort ihren täglichen Pflichten nachzugehen; ein Tag auf dem Feld war unter ihrer Würde als älteste Meiertochter. »Das ist die Arbeit der Mägde, wir haben anderes zu tun«, hatte sie mir am Vorabend geantwortet, als ich sie bedrängte, doch mitzukommen, und sie flocht ungerührt trotz meiner Bitten weiter ihr braunes Haar zu zwei langen, dicken Zöpfen und presste ihre Lippen zu einer schmalen, missbilligenden Linie. Walburc war sich mit ihren zehn Jahren sehr bewusst, dass unsere Eltern keine Söhne hatten und wohl auch keine mehr bekommen würden, und deshalb würde Walburcs zukünftiger Mann der Meier von Pitengouua sein, wenn unser Vater tot oder zu alt für diese Aufgabe war. In den letzten Wochen hatte Walburc sich verändert, sehr zu meinem Missfallen; sie fand unsere bisherigen Spiele kindisch und dumm und hatte vor allem an unseren altvertrauten Spielgefährten immer etwas auszusetzen, bezeichnete sie plötzlich als Häuslerkinder und Sklavenpack und als falschen Umgang für Meiertöchter wie uns. Auf einmal ging sie jeden Tag mit unserer Mutter in die kleine Holzkirche von Pitengouua, die oberhalb des Baches auf einer geraden Anhöhe lag, um sich dort nach der Messe mit Liutbirc, der zwölfjährigen Tochter des Burgvogts, zu treffen und wichtige, sehr geheime Dinge zu besprechen, von denen mich die beiden als zu jung und unerfahren einfach ausschlossen. Das tat mir weh, weil ich an meiner älteren Schwester sehr hing, obwohl wir völlig verschieden waren, und Liutbirc konnte ich überhaupt nicht leiden, weil sie falsch war und sehr eingebildet und ziemlich dumm. »Wie kannst du es nur immer mit dieser hässlichen, blöden Kuh aushalten,« hatte ich Walburc gestern Abend angeschrien, verbittert über ihre Weigerung, mit uns anderen Mädchen morgen aufs Feld zu gehen; und meine Mutter war über diesen Lärm so empört, dass sie mich wieder einmal mit nach draußen unter den Schopf des Langhauses nahm und ernsthaft ermahnte, endlich vernünftig zu werden und ein angemessenes Verhalten an den Tag zu legen. Zu meiner Strafe durfte keine meiner unfreien Freundinnen am nächsten Tag mit zur Heuarbeit, sondern sie wurden alle für andere Aufgaben eingeteilt, und die letzten scharfen Worte meiner Mutter, als sie wieder ins Haus zurückging, hallten den ganzen folgenden Tag in meinen Ohren. »Eine gute Christin schreit nicht laut herum!«

Während ich in Gedanken über den gestrigen Abend vertieft war, zogen wir immer weiter, durch dichten, dunklen Wald auf einem schlechten Weg, mit tiefen Radspuren, viel Gestrüpp und großen Löchern, sodass nicht nur einmal einer der Karren mit seinen hölzernen, eisenbeschlagenen Rädern hängen blieb und die Frauen hinten anschieben mussten, während der Treiber vorne auf die Tiere einbrüllte und mit einem stachligen Knüppel auf die Kruppe der Ochsen schlug, um sie dazu zu bewegen, noch stärker anzuziehen. Die unschuldigen Tiere taten mir Leid, und sooft ein Wagen festsaß, sprang ich herbei, um mit meiner ganzen Kraft zu schieben und zu stemmen, damit die Ochsen nicht zu sehr geschunden würden.

Bald jedoch besserte sich der Zustand des Weges erheblich, denn jetzt waren wir auf dem Grund und Boden der reichen Familie, die am Haselbächel unterhalb des finsteren Schnaitbergs lebte, und die hielten nicht nur Haus und Hof in allerbester Ordnung, sondern auch alle Wege und Stege, die zu ihrem

Land gehörten, zum Leidwesen ihrer Knechte, zu deren vielen anderen Aufgaben es auch gehörte, regelmäßig die Pfade abzugehen und in ordentlichem Zustand zu halten. Das war harte zusätzliche Arbeit, und auch sonst hatten es die Leute vom Haslacherhof nicht besonders leicht, wenn man den schlimmen Geschichten der Dienstboten Glauben schenken durfte. Ich sah den alten Sigiboto vor mir, mit seinem grimmigen Gesicht, den buschigen Augenbrauen und der tiefen, polternden Stimme, ich hatte mich schon immer ein wenig vor ihm gefürchtet und mied seine Nähe. Als die Haslacher das letzte Mal bei uns in Pitengouua waren und wir Kinder am Gumpen zusammen spielten, genügte ein kurzer, scharfer Pfiff des Alten, dass seine Söhne wie von einer Wespe gestochen aufsprangen und das Spiel abbrachen, um zu schauen, was der Vater wollte, so sehr hatte er auch die eigenen Kinder in der Zucht. Da kann man sich leicht vorstellen, wie es den Knechten und Mägden unter diesem Herrn erging, und ein Zusammentreffen mit dem alten Bauern an diesem schönen Tag erschien mir nicht gerade erstrebenswert.

Wezilo schien diese Gefahr nichts auszumachen, fröhlich pfeifend trabte er auf seinem Schecken voraus und trieb alle zur Eile an, immer wieder forschend nach oben in den blauen Himmel schauend, ob das gute Wetter wohl halten würde. Wir zogen jetzt nicht mehr durch düsteren Wald, sondern entlang abgemähter Wiesen und Felder auf einem weichen, grünen Grasweg, und hatten unser Ziel, die Lindenau, bald erreicht.

»Haimeran, he, Haimo, was sagen deine morschen Knochen? Bleibt uns die Sonne bis heute Abend gewogen oder müssen wir mit Unwetter rechnen?« Wezilo war mit einem Satz vom Rücken seines Pferdes gesprungen und gab die Zügel dem alten Knecht, der mit seinem Ochsenkarren neben ihm gehalten hatte. Der knochige Mann verzog seine Lippen zu einem zahnlosen Grinsen, nur ein paar braune Stummel hatten die langen Jahre in seinem Mund überstanden, und brummelte leise vor sich hin. »Heut' bleibt's noch schön, das spüren meine Gelenke, aber wie's morgen wird, wer weiß das schon, wer weiß?«

Mein Vater lachte laut und begann, die Ochsen auszuspannen. Die Zugtiere und der brave Schecke blieben bei Haimeran zurück, der sie unter den großen Linden, die an der Längsseite des Feldes wuchsen, zur Weide führte und sich dann im Schatten der Bäume niederließ. Während die Tiere friedlich grasten, lehnte sich Haimeran zum Verschnaufen an einen mächtigen Baumstamm und war schon nach kurzer Zeit fest eingeschlafen.

Haimeran war von allen Knechten meines Vaters bei weitem der älteste, er war sogar der älteste Mann in unserem Dorf, und nur Ella, die Mutter von Wezilo, die bei uns lebte, konnte sich noch an die Zeit erinnern, als er jung und frisch war und mit Rumpold, unserem Großvater, mit Freuden in die Schlacht zog. Von diesen Geschichten aus einer guten, alten Zeit erzählte Haimo uns Kindern bereitwillig, wann immer sich Zeit dafür fand, und die wohl aufregendste von allen war der Bericht über den Kampf von unserem bairischen Herzog Arnulf gegen den deutschen König Konrad 918, bei dem es um die Unabhängigkeit der Baiern ging und in dem der König auf dem Schlachtfeld getötet wurde, diese Erzählung wollten wir immer wieder hören. Auch Rumpold, Wezilos Vater, wurde an diesem schrecklichen Tag schwer verletzt, und nur Haimos Umsicht war es zu verdanken, dass er lebend wieder nach Pitengouua zurück kam. An der Verwundung aber litt Rumpold sein Leben lang, und er starb früh, sodass sein Sohn Wezilo bereits mit 22 Jahren Meier des Dorfes wurde und die Verantwortung für viele Menschen auf ihm lastete.

Durch die Geschichten von Haimeran erfuhren wir Kinder viel über die Vergangenheit unseres Dorfes, über seine Familien und Traditionen, und ich hatte das Gefühl, dass auch mein Vater gerne dabei zuhörte, wenn er sich auch immer den Anschein gab, mit irgendetwas anderem sehr beschäftigt zu sein. Eng aneinander gekuschelt saßen wir an langen Wintertagen auf der Ofenbank, Walburc, Richlint und ich, während Haimeran, das spärliche Licht des Herdfeuers nützend, gerissene Zügel und Sattelschlaufen und Maulriemen reparierte und dabei von den Helden vergangener Zeit und ihren großen Taten erzählte.

Dieser alte Mann, der jetzt friedlich unter der schattigen Linde schlief, war mir von allen Knechten und Hörigen unseres Dorfes der Liebste, und bei den Frauen war es wohl Folchaid, die mir eben zuwinkte und einen Rechen für mich bereithielt. »Komm, Afra, wir arbeiten zusammen auf der Seite bei den Bäumen«, rief sie, und das war mir gerade recht, denn dort war es nicht so heiß wie in der Mitte des Feldes, wo sich die anderen bereits verteilt und mit der Arbeit begonnen hatten. Wir gingen nebeneinander bis zum Ende der langen Wiese, die hölzernen Rechen geschultert, über graugrünes, strohtrockenes Gras, das die Männer schon vor Tagen mit Sensen und Sicheln gemäht hatten, und Folchaid sagte mit ihrer leisen, sanften Stimme: »Wir müssen Gott danken für die Sonne der letzten Tage, mit ihrer Hilfe bringen wir in diesem Jahr die ganze Ernte und das Futter für die Tiere trocken und sicher in die Scheunen«, und zweifelnd sah ich sie von der Seite an, denn bei Folchaid war ich mir nie ganz sicher, ob sie meinte, was sie sagte, oder ob ein anderer, tieferer Sinn hinter ihren meist unschuldig klingenden Worten lag. Gottes Lob auszusprechen, unaufgefordert und ohne Anlass, war sonst gar nicht ihre Art, das passte besser zu meiner Mutter Rautgund, und Folchaid ging auch nur sonntags mit ihren Kindern zur Messe, und das war die mindeste Pflicht eines Christen. »Oder hätte ich Göttin sagen sollen?«, zwinkerte sie mir jetzt zu, und als mir ganz heiß wurde und die Röte ins Gesicht stieg, huschte ein Lächeln über ihre zarten Züge und sie drückte beruhigend meine Hand.

Folchaid wusste, dass Richlint und ich viel Zeit bei Justina draußen im Weinland beim alten römischen Gutshof verbrachten und dass meine Mutter dies gar nicht gern sah, denn Justinas Mutter war eine Sklavin aus Etrurien gewesen und hatte ihrer Tochter Worte einer fremden Sprache und ein geheimes Wissen hinterlassen, das Rautgund heidnisch nannte und von dem sie nichts hören wollte. Wir Mädchen jedoch waren fasziniert von Justinas Erzählungen aus diesem fernen, warmen

Land und von einer Sicht der Dinge, die so ganz anders war als diejenige in unserem Dorf, und wie alles Verbotene hatten unsere Besuche in dem steinernen Haus einen besonderen Reiz.

Folchaid und ich begannen zu arbeiten, rechten das Heu in langen Bahnen zusammen und diese dann wiederum zu großen Haufen, an denen die Ochsenkarren später anhalten würden, um das gemähte Gras aufzuladen. Die Arbeit war schwer für ein Kind von acht Jahren wie mich, und schon bald schmerzten mein Rücken und meine Arme von den ungewohnten Bewegungen mit dem Rechen, und der Schweiß lief auf meiner Stirn und in meinem Nacken zusammen und zwischen meinen Schulterblättern den Rücken hinab. Immer wieder stützte ich mich auf meine hölzerne Harke, wischte mit einem Zipfel meines Kleides das Wasser vom Gesicht und beobachtete Folchaid, die unbeirrt und scheinbar nicht müde weiter arbeitete und kein einziges Mal aufsah. Trotz ihres unförmigen Körpers, denn sie erwartete in wenigen Wochen ihr viertes Kind, war Folchaid sehr schön, und alle Menschen, Männer und Frauen, hielten den Atem an, wenn sie Folchaid das erste Mal sahen. Mit ihrer zarten, elfenbeinfarbenen Haut, den verträumten, haselnussbraunen Augen mit dem Kranz aus dichten, dunklen Wimpern und ihren vollen, roten Lippen wirkte sie ungewöhnlich, wie eine Fee aus vergangenen Zeiten, die in alten Bäumen lebt und sich den Menschen nur im Traum zeigt. Ihr Gesicht mit den hohen Wangenknochen war fein und ebenmäßig, die dunkelbraunen, üppigen Brauen betonten in leichtem Bogen die Augen, ließen sie noch größer erscheinen, als sie ohnehin schon waren, und ihr maronenfarbenes Haar glänzte im Sonnenlicht wie die Federn einer Wasseramsel nach dem Auftauchen.

Graf Eticho aus der Welfenfamilie in Altdorf sah Folchaid zum ersten Mal, als sie zwölf Jahre alt war, und obwohl sie eine Unfreie war, die er niemals hätte beachten sollen, war er von der Anmut ihrer Bewegungen und ihrem Aussehen so hingerissen, dass er sie gegen den Willen seiner einflussreichen Familie zu seiner Friedelfrau nahm und schon drei Kinder mit ihr hatte. Meine Freundin Richlint war die Zweitgeborene aus dieser

Verbindung, mit ihren sieben Jahren zwar jünger, aber trotz ihrer Lebhaftigkeit doch viel ernsthafter als ich, ihr Bruder Ratbod, den alle Rasso riefen, war fünf Jahre älter als Richlint und ein sehr gut aussehender, schweigsamer Junge. Der jüngste Bruder, noch ein Wickelkind, wurde nach seinem Vater Eticho getauft, und in Folchaid lebte deshalb wieder die Hoffnung auf, doch noch die rechtmäßige Frau des Grafen zu werden und ihre Kinder in Freiheit zu sehen, denn die Kinder einer Unfreien waren wie die Mutter Besitz ihres Herrn, ganz gleich, welchen Rang der Vater hatte.

Ich wurde immer müder, und während ich langsam weiter arbeitete, Folchaids Vorbild vor Augen, dachte ich an meine Freundin Richlint und die anderen Mädchen, die an diesem schönen Herbsttag von meiner Mutter den Auftrag bekommen hatten, mit den Torfstechern unter der Aufsicht von Wichard, dem Sohn des Burgvogts, zum Moorsee hinauszufahren und Beeren und Pilze zu sammeln, damit für den Winter genügend Vorräte beisammen waren. Vielleicht hätte mir das doch besser gefallen, als hier in der Hitze Heu zusammenzurechen, und ich freute mich schon jetzt auf den Abend, wenn Richlint und ich wieder zusammen sein und über alles, was sich ereignet hatte, reden konnten.

Mitten hinein in die Stille meiner Gedanken dröhnte plötzlich ein fürchterlicher Schrei in meinen Ohren, laut und schmerzerfüllt klang er, ging in leises, lang gezogenes Wimmern über und verhallte dann langsam in der Luft. Voller Unruhe ließ ich den hölzernen Rechen sinken und schaute mich um. Auf dem großen Feld waren alle bei der Arbeit, Frauen und Kinder rechten das Heu zusammen, schichteten große Haufen trockenen Grases, an denen die schweren Ochsenkarren vorbeifuhren und schwitzende Männer die Wagen damit beluden. Niemand außer mir schien diesen lauten Schrei gehört zu haben, keiner schaute auf und unterbrach seine Arbeit. Ich stützte mich auf die Harke und ließ meinen Blick langsam über das ganze Feld gleiten, sah all die vertrauten Gesichter, hörte Rufen und Lachen und das Poltern der Karren, die zum nächsten

Heuhaufen fuhren. Die tiefe Unruhe, die der schmerzvolle Schrei in mir ausgelöst hatte, wich langsam, als ich sah, dass alles in Ordnung war und niemand sich verletzt hatte oder vom Wagen gefallen war. Vielleicht hatte ich mich ja getäuscht, es könnte der Ruf eines Brachvogels gewesen sein, vom Winde verzerrt.

Die blaugrauen Augen meines Vaters, der ein Ochsengespann vorbeiführte, trafen sich mit den meinen, forschend blickte er mich an, und schuldbewusst ob meines Müßiggangs senkte ich den Kopf und arbeitete weiter, fuhr mit dem Rechen ins trockene Heu, zog es zu mir heran und dann auf den schon recht großen Haufen an meiner Seite. Ich war zwar das erste Mal bei der Feldarbeit dabei, und ich war noch ein Kind, von dem man nicht zu viel erwarten konnte, aber meinen Vater wollte ich auf keinen Fall enttäuschen, er sollte stolz auf mich sein. Bisher hatte ich nur im Dorf mitgearbeitet, im Gemüsegarten der Mutter, beim Spinnen und Weben in den kühlen Grubenhäusern, beim Kochen, beim Beeren- und Kräutersammeln, bei allen Arbeiten eben, die Frauensache waren und die unsere Mutter Walburc und mich lehrte, damit wir tüchtige Meiersfrauen würden. Meine Schwester gab sich damit zufrieden, und sie verlangte nicht nach anderen Aufgaben, aber ich wollte alles kennen lernen, was zu unserem Dorf und Leben gehörte, und war deshalb auf eigenen Wunsch mit zur Heuernte gegangen. »Du hättest ein Bub werden sollen, kleine Neugierige!«, scherzte mein Vater öfter, und meine Mutter schüttelte tadelnd den Kopf über mein oft vorwitziges Betragen, das nicht immer zu einem braven christlichen Mädchen passte.

Den ganzen langen, warmen Tag verbrachten wir so auf dem Feld, unterbrochen nur von einer Brotzeit im Schatten der großen Linden, es gab kühles Wasser aus einer kleinen Quelle für den Durst und Brot und harten Käse, den wir in feuchte Tücher gewickelt mitgebracht hatten. Gegen Abend waren die letzten Heuhaufen auf die Wagen geladen, die Mädchen hatten das grüne Gras vom Wegrand als frisches Futter für das Vieh in vollen Körben gesammelt, und müde und verschwitzt machten wir uns auf den Weg nach Hause. Jetzt hüpfte ich nicht mehr fröhlich voraus wie bei unserem Aufbruch am Morgen, sondern trottete langsam und todmüde mit den anderen Frauen und Mädchen hinter den Ochsenkarren einher; kein Mitleid mit den Ochsen, sondern nur noch für mich selbst verspürend. Der Rechen auf meiner Schulter war so schwer, als wenn er aus Eisen wäre, und die vielen Blasen an meinen Händen brannten wie Feuer. Auch Folchaid war langsamer geworden, sie sprach lange Zeit gar nichts mehr und ihr Gesicht war blass und eingefallen. Als Wezilo sie so sah, am Ende des Trupps, mit schleppendem Schritt und müde hängenden Schultern, ließ er den letzten Karren anhalten. »Komm, steig' auf den Wagen, Folchaid, du hast mit dem Kind in deinem Bauch ja doppelt zu tragen«, sagte er leise zu ihr, und als sie abwehrend die Hand hob und den Kopf schüttelte, sprang er vom Pferd, packte sie an den Schultern und schob sie einfach so dicht an den Wagen, dass Folchaid gar nichts anderes übrig blieb, als hinaufzuklettern. Die anderen Frauen waren stehen geblieben und hatten das Geschehen genau beobachtet, aber als Wezilo wieder auf seinen Schecken stieg und ihnen dabei einen langen Blick zuwarf, senkten sie die Köpfe und gingen weiter. Der Ochsenkarren setzte sich erneut in Bewegung und mein Vater ritt ganz nach vorne, um den Anschluss wieder herzustellen. Kaum war Wezilo außer Hörweite, begannen die Frauen zu tuscheln. »Na, Hilde, hast schon zwei Kinder in deinem Bauch getragen und bist noch nie wie eine Herrin auf dem Karren mitgefahren!«, flüsterte Agnes, die als ledige Magd auf dem Meierhof lebte und gerne ratschte, der dicken, blonden Frau neben ihr zu, und die sonst so gemütliche Hilde antwortete gehässig: »Ich lieg' ja auch nicht mit dem Herrn Eticho im Bett, sondern bloß mit meinem alten Adalbert, so wie es sich gehört für anständige Leute, die sich rechtmäßig verheiraten.« »Man macht einem Mann, der als Ehemann nicht in Frage kommt, weil er im Rang weit über der Frau steht, auch keine schönen Augen und lockt ihn nicht aufs Nachtlager!«, mischte sich die alte Schmiedin jetzt ein, mit einem bösen und neidvollen Blick auf Folchaid, die vor uns auf dem Karren saß und bestimmt merkte, dass über sie gesprochen wurde, denn sie senkte den Kopf und eine leichte Röte breitete sich auf ihrem Gesicht aus.

Ich verstand nicht, warum die Frauen auf einmal so böse auf Folchaid waren, so ein gehässiges Gerede hatte ich von ihnen noch nie vernommen, aber die alte Schmiedin konnte ich sowieso nicht leiden, weil sie zu uns Kindern immer so süß tat und uns über alles aushorchen wollte und dann die Leute ausrichtete. Deshalb schaute ich ihr jetzt fest ins Gesicht und sagte, dass mein Vater wohl wissen werde, was er zu tun habe, und daraufhin stieß Agnes Hilde mit dem Ellbogen in die Seite und alle blickten sich bedeutungsvoll an und schauten auf mich und sagten nichts mehr.

Wir hatten jetzt wieder den Wald erreicht und wanderten schon ein gutes Stück auf fremdem Grund, als der Zug plötzlich stoppte und Unruhe entstand. Meine Müdigkeit vergessend, lief ich nach vorne zu meinem Vater, dem sich auf dem schmalen Waldpfad die Haslacher in den Weg gestellt hatten. Alle vier waren sie da, der alte Sigiboto mit seinen Söhnen Utz, Chuonrad und dem kleinen Leonhard, auf schönen, rassigen Pferden, keine Arbeitstiere, sondern richtige Schlachtrösser, damit jedermann gleich sah, mit was für einer reichen Familie er es zu tun hatte. Mit ledernem Wams, Helm und Wehrgehänge ausgerüstet, sahen sie aus wie auf dem Weg zu einem Gefecht, aber Wezilo ließ sich davon nicht beeindrucken, sondern stieg bedächtig von seinem Pferd ab und ging mit ausgestreckter Hand auf Sigiboto zu.

»Gott zum Gruße, Sigiboto von Haslach, was für eine Freude, dich selber wieder einmal zu treffen!«, rief mein Vater dem grimmigen Alten zu, und bei dieser freundlichen Begrüßung blieb dem Haslacher nichts anderes übrig, als ebenfalls vom Pferd zu steigen und Wezilo die Hand zu reichen. »Wir kommen von der Lindenau und haben gerade das letzte Heu eingebracht«, sagte Wezilo, »und wir sind froh, eure guten Wege benutzen zu dürfen, das erspart uns allen viel Mühe, dafür danken wir euch. Und ihr, seid ihr auf dem Weg zu einer Gerichtssitzung oder jagt ihr Räubern nach, da ihr euch so bewaffnet habt?«

Durch seinen Dank für die Wegbenutzung hatte Wezilo den Haslacher durcheinander gebracht, und ich fand die Rede meines Vaters sehr geschickt, musste Sigiboto doch jetzt erst einmal auf Wezilos Frage antworten. Mit einer Handbewegung befahl er dem riesigen, hellbraunen Hund, der ihn überall hin begleitete und jetzt schwanzwedelnd um ihn herumsprang, sich ruhig auf die Erde zu legen, und suchte mürrisch nach den passenden Worten. »Wir, ja, wir sind nicht auf Räuberjagd, nein, nur nach dem Rechten schauen, das Land ist groß, wie du weißt, Wezilo, und es ist besser, wenn ein Mann weiß, wer auf seinen Wegen unterwegs ist. Das können meine Söhne nicht früh genug lernen, dass Wachsamkeit in diesen unruhigen Zeiten, in denen Barbaren unsere Heimat verwüsten und fremde Händler mit neuartigen Sitten und Gebräuchen uns heimsuchen, ja, dass Wachsamkeit nötig ist, um Heim und Hof zu erhalten.«

Mein Vater musste ein Lächeln unterdrücken bei der aufwendigen Rede des sonst so wortkargen Haslachers, und er wandte sich freundlich den drei Söhnen zu, um ein paar Worte mit ihnen zu wechseln. Ich selber sprach keinen Ton, sondern beobachtete nur alles, denn von Sigiboto wusste ich, dass er auf die Meinung von Frauen oder gar Mädchen keinen Wert legte und sich nur mit Männern unterhielt, die Stimme seiner eigenen Frau Hedwig hatte ich bisher nur im Gespräch mit meiner Mutter Rautgund vernommen, aber auch nur, wenn keine Männer anwesend waren. Nach ein paar Höflichkeiten auf beiden Seiten stiegen die Männer wieder auf ihre Pferde, Leonhard, mit dem Richlint und ich schon oft gespielt hatten, zwinkerte mir noch zu, ohne dass sein Vater es bemerkte, und in entgegengesetzte Richtungen zogen wir auseinander, die Haslacher zu ihrem Anwesen am Fuße des Schnaitbergs und wir nach Hause, nach Pitengouua.

Die Sonne stand schon hoch im Westen, über dem mächtigen, langen Rücken des Burgbergs, der den wilden Gebirgsfluss Lecha und unseren Weiler trennte, als wir im Dorf eintrafen und alle zusammen das Heu in die Scheunen schichteten; die

Männer warfen es von den Wagen herunter und die Frauen und Mädchen trugen es in dichten Bündeln in die staubigen Holzschuppen, wo es für den langen Winter als Viehfutter gelagert wurde. Die Graserinnen gingen mit ihren vollen Körben gleich zu den Ställen, die im hinteren Teil des Hauses lagen, um das schon laut muhende und meckernde Vieh zu füttern und dann auch zu melken. Folchaid sah nicht viel besser aus als vor unserer Abfahrt in der Lindenau, das Rütteln auf dem Karren bei all den tiefen Löchern und großen Steinen hatte ihr wohl doch nicht gut getan, sie winkte mir müde zu, als sie sich zu ihrer kleinen Hütte wandte. »Nach dem Abendmahl komme ich bei euch vorbei!«, rief ich ihr nach, nicht sicher, ob sie es noch gehört hatte, und dann machte ich mich selber auf den Heimweg, in den Meierhof, wo meine Mutter und Walburc mit dem Essen schon auf uns warteten.

Es dämmerte bereits, als ich mich von den Töpfen und Schüsseln am Herd davonschlich und die Arbeit Walburc überließ, schließlich hatte ich heute schon genug gearbeitet und aufs Töpfescheuern keine Lust. Auf dem großen Hofplatz war Ruhe eingekehrt, die Kühe, Ziegen und Schafe wohlbehalten in Stall und Gatter, das Federvieh versorgt, und Wezilo saß müßig unter dem hölzernen Schopf, der das ganze Haus umlief, unseren struppigen, wolfsgroßen Hofhund Ludo neben sich, der an einem alten Knochen nagte, zufrieden, den Herrn wieder zu Hause zu haben. »Na, Afra, noch nicht müde genug für die Bettstatt?«, lächelte mir mein Vater zu, und ich drückte ihm einen Kuss auf die Backe und streichelte kurz über Ludo, bevor ich mich auf den Weg zu Folchaids Hütte machte.

Das kleine Haus lag hinter der mächtigen Dorflinde, ein Stück die Pitenach hinab, neben einem dichten, schön gewachsenen Hollerbusch, und als ich die sperrige Holztür aufstemmte, kam mir der Rauch des Herdfeuers und das Greinen des kleinen Eticho entgegen. Eine alte Magd, die die Kleinkinder versorgte, wenn die Frauen bei der Feldarbeit mithalfen, stand am Herd und rührte in einem eisernen Topf; der beißende Rauch des Feuers hing im ganzen Raum und fand nur schwer seinen Weg nach draußen, hinauf in den First und durch das strohgedeckte Dach ins Freie. Ich musste husten, und Folchaid, die gerade ihr jüngstes Kind wickelte und mit dem Rücken zu mir stand, wandte mir ihr besorgtes Gesicht zu.

»Afra! Rasso und Richlint sind noch nicht zurück, und es ist schon gleich dunkel!«, rief sie mir entgegen, und ich versuchte, sie zu beruhigen. »Da ist nichts passiert, Folchaid, mach' dir keine Sorgen, es sind ja mehrere Leute dabei, auch Männer, was soll da schon sein!« Folchaid setzte sich auf die hölzerne Bank am Herd, die Hände im Schoß, und seufzte. »Du weißt, wie leichtsinnig Richlint oft ist, wenn sie ihren eigenen Weg geht und nicht bei den anderen bleibt, da sind giftige Schlangen im Filz und wilde Bären im Wald und sie träumt gerne vor sich hin und gibt auf nichts Acht!«

Während Folchaid so über Richlint klagte, waren von draußen Rufe und das laute Poltern eines Wagens zu hören, das mussten sie sein, und ich lief erleichtert zur Tür, um sie für die Ankommenden aufzuhalten. Rasso kam zuerst herein, mit schmutziger Kleidung und verdreckten Händen, und sein mit brauner Erde beschmiertes, ganz schwarzes Gesicht war müde und sehr ernst. »Mutter«, begann er zu sprechen, und da war Folchaid schon mit einem Aufschrei aufgesprungen, denn Richlint war hinter Rasso in die Hütte getreten, und ihr Anblick war erschreckend. Klein und mager stand sie da, in ihrem einfachen Hemd, sie zitterte am ganzen Leib, konnte kein Glied ruhig halten. Ihr rechtes Auge war geschlossen, die Lider dick und rot angeschwollen, und über der Augenbraue klaffte eine offene Wunde, aus der anscheinend Blut über ihr Gesicht gelaufen und jetzt getrocknet war. Sie brachte kein Wort heraus, stand nur bebend da und schaute uns an.

Folchaid packte Richlint an der einen Hand und ich an der anderen, so zogen wir sie auf die Herdbank, und während ich mich zu Richlint setzte und ihr ununterbrochen beruhigend über den Arm streichelte, holte Folchaid eine Schüssel mit warmem Wasser vom Herd, mischte eine Hand voll getrockneter Kräuter, die sie in einem Weidenkorb über ihrer Bettstatt aufbewahrte, darunter, und begann, die Wunde auf Richlints Stirn vorsichtig auszuwaschen.

»Was war los, Rasso?«, fragte sie in eindringlichem Ton ihren Sohn, über ihre Schulter hinweg warf sie ihm dabei einen dunklen Blick zu, der nichts Gutes verhieß. Der große, schlanke Rasso lehnte erschöpft mit dem Rücken an der Tür und schaute seiner Mutter zu, wie sie Richlint versorgte. »Es war ihre Schuld, Mutter, es war wirklich ihre Schuld, aber Wichard hat die Fassung verloren, du weißt doch, wie unbeherrscht er ist, er hat sie mit der Faust ins Gesicht geschlagen.« Rasso wusste, dass Folchaid alles ganz genau wissen wollte, und so erzählte er der Reihe nach. »Wir sind kurz nach euch aufgebrochen, zum schwarzen Moorsee hinaus, Ternod, Eberolf und ich, und dann die Mädchen, die Beeren pflücken sollten, wie's die Meierin befohlen hatte. Wiggo von der Burg hat uns angeführt, das tut er ja gern, Anführer spielen, und er hat jedem gesagt, was er zu tun hat und wo er hingehen soll. Wir Männer haben Torf gestochen, es war heiß und schwere Arbeit, und um die Mädchen haben wir uns nicht viel gekümmert. Als es dann höchste Zeit zum Aufbruch war, denn es ist ein gutes Stück nach Hause, waren die anderen Mädchen alle da, mit Körben voll roter und schwarzer Beeren, alle, nur Richlint war nirgends zu sehen. Wir haben nach ihr gerufen und gepfiffen und bestimmt eine ganze Weile gesucht, schon in Angst, dass ihr etwas geschehen sein könnte. Bis Wichard sie dann gefunden hat, im Wäldchen beim Moorsee, beim Beerenpflücken, aber mit völlig leerem Korb.«

Rasso holte tief Luft und fuhr fort. »Wichard war so aufgebracht, dass er sie am Arm hochgerissen und blindwütig auf sie eingeschlagen hat. Sie hat nichts getan, den ganzen Tag, weißt du, nichts gesammelt, nicht die kleinste Moosbeere! Und dann mussten wir sie auch noch suchen, weil sie nicht von selber zurückgekommen ist, und deshalb sind wir so spät wieder im Dorf und fast in die Dunkelheit geraten. Aber Wiggo hat seine Wut bedauert, glaube ich, auf dem Heimweg war er ganz still und hat kein Wort mehr gesprochen.«

Folchaid hatte sich den Bericht ihres Sohnes ganz ruhig angehört und dabei Richlints Gesicht gewaschen, und jetzt bat sie die alte Magd, ihr von den Schafpferchen ein paar frische Wegerichblätter zum Auflegen auf die Wunde zu holen, denn dort wuchs die Heilpflanze üppig. Kaum hatte die Alte die Hütte verlassen, drehte sich Folchaid herum, und in ihrem feinen Gesicht lag ein Ausdruck, wie ich ihn noch nie gesehen hatte, ein tiefer, stummer Schmerz in den Augen wie bei einem schwer verletzten Tier. Die Worte brachen mit einer solchen Gewalt aus ihr heraus, dass wir alle, sogar der kleine Eticho, sie nur regungslos anstarrten.

»Ihr! Ihr alle! Habt ihr immer noch nicht verstanden, dass wir Sklaven sind in diesem Dorf, nichts als Dreck unter den Füßen der Herren! Wir müssen uns ducken, unsere Arbeit tun und nicht klagen über unser Leben, das sowieso nichts wert ist in den Augen der Reichen! Du, Richlint, und du vielleicht auch, Rasso, ihr meint wohl, weil der Graf Eticho aus Altdorf euer Vater ist, könnt ihr euch Freiheiten herausnehmen, die andere von Geburt an haben, Zeit vergeuden und spielen und nichts arbeiten! Ihr habt keine Knechte und Mägde, die für euch Brot und Bier und Wolle herbeischaffen, ihr seid selber Dienstboten, werdet nach nichts gefragt, euch wird befohlen.«

Folchaids Stimme brach ab, erschöpft ließ sie sich auf die Herdbank sinken. Leise fuhr sie fort, die Hände in ihrem Schoß ständig reibend vor Anspannung, den Blick jetzt mit Mitleid auf die zitternde Richlint gerichtet. »Du musst das tun, was man dir aufgetragen hat, Richlint. Du darfst nicht irgendwo träumen und den Tag verstreichen lassen, Wichard war im Recht, dich zu bestrafen. Dich so hart zu schlagen, das hätte er nicht zu tun brauchen, das hätte er bei einer anderen auch nicht getan! Aber uns, mich und meine Kinder, uns hassen sie besonders, weil wir mit Eticho zusammen sind, und weil sie nicht wissen, ob ich nicht doch eines Tages seine Frau sein werde und damit ihre Herrin. Aber diesen Traum habe ich noch nie wirklich geträumt, denn nie ist in meinem Leben das eingetreten, was ich mir erhofft habe!« Folchaid sprach jetzt voll Bitterkeit.

»Schön war ich, das schönste Mädchen im ganzen Gau, doch heute spucke ich auf diese Schönheit, denn sie hat mir nichts als Kummer gebracht! Ich bin nicht gefragt worden von Eticho, ob ich seine Friedelfrau werden will, er hat mich einfach genommen! Lieber wäre ich hässlich und hätte einen Mann wie die anderen, einen, der jeden Abend in meine Hütte zurückkommt und dessen Kinder ich mich nicht zu schämen brauche.«

Es war ganz still im Raum nach den harten Worten von Folchaid, und als sie nach einer langen Weile wieder zu sprechen begann, war ihre Stimme nur noch müde, aber so sanft, wie wir es von ihr kannten, und sie legte ihren Arm um Richlint und drückte sie fest an sich. »Nein, ich schäme mich nicht für euch. Ihr seid meine Kinder, und ganz gleich, wer euer Vater ist, ich liebe euch mehr als mein Leben. Nur bewahren, behüten will ich euch vor all dem Kummer, den ich erlitten habe. Es ist besser für euch, wenn ihr wisst, wo euer Platz im Dorf ist, wenn ihr keine Hoffnungen in diesem Leben habt, die doch nie in Erfüllung gehen. Ihr seid unfrei, Hörige in Pitengouua, und das werdet ihr bleiben, ihr und auch eure Kinder, genauso wie ich und meine Mutter vor mir.«

Rasso reckte seinen schmalen Jungenkörper hoch und antwortete trotzig: »Dann geh' ich eben weg von hier und werde in einem anderen Gau ein freier Mann, wer für den Herzog tapfer kämpft, dem stehen alle Wege offen!« Folchaid musste über den Eifer ihres Sohnes lächeln, sie stand auf und ging zu ihm hin, um ihn in den Arm zu nehmen. »Du hast ja noch nicht einmal ein Pferd, um in den Kampf zu ziehen, Rasso, bleib' doch noch eine Weile bei uns und behüte deine Mutter und deine Geschwister!«

Die Tür ging auf, und die alte Magd kam mit einigen Wegerichblättern zurück, die Folchaid kurz mit Wasser abspülte und dann fest auf die Wunde auf Richlints Stirn drückte. Erst jetzt schien sie zu bemerken, dass ich immer noch stumm auf der Herdbank hockte, ganz benommen von all dem, was ich eben gehört hatte. »Geh' nach Hause, Afra«, sagte Folchaid leise zu mir, »du hättest das alles gar nicht zu hören brauchen, dich betrifft es nicht, du bist ja eine freie Frau, eine Meiertochter noch dazu! Du wirst in deinem Leben einen ganz anderen Weg gehen als Richlint, aber deshalb könnt ihr euch doch morgen wieder treffen und den Tag zusammen verbringen, noch seid ihr ja bloß Kinder. Geh' heim zum Meierhof, Afra, und Gott mit dir!«

Schweigend stand ich auf, drückte noch kurz Richlints Arm, warf einen Blick auf Rasso, der unschlüssig dastand, auf seiner Unterlippe herumkaute und mich gar nicht beachtete, und dann ging ich hinaus, die Türe leise hinter mir schließend. Der Weg nach Hause durchs Dorf war nicht weit, und im Meierhof angekommen, wo schon nächtliche Ruhe herrschte, schlüpfte ich neben Walburc, die bereits schlief, auf unsere gemeinsame Bettstatt, zog die wollene Decke über mich und wollte in Ruhe nachdenken über alles Befremdliche, das sich heute ereignet hatte. Doch der Tag war anstrengend gewesen, gegen die Müdigkeit meines Körpers konnten sich meine Gedanken nicht wehren, und ich glitt in einen unruhigen Schlaf mit wirren Träumen, in denen der grimmige Sigiboto Richlint und mich zu Pferd verfolgte und Folchaid so sehr und so viel weinte, dass sie in einem See von Tränen unterging und nur noch ihre verzweifelten, sich ringenden Hände aus dem Wasser herausschauten.

Das dürre braune Pferd, eingespannt vor einen hölzernen Wagen, der hoch mit trockenen, schwarzen Torfwäsen beladen war, ließ müde den Kopf hängen und schnaubte. Nur noch zwei Männer standen beim Wagen auf dem Dorfplatz unter der großen Linde, alle anderen, die heute im Süßen Flecken beim Torfstechen und Wäsen aufbocken und Beerensammeln dabei gewesen waren, saßen längst in ihren Häusern und Hütten bei der Abendmahlzeit oder lagen schon auf der Bettstatt. Gelber Rauch drang aus den Strohdächern der Häuser in den Abendhimmel hinauf, und eine bunte Katze huschte lautlos über den

Weg und verschwand im Loch einer Stallwand. Es war sehr still in Pitengouua, die Arbeit des Tages war getan und keiner war mehr draußen, denn die Menschen fürchteten sich bei Anbruch der Finsternis unter freiem Himmel, vor Feinden, wilden Tieren, Geistern und verlorenen Seelen, und jeder vernünftige Mensch blieb während der dunklen Nacht lieber in der Sicherheit seiner Hütte.

Ohne Worte, nur mit einer müden Bewegung seiner Hand bedeutete Wichard dem Knecht, der neben dem Pferd stand, dass sie aufbrechen wollten, und Berno packte das träge Ross am Halfter und schnalzte aufmunternd mit der Zunge, bis das erschöpfte Tier gemächlich anzog und der Wagen langsam zu rollen begann. Wenn sie sich beeilten, konnten sie es mit dem letzten Licht der Sonne, die bereits hinter dem breiten Rücken des Meierbergs untergegangen war, gerade noch schaffen, vor Einbruch der völligen Dunkelheit in der Burg zu sein.

Ihr Weg führte ein Stück die Pitenach entlang, an der Schmiede mit dem hölzernen Notstand zum Beschlagen widerspenstiger Tiere vorbei, beim daneben liegenden Meierhof durch die breite Furt des Baches hinauf zum Friedhof mit seinen hölzernen Grabkreuzen, der rund um die Kirche des Weilers angelegt war. Beim Durchqueren der Grabstätten murmelte Wichard ein kurzes Gebet, und der Knecht Berno schlug das Kreuzzeichen auf der Stirn und dann zur Sicherheit noch seine Finger schräg übereinander in einer alten, heidnischen Geste, aber heimlich, damit Wichard es nicht bemerkte, denn solcher Aberglaube wurde nicht gern gesehen in einer christlichen Gemeinde. Früher gab man den Toten ihr Hab und Gut, Waffen, Schmuck und manchmal sogar ihr Leibpferd mit ins Grab, damit sie im nächsten Leben zufrieden waren, ihren Rang ausfüllen konnten und keinen Grund hatten, auf die Erde zurückzukehren und ihre Nachkommen heimzusuchen, aber seit es nur noch christliche Bestattungen ohne Beigaben neben der Kirche und keine mehr draußen vor dem Dorf auf dem uralten Gräberfeld der Ahnen gab, waren sich viele Leute nicht mehr so sicher, dass den Toten gerecht getan wurde und sie die

Lebenden in Frieden ließen. Deshalb konnte ein Schutzzauber nicht schaden und tat ja auch niemandem weh, aber Berno wollte seine Furcht, bei Dämmerung den Friedhof zu durchqueren, vor Wichard nicht eingestehen und machte sein Zeichen deshalb lieber im Verborgenen unter dem Schutz seines Umhangs.

Wichard aber achtete gar nicht auf den jungen Knecht und seine Gesten, sondern ging seinen Weg tief in Gedanken versunken, unschlüssig wegen seiner Unbeherrschtheit gegenüber der unfreien Richlint draußen am Moorsee. Er hatte sich dumm benommen, hitzköpfig und unüberlegt gehandelt, als er das zarte Mädchen so hart geschlagen hatte, das würde ihm viel Ärger einbringen, wenn sein Vater es erfuhr. Und dass er es erfahren würde, das war nicht zu verhindern. Denn heute Abend noch würde er Berno ausfragen, über den Verlauf des Tages, über das Verhalten seines Sohnes, dem er keine Führungsrolle zutraute, und wenn Berno ihm die unselige Geschichte nicht noch am gleichen Abend erzählte, dann kamen morgen sicher die aufgebrachten Pitengouuer gelaufen, um Klage zu erheben, dass Wichard die Tochter Etichos geschlagen hatte. Diese Richlint mit ihrem eigensinnigen Betragen reizte ihn bis aufs Blut, und das nicht zum ersten Mal! Alle anderen hatten gearbeitet, bis ihnen der Schweiß auf der Stirn stand, und sie hatten viel geschafft, Torf in Ziegeln abgestochen und aufgebockt zum Trocknen, den Wagen mit bereits trockenen Wäsen bis obenhin beladen, die Mädchen hatten fleißig gesammelt, die Körbe randvoll mit Beeren waren sie zurückgekehrt. Nur dieses eingebildete dürre Ding musste seinen eigenen Weg gehen, abseits von den anderen, und sie erlaubte sich, den Tag zu vertrödeln und nichts zu arbeiten, als wenn sie eine freie Meiertochter oder ein adeliges Burgfräulein wäre!

Wichard atmete tief durch. Nein, er war im Recht, das konnte gar nicht anders sein, schließlich war er als Anführer mitgegangen, um die Arbeit zu leiten, und wenn einer der Dienstbaren nichts tun wollte, dann musste er seine Strafe erhalten. Wo gibt es das, dass eine Unfreie den Anordnungen des

Herrn nicht folgt, und wenn sie zehn Mal die Tochter eines Grafen war, so war sie doch nur eine einfache Magd wie viele andere auch!

In dem Durcheinander seiner Gedanken bei dieser feststehenden Tatsache angekommen, fühlte sich Wichard sehr erleichtert, ihm konnte eigentlich nichts passieren, und er begann wieder auf seine Umgebung zu achten und schritt schneller und lockerer aus.

Die zwei jungen Männer hatten mit ihrem Wagen den Friedhof hinter sich gelassen und begannen nun den Aufstieg zum Meierberg, auf dem die Burg, wie die befestigte Zuflucht von den Bewohnern genannt wurde, breit und sicher vor ihnen lag. Ein alter Wachturm und der obere Wall standen schon seit langer Zeit auf dem Berg, aber die große Anlage, die den Bewohnern Pitengouuas heute Schutz bei drohender Gefahr bot, war erst in den letzten Jahren unter Graf Eticho entstanden. Bischof Udalrich von Augusburc hatte Eticho die Anregung dazu gegeben und den Baumeister vermittelt, der im Augusburcer Raum schon Ähnliches gebaut hatte, und nachdem die Einfälle der ungarischen Barbaren im bairischen und alemannischen Land in letzter Zeit wieder häufiger wurden, war eine Schutzbefestigung für die Bevölkerung dringend notwendig.

Steil führte der schmale, gerade wagenbreite Weg zur ersten Anhöhe mit dem riesigen, aus starken Holzbohlen gefertigten Tor und dem daran gebauten Turm, auf dem Tag und Nacht ein Mann bereitstand, den Zugang zu überwachen. Hinter dem Holztor durchschnitt ein abgrundtiefer Graben den Berg, und nur ein enger Weg, den ein mit spitzen Stöcken befestigter, dichter Zaun sicherte, führte weiter nach oben. Rings um die Anhöhe, mit geringem Abstand, waren große Erdaufschüttungen angelegt, die mit dornigem Gestrüpp und angespitzten Pflöcken bewehrt waren, sodass ein angreifender Reiter gezwungen wurde, vom Pferd abzusteigen, wollte er durch die schmale Gasse den Berg heraufreiten. Das war ein besonders guter Schutz hinsichtlich der wilden Ungarn, die mit ihren schnellen Pferden im Sturm über die Ortschaften herfielen, durch nichts aufzuhalten, und alles erschlugen, was sich ihnen in den Weg stellte – Alte, Frauen und Kinder.

Entlang der zweiten Anhöhe, nach dem fast unüberwindlichen Graben, lief ein hoher Zaun aus Holz um den Berg, an der Außenseite dicht bewachsen mit stacheligen Hecken und innen an gefährlichen Stellen mit einer Art Gerüst befestigt, auf das man hinaufklettern und so gut darüber blicken konnte. Von diesem Standpunkt aus konnten die Verteidiger der Anlage auf Angreifer mit Pfeilen und Speeren zielen und waren doch selbst in Deckung. Hinter der Palisade lag eine grüne Rodung, die bei einer Belagerung als Weidefläche diente und deren Abholzen und Abbrennen sehr mühsam gewesen war. Damit eine gleichmäßige Ebene entstand, hatte man viel Erde abgetragen und zur Erhöhung des darüber liegenden Burgplateaus und zum Absteilen der Hügelhänge verwendet.

Wichard und Berno hatten das große Holztor erreicht und gaben sich dem Turmwächter, der sie im Dunkeln nicht so ohne weiteres hereinlassen wollte, durch laute Zurufe zu erkennen. »Ihr seid spät dran, der Herr hat schon mehrfach nach euch gefragt«, rief der stämmige Mann beim Öffnen des Tores, und wieder beschlich Wichard das ungute Gefühl, einen Fehler gemacht zu haben. Vor seinem Vater Wicpert, der von Graf Eticho zum Herrn der Burg eingesetzt worden war, hatte Wichard gehörigen Respekt, ja fast Angst, denn dem von Ehrgeiz und eisernem Willen beherrschten Vater konnte er es nie wirklich recht machen. Als zweiter Sohn eines freien Bauern hatte Wicpert seine Zukunft im Kampf für die Angelegenheiten des Grafen gesehen, und als er sich dort ausgezeichnet hatte und dann auch noch eine reiche Frau aus guter Familie gewann, machte ihn Eticho zum Verwalter seiner Burg Pitengouua und schenkte ihm sein Vertrauen.

Wichard scheute die Begegnung mit seinem Vater an diesem Abend, und um sich seine Ängste nicht anmerken zu lassen, kehrte er ganz besonders den Sohn des Burgverwalters heraus und herrschte den Turmwächter an. »Schwatz' nicht so viel, du Esel, schließ' lieber das Tor fest hinter uns!« Der

Wagen polterte laut auf der kleinen Bohlenbrücke, die über den tiefen Wallgraben hinter dem Zaun führte, und durch die grüne Viehweide ging es schräg nach oben zum Burgplateau.

Dieser Pfad war nur auf der Talseite durch einen spitzen Pflockzaun befestigt, und an den Hängen zu beiden Seiten des Weges sicherten immer wieder niedrige Flechtwerkzäune die Erde vor dem Abrutschen. Auf einer kleinen Anhöhe links unterhalb der mit einem hohen, festen Zaun ringsum befestigten Burg lagen dicht gedrängt mehrere Wohnhäuser, auf Pfählen gebaute Vorratshütten, Ställe für das Vieh, vertiefte Grubenhäuser und ein aus Weidenruten geflochtener Pferch für die riesige Schweineherde von Pitengouua, die tagsüber von den Hirten zum Mästen in den Doswald, der am Hochufer der Lecha lag, getrieben wurde. Diesen wertvollen Mischwald mit den vielen alten Bäumen, in dem die Schweine genug Eicheln fanden, um im November zur Schlachtzeit rund und fett zu sein, hatte Graf Heinrich, ›der mit dem goldenen Wagen‹, ein Großvater des heutigen Herrn Eticho, seiner Gemahlin Atha von Hohenwart als Brautgabe, als Dos gegeben; und seit dieser Zeit hieß der mächtige Lechawald bei den Menschen des Gaus einfach Doswald.

Oben auf der Burg stand das Tor für die Männer mit ihrem Wagen bereits offen, denn der Turmwächter hatte von unten ihr Kommen mit einem vereinbarten Pfiff angekündigt, und auf dem mit groben Steinen gepflasterten Platz vor dem mächtigen Haupthaus der Burg stand Wicpert, eine brennende Fackel in der Hand und erwartete ungeduldig seinen Sohn. »Du hast dir viel Zeit gelassen, Wichard, deine Mutter war in großer Sorge! Geh' rein zu ihr, damit sie sich wieder beruhigt, wir haben auch Neuigkeiten, ein Händler aus St. Gallen ist heute gekommen mit Berichten aus Altdorf, die wohl auch uns hier in Pitengouua angehen werden. Ich kümmere mich schon um das Abladen!« Damit du Berno ungestört über mich ausfragen kannst, dachte Wichard, von schlechtem Gewissen geplagt, aber ohne ein Wort der Widerrede machte er sich auf den Weg.

Wicpert war ein Mann von eindrucksvoller Statur, sehr groß, mit breiten Schultern und mächtigen Muskeln an Armen und Schenkeln, ein gefürchteter Krieger, wenn er mit dem Grafen hoch zu Pferd in den Kampf zog. Viele kleinere Narben an seinen bloßen Unterarmen und ein roter, wulstiger Strang, der von seiner Stirn über die Wange bis zum Kinn lief, zeugten von harten Auseinandersetzungen. Ein dichter Bart und sein langes blondes Haupthaar, das er im Nacken mit einer Lederschnur zusammengebunden trug, verstärkten den kriegerischen Eindruck genauso wie die befehlsgewohnte, tiefe Stimme, die ihm zu eigen war. Sein Wort war Gesetz auf der Burg, alles sprang gehorsam, wenn er befahl, die eigenen Kinder, Wichard und Liutbirc, genauso wie die Leibeigenen. Hinter seinen wasserblauen Augen verbarg sich der unbedingte Wille, für sich und seine Familie mehr im Leben zu erreichen als das Wenige, was einem zweitgeborenen Sohn allgemein beschieden war, und in seinem ehrgeizigen Weib Uoda, die aus einer wohlhabenden Familie des niederen Adels aus Kembeduno im Herzogtum Schwaben stammte, hatte er die richtige Frau für sein Lebensziel gefunden. Die Zucht und Strenge, mit der die beiden ihre Kinder behandelten, diente nur dazu, ihnen später Platz und Rang in der Gesellschaft zu sichern, sie sollten durch heldenmütige Taten und vorteilhafte Heiraten das Ansehen und Vermögen der ganzen Familie vermehren.

Leider entsprachen weder Liutbirc noch Wichard ganz den anspruchsvollen Vorstellungen der Eltern, die eine war ein dickliches, farbloses Mädchen von zwölf Jahren, bis jetzt ohne jeden körperlichen Reiz und ohne ersichtliche Fähigkeiten im Weben, Sticken oder Führen eines herrschaftlichen Hauses, wie man es doch von der Tochter eines Burgvogts erwartete. Und Wichard, untersetzt und eher stämmig wie seine Mutter, gab zwar bei der Dorfjugend den Ton an und befahl anderen gerne und viel, aber der drei Jahre jüngere Rasso konnte bei weitem besser reiten, mit dem Kurzschwert fechten und mit Pfeilen auf feste Ziele schießen als der etwas träge Wichard, der doch in seinem Vater einen Meister für diese männlichen Tugenden vor den Augen hatte.

Der junge Knecht hatte das erschöpfte Pferd mittlerweile in den Stall, der hinter dem Haupthaus direkt an den hohen Zaun gebaut war, geführt und schüttete gerade Wasser aus einem mit Weidenruten zusammengehaltenen, hölzernen Eimer in die steinerne Pferdetränke, als der Burgherr dazukam. »Was war los, Berno, wieso habt ihr so lange gebraucht heute?«, fragte Wicpert ohne Umschweife, und Berno, der wusste, dass langes Herumreden oder ausweichende Antworten bei seinem Herrn nicht viel Sinn ergaben, erzählte von ihrer langen Suche nach Richlint und dem Schlag, den ihr Wichard versetzt hatte. Zwei ältere Männer, die im spärlichen Licht der Kienspäne die getrockneten Torfwäsen in der hinteren Ecke des Stalls aufschichteten, sprachen kein Wort und spitzten ihre Ohren, damit ihnen von Bernos Geschichte ja nichts entging. Wicpert stieg das Blut ins Gesicht, als er alles gehört hatte, das konnten die Männer sogar in diesem dürftigen Licht sehen, und er herrschte sie streng an, gefälligst schneller mit ihrer Arbeit fortzufahren, als er eilig den Stall verließ.

Das Hauptgebäude der Burganlage war ein großes Haus mit hohem First, aus Holz, mit dicken Pfosten befestigt, das Dach strohgedeckt und die Wände aus Flechtwerk mit Lehm gefüllt und weiß gekalkt. Wie bei den Bauernhäusern unten im Dorf lief eine Art hölzerne Laube, der Schopf, unter dem vorstehenden Dach rings ums Haus, aber im Gegensatz zu den Bauern teilten die Burgleute ihren Wohnraum nicht mit dem Vieh, das in mehreren Ställen am Zaun entlang untergebracht war. Das Haus war in drei Räume unterteilt, im größten wurde gegessen und getrunken, gespielt und musiziert, die Hausfrau verrichtete dort ihre Handarbeiten und der Hausherr empfing Händler und Gäste. Die zwei kleinen Zimmer hinter dem großen Raum dienten als Schlafkammern, mit jeweils einem Bett aus Holz mit schönen, gedrechselten Stäben und verzierten Docken an der Stirnseite, im Schlafraum der Eltern gab es noch eine große, deckellose Truhe aus Buchenholz, in der Uoda Kleider und ihren schönen Schmuck aufbewahrte. In der anderen Kammer schlief Liutbirc mit einer oder zwei Mägden; wenn allerdings der Besitzer des Hauses, Graf Eticho, im Lande weilte, mussten die Schlafräume für ihn und seine Begleiter geräumt werden, und die Familie drängte sich in einem der kleineren Gebäude der Anlage zusammen, in dem sonst auch Wichard seinen Schlafplatz hatte. Dies rief bei Uoda jedes Mal großen Unmut hervor, und sie beklagte sich immer wieder bei ihrem Mann, dass er kein eigenes herrschaftliches Haus besitze und doch nur ein minderer Vasall sei, nicht gut genug für eine vornehme Frau von besserem Herkommen wie sie.

Als Wichard jetzt den großen Raum betrat, saß seine Mutter auf einem der drei mit Schnitzereien verzierten, wertvollen Hocker, die sie besaßen, und spielte mit Liutbirc, die auf ihrem alten einfachen Kinderschemel zu Uodas Füßen hockte, ein Brettspiel, das sie Wurfzabel nannten. Brennende Kienspäne, an den Wänden in eisernen Halterungen angebracht, spendeten genügend Licht, sodass das Zimmer auch bei Dunkelheit genutzt werden konnte, und auf dem langen, schmalen Buchenholztisch in der Mitte des Raumes standen zwei gedrechselte Leuchter, in denen Kerzen aus Bienenwachs brannten, die zusätzlich für Helligkeit sorgten. Uoda legte das Spiel sofort beiseite, als sie Wichard sah, stand auf und umarmte ihren Liebling heftig. »Gott sei Dank! Als es dämmerte, fing ich an, mir Sorgen um dich zu machen. Dein Vater hätte dich nicht so weit weg zum Arbeiten schicken sollen, das hab' ich ihm immer wieder gesagt, was da alles passieren kann, ich mag es mir gar nicht vorstellen!« Wichard schob die liebkosenden Hände seiner Mutter ungeduldig beiseite. »Mutter, ich bin ein erwachsener Mann! Daran solltest du wirklich denken!«

Unruhig begann er, im Zimmer auf und ab zu gehen. »Luitbirc, was ist das für ein Gast vom Bodinse, von dem Vater gesprochen hat? Wo ist er denn jetzt?« Die Angesprochene hob den Kopf und schaute ihren Bruder forschend an. »Hat wohl Ärger gegeben, Wiggo, nicht wahr? Du rennst umher, als ob die wilden Ungarn hinter dir wären! Der Mann aus St. Gallen ist

Gewürzhändler, wollte nur noch mal nach seinem Pferd schauen und dann den Abend mit uns verbringen. Er nennt sich Hildeger und zieht von Ort zu Ort, um seine Pulver und auch Wein von weither zu verkaufen, und natürlich erfährt er da mancherlei aufregende Neuigkeiten, die er weiter tragen kann. Es scheint, als ob der Graf bald wieder zu uns nach Pitengouua kommen will, gegen den Wunsch seiner Familie, die schon wieder eine standesgemäße Gemahlin für ihn gefunden hat, die er nicht zu heiraten bereit ist!«

Liutbirc lachte höhnisch. »Das wäre ein Schlag für die freche Richlint, wenn die vornehme Grafenfamilie sich doch durchsetzt und Eticho sich endlich anständig vermählt! Da möcht' ich dabei sein, wenn das Häuslerpack davon erfährt, dann können sie ihre Träume begraben, das wär' sicher ein Mordsspaß!«

Uoda setzte sich wieder auf ihren Hocker und lächelte bei den Überlegungen ihrer Tochter. »Nicht mehr als recht und billig, das wäre es, Liutbirc! Dann müssten wir unsere Bettstatt nicht mehr räumen für eine schmutzige Unfreie, die der Graf zu sich holt, sondern würden gerne Platz machen für eine wirkliche Dame, die bestimmt auch für uns von großem Nutzen wäre. Denk' doch nur an die vielen Möglichkeiten, Liutbirc, es ist schon bald Zeit für uns, nach einem angemessenen Ehemann für dich Ausschau zu halten, und mit einer adeligen Frau auf der Burg ergeben sich doch ganz andere Aussichten!« Die Frauen waren bei ihrem derzeitigen Lieblingsthema, der zukünftigen Heirat von Liutbirc, und das plumpe und gewöhnliche Mädchen bekam glänzende Augen bei den ehrgeizigen Vorstellungen der Mutter.

Wichard hörte den beiden nicht mehr zu, sondern achtete gespannt auf jedes Geräusch von draußen, und als er die barsche Stimme des Vaters vernahm, der auf dem Vorplatz noch Anweisungen für die Unterbringung des Gastes gab, zog er einen der Hocker neben den Stuhl seiner Mutter und setzte sich eben, als Wicpert hereinkam. Mit einem Blick versicherte sich dieser, dass außer den Familienangehörigen niemand im Raum war, und ging dann mit schnellen, entschlossenen Schritten auf seinen Sohn zu. Er packte Wichard am Hemd, zog ihn vom Hocker hoch und ohrfeigte seinen Sohn links und rechts so gewaltig, dass dieser zu heulen begann und hinter dem Rücken seiner entsetzten Mutter Schutz suchte. »Du bist ein Trottel! Die Tochter Etichos zu schlagen, ein paar Tage, bevor der Graf kommt, dazu gehört reichlich Blödheit! Was willst du dem Grafen erklären, ha, du ausgemachter Idiot von einem Sohn, wieso du seine geliebte Tochter geschlagen hast? Kannst du nicht einmal denken, bevor du so unsinnig zuschlägst!«

Uoda, die sich zwischen ihren weinenden Sohn und den aufgebrachten Gatten gestellt hatte, mischte sich aufgeregt ein. »Er wird schon einen guten Grund gehabt haben, Herr, dieses Mädchen zu züchtigen, sie wird es verdient haben, da bin ich mir ganz sicher!«

»Sie hat nichts gearbeitet, Vater, nichts hat sie getan den ganzen Tag«, schluchzte Wichard, »und darüber war ich so wütend, dass mir die Hand ausgerutscht ist!« Liutbirc wollte etwas sagen, aber ein strenger Blick ihres Vaters hieß sie den Mund halten.

»Das kann sein, Wichard, das kann gut sein, aber du hättest sie trotzdem niemals anrühren dürfen! Etichos Tochter zu schlagen! Sag' dem Meier Bescheid, wenn so etwas vorkommt, soll der sie züchtigen, seine Sklavin ist sie schließlich, er ist für sie dem Grafen gegenüber verantwortlich!« Müde ließ sich Wicpert auf einen Sitz fallen und stützte seinen Arm auf dem Tisch auf.

»Dem Meier Bescheid sagen! Der behandelt diese Leute doch so vorsichtig wie rohe Hühnereier, Wicpert, das weißt du, der würde das unverschämte Ding niemals richtig bestrafen! Immer nimmt Wezilo Rücksicht auf die Friedelfrau und ihre Kinder, lässt ihr Freiheiten, die ihr nicht zustehen, jetzt hat sie sogar eine Magd, die ihr bei der Hofarbeit hilft, damit sie sich auf die faule Haut legen und die gnädige Frau Graf sein kann. Der geht es besser als mir und meinen Kindern, obwohl wir doch freie Leute von Ansehen und Rang sind und viel mehr wert als die! Ich finde, dass unser Sohn richtig gehandelt hat, er war schließlich für die Arbeit heute im Filz zuständig, und er hat nicht mehr getan, als was jeder Anführer zu tun hat, wenn seine Leute nicht gehorchen. Das Mädchen muss wissen, wo ihr Platz ist, je früher sie das lernt, desto besser für sie. Dieser Hildeger aus St. Gallen hat erzählt, dass Eticho eine Herzogstochter aus dem Frankenland heiraten soll, und dann werden Folchaid und ihre Brut Leibeigene bleiben und keine Rolle mehr spielen, vielleicht werden sie dann sogar weit weg verkauft und wir brauchen nie wieder mit ihnen zu tun haben.« Zufrieden mit sich ob ihrer langen Rede und die rosigen Zukunftsaussichten für ihre eigene Familie vor Augen, ordnete Uoda ihren Gürtel mit den vielen Anhängern, den sie über dem langen Kleid trug, und setzte sich erwartungsvoll auf ihren Platz, den Arm fürsorglich um Wichard legend, der immer noch schutzsuchend neben ihr stand.

Der Burgherr ließ ein leichtes Stöhnen vernehmen, fuhr sich mit der Hand durchs Haar und knurrte seine selbstherrliche Frau an. »Weib, du bist genauso dumm wie deine Kinder es sind! Noch ist Eticho nicht mit einer angemessenen Frau verheiratet, und ich bezweifle, ob er es jemals sein wird, noch sind die Kinder der Hure da drunten seine einzigen Kinder, noch ist er der Herr im Gau, dem wir alle zu gehorchen haben! Und wenn doch eintreten sollte, was ihr alle anscheinend nicht in Betracht gezogen habt, dass Etichos Vater Roudolf diese Frau freigibt und Eticho sie zum rechtmäßigen Eheweib nimmt, dann werden sie es uns schwerlich danken, wie wir sie behandelt haben, und es werden wohl wir sein, die dann weit weg ziehen müssen, um noch ein bisschen Glück und Frieden zu finden.«

Empört über Wicperts Rede sprang Uoda wieder auf und wollte gerade ihrem Gatten heftig antworten, als sie draußen Schritte und Stimmen vernahmen. »Der Händler! Kein Wort vor ihm zu dieser unseligen Sache, habt ihr verstanden! Und du, Wichard, du reitest morgen früh hinunter ins Dorf, mit einer kleinen Gabe für Folchaid, und bittest um Entschuldigung für deine Unbesonnenheit!« Der Ton von Wicpert war so bestimmend, dass keiner ein Widerwort wagte, und Wichard senkte ergeben den Kopf, obwohl ihm vor dieser Abbitte, die er morgen leisten musste, wahrlich graute.

Der Gewürzhändler Hildeger aus St. Gallen, ein rundlicher, kleiner Mann mittleren Alters mit rötlicher Gesichtsfarbe und spärlichen, braunen Haaren auf dem Kopf, bemerkte sofort, dass die Stimmung im Wohnraum nicht die beste war, obwohl Wicpert ihm freundlich den Ehrenplatz angewiesen hatte und Uoda jetzt zusammen mit ihrer Tochter aus der Kuchl, einer kleinen Hütte am Rande des Burgplatzes, in der für alle Bewohner der Burg gekocht wurde, tönerne Schüsseln und Platten voll leckerer Dinge vor den Gast auf den Tisch stellte.

Gemütlich und leutselig, wie ein tüchtiger Händler sein sollte, fing Hildeger sofort zu erzählen an, und so erfuhr die Familie sozusagen aus erster Hand, denn Hildeger hatte die Gewürze und den Wein für das Hochzeitsmahl geliefert, von dem rauschenden Fest, das anlässlich der Hochzeit von Etichos jüngerem Bruder Roudolf mit der zarten Itha von Öhningen in Altdorf im Schussengau gefeiert worden war. Viele vornehme Gäste aus nah und fern waren dazu angereist, wohl an die hundert Menschen, und wie der Händler berichtete, kamen auch die einfachen Leute des Gaus, die Knechte, Mägde und Leibeigenen bei der großartigen Feier nicht zu kurz.

»Da gab's gute und feine Sachen zum Essen, Frau Uoda, das dürft Ihr mir glauben! Auf der großen Tafel, an der das junge Paar mit dem Herzog in der Mitte der Halle saß, sah ich ganze Fische mit offenen Mündern, gesotten und gebraten, Karpfen, Salm und Neunaugen, und jede Art von Geflügel, die ihr euch vorstellen könnt, Rebhühner, Fasane und Trappen, sogar ein Kranich und ein Pfau waren gebraten und auf einer riesigen Platte kunstvoll mit ihren bunten Federn angerichtet. Wildbret aus den reichen Wäldern des Gaus gab es zuhauf, dunkles, würziges Fleisch von Rothirsch, Wildschwein und Bär, dazu eingelegtes Obst und süßsaure, rote Beeren. Und natürlich gefüllte Pasteten und frisches, noch warmes Brot, verschiedene Gemüse und Getreide, Obst aller Art, Kirschen, Zwetschgen, Weintrauben, Pfirsiche, Äpfel und Birnen. Wenn ich Euch alles aufzählen sollte, würde wohl der ganze Abend darüber vergehen! Aber auch das gemeine Volk kam nicht zu kurz bei diesem Fest, ganze Rinder und Schweine drehten sich am Stock über großen Feuern, und jeder durfte davon essen, so viel er wollte, und Wein und Met trinken, so viel er vertrug. Ja, das war ein Feiern, wie ich es vorher nie erlebt habe, und ein so gutes Essen, dass mir das Wasser im Mund zusammenläuft, wenn ich daran denke! Obwohl Eure Küche dem wohl in nichts nachsteht, wie ich heute die schöne Gelegenheit habe, zu erfahren«, schmeichelte der geschickte Händler jetzt der aufmerksamen Hausfrau, das Gesicht glänzend von Fett hielt er ein großes Stück gebratenes Schweinefleisch in den Händen, von dem er zwischen seinen Worten immer wieder genüsslich abbiss. Nachdem er ein zähes Teil voll Sehnen und Flachsen zwischen seinen Zähnen herausgepopelt und den auf dem Boden liegenden Hunden vorgeworfen hatte, fuhr er geschäftstüchtig fort. »Aber die seltenen und wertvollen Gewürze, die machen eine Speise doch erst zum Hochgenuss, da werdet ihr mir Recht geben! Dill und Sellerie sind schon recht für jeden Tag und einen einfachen Haushalt, aber Safran, Nelken, Koriander und die wundervollen Pfefferkörner gehören einfach in ein herrschaftliches Haus! Ein kleines Beutelchen voll davon hab' ich noch für Euch, Frau Uoda, und dazu ein Fläschchen mit Öl, feinstem Olivenöl, noch sonnenwarm von den Hängen rund um die Ewige Stadt!«

Uoda hörte begierig zu und war innerlich längst bereit, bei dem geschickten Hildeger zu kaufen, denn was in hochherrschaftlichen Haushalten gepflogen wurde, war ihr ganzer Maßstab. Den Hausherrn aber konnte er nicht so leicht für sich gewinnen, das merkte der tüchtige Händler bald, denn Wicpert saß einsilbig am Tisch und wollte nicht so recht einstimmen in die Begeisterung der Frauen über die fremden Würzen und die feine Lebensart.

»Wir haben immer reichlich und schmackhaft zu essen, dafür sei Gott gedankt, denn nicht allen Menschen geht es so gut, und auch ich habe schon andere Zeiten erlebt! Wenn ich an die harten Winter meiner Jugend denke, als das Futter fürs Vieh nicht reichte und wir im Frühling die geschwächten Tiere aus dem Stall tragen mussten, weil sie keine Kraft mehr hatten, sich aufzurichten! Da haben wir kaum Fleisch gekannt, das kann ich euch sagen, Getreidemus jeden Tag und das, was die Mutter im Wald gesammelt oder im Garten mehr schlecht als recht gezogen hat! Und das hat uns Jungen nicht geschadet, sondern hat uns hart und zäh gemacht! Dieses ganze feine Zeug, Gewürze und Öl und der süße Wein, das verweichlicht doch nur und obendrein ist es viel zu teuer für einfache Burgleute wie uns, sollen es die feinen Herren fressen, die haben auch mehr Gold!«

Der Hausfrau standen schon die Tränen in den Augen, als sie ihren Gatten so sprechen hörte, und die Hoffnung auf ein paar Pfefferkörner und wenige Tropfen Öl, die doch ihrem Ansehen so sehr genutzt hätten, schwand mit jedem seiner Worte etwas mehr dahin. Doch für einen erfahrenen Mann wie Hildeger, der weit herumkam bei seinen vielen Reisen und mancherlei Leute kennen gelernt hatte in seinem Leben, war der brave Wicpert mit seinen biederen Ansichten ein leichter Fall. Der gewitzte Händler hörte dem Hausherrn ruhig zu und nickte nur ein paar Mal bestätigend bei dessen Schilderung einer harten, entbehrungsreichen Jugend, und als Wicpert mit seiner Rede fertig war, versicherte ihm Hildeger, dass er eigentlich der gleichen Meinung war.

»Ihr habt ganz Recht, Herr Wicpert, das seh' ich genauso! Erst gestern war ich auf dem schönen Gutshof in der Dornau, oberhalb der wilden Lechaschleife, und führte ein ähnliches Gespräch mit dem edlen Herrn Severin und seinem Sohn und Erben Arbeo, der ein stattlicher junger Mann geworden ist, seit ich ihn das letzte Mal sah! Über vergangene, raue Zeiten haben wir gesprochen und darüber, wie gut es uns heute geht! Felder und Wiesen oben auf der Dornau stehen ja prächtig, und sogar eine eigene Hofkirche mit Grablege für die Familie haben sie dort. Aber der edle Herr wollte meine Ansicht über Bescheidenheit nicht teilen, sondern meinte, dass es für hoch gestellte Häuser sogar notwendig sei, sich abzuheben von einfachen Bauern, die man doch zu leiten hatte! Auch für die eigenen Söhne sei es von Nutzen, die höfische Art kennen zu lernen, damit sie später im Dienst des Herzogs nicht wie Bauerntrampel behandelt würden. Ich muss sagen, der edle Severin hat mich überzeugt, und er kaufte einiges an Gewürzen für die Kuchl seiner Gattin und mehrere Krüge des guten Weins aus dem südlichen Frankenreich, um sie angesehenen Gästen vorzusetzen.«

Hildeger nahm zum Abschluss des Mahls ein paar Haselnüsse und eine saftige Birne aus der hölzernen Schale, die eine junge Magd gerade hereingebracht hatte, und trank aus seinem Tonbecher einen Schluck des sauren, einheimischen Weins dazu, den man stark gewürzt und gesüßt hatte, damit er trinkbar wurde. Ruhig wartete der Händler die Wirkung seiner Worte ab, denn dass sich Wicpert jetzt Gedanken machte und seinem Nachbarn Severin von Dornau nicht nachstehen wollte in herrschaftlicher Lebensweise, war an seinem nachdenklichem Gesicht deutlich abzulesen.

»Siehst du, Vater, wenn die Dornauer sogar Gewürze kaufen...«, platzte Liutbirc vorlaut dazwischen, wurde jedoch durch eine Handbewegung ihrer Mutter, die wieder Hoffnung geschöpft hatte, zum Schweigen gebracht. »Nun«, begann nach reiflicher Überlegung der Hausherr, »du hast uns doch erzählt, Hildeger, dass der Graf sich mit der Absicht trägt, bald nach Pitengouua zu kommen. Da wäre es ganz recht, ihm süßen Wein statt des sauren Zeugs da vorzusetzen, denn er ist ja die feine Art gewohnt und soll sich hier wohl fühlen. Morgen früh, bevor du weiter reitest, werde ich mir deine Waren in Ruhe anschauen, denn jetzt ist es zu spät und dunkel dazu und außerdem höchste Zeit für die Nachtruhe, ich bin müde nach diesem langen Tag und dem vielen fetten Essen!«

AFRA

Der Winter in Pitengouua war besonders hart und lang in diesem Jahr, schon vor Weihnacht hatten wir so viel Schnee liegen, dass wir fast nicht mehr aus unseren Häusern und Hütten herausschauten. Mit großen hölzernen Schaufeln und Spaten räumten die Männer schmale Wege zwischen den Wohnstätten, Ställen und Vorratshäusern, damit das Vieh versorgt und Lebensmittel, Brennholz und Wasser geholt werden konnten, und der frei geschaufelte Weg zu unserer Kirche, die ja auf einer kleinen Anhöhe oberhalb der Pitenach lag, diente uns Kindern als Spielplatz im Winter. Dick eingepackt in warme Kittel aus grobem Wollstoff, die Beine umwickelt mit Wollbändern, von den Schnüren der Ledersohle festgehalten, kletterten wir den kleinen Hügel hinauf, an einem groben Strick unsere Rutscher hinter uns herziehend. Das waren alte Daubenbretter von einem großen Bierfass, an der Unterseite mit Birkenpech bestrichen, sodass sie schön glatt war und die Holzbretter wie der Wind mit uns über den festen Schnee sausten. Haimeran hatte uns Kindern die alten Bretter hergerichtet, und seitdem vor einigen Jahren eines der Kleinen beim Rutschen in die unterhalb des Hügels fließende eiskalte Pitenach gefallen und danach an hohem Fieber gestorben war, fühlte sich der Alte für uns verantwortlich und ging immer mit, wenn wir zur Kirche zogen. Dann stapfte er unten am Bach auf und ab, brummig wegen der Kälte, einen verfilzten, alten Wollumhang um sich geschlagen, Eiskristalle im langen Bart, und schaute uns zu, wie wir den kleinen Berg hinaufkletterten und unter Lärmen und Lachen mit glänzenden Augen blitzschnell heruntersausten. Die dunklen, weisen Augen unter den schweren Lidern mit den rundum tief eingekerbten Falten spiegelten unsere Freude und den großen Spaß, den wir hatten, denn Haimeran freute sich mit uns, er liebte Kinder und hatte immer Zeit für sie.

Der Winter war eine ruhige Zeit für die Einwohner von Pitengouua, mit kurzen Tagen, angefüllt mit der notwendigsten Arbeit, und langen, gemütlichen Nächten in der warmen, rauchigen Stube, wo alle eng beieinander saßen und Nüsse und schrumpelige Äpfel aßen. Die Frauen verarbeiteten fleißig mit der tönernen Spinnwirtel die Wolle dieses Jahres oder nähten mit tief über den Stoff gebeugten Köpfen im schlechten Licht des Herdfeuers an Kleidungsstücken; und die Männer besserten Gerätschaften oder das Zaumzeug ihrer Pferde aus und redeten sich daneben die Köpfe heiß über die Kriegszüge des früheren Herzogs Arnulf und seinen Bruder Berthold, der nach Arnulf 938 vom bei uns unbeliebten König Otto zum bairischen Herzog eingesetzt worden war.

Richlint verbrachte die meisten der langen Winternächte im Meierhof, mit Walburc und mir saß sie auf unserer gemeinsamen Bettstatt und hörte vor der Nachtruhe gespannt den Erzählungen meiner Mutter über das Leben Christi und die Legenden der Heiligen zu. Rautgund, meine Mutter, kannte sich damit sehr gut aus, denn sie war eine besonders fromme Frau und ging täglich in die Kirche von Pitengouua, wo der alte Dorfpriester am frühen Morgen mit einer eisernen Glocke läutend zur Messe rief. Neben dem steinernen Altar mit den kostbaren Reliquien eines römischen Märtyrers stehend, predigte er jeden Tag für unsere kleine Gemeinde, und zur bildlichen Veranschauung christlichen Lebens und christlicher Werke dienten ihm besonders die Heiligen, deren Leben und Sterben er in wunderbar farbigen Bildern ausmalte, zum Verständnis für alle nicht in der lateinischen Kirchensprache, sondern in unserem heimischen Dialekt.

So gehörten sie zu unserem täglichen Leben, die Wunder der Heiligen und auch ihr Tod, und jede von uns drei hatte ihren besonderen Liebling, dessen Geschichte sie von Rautgund an diesen heimeligen Winterabenden immer wieder hören wollte. Walburc war beeindruckt von ihrer Namenspatronin, der heiligen Waltpurgis, deren sterbliche Überreste im Kloster zu Eichstat lagen, wo sie auch nach ihrem Tod Wunder tat, denn der Stein, der ihren Körper umschloss, sonderte eine durchsichtige Flüssigkeit ab, die viele Kranke, besonders kleine Kinder, auf Fürbitte der Heiligen gesund machte. »Wenn ich erwachsen und verheiratet bin, werde ich eine Wallfahrt nach

Eichstat machen, zum Grab der Heiligen! Dann nehme ich ein Fläschchen des Walpurgisöls mit, von ihrem Grab, und meine Kinder werden immer gesund sein.« Walburc sprach mit tiefer Überzeugung, und unsere Mutter bekräftigte sie darin, denn sie hielt viel auf das Wirken der Heiligen auch nach deren Tod, und an ihrem Gürtel trug sie neben Schmuck, Schere und Kamm auch ein kleines Gefäß, das Wachsreste der Kerzen vom Grab der heiligen Afra in Augusburc enthielt, wohin sie noch vor meiner Geburt eine Wallfahrt gemacht hatte.

Mein Lieblingsheiliger war Sankt Mang, eigentlich hieß er Magnoald, der in Fozen, nicht weiter als einen halben Tagesritt von Pitengouua entfernt, im Süden bei den Bergen begraben lag. Seine Unerschrockenheit angesichts wilder Tiere wie Bären und Drachen und wie er ihnen nur mit dem Kreuz in der Hand und festem Glauben gegenübertrat und sie dadurch für alle Zeiten verjagte, fesselte mich, und immer wieder wollte ich mit Richlint in der Rolle der bösen Kreaturen und mit mir als tapferem Mönch die Heldentaten dieses Heiligen nachspielen. Walburc war für solche Spiele nicht zu gebrauchen, ihr mangelte es entschieden an der nötigen Phantasie, und sie fand es anmaßend und fast ein wenig gottlos, wenn Kinder in die Rollen von heiligen Menschen schlüpften. Da Richlint und ich wohl zu Recht vermuteten, dass meine Mutter und andere Erwachsene genauso darüber dachten, fanden unsere Heiligenspiele heimlich statt, in einem leeren Vorratsschupfen oder auf einer Wiese hinter den Häusern, und nur manchmal durfte der kleine Eticho oder eines der anderen jüngeren Dorfkinder dabei zuschauen oder eine kleine Rolle übernehmen.

Richlints Lieblingsheilige war Afra, meine Namenspatronin aus Augusburc, und wenn in diesen dunklen Nächten Rautgund mit ihrer sanften Stimme vom sündigen Leben der jungen Afrikanerin, ihrer Bekehrung durch den Bischof Narzissus, der selber ein Heiliger war, und ihrem grausamen Feuertod auf einer Insel der Lecha erzählte, dann hörten wir beide besonders aufmerksam zu, denn die Afrageschichte ließ sich wunderbar darstellen und war eines unserer liebsten Rollenspiele. Erst im vergangenen

Herbst hatten wir eine kleine Halbinsel an der Pitenach entdeckt, ein gutes Stück weit weg vom Dorf, die sich sehr gut als Verbrennungsort für die Heilige eignete und auf der wir schon rund um einen großen Weidenbaum Hölzer und Reisig gesammelt hatten, um das Spiel möglichst echt zu gestalten. Jetzt, mitten im Winter, konnten wir uns da draußen natürlich nicht treffen, und auch die Vorratshäuser, voll mit Heu und Getreide, boten keinen geeigneten Platz; sodass uns für die heimlichen Spiele nur die kleine Wiese mit den Obstbäumen hinterm Meierhof blieb, wo zu dieser Jahreszeit kein Erwachsener etwas zu tun hatte.

An einen Nachmittag auf dieser Obstwiese, als uns Liutbirc beim Spiel überraschte, erinnere ich mich besonders gut, denn von da an sprach Richlint immer wieder davon, wegzulaufen aus Pitengouua und ihre Freiheit in südlichen Ländern zu suchen, wo sie kein Mensch kannte und niemand wusste, dass sie eine Unfreie war. Wir spielten gerade, wie Afra von den Schergen des römischen Statthalters aus Augusburc zur Verbrennung auf die Lechainsel gebracht wird, Richlint als Afra, ich als römischer Herr der Stadt, und der vierjährige Berti, ein Sohn von Hilde und Adalbert, stapfte mit einem Hanfstrick in der Faust als böser Scherge hinter uns her, eifrig bemüht um einen möglichst grimmigen Ausdruck in seinem kleinen Kindergesicht. Im Eifer des Spiels hatte Richlint ihre Überkleidung abgeworfen, und sie stand nur mit ihrem dünnen Leinenunterkleid vor uns, so sehr ins Spiel vertieft, dass ihr die Kälte nichts auszumachen schien. »Herr Jesus Christus, hilf deiner unwürdigen Dienerin Afra«, rief sie, die Hände zum Himmel hoch ringend, während Berti und ich die magere Richlint mit den groben Stricken fesselten und dann hinter uns her zerrten. »Schwöre deinem Gott ab und folge uns in den Tempel zu den römischen Göttern und Göttinnen, nimm dein früheres Leben als Hure in Augusburc wieder auf, dann wird dir nichts geschehen und wir lassen dich frei!« Mit dunkler, verstellter Stimme und hoch aufgerichtet, die Hand drohend zur Faust geballt, war ich ganz der böse Statthalter aus der Römerzeit. »Niemals, niemals«, schluchzte Richlint als Afra, »nie werde ich Jesus

Christus verraten!« »Dann werden wir dich auf der Insel im Fluss verbrennen, und du wirst schon sehen, dass dir dein Gott nicht helfen wird!« »Ja, verbrennen, ja, das machen wir«, schrie der kleine Berti und hüpfte aufgeregt um uns herum. Ich packte Richlint an den Schultern und schüttelte sie so heftig, dass sich einer ihrer langen, goldbraunen Zöpfe löste und ihr dichtes Haar wie ein Schleier über das blasse, schmale Gesicht fiel. »Niemals, niemals«, wimmerte sie und ließ sich auf den Boden fallen, kniete im Dreck, das Antlitz mit den großen, jetzt fast schwarz wirkenden Augen zum Himmel gerichtet, die Hände betend gefaltet.

Als ich mich bückte, um Richlint an dem Strick um ihren Leib wieder hoch zu zerren, bemerkte ich die dicke Liutbirc, die anscheinend schon eine ganze Weile still unter einem Baum gestanden und uns zugeschaut hatte. Sie trug eine Haube aus Filz auf dem Kopf, die ihre blonden Haare fast ganz verdeckte, und ihren dunkelroten Umhang aus schönem, dickem Wollstoff hielt eine kostbare, goldene Scheibenfibel zusammen, die mit bunten Edelsteinen besetzt war. Mit schmalen, zusammengekniffenen Augen beobachtete sie uns wortlos, schmutzig und erhitzt, wie wir von unserem Spiel waren, und als ich langsam und drohend auf sie zuging, um ihr zu sagen, dass sie uns auf keinen Fall verraten dürfe, schürzte Liutbirc nur verächtlich ihre dünnen Lippen, drehte sich um und lief zum Meierhof.

Rautgund war entsetzt, als sie von unseren Spielen erfuhr. Die boshafte Liutbirc hatte erzählt, dass Richlint und ich halb nackt und dreckig Heilige darstellten, in gottloser Weise eine böse, gemeine Sprache führten und dazu auch noch kleine, unschuldige Kinder an diesen Spielen teilhaben ließen. Es nützte uns gar nichts, dass wir beteuerten, in gutem Glauben gehandelt zu haben und gar nicht genau wussten, was eine Hure eigentlich war; wir bekamen beide schmerzhafte Schläge mit der Weidenrute und durften wochenlang nicht mehr miteinander spielen, was für uns die größte Strafe bedeutete. An diesen vielen Abenden ohne Richlint, an denen ich brav neben Walburc an der Herdstatt sitzen und fettige Schafwolle spinnen musste, dachte ich über uns alle nach, und ich zweifelte an Gott, der ein schönes, kluges Mädchen wie Richlint als Leibeigene aufwachsen ließ und so ein gemeines Balg wie Liutbirc zur Tochter des Burgvogts machte. Wenn ich vorher schon Liutbirc nicht richtig leiden konnte, mit ihrer überheblichen Art, wie sie sich zwischen Walburc und mich stellte, so begann ich in diesen Tagen damit, sie zu hassen.

In dieser langen Zeit ohne Richlint fiel mir erst auf, wie sehr mir meine Großmutter Ella fehlte, die, seit ich mich erinnern konnte, zur Familie im Meierhof gehörte. Sie war ein paar Tage vor Allerheiligen gestorben, nachdem sie schon länger krank gewesen war, und obwohl wir bei ihrem hohen Alter von fast fünfzig Jahren alle darauf vorbereitet waren, kam ihr Tod doch schnell und überraschend. Bis auf ihre letzten Tage hatte Ella auf dem Hof mitgearbeitet, trotz der Schmerzen in ihrem Bauch und der Schwachheit, die sie in ihren Gliedern spürte, und erst als sie sich niederlegte und nicht mehr aufstand, sprach sie mit Walburc und mir über ihre Krankheit und den Tod, den sie erwartete, und sie redete so lange und so viel mit uns wie sonst nie in den letzten Jahren. Sie erzählte Geschichten aus ihrer Kindheit, die sie als dritte Tochter von fünf Kindern eines Einödbauern am Amberse verbracht hatte, von der zu kurzen Zeit mit ihrem Mann Rumpold, die den zwei zwischen den vielen Kampfzügen und seinem frühen Tod zusammen verblieb, von den schönen Jahren, als unser Vater Wezilo ein kleines Kind war, und von den zwei weiteren Kindern, die sie Rumpold geboren hatte und schon als Säuglinge wieder begraben musste. »Darauf freue ich mich«, sagte sie leise zu Walburc und mir, als wir an ihrer Bettstatt saßen, »meine Kinder wieder zu sehen und meinen Mann Rumpold, und meine Eltern und Geschwister. Denn im Paradies, droben bei Gott und allen Heiligen, werden wir alle wieder beisammen sein, und es wird uns gut gehen, besser, als es uns jemals auf Erden ging! Zu essen werden wir reichlich haben, Milch und Fleisch, Brot und süßen Honig, und keine Ängste vor Krankheit oder den Überfällen wilder, blutdürstiger

Heiden werden uns mehr plagen. Im ewigen Feuer, das für die sündigen Seelen brennt, werde ich wohl nicht zu lange bleiben müssen, denn an so schwere Sünden in meinem einfachen Leben kann ich mich nicht erinnern, und Jesus Christus ist gnädig mit uns Menschen.«

Nach dieser langen Rede quälte Ella ein schlimmer Hustenanfall, sodass sie nach Luft zum Atmen rang und ihr federleichter, knochiger Körper bebte und zitterte und lange nicht mehr zur Ruhe kam. Walburc sprang auf und holte noch ein mit Stroh dick voll gestopftes Kissen, das wir unserer Großmutter in den Rücken schoben, damit sie aufrecht sitzen und besser durchatmen konnte. Ich streichelte immer wieder über die blassen, kühlen Hände, die mich früher so oft getröstet und geheilt hatten, und sah Ella vor mir, mit ihren grauen Haaren und dem lieben, alten Gesicht, wie sie in ihrem schlichten Hauskittel am Herd im Meierhof stand und fröhlich summend aus Getreidebrei braune, knusprige Küchlein backte, die wir mit dem süßen, schwarzen Hollermus, das auch gut gegen Leibwürmer war, zum Abendmahl aßen. Das war meine Leibspeise, das konnte es gar nicht oft genug geben, und ich schämte mich innerlich sehr, dass ich, während meine Großmutter im Sterben lag, ständig daran dachte, dass ich wohl nie mehr so gute Küchlein bekommen würde.

Während ich in meine Gedanken versunken still neben der Kranken auf der Bettstatt saß, war Wezilo eingetreten, sein grauer Kittel über und über mit frischem Blut beschmiert, denn es war Schlachtzeit in Pitengouua. Die Schweine, die sich in diesem schönen Herbst in den Wäldern fett und rund gefressen hatten, wurden getötet und ihr Fleisch sofort verarbeitet, außer ein paar Muttersauen und dem Eber, die man zur Weiterzucht brauchte und über den langen Winter durchfüttern musste. Das ganze Dorf war auf den Beinen, und sogar das Gesinde der Burg war zum Helfen heruntergekommen, denn es gab alle Hände voll zu tun. Die Tiere wurden abgestochen und ihr noch warmes Blut in großen Schüsseln aufgefangen, und daraus machte meine Mutter dann eine dicke Blutsuppe, die es immer zum Abschluss des Arbeitstages gab und auf die sich alle Helfer freuten, denn sie war mit guten Gewürzen abgeschmeckt und galt als kräftigend und sehr gesund. Die Borsten der toten Schweine wurden über einem Feuer aus Buchenholz abgesengt, und dann zerhieb der kräftige Lutold mit einem Beil die Tiere in der Mitte, und die anderen zerteilten und verarbeiteten das Fleisch weiter, pökelten es in Salz und räucherten die mächtigen Schinken.

Mitten in dieser arbeitsreichen Zeit hatte sich meine Großmutter niedergelegt, und ich war froh darüber, mit Walburc für sie sorgen und bei ihr bleiben zu dürfen, denn von dem fürchterlichen Schreien der Schweine, die den Tod schon lange vorher rochen und genau spürten, was auf sie zukam, und dem fürchterlichen Gestank der Eingeweide und des vielen Bluts wurde mir immer übel.

Als Wezilo jetzt sah, dass es seiner Mutter schlechter ging und sie wieder und wieder über ein böses Gewächs in ihrem Bauch klagte, das ihr die Atemluft nahm und schlimme Schmerzen bereitete, sattelte er sich seinen Schecken, trotz der vielen Arbeit, die nicht lange aufgeschoben werden konnte, weil sonst das Fleisch verdarb, und machte sich auf den Weg Richtung Weinland, um Justina zu holen. Justina galt als Hebamme und Heilerin viel in Pitengouua, denn sie hatte schon einigen Menschen und Tieren mit Salben, Tinkturen und Kräutersud geholfen und sie wieder ganz gesund gemacht, aber trotz dieses Könnens und ihrer eigentlich ruhigen, bescheidenen Art war sie vielen nicht ganz geheuer. Ihr fremdartiges, braunes Gesicht mit den dicken, pechschwarzen Locken, die offen fast bis zum Boden herabfielen, und ihre Herkunft als Tochter einer italischen Sklavin, die vom damaligen Herrn des römischen Gutshofs, der wahrscheinlich auch Justinas Vater war, von einer langen Pilgerreise nach Rom mitgebracht wurde, machte die Leute in unserer Gegend misstrauisch, denn sie war anders als wir. Ihre Mutter hatte in den paar Jahren, die sie im Gau lebte, unsere Sprache nicht gelernt, sodass keiner sich richtig mit ihr unterhalten konnte und man wenig über sie und ihre

Heimat wusste, und Justina war nicht besonders redselig, sondern lebte, nachdem ihr Herr von einer Pilgerfahrt nach Spanien nicht zurückgekommen war, allein mit ihren Tieren draußen auf dem halb verfallenen römischen Hof und ging den meisten Menschen aus dem Weg. Im Dorf wurde gemunkelt, dass sie eine Heidin sei, weil sie angeblich mit Tieren sprach und sie nach deren Tod sogar ehrfurchtsvoll wie Menschen begrub, und Richlint und ich, die wir mehr darüber wussten als die anderen, hüteten aus gutem Grund unsere Zungen und redeten so gut wie nie über Justina.

Als sie die warme Stube betrat, nahm sie sofort den groben Umhang ab, den sie bis über ihren Kopf gezogen hatte, vom schnellen Ritt auf dem Rücken des Schecken, angeklammert an Wezilo's breiten Leib, war ihr trotz der kalten Luft draußen heiß geworden. Justina liebte Pferde, aber das Reiten war sie nicht gewohnt, weil sie alle ihre vielen Wege zu Fuß zurücklegte, ihr braunes Gesicht wirkte jetzt noch dunkler als sonst, erhitzt wie sie war, und einige schwarze Locken, die sich aus dem dicken Haarknoten in ihrem Nacken gelöst hatten, klebten auf der schweißnassen Stirn. Rautgund, die bei der Ankunft ihres Mannes mit Justina hereingekommen war, betrachtete mit Misstrauen in den Augen die kleine, feste Gestalt, die sich aber um niemand sonst im Haus bekümmerte, sondern sogleich ans Krankenbett eilte und mit leiser, aber sehr klarer Stimme Ella nach ihren Beschwerden ausfragte. Nachdem sie alle nötigen Antworten erhalten hatte, begann Justina, unsere Großmutter zu untersuchen, sie tastete behutsam ihren Bauch ab, befühlte Hände, Stirn und Füße, und dann roch sie am Nachthemd und an der Decke, die Ella wärmen sollte.

»Du weißt es wohl selber, Ella«, sagte Justina ganz ruhig, und sie setzte sich neben die Kranke aufs Bett und sah ihr in die Augen. »Ich kann nicht mehr viel für dich tun, und es wird besser sein, bald nach dem Priester zu schicken, damit du in Frieden mit dir selbst sterben kannst.« Wezilo stöhnte auf, als er diese endgültigen Worte hörte, nach dem frühen Tod seines Vaters hing er an der Mutter umso mehr. Justina holte aus dem ledernen Sack, den sie immer bei sich trug, mehrere kleine Beutel aus Leinen und mischte die getrockneten Kräuter, die sie darin aufbewahrte, in einer Tonschale. Dann gab sie die Schale mir. »Afra, diese Kräutermischung wird deiner Großmutter die Schmerzen erträglicher machen. Brüh' sie mit heißem Wasser auf und gib' sie ihr nach und nach zu trinken, es wird ihr gut tun!« Mit diesen Worten stand sie auf, schlug ihren Umhang wieder über den Kopf, schulterte ihren alten Sack, und genauso still und leise, wie sie das Haus betreten hatte, verließ sie es wieder und machte sich zu Fuß auf den Heimweg.

Noch am gleichen Tag kam der Priester zu Ella, und gestärkt von Justinas Kräutern konnte sie die letzte Beichte ablegen und wurde mit heiligem Öl gesalbt, und so starb sie friedlich und ohne Schmerzen in der darauf folgenden Nacht. Wir begruben sie neben ihrem Mann Rumpold, mit den besten Sachen gekleidet, die sie besaß, in einem Sarg aus dicken Eichenbrettern, an Ecken und Kanten mit Eisen verstärkt, und auf dem hölzernen Deckel war ein großes, kunstvolles Kreuz eingeschnitzt. Der Tag der Beerdigung war auch der Tag des Allerheiligenfestes, und die ganze Bevölkerung von Pitengouua drängte sich in der kleinen Holzkirche zusammen. Auch die Leute von der Burg waren gekommen, Wicpert, Uoda, Wichard und Liutbirc standen, ihrem Rang entsprechend, in der ersten Reihe, gleich beim Altar, der an diesem Gedenktag zu Ehren aller Heiligen der Christenheit mit dem schönsten Altartuch und zwei kostbaren, mit Gold beschlagenen Leuchtern geschmückt war. Nach der Messe, die sehr lange dauerte, weil alle Heiligen aufgezählt und um Fürbitte gebeten wurden, verabschiedeten wir uns von Ella, sie wurde als Mitglied der Meierfamilie direkt an der Kirchenwand auf dem Friedhof bestattet.

Die ganze Zeit, während einer nach dem anderen am offenen Grab meiner Großmutter die letzte Ehre erwies, liefen mir die Tränen übers Gesicht, aus Trauer über den Tod von Ella und aus schlechtem Gewissen wegen meiner eigennützigen Gedanken während ihrer Krankheit. Richlint, deren Platz als Unfreie weit hinten war, hinter den Burgleuten, der Meierfamilie, den Haslachbauern und all den anderen freien Bauern und Handwerkern, sah mich weinen, und sie kam nach vorne und hielt meine Hand, um mich zu trösten. Niemand störte sich daran, nur Liutbirc konnte auch in diesem Augenblick der tiefen Trauer ihren bösen Mund nicht halten, und sie sagte laut etwas über Leibeigene und den Platz, den sie gefälligst einzuhalten hatten. Daraufhin ging Richlint mit gesenktem Kopf zu ihrer Familie zurück, rote Flecken brannten auf ihren Wangen und alle Leute sahen sie an, und ich war innerlich so wütend auf Liutbirc, dass ich aufhörte mit Weinen und nur noch darüber nachdachte, was ich diesem eingebildeten Mädchen antun könnte, damit sie auch einmal Grund zum Trauern hatte.

Wenn ich jetzt an diesen langen Winterabenden beim endlosen Spinnen darüber nachdachte, dann fiel mir auf, dass Liutbirc nicht nur ins Dorf herunterkam, um mit Walburc beisammen zu sein, sondern ihr Handeln und Reden in der letzten Zeit darauf ausgerichtet war, Richlint zu schaden und sie auch in den Augen der anderen Bewohner von Pitengouua herabzusetzen. Warum sie Richlint, die ihr doch nie etwas getan hatte, allerdings so wenig leiden mochte, das verstand ich damals noch nicht, denn Neid, Ehrgeiz und Standesdünkel waren mir fremd.

Wir waren einfach abgehauen an diesem Sonntagmorgen, Richlint und ich, nach dem Kirchgang in der Frühe waren wir zu Justina geflüchtet, und niemand hatten wir darüber Bescheid gesagt, denn am Sonntag wurde nicht gearbeitet, weil es der Tag Gottes war, und nach der heiligen Messe in der Dorfkirche würde uns wohl keiner mehr vermissen. Der schmale Trampelpfad zu Justinas Wohnstätte führte ein Stück die Pitenach entlang, Richtung Süden auf die schneebedeckten Gebirge zu, und dann durch eine Furt nach Westen, ins Weinland, so nannten wir dort die Flur, denn an den sanften Ausläufern des Meierbergs, die nach Südwesten lagen, wurde in früheren, römischen Zeiten Weinbau betrieben. Der Bach führte jetzt im

Frühling Hochwasser, denn die Schneereste des Winters schmolzen dahin, und im gelben Wasser trieben Äste und Blattwerk, manchmal sogar ganze Bäume, die zu nahe am Ufer gestanden hatten und nun durch die Kraft des Wassers und die wilden Frühjahrsstürme entwurzelt und mitgenommen wurden. Wenn sich so ein Baumstamm am Ufer verkeilte und Blätter und Zweige sich darin verfingen, staute sich ganz schnell das gurgelnde Schmelzwasser und es entstanden kleine Seen, die den alten Weg überfluteten, sodass wir ausweichen und uns mühsam durch Sträucher und Buschwerk kletternd einen neuen Pfad suchen mussten.

Die letzten Tage im Dorf waren einfach fürchterlich gewesen, und als ich jetzt neben der schweigenden Richlint die rauschende Pitenach entlang zum welschen Hof lief, gingen mir die Ereignisse des vergangenen Winters nicht mehr aus dem Kopf, die wohl noch mehr zum Hass der Burgleute auf Folchaid und ihre Familie beigetragen hatten. Drei Tage vor Weihnacht war neues Leben in Pitengouua eingekehrt, denn Folchaid hatte ihr viertes Kind geboren, wieder ein Knabe, und mit der Hilfe von Justina verlief die Geburt ohne Schwierigkeiten. Der kleine Bub war ein kräftiges und schönes Kind, und als wenige Zeit später trotz der rauen Witterung, die weite Reisen zu dieser Jahreszeit kaum erlaubte, der Welfengraf Eticho mit zwei Gefolgsmännern im Dorf eintraf, war die ganze Familie so glücklich, wie ich sie nie zuvor erlebt hatte. Die Freude des Vaters über das gesunde Kind war groß, und als Eticho seinem jüngsten Sohn den Namen seines Vaters und Bruders, Roudolf, gab, werteten wir alle in Pitengouua das als Zeichen dafür, dass sich nun für Folchaid und ihre Kinder alles zum Guten wenden würde und Eticho sie endlich rechtmäßig heiraten konnte. Der Graf zog für einige Zeit mit seiner Familie in die Burganlage auf dem Meierberg, und Wicpert musste mit Uoda und Liutbirc das Haupthaus für seinen Herrn räumen und bei Wichard und den Knechten und Mägden Unterschlupf finden, was natürlich ohne jeden Widerspruch geschah, obwohl es ihnen sicher nicht recht war.

Von Richlint erfuhr ich alles über die paar Wochen auf der Burg, es war meiner Freundin so gut gegangen wie lange vorher nicht, und als sie nach Etichos Abreise alle wieder nach unten ins Dorf gezogen waren, erzählte sie mir jeden Tag mit Begeisterung und in allen Einzelheiten von der schönen Zeit mit ihrem Vater. Eticho, der seine eigenen Kinder ja kaum kannte, weil er nicht mit ihnen zusammen lebte und auch nicht oft in Pitengouua war, hatte sich sehr um sie bemüht und viel Zeit mit ihnen verbracht, und schon bald verloren die Geschwister ihre Scheu vor dem fremden, vornehmen Vater und waren gern mit ihm zusammen.

Rasso sah dem Grafen sehr ähnlich, und wenn die beiden mit der lebhaften Hundemeute und den edlen, braun gefiederten Jagdfalken in die Wälder ritten, um Fasane und Rebhühner, Rothirsche und sogar Bären zu erlegen, erkannte auch ein Fremder in ihnen sogleich Vater und Sohn. Beide waren sehr groß und schlank und saßen sicher zu Pferde, und wenn Eticho im Burghof mit dem Sohn den Schwertkampf oder das genaue Zielen mit Pfeil und Bogen übte, beugten sich zwei gleiche dunkle Köpfe mit dichten, welligen Haaren über die Waffen, und bei beiden grub sich vor Eifer und Anstrengung über der langen, schmalen Nase eine steile Falte in die hohe Stirn. Rasso bewunderte seinen Vater, und Eticho war für ihn so sehr Vorbild in allen männlichen Tugenden, dass die übermütige Richlint ihn des Öfteren wegen seinem Eifer neckte, Rasso mit »edler Herr« ansprach und ihm für die Zukunft spaßeshalber große Taten als wilder Krieger und tapferer Held der Christenheit ausmalte.

Für den kleinen blondlockigen Eticho, dessen Vorbild der große Bruder war und der ihm ständig wie ein Schatten auf seinen kurzen, stämmigen Beinchen hinterherstapfte, hatte Rasso ein kleines Spielzeugschwert aus Holz gemacht, und das zog der Bub den ganzen Tag hinter sich her oder fuchtelte damit wild in der Luft herum, ganz wie die Großen. Am Abend saß die Familie zusammen im Wohnraum des Burghauses, beim sanften Licht der Kerzen und Kienspäne an den Wänden erzählte Eticho von seinem täglichen Leben in Altdorf, von den Schlachten, in denen er gekämpft hatte, und von Jagden, die reiche Beute gebracht hatten. Die Kinder hingen an seinen Lippen, wenn er ihnen ihre Zukunft ausmalte, und Rasso sah sich schon als unerschrockenen, starken Kämpfer für einen gerechten Herzog, und Richlint träumte von der versprochenen Heirat mit einem guten, vornehmen Mann, der sie zur Mutter seiner Kinder und zur Herrin des eigenen Hauses machen würde. Sogar Folchaid war wieder guten Mutes, auf der Burg brauchte sie nichts zu arbeiten, sich nur um den Säugling kümmern, das Essen wurde für sie zubereitet und gebracht, und sowohl Uoda wie Liutbirc gaben sich viel Mühe, Folchaid zu unterhalten und ihr gefällig zu sein. Die beiden Frauen, die den ganzen Tag mit Folchaid und Richlint zusammensaßen, wenn die Männer unterwegs waren, ließen sich nicht anmerken, wie sehr sie die Unfreie verachteten und um ihren eigenen Platz bangten, sie waren ständig liebevoll besorgt um Folchaid und den Säugling Roudolf, und Liutbirc zeigte Richlint ihre schönen Gewänder und spielte mit ihr Wurfzabel, als wenn sie schon immer ihre Freundin gewesen wäre.

An einem schönen Wintertag war Eticho mit Folchaid hinter sich auf seinem temperamentvollen Rappen auf den hohen Schneckenbichl geritten, wo ein alter steinerner Wachturm stand und man einen freien Ausblick von der Dornau bis zum Aurberg hatte, über den ganzen Lechafluss, über Pitengouua bis zum mächtigen Bisenberg. Im Süden konnten sie das Gebirge sehen, eine weiße Kette von hohen Bergen, über deren Pässe der Graf schon einmal nach Rom, der Stadt des Papstes, geritten war. Der Bichl war noch höher als der Meierberg, und als sie ganz oben standen und über die Landschaft schauten, versprach Eticho Folchaid, hier eine feste Burg aus Stein zu bauen, wo er mit ihr und den Kindern leben wollte. Diese Burg sollte die größte und schönste im ganzen Gau werden, ein Bauwerk, wie die Leute hier es noch nie gesehen hatten, mit einer hohen Mauer aus Stein und einem tiefen Graben ringsum, mit mehreren Wachtürmen und einem Haupthaus, das aus zwei Ebenen bestand, so wie Eticho es auf seiner Pilgerreise bei einer Burg im Süden, im Tal der Eisack, gesehen hatte. Als die vor Glück strahlende Folchaid am Abend allen davon erzählte und der Graf schon die genauen Pläne mit seinem Burgvogt Wichard besprach, fiel es der falschen Uoda sichtlich schwerer, ihr freundliches Lächeln weiter beizubehalten, obwohl sie sich sehr beherrschte und kein böses Wort über ihre Lippen kam, bemerkte die aufmerksame Richlint doch, wie wenig der Frau des Burgvogts dieses Vorhaben gefiel.

All das hatte ich von Richlint erfahren, die jetzt auf dem Weg zu Justina still neben mir herlief, mit verschlossenem Gesicht und ohne mich ein einziges Mal anzusehen. Ihr Leben hatte sich seit den Wochen auf dem Meierberg gewaltig geändert, denn kurz darauf, nachdem die Familie wieder ins Dorf gezogen war, kam Eticho grausam ums Leben, und alle schönen Träume von einer besseren Zukunft für sie und ihre Familie verflogen wie Spreu im heftigen Wind.

Als wir an der schmalen Furt des Baches anlangten, die wir überqueren mussten, um nach Westen ins Weinland zu gelangen, fing Richlint zu sprechen an, und ihre leise Stimme klang verbittert. »Ich versteh' es nicht, Afra, so lange und so viel ich auch darüber nachdenke! Ein Mensch kann sich doch nicht so verstellen! Liutbirc war so freundlich zu mir, so besorgt und fast liebevoll, sie ließ mich ihre schönen Gewänder anprobieren, sie zeigte mir ihren kostbaren Schmuck, sie lehrte mich ein neues Würfelspiel, wir waren dauernd zusammen oben auf der Burg, fast wie Schwestern! Ich hatte schon vergessen, wie niederträchtig sie und ihr Bruder früher zu mir waren, wie Wichard mich geschlagen hat, dass das Blut über mein Gesicht lief, wie Liutbirc deiner Mutter unsere geheimen Spiele verraten hat! Ich wollte daran glauben, dass sie sich beide geändert und ihr Unrecht eingesehen haben und dass sie jetzt alles wieder gutmachen und ehrlich mit mir sein wollen!«

Richlint blieb stehen und packte mich am Arm. »Es war nur, weil mein Vater dabei war, verstehst du, nur weil Eticho uns beschützt hat, weil er meine Mutter heiraten und zu einer freien Frau machen wollte! Nur vor den Augen meines Vaters waren sie freundlich zu uns, in Wahrheit haben sie uns alle immer gehasst und verachtet! Und jetzt, wo der Graf tot ist und uns nicht mehr beschützen kann, jetzt sind sie wieder wie früher, voller Hinterlist und so böse, sie werden uns weit fort bringen zu einem neuen Herrn, in ein fernes Kloster, weit weg von Pitengouua, und wir beide werden uns nie wieder sehen in diesem Leben!«

Richlint weinte. Die Tränen liefen über ihr schmales Gesicht, und sie wischte sie nicht fort, sondern hielt sich mit beiden Händen an mir fest, und ihr dünner Körper bebte vor Schluchzen. »Afra, ich will nicht weg von dir! Ich will nicht allein sein mit Mutter und den zwei Kleinen! Rasso wird sowieso bald gehen, er spricht den ganzen Tag nur noch davon, im Dienst des Herzogs weit weg in ein fernes Land zu gehen, und alleine mit Mutter in einem fremden Dorf halte ich es nicht aus. Du bist die Einzige, die immer auf meiner Seite gestanden hat, ganz gleich, wer mein Vater ist oder war, du warst immer meine Freundin, du musst mir helfen, du musst mit mir zusammen fliehen!« Sie holte tief Luft und sah mir fest, fast beschwörend, in die Augen, meine Hände ließ sie nicht los, sondern klammerte sich so daran, dass es richtig wehtat. »Justina wird wissen, was wir tun sollen. Sie wird wissen, wohin wir gehen können, in welchem Land wir eine Möglichkeit zum Leben haben. Wir werden Justina fragen! Bitte, Afra, bitte, sag' ja, sag', dass du mich nicht alleine lässt!«

Schon oft hatte Richlint davon gesprochen, aus Pitengouua wegzugehen, davonzulaufen aus ihrem Dasein voller Abhängigkeit und Unfreiheit, wenn es auch lebensgefährlich und strengstens verboten war, doch in der letzten Zeit, als ihr Vater auf der Burg weilte und es der ganzen Familie so gut ging wie nie zuvor, hatte sie kein Wort mehr darüber verloren. Doch als vor wenigen Wochen die Nachricht kam, dass der alte Graf Roudolf und sein Sohn und Nachfolger Eticho, die mit Herzog Berthold an der Donua gegen die wilden Ungarn gezogen waren, in einen arglistigen Hinterhalt geraten und beide ums Leben gekommen waren, änderte das Richlints Leben völlig. Denn jetzt brauchten sich Wichard und Uoda nicht mehr zurückzuhalten, brauchten keine Angst mehr zu haben, auf der Burg oben von Folchaid verdrängt zu werden. Jetzt konnten sie ihren Hass auf die Unfreie und ihre Kinder offen zeigen, jetzt hatte Etichos Familie ihren Beschützer verloren und stand allein. Schon sprach der Burgvogt davon, die Familie gegen andere Leibeigene zu tauschen oder gegen Land oder Güter zu verkaufen, denn in Pitengouua hätten sie nichts mehr verloren und würden doch nur Unfrieden stiften, und zur Arbeit taugten sie sowieso nicht. Allein mein guter Vater Wezilo erhob Einspruch und weigerte sich, denn er hatte nichts gegen Folchaid und ihre Kinder, und ohne Etichos Nachfolger, den neuen Grafen Roudolf zu befragen, wollte er mit diesem Handel nichts zu tun haben. Und das Wort Wezilos als Meier von Pitengouua galt nicht wenig, sodass die Entscheidung aufgeschoben wurde, bis endgültige Nachricht von Graf Roudolf kam, und in dieser Ungewissheit musste die Familie nun die nächste Zeit leben.

Zu ihrem tiefen Kummer über den Tod Etichos, den gerade die Kinder in den letzten Wochen lieben gelernt hatten, kam nun die harte Behandlung durch die Burgleute, die keine einzige Gelegenheit ausließen, ihre Macht zu zeigen und Folchaid zu verletzen. Bei der heiligen Messe, die für Etichos Seele gehalten wurde, standen sie, die ihr Bett noch vor kurzem für den Grafen und Folchaid räumen mussten, ganz vorne bei der Altarschranke, wie es ihrem Rang entsprach, und Folchaid mit Rasso und Richlint musste von ihrem Mann und dem Vater ihrer Kinder draußen Abschied nehmen, denn in der kleinen Kirche war bei diesem Anlass für Leibeigene kein Platz.

Als die Leute von Pitengouua merkten, wie die Bewohner der Burg sich verhielten und dass kein Tag verging, an dem sich Uoda und Liutbirc nicht irgendeine Gemeinheit ausdachten, um Folchaid und Richlint daran zu erinnern, dass sie jetzt nur noch Unfreie ohne jede Hoffnung waren, änderten auch sie ihr Verhalten gegenüber der Familie und behandelten sie schlechter als je zuvor. Sogar die Kinder im Dorf bemerkten die neue

Stimmung, und sie hänselten den kleinen Eticho, wenn er mit ihnen spielen wollte, machten sich lustig über sein winziges Holzschwert, auf das er doch so stolz war, und schubsten ihn einfach in den Dreck, wenn er ihnen beim Spiel im Wege stand. Darüber geriet der Kleine so sehr in Wut, dass er den anderen Kindern drohte, sein Spielschwert gegen das eiserne Schwert seines großen Bruders zu tauschen und sie damit alle niederzumachen. Die Empörung der Frauen daraufhin war groß, und Wichard forderte von Rasso das Schwert, das ein Geschenk Etichos war, damit der Kleine keinen gefährlichen Unsinn damit treiben konnte. »Als Knecht gibt es keine persönliche Habe für dich,« sagte Wichard, »und ein richtiges Schwert wirst du bei der Landarbeit kaum brauchen, da reicht wohl eine Sense und ein hölzerner Rechen!« Mit verschlossenem Gesicht und ohne ein Wort gab Rasso das Schwert heraus, denn es blieb ihm nichts anderes übrig. Aber Folchaid, Richlint und ich wussten, wie schwer es ihm fiel, denn wir kannten seinen Traum, ein tapferer Krieger des Herzogs zu werden. Als Unfreier mit Sense und Rechen war das nicht möglich, und Rasso wurde in den folgenden Tagen und Wochen immer einsilbiger, es zeigte sich kein Lächeln mehr auf seinem hübschen Gesicht und er zog sich von uns allen zurück und war lieber allein.

Ich selber war auch nur ein Kind, ein Mädchen dazu, und ich konnte an den Tatsachen nichts verändern, wenngleich ich oft mit meinem Vater über Richlint und ihre Familie sprach und ihn flehentlich darum bat, alles für sie zu tun, was in seiner Macht lag. Aber wenn er auch der Meier von Pitengouua war, so hatte er doch dem Grafen zu gehorchen, und von dessen Wort hing alles ab, und auf dieses Wort ließ er uns sehr lange warten.

Als sich Richlint auf dem schlammigen Weg zum welschen Gutshof an mich klammerte, als sie so bitterlich weinte und ich ihre wirklich tiefe Verzweiflung spürte, fand ich es zum ersten Mal richtig, mit meiner Freundin zusammen wegzulaufen, auch wenn es für mich keinen echten Grund gab, denn mein Leben verlief so wie immer, und als freie Meiertochter geboren zu sein war wahrlich kein Unglück. Aber Richlint ihrem Schicksal alleine zu überlassen, das wäre keine wahre Freundschaft, die wir uns doch schon vor langer Zeit geschworen hatten, und trotz einem unbestimmten Gefühl von Angst in meinem Bauch umarmte ich sie und versicherte ihr, mit ihr davonzulaufen, wohin immer Justina uns raten mochte.

Der alte römische Gutshof lag ein gutes Stück außerhalb von Pitengouua im Südwesten, unterhalb der sanften Hänge des Weinlandes. Ein kleiner Bach floss in der Nähe und lieferte das nötige Wasser, ein schmaler Saumweg führte vom Hof nach Süden zu den Bergen und eine in früheren Zeiten befestigte Straße hinunter zur Lecha, wo eine breite Furt des Flusses den Übergang zur Siedlung in Dornau und zur alten römischen Heerstraße Via Claudia ermöglichte. Der Hof lag frei und völlig ungeschützt da, umgeben von einer mittlerweile ganz zerfallenen und abgebrochenen, niedrigen Mauer, und war vor vielen Jahren sicher ein sehr imposanter Bau, aus mehreren kleinen und großen Häusern bestehend, mit überdachten Säulengängen, die die Räume verbanden, mit festen Mauern aus Tuffsteinen und Kalkmörtel, die Dächer mit roten Ziegeln gedeckt und die grauen Böden mit Schieferplatten ausgelegt oder mit festgestampftem Lehm geglättet. In mehreren Räumen gab es einen Herd aus Plattenziegeln, und eine Fußbodenheizung aus Tonröhren nach römischer Art sorgte für Wärme, auch in den Baderäumen, die mit bunten Fresken und leuchtenden Wandmalereien verziert waren. Doch dass der Hof heute nicht mehr bewirtschaftet wurde, sah jeder Besucher sofort, denn die Ziegeldächer waren zum Teil eingestürzt, die Mauern an manchen Stellen abgebrochen und geschleift, und die Getreidefelder rings um den Hof lagen schon lange Zeit brach. Der kleine Weiher am Hofeingang war fast versandet und es schwammen dort keine Fische mehr, und rings um die von Unkraut und wilden Hecken umgebenen Gebäude lagen Scherben und Schutt, zerbrochene Ziegel und Gefäßscherben aus Ton und Stein, flaches, durchscheinendes Fensterglas und viele alte, eiserne Nägel. Das ganze Anwesen machte einen einsamen, verlassenen Eindruck, und nur die kleine, vielfarbige Ziegenherde, die munter meckernd unter den großen Bäumen, die rings um den ganzen Hof Schatten spendeten, auf den Schutthügeln herumkletterte, ließ auf die Anwesenheit von Menschen schließen.

Die beiden Mädchen, die sich dem Gut von Osten näherten, gingen schnell und zielstrebig am sumpfigen Weiher vorbei zum Hofeingang, und sie ließen sich nicht durch das laute, warnende Bellen eines Hundes aus dem Hausinnern aufhalten. Die größere von beiden, ein schlankes, kräftiges Kind mit dicken Zöpfen von der Farbe reifer Kastanien, heller, durchscheinender Haut und leuchtend blauen Augen, hatte ihren Arm wie zum Schutz um die Schultern der kleinen, zierlichen Freundin gelegt, deren schmales, blasses Gesicht von Tränenspuren gezeichnet und ganz verschmiert war. Beide Mädchen trugen wadenlange Kittel aus dünnem, braunem Wollstoff über ihren leinenen Unterkleidern und einen geflochtenen Gürtel um die Taille, an dem verschiedener Zierrat, wie einfache Glasperlen, Bergkristalle oder bunte Millefioriperlen, neben nützlichen Dingen wie Messer und beinernem Kamm hing. Um die Schultern hatten sie einen gewalkten, ärmellosen Umhang aus dicker Schafwolle geworfen, der von einer einfachen, eisernen Fibel über der Brust zusammengehalten wurde, denn es war noch ziemlich kalt in diesem Frühjahr; und vom Klettern über Buschwerk und Sträucher und den vielen, tiefen Pfützen am Weg waren beide Mädchen nass und schmutzig geworden, der handbreite Saum der Kleider schlotterte durchweicht um ihre nackten Beine, und die dünnen, geschnürten Lederschuhe mit den Wadenwickeln darunter waren mit Wasser voll gesogen.

Als sie jetzt vor dem mächtigen, weit offen stehenden Haupttor standen, schoss ein kalbsgroßer, weißer Hund mit wütendem Bellen auf sie zu und beruhigte sich erst, als er die Mädchen erkannte. »Cimbro, mein Guter! Ja, du bist ein Braver, ein feiner Hund bist du, passt so gut auf die Herrin auf!

Komm nur her, komm her, lass dich streicheln!« Das riesige Tier winselte vor Freude, und als das größere der beiden Mädchen auf ihn zuging und immer wieder über das weiche, lockige Fell fuhr und den großen, schweren Kopf mit den schwarzen Lefzen und den bedrohlichen, weißen Reißzähnen in beide Hände nahm und an ihre Brust drückte, legte sich der Hund vor den Kindern auf den Rücken und wollte sich auch den Bauch kraulen lassen. »Siehst du, Afra, Justina ist zu Hause«, sagte die zierliche Richlint mit froher Stimme zu ihrer Freundin, die neben dem Hund auf dem Boden kniete und ihn liebkoste. »Sie merkt es, wenn wir sie brauchen, und dann ist sie nie weit weg!« Die Erleichterung, dass der Weg nicht umsonst und Justina, die viel unterwegs war, heute im Gutshof geblieben schien, war der kleinen Richlint deutlich anzumerken, und endlich tauchte wieder ein Lächeln in ihrem traurigen Gesicht auf, als jetzt im Tor die Herrin des großen Hundes zu sehen war.

Justina trug eine einfache, graue Tunika über ihrem Unterkleid, die ihre Arme bis zum Ellbogen frei ließ, und trotz des noch ziemlich kalten Wetters war sie barfuß und schien auch nicht zu frieren. Ihre schwarzen, dichten Haare hatte sie mit einem gewebten Band zusammengebunden, und obwohl ihre dunklen Augen mit tiefer Sorge auf der kleinen Richlint lagen, begrüßte sie doch die beiden Mädchen unbeschwert und heiter. »Oh Göttin, wie seht ihr zwei denn aus! Da könnt ihr euch ja den Tod holen, so nass wie ihr seid, und ein kalter Wind tut das Seine! Kommt rein, kommt rein, ich bereite gerade frischen Kräutersud und habe eine Menge heißes Wasser auf dem Herd, da werde ich euch ein warmes Bad bereiten und eure schmutzigen Sachen auswaschen!«

Glücklich über die warmen Worte von Justina folgten die Mädchen ihr ins Innere der Anlage, und nachdem der große weiße Hund merkte, dass jetzt keine weiteren Liebkosungen mehr folgten und alle ins Haus gingen, streckte er sich lang und genüsslich, gähnte mit blitzenden Zähnen im weit offenen Maul und trottete dann den Menschen gemächlich hinterher.

Durch das runde, gemauerte Tor ging es direkt ins Haupthaus des Gutes, ein großes, lang gestrecktes Gebäude mit mehreren Räumen, die durch einen überdachten, viereckigen Säulengang, der einen kleinen Innenhof mit einem Brunnen umschloss, auf der Südseite miteinander verbunden waren. Die Zimmer hatten alle Decken aus dunklen Holzbalken, die teilweise geborsten und herabgebrochen waren, und an diesen Stellen fiel Licht von draußen herein und Schnee und Regen im Winter, sodass das Dach immer mehr einbrach und Haufen von roten Ziegeln und Schutt auf den schönen, glatten Schieferböden lagen. Durch die Fenster, die früher mit Glas verschlossen waren und durch die jetzt der Wind in die Zimmer fegte, kam genügend Tageslicht herein, sodass die Mädchen die herrlichen Wandmalereien, in Rot und Grün, Ockergelb und Weiß, die symmetrischen Linien und die bunten Muster der früheren welschen Bewohner bewundern konnten. Immer wieder bei ihren Besuchen waren die beiden von den farbigen Fresken beeindruckt, und besonders das ehemalige Speisezimmer mit seinem in geometrischen Mustern angelegten Fliesenboden, den gemauerten Ruhebänken und der grünweißen, wunderschönen Malerei hatte es ihnen angetan. Doch heute konnten sie nicht lange vor den Wandbildern verweilen, nass und durchfroren, wie sie waren, drängte Justina sie zum Badehaus, das mitten im großen Hofgelände lag, zwischen dem Haupthaus mit dem quadratischen Säulengang und den Wirtschaftsgebäuden im Süden, in denen Justina mit ihren vielen Tieren lebte.

Das Bad war von außen ein schlichtes, rechteckiges Gebäude mit einem runden Erker an der Mitte der Längsseite und gemauerten, ehemals weiß gekalkten Wänden und rotem Ziegeldach wie die anderen römischen Häuser der Anlage. An einer Wand waren sauber mit dem Beil zurechtgehauene Holzscheite gestapelt, um immer genügend Brennholz für den Ofen bereitzuhalten, der das Badewasser erwärmte, und auf und um diese Holzbeige saßen und lagen mehrere Katzen, schwarze, dreifarbige und braun gestreifte, die gemütlich das Frühjahrslicht genossen und Justina beim Zusammenstellen der Kräuter für ihre verschiedenen Heilmittel Gesellschaft geleistet hatten. Auch im

Dorf Pitengouua gab es jede Menge Katzen in allen Farben, die als fleißige Mäusejäger in den Vorratsschuppen und zum Vertreiben der Vögel aus den Bauerngärten geschätzt wurden, aber es würde keinem Menschen dort einfallen, diese eigenwilligen Tiere mit ins Wohnhaus oder in die Bettstatt zu nehmen oder ihnen gar einen eigenen Namen zu geben, wie man es mit einem guten, treuen Hund machte. Justina aber war anders, sie kannte jede Katze auf dem Hof so genau wie sich selbst, und alle ihre Tiere ließen sich von ihr mit eigenen Namen rufen; sogar die Ziegen folgten dem Laut der Herrin und sprangen, mit den eisernen Glöckchen um den Hals laut bimmelnd, sogleich herbei, wenn nach ihnen verlangt wurde. Die geschmeidigen Haustiere von Justina aber waren mit fremden Menschen sehr scheu und verschwanden lautlos und unsichtbar, sobald Fremde den Hof betraten.

Das Badehaus, das die Mädchen jetzt mit der Frau betraten, bestand im Innern aus drei einzelnen Räumen, die früher von den römischen Besitzern für ausgiebige Badezeremonien mit heißem und kaltem Wasser genützt wurden, aber Justina badete gewöhnlich nur im Warmbad und bewahrte in den zwei anderen Zimmern ihre fertigen Heilmittel und Zutaten auf. Der Eingangsbereich mit dem ehemaligen Umkleidezimmer war übervoll mit Kräutern, Pflanzen und ganzen Ästen von Bäumen, die zum Trocknen an den Wänden und von der Decke hingen, und auf den steinernen Bänken ringsum standen irdene Töpfe und Schüsseln, gewebte Säcke aus Leinen und Hanf, geflochtene Weidenkörbe und hölzerne Eimer, Fässer und Kannen, die mit Weidenruten oder Eisenbändern zusammengehalten wurden und innen mit Pech behandelt waren, damit sie dicht abschlossen.

In all diesen Behältnissen wurde etwas aufbewahrt, mit anderen Sachen gemischt oder mit Wein und Wasser angesetzt, damit sich die Heilkraft steigerte. Da waren braune Nüsse und grüngelbe Pflanzensamen, rote und schwarze Beeren, getrocknete Pilze, tiefschwarzer Mohn, immergrüne Farne und Blätter und Zweige von Bäumen wie Esche, Linde, Birke und vielen anderen. Die verschiedenen Kräuterbündel an der Decke konnte nur Justina benennen und unterscheiden, aber die zum Trocknen in dünne Scheiben geschnittenen Äpfel und Birnen, die an feinen Hanfstricken herabhingen, das Gemüse wie Lauch, Gelberüben und Kohl und die Blütendolden des Hollers sowie die herbsauren Früchte der Schlehe kannten auch die Kinder gut.

»Jetzt aber runter mit den nassen Sachen!«, rief Justina fröhlich, als die drei den Baderaum betraten, und die Mädchen zogen sich aus und legten ihre schmutzigen Gewänder auf die Bank vor der in Stein gemauerten, gefliesten Wanne, während Justina von draußen Kübel um Kübel mit heißem Wasser brachte und in das Becken schüttete. Als genügend Wasser da und auch die Temperatur von ihrer Hand geprüft war, streute sie eine Hand voll Getrocknetes ins Bad, und ein angenehmer Duft nach süßen Blüten und aromatischen Kräutern erfüllte den Raum. Zusammen stiegen die durchfrorenen Kinder jetzt ins warme Wasser, Afra mit ihren glatten, festen Gliedern und einem kräftigen Mädchenkörper und die magere Richlint mit ihrer hellen, dünnen Haut und den vorsichtigen Bewegungen eines unsicheren, kleinen Kindes. Justina holte einen großen Kübel mit frischem Wasser, setzte sich auf die Bank neben den badenden Mädchen und begann, die Kittel und Unterkleider der beiden zu reinigen. Dabei erzählte sie mit leichter Stimme und scheinbar unbeschwert von vergangenen Zeiten und dem sonnigen Land, aus dem ihre Mutter stammte. Die Kinder würden ihr schon noch sagen, warum sie so dringend und mit so traurigen Gesichtern an diesem Tag des Herrn zu ihr gekommen waren, da war sie sicher, man musste ihnen nur die Zeit lassen, ihre Gedanken zu ordnen und die richtigen Worte für ihr Anliegen zu finden.

»Vor einigen hundert Jahren gab es hier auf dem Gutshof noch fließendes Wasser, niemand musste schwere Kübel und Eimer von draußen hereinschleppen, und sogar durch den geheimen Abtritt floss das Wasser hindurch und nahm den Kot mit, sodass es dort immer sauber und reinlich blieb. Auch eine

Heizvorrichtung mit gebrannten Röhren aus Tonerde unter dem Boden hatten die Bewohner, dieses Können und Wissen haben die römischen Soldaten aus ihrer Heimat mit nach Germanien gebracht, denn sie haben ihre Häuser hier genauso angelegt wie im Süden.«

Afra unterbrach die Erzählung von Justina ungläubig. »Aber wie ist das Wasser denn ins Haus gekommen? Hier drin ist doch keine Quelle!« Justina lächelte. »Das stimmt, Afra, die Quelle des Bächleins ist ein gutes Stück weit weg. Aber die Römer haben Eichenstämme ausgehöhlt und miteinander verbunden, und darin wurde das Wasser vom Bächlein direkt ins Haus geleitet. Wenn ihr euch draußen aufmerksam umschaut, dann werdet ihr noch Reste dieser Wasserversorgung finden, da liegen noch genügend uralte Baumstämme herum, die von den Menschen dazu bearbeitet wurden. In Roselle, einer Stadt in Tuscia, aus der meine Mutter stammt, hatten alle Häuser, nicht nur die der Reichen, dieses fließende Wasser, obwohl die Gebäude hoch droben auf einem Berg lagen, wie der Horst eines Adlers, und man konnte weit, sehr weit übers Land schauen, bis hinunter zum glitzernden Meer.«

Die Mädchen hörten gespannt zu, und als Justina das Meer erwähnte, bekam sogar Richlint glänzende Augen und richtete sich, im Wasser plätschernd, in der Wanne auf. »Bitte, Justina, erzähl' uns von deiner Mutter und dem Land, aus dem sie kam! Und vom Meer, erzähl' uns alles, was du weißt über das Meer!«

Justina legte die Kleider, die sie reinigte, zur Seite auf die Bank und ließ die nassen Hände in den Schoß sinken. Sie hob den Kopf mit den schwarzen Locken, und ihre dunklen, samtigen Augen blickten weit über die badenden Kinder hinweg auf etwas, das nur sie sehen konnten; etwas, das sehr traurig und sehr schön zugleich schien, und mit leicht bebender Stimme begann sie zu erzählen.

»Ich selber habe das Meer nie wirklich gesehen, nicht in diesem Leben, und doch kann ich, wenn ich meine Augen schließe, das Glitzern der Sonne auf dem unendlichen Ozean erkennen, die Farben des Himmels geben dem Wasser sein

Licht, es ist von tiefstem Blau und hellstem Grün und schmutzigstem Grau, es wechselt seine vielen Tönungen so schnell wie die Wolken am Himmel vorüberziehen, und seine Schwärze in der Nacht, wenn die Sterne und der Mond sich verstecken, ist die tiefe Düsternis der Unterwelt und der schwarze See des Todes. Ich kann die riesigen Wellen hören, wenn ich meine Ohren weit öffne, klatschend und laut, wenn sie im Hafen mit Macht an die steinerne Brüstung des Beckens schlagen, leise und sanft rauschend, wenn sie über den weichen Sand ans flache Ufer rollen und mit saugender Beharrlichkeit versuchen, meinen Füßen den festen Grund zu nehmen und mich mit sich hinaus in die unendliche Tiefe zu ziehen. Ich kann den würzigen Geruch nach Salz und nassem Holz, nach Fischen und dunkelgrünem Seetang riechen, wenn ich tief die Luft durch meine Nüstern ziehe, und von diesem berauschenden Duft dreht sich mein Kopf wie im Schwindel, und ich sehne mich danach, auf den schwankenden Planken eines Schiffes zu stehen und das heitere Spiel der Delphine in den Wellen zu beobachten.«

Justina schwieg für einen Augenblick und betrachtete nachdenklich ihre Hände. »Schaut euch die schönen Malereien in diesem Baderaum an, hier an den Wänden und an der Decke, da seht ihr bunte Fische, die miteinander spielen und scheinbar schwerelos durch das Wasser tauchen, grauenvolle Ungeheuer mit riesigem Maul und spitzen Zähnen und seltsame Fabelwesen mit Flügeln und Schweif sitzen in der Tiefe und warten auf die Körper und Seelen der ertrunkenen Menschen. Das Volk, aus dem meine Mutter stammt, war ein altes Volk von tüchtigen Seefahrern, über viele hundert Jahre waren sie auf allen Meeren dieser Welt daheim, ihre schönen Boote waren die schnellsten und wendigsten Schiffe ihrer Zeit, und sie fürchteten sich nicht wie so viele andere Völker vor den Tücken und Untiefen der Ozeane. Als sie sich niederließen, geschah das in der Nähe des Wassers, und sie bauten Häfen für ihre Schiffe am Ufer und Städte für ihre Menschen hoch oben auf Bergen und Hügeln, damit sie von dort jeden Tag das Meer sehen konnten.

Meine Mutter lebte dort droben in Roselle, der alten tuscischen Stadt, die die römischen Eroberer von ihrem Volk übernommen hatten, und obwohl sie nur die Sklavin einer reichen Familie war, sah sie doch jeden Tag von weitem das Meer und war zufrieden. Im Sommer, wenn die Hitze auf dem Berg trotz der kühlen Häuser mit ihren dicken Steinmauern für Mensch und Tier unerträglich wurde, zog die ganze Familie in ihr Landgut, das nahe am Meer in einem schattigen Hain von uralten Bäumen lag, und verbrachte dort die heißen Monate. Meine Mutter hat mir von sternklaren Sommernächten erzählt, mit ihrer warmen, lauen Luft und dem reichen Duft der Pflanzen und Gewürze, die dort so üppig wuchsen, und von den geheimnisvollen Lauten der wilden Tiere in dunkler Nacht, die manchen Menschen nicht schlafen ließen. Sie hat mir so viel erzählt von diesem sonnigen, wunderschönen Land, dass ich manchmal meine, selbst dort gewesen zu sein, und es verwundert mich heute nicht mehr, dass sie nach einigen Jahren hier einging wie eine Pflanze ohne Wasser und Licht, als dieser Mann aus Pitengouua sie unbedingt haben wollte und mit in das raue Land Baiern nahm.«

Es war sehr still im Baderaum, als Justina geendet hatte. Jede der drei hing ihren eigenen Gedanken nach, und erst nach langer Zeit schien die junge Frau, die wohl an ihre tote Mutter gedacht hatte, wie aus einem tiefen Traum wieder zu erwachen. »Ich rede und erzähle, und dabei ist euer Badewasser kalt geworden! Raus mit euch zweien, hier habt ihr ein Stück Leinenstoff zum Abtrocknen, rubbelt die Haut nur tüchtig, das bringt das Blut zum Fließen!«

Die Mädchen stiegen aus der steinernen Wanne und trockneten sich ab, während Justina die nassen Sachen der beiden draußen an die Büsche zum Trocknen hängte und zwei ihrer eigenen Kittel holte, damit die Kinder etwas zum Überwerfen hatten, bis ihre Kleider wieder ganz trocken waren. Lustig sahen sie aus in den viel zu großen Sachen von Justina, besonders die kleine, dünne Richlint, die leicht zwei Mal in ihren groben Wollkittel gepasst hätte und jetzt übermütig wie eine eingebildete Burgdame auf und ab stolzierte und dabei mit großen, übertriebenen Gesten ihr Kleid raffte, um nicht darüber zu fallen. Afra lachte laut. »Wie Liutbirc, du gehst genauso wie Liutbirc, wenn sie am Sonntag zu uns herunter in die Kirche kommt und will, dass alle sie bewundern!«

Richlint blieb stehen und ließ langsam ihre Arme sinken. Der Name Liutbirc hatte sie wieder an den Grund ihres Besuches erinnert, den sie bei den Erzählungen von Justina über das Land Tuscia und das Meer beinahe vergessen hatte, und ihre braunen, großen Augen füllten sich mit Tränen, als sie jetzt an ihren Kummer erinnert wurde. »Justina«, wandte sie sich bittend an die Frau, die ihr lächelnd beim Spiel zugesehen hatte und nun aufmerksam zuhörte, »Justina, wir sind gekommen, damit du uns hilfst! Wir wollen weg aus Pitengouua, Afra und ich, wir wollen flüchten, nach Süden, in das schöne, warme Land, aus dem deine Mutter kam! Seit dem Tod von Eticho ist das Leben im Dorf für mich wie die Hölle, sie quälen mich und meine Brüder, wann immer sie können, Liutbirc und Uoda und Wichard, sie verachten unsere Familie und wollen uns loswerden, und wir können uns nicht wehren, weil wir Unfreie sind und weder Rechte noch Vermögen besitzen! Du musst uns helfen, uns sagen, welchen Weg wir nehmen müssen, wie wir es machen sollen! Afra geht mit, sie hat es mir versprochen, wir wollen morgen schon aufbrechen, in aller Frühe, und bis die anderen merken, dass wir weggelaufen sind, und uns suchen, sind wir schon weit weg in den Bergen in Sicherheit!« Richlint redete so schnell, dass sie kaum Luft holen konnte zwischen den Sätzen, und sie hörte auf mit Weinen und fuhr mit blitzenden Augen voller Wut und Trotz fort. »Denen da oben auf der Burg zeig' ich es schon noch, allen im Dorf zeig' ich es! Diese dumme, hässliche, eingebildete Liutbirc, zuerst schmeichelt sie mir mit süßen Worten und ist freundlich und hilfsbereit, und dann schaut sie mich nicht einmal mehr an, außer wenn sie mir und meiner Mutter die Dreckarbeit anschafft, für die sie selber zu fein ist! Wenn wir eines Tages zurückkommen nach Pitengouua, dann werde ich eine reiche Frau sein, mit einem Mann, der Herzog oder mindestens Graf ist, und dann werden sie auf bloßen Knien Abbitte leisten müssen, diese Burgweiber!«

Erschöpft von ihrem Ausbruch hockte sich Richlint auf den Steinboden, den weiten Kittel eng um sich geschlungen, und schaute Justina erwartungsvoll an. »Gut, meine Kleine, es ist ja gut«, murmelte die dunkle Frau besänftigend, »ich weiß, wie es dir und deinen Leuten in den letzten Wochen in Pitengouua ergangen ist! Ich weiß, wie es ist, arm und unfrei zu sein in der Dorfgemeinschaft, anders von Herkunft und Aussehen als die meisten! Uoda und ihre Tochter sehen mich nicht, auch wenn ich direkt neben ihnen stehe, aber wenn dann jemand krank wird und leidet in der Burg oben, ob Mensch oder Tier, dann bin ich recht und werde zu Hilfe geholt. Aber das mit dem Weglaufen, das bringt dir keinen Vorteil, Richlint, das darfst du mir glauben, davon wird für dich nichts einfacher!«

Justina schaute Richlint eindringlich in die Augen, und dann wanderte ihr Blick zu Afra, die unbeholfen neben ihrer Freundin stand und nicht recht wusste, was sie sagen oder tun sollte.

»Und du, Afra, du hast ja wahrlich keinen Grund, aus Pitengouua wegzulaufen! Es ist schön von dir, wenn du Richlint nicht allein lassen willst, aber dieser Gedanke von euch mit dem Fortlaufen taugt leider nicht allzu viel. Die Berge sind hoch, voller Eis und Schnee, an den Wegen und in den Wäldern lauern wilde Tiere und gefährliche Räuberbanden und Männer, die ihr Gold mit dem Einfangen entlaufener Leibeigener verdienen. Und falls ihr es doch über die Berge schafft und im Süden seid, was wollt ihr dort anfangen, von was wollt ihr euch ernähren, wo wollt ihr schlafen? Ihr sprecht nicht einmal die verschiedenen Sprachen des Landes, ihr seid nur zwei kleine, unschuldige Mädchen ohne den Schutz einer Familie; irgendein Mann wird euch einfangen, mit seinen bloßen Händen, und er wird euch Gewalt antun und dann töten oder als Sklaven verkaufen! Ein sehr dummer Gedanke ist das!«

Durch die aufgebrachte Stimme seiner Herrin aufgeschreckt, war der große, weiße Hund in den Baderaum gelaufen, und die verlegene Afra, die nicht wusste, was sie Justina antworten sollte, begann ihn zu streicheln und zu kraulen und schaute nicht auf.

»Nein, nein«, fuhr Justina fort, »wegzulaufen ist nichts für euch, und eure Familien würdet ihr damit zu Tode ängstigen. Ihr beide, Richlint und Afra, ihr seid in Pitengouua geboren, und dort wird sich euer Schicksal auch erfüllen. Dem eigenen Schicksal kann niemand davonlaufen, denn wo ihr auch hingeht, euch selbst nehmt ihr immer mit, die Vergangenheit im Dorf, eure Ängste und Sorgen, euren Glauben und eure Zweifel. Die könnt ihr nicht einfach ablegen wie einen Mantel oder ein Kleid, wie etwas Altes, das man nicht mehr braucht und loshaben will! Du, Afra, wirst an deine Eltern denken und an Walburc, deine Schwester, und du wirst jeden Tag weinen vor Sehnsucht nach Pitengouua und seinen Flüssen und Seen, Wäldern und Hügeln. Die Menschen der Heimat und die vertraute Sprache deiner Kindheit werden dir fehlen, und du wirst dich fragen, warum du gegangen bist, und du wirst Richlint dafür hassen, dass sie dich dazu gedrängt hat!«

Eindringlich und fest hatte Justina zu Afra gesprochen, aber als sie sich jetzt an Richlint wandte, die immer noch auf dem kalten Steinboden kauerte, wurde ihre Stimme leise und mild, und sie stand auf und strich dem kleinen Mädchen besänftigend über die Haare. »Richlint, ich weiß, dass diese Zeit nicht leicht für dich ist, aber glaube mir, das Weglaufen ändert gar nichts in deinem Leben! Du hast Schweres hinter dir und noch viel Schwereres vor dir liegen, das spüre ich genau, aber deinem Schicksal kannst du durch Fortlaufen nicht entkommen. Du bist ein starkes Mädchen mit eigenem Willen und großen Träumen, du fügst dich nicht einfach in das Dasein einer Leibeigenen, die ihre tägliche Arbeit tut und ihren Herren gehorcht und weiter nach nichts fragt, du willst mehr! Aber warte noch ein wenig, jetzt bist du nur ein Kind und kannst nichts erreichen aus eigener Kraft. Lass' dir Zeit, bis du eine erwachsene Frau bist, in Pitengouua kann sich in wenigen Jahren viel verändern, und es werden Tage kommen, an denen du dich über dein Leben freust und glücklich bist!«

Afra, die neben Cimbro auf dem Boden hockte, schaute auf und fragte mit nachdenklichem Gesicht. »Und du, Justina, bist du denn glücklich hier draußen im Weinland? Du hast keinen Mann und keine Kinder, niemand sorgt sich um dich, wenn dir etwas fehlt, und die anderen Leute fürchten sich manchmal vor dir und meiden deine Nähe! Immer allein zu sein, das stell' ich mir schrecklich vor! Warum bist du nicht längst in die Heimat deiner Mutter zurückgegangen, dein Herr wird wohl nicht wieder kommen, und die Pitengouuer würde es nicht kümmern, wohin du gehst!«

Justina lächelte und schwieg. Die beiden Mädchen sahen sie erwartungsvoll an, und schließlich begann die junge Frau mit sehr leiser Stimme zu reden. »Ich bin zufrieden hier, in manchen Augenblicken sogar glücklich, auch wenn ihr zwei euch das nicht vorstellen könnt, weil ihr glaubt, zum Glück gehöre ein Mann und Kinder, ein eigenes Haus mit Grund und Boden und Reichtum und Ansehen im Dorf! Das finde ich nicht, und ich habe mir mein Leben gerade so ausgesucht, wie es jetzt ist. Ich bin nicht allein, denn ich habe meine Tiere, mit ihnen spreche ich und sie geben mir Antwort, sie sind mir so viel wert wie anderen die Menschen. Ich bin nicht hungrig, denn ich habe reichlich zu essen, Kräuter, Wurzeln und Pilze finde ich im Wald, und die Bauern geben mir Getreide, Gemüse und Obst, wenn ich eines ihrer Schafe oder eine Kuh versorgt oder ihren Frauen im Kindbett geholfen habe und sie dann überleben. Mich friert nicht, denn ich finde genügend Holz für meinen Herd, und manchmal bekomme ich für meine Dienste ein Stück Stoff oder einen Sack voll Wolle, die ich dann spinnen und weben kann. Ich bin nicht arm, denn meine Ziegen geben mir süße, nahrhafte Milch, und meine Hühner schenken mir ihre Eier. Ich bin nicht einsam, denn die Sterne am Himmel und der Mond und die Sonne sind immer bei mir, die Bäume im Wald, all die Pflanzen, der Bach und die großen Flüsse, sie haben mir viel zu erzählen! Und dann ist da Vanth, die geflügelte Schutzgöttin meiner Mutter, sie wacht über mich bei Tag und bei Nacht, und wenn ich nicht mehr weiter weiß, dann rufe ich sie an und bringe ihr ein Opfer dar, und immer erhalte ich Rat und Hilfe. Und dann gibt es ja euch zwei Mädchen, auf eure Besuche freue ich mich jedes Mal ganz besonders, denn sie bringen Farbe und Leben in mein verfallenes Haus.«

Afra und Richlint hatten aufmerksam zugehört, aber ganz wollten sie sich mit dem schönen Bild, das Justina gezeichnet hatte, noch nicht zufrieden geben. »Aber ein Mann, jemand für die Bettstatt in der Nacht, das muss dir doch fehlen, Justina!«, rief Afra, die immer still dabei saß und genau zuhörte, wenn die Dorffrauen beim Weben in den Grubenhäusern über die Freuden und das Leid der Liebe zwischen Frauen und Männern redeten, und wo manchmal ein derbes Wort fiel, das Afra nicht ganz verstand. Aber dass ein guter, kräftiger Mann auf dem Nachtlager eine Frau durchaus glücklich machen konnte, das hatte sie aus den Äußerungen der Frauen geschlossen.

Statt einer Antwort ging Justina in eine Ecke des Baderaums und kramte in einem großen Weidenkorb herum, und als sie sich wieder den Mädchen zuwandte, hielt sie ein kleines Leinensäckchen zwischen den Fingern, dessen Inhalt sie nun in ihre Handfläche schüttete und den Kindern zeigte. Staunend sahen die beiden viele, kleine, braune Kügelchen, die Justina sorgsam wie schwarze Perlen in ihrer Hand hütete. »Das ist ja Pfeffer«, rief Richlint überrascht, denn solche Körner hatte sie oben auf der Burg beim letzten Besuch ihres Vaters kennen gelernt, »das ist etwas ganz Kostbares, das wird mit Goldmünzen bezahlt, so was können sich nur ganz reiche Leute leisten!« Justina nickte, ein versonnenes Lächeln auf den Lippen. »Ein Geschenk für mich, von einem Mann! So einsam, wie ihr denkt, bin ich nicht, und wenn ich das Bedürfnis nach Gesellschaft verspüre, dann gibt es auch bei mir gelegentlich einen Mann, der die Nacht über hier bleibt und meine Einsamkeit vertreibt. Aber mich verheiraten und für immer binden, nicht mehr selbst über mich entscheiden zu können, nur noch einem Herrn zu gehorchen, der mich ohne Strafe schlagen und demütigen kann, der mir verbieten kann, meine eigenen Wege zu gehen, so dumm bin ich nicht, dass ich das für erstrebenswert halte! Was ist, Richlint, du machst ein Gesicht, als ob dir etwas gar nicht gefällt!«

Richlint zögerte mit ihrer Antwort. »Du hast doch nicht etwa mit dem alten Hildeger, dem dicken Gewürzhändler, das Nachtlager geteilt, Justina? Der verkauft solche Körner, das weiß ich von Liutbirc, deren Mutter unbedingt welche haben wollte!«

Justina verzog ihr Gesicht in gespielter Abscheu und lachte. »Nein, wirklich nicht, so groß kann die Sehnsucht nach einem Mann gar nicht sein, dass dieser Dicke mich verführen könnte! Er ist zwar ein netter, leutseliger Kerl und hat mich mit lustigen Geschichten unterhalten, als er mich neulich von der Dornau auf seinem Karren mit nach Pitengouua genommen hat, aber ins Bett möchte ich nun wirklich nicht mit ihm.« Justina wurde sehr ernst, und sie legte einen Finger warnend vor den Mund, als sie den Mädchen ihr Geheimnis anvertraute. »Ihr dürft mit niemand darüber reden, das müsst ihr mir versprechen, denn es geht keinen Menschen an, mit wem ich zusammen bin. Es ist Arbeo vom Gutshof in der Dornau droben, und wenn sein Vater Severin davon erfährt, schlägt er ihn womöglich tot, weil er es für eine große Schande hält, mit einer fremdländischen Sklavin und heidnischen Heilerin das Lager zu teilen!«

Die Mädchen waren sprachlos. Dass Justina einen Mann haben könnte, darüber hatten sie noch nie nachgedacht, aber sie fanden es durchaus richtig und nichts Schlimmes dabei, aber dass dieser Mann der junge Arbeo von Dornau war, der in Rang und Ansehen weit über der welschen Frau stand, das war doch etwas Besonderes.

Afra fand als Erste ihre Fassung wieder. »Du wirst ihn aber niemals heiraten können, Justina! Das würde seine Familie nicht erlauben, und dann ist er ja viel jünger als du und der Erbe des Guts, und du hast überhaupt keinen Besitz!«

Die schwarzhaarige Frau schüttelte ihren Kopf. »Das will ich doch gar nicht, Afra, du hast nicht zugehört! Mein Leben ist gut, so wie es ist, und ich will keine Familie und keinen Mann, der über mich befiehlt, auch wenn er am Anfang verspricht, mir meine Freiheit zu lassen. Ihr Mädchen denkt immer nur an Heirat und Kinder, ihr könnt euch wohl nichts anderes vorstellen, und ...«

Justina wurde durch laute Rufe von draußen unterbrochen, und der weiße Hund begann wild zu bellen und lief aus dem Badehaus auf den Hof. »Denkt daran«, sagte die Frau eindringlich, als die Mädchen aufstanden, um nachzuschauen, wer da nach ihnen rief, »es ist ein Geheimnis, das mich mein Leben kosten kann, wenn jemand davon erfährt! Ihr müsst es für euch behalten, was immer auch passiert, ich vertraue euch!«

Draußen im Hof stand verschwitzt und mit rotem Kopf Rasso, das tänzelnde und schnaubende Pferd des Meiers an den Zügeln festhaltend, bat er Justina, den Hund zurückzuhalten, der mit gebleckten Zähnen und dumpfem, drohendem Grollen den Eindringling davor warnte, seiner Herrin oder den Mädchen etwas anzutun. »Aus, Cimbro, aus! Das ist Rasso, den kennen wir gut, der stellt keine Gefahr für uns dar! Komm, gib' Ruhe, es ist alles in Ordnung!« Das große Tier gehorchte Justinas Worten und legte sich brav und mit gespitzten Ohren auf der Erde nieder, verfolgte aber mit den dunklen Augen Rasso und jede seiner Bewegungen aufmerksam.

Der Junge neben dem unruhigen Ross musste nach dem schnellen Ritt erst Atem schöpfen, bevor er die ungeduldigen Fragen von Richlint und Afra nach seinem unerwarteten Erscheinen, noch dazu mit dem Schecken, ausreichend beantworten konnte.

»Du musst sofort ins Dorf zurückkommen, Richlint! Der Meier selber hat mir sein Pferd gegeben, damit ich dich so schnell wie möglich nach Pitengouua zurückbringe!« Afra, die den schlanken, großen Jungen bewundernd angeschaut hatte, war jetzt misstrauisch geworden. »Warum soll Richlint so schnell und plötzlich ins Dorf zurück? Am Sonntag muss sie doch nicht arbeiten, das ist der Tag Gottes, da ist jede Arbeit von der Kirche verboten!« Rasso warf nur einen kurzen Blick zu Afra und wandte sich dann eindringlich an seine Schwester. »Ich weiß doch auch nicht, um was es geht, aber Graf Roudolf aus Altdorf ist auf dem Meierberg angekommen, mit großem Gefolge, und mit seiner Frau Itha, einer vornehmen Dame mit teuren Kleidern und einem herrlichen, edlen Schimmel! Sie wollen uns sehen, dich und Mutter und die Brüder und mich, die ganze Familie soll dabei sein, der Meier und der Burgvogt mit ihren Leuten, sogar nach Dornau haben sie geschickt, damit der edle Severin und Arbeo kommen, und alle Haslacher sind schon in Pitengouua eingetroffen. Deshalb bin ich hier, um dich so schnell wie möglich auf dem Pferd ins Dorf zu bringen, und Afra und Justina sollen zu Fuß folgen, so hurtig, wie sie nur können!«

Richlint hatte betroffen zugehört, ihr schmales Gesicht wurde ganz blass und die braunen Augen erschienen noch größer als sonst. »Aber was kann das bedeuten, Rasso? Werden sie uns alle fortbringen aus Pitengouua, werden sie uns trennen voneinander, uns bestrafen für das verbotene Verhältnis von Mutter und Graf Eticho?«

Justina, die bis dahin still zugehört hatte, mischte sich jetzt ein. »Ich finde nicht, dass das alles so schlecht klingt, was Rasso uns da berichtet! Wenn ihr weggebracht werden solltet, würde sich Graf Roudolf doch kaum die Mühe machen, deswegen aus Altdorf zu kommen, noch dazu mit seiner Frau und großem Gefolge! Das könnte der Burgvogt auch erledigen, und das würde er wohl liebend gerne tun! Nein, es muss einen anderen Grund geben, dass der Graf euch sehen will, und mein Gefühl ist gut, ich spüre nichts Böses! Los, ihr Mädchen, holt eure Kleider von den Büschen, wir wollen gleich aufbrechen und nicht mehr zögern und abwarten!«

Die sichere und feste Stimme von Justina hatte Richlint beruhigt, und die beiden Mädchen liefen ins Badehaus, um ihre eigenen Kleider wieder anzuziehen. Dann half Rasso seiner Schwester auf den Schecken, sprang hinter ihr auf den Pferderücken und hielt Richlint gut fest, als sie über die alte, niedrige Mauer sprangen und in Richtung Pitengouua davon ritten.

Justina und Afra standen stumm da und sahen den Geschwistern nach, bevor sie sich zusammen mit Cimbro zu Fuß auf den Weg machten, und die schwarzhaarige Frau seufzte tief und sah zum mit weißen Wolken bedeckten Himmel hinauf. »Vanth, geflügelte Göttin, die du schon meine Mutter beschützt hast, zu dir bete ich, dich bitte ich aus tiefem Herzen, sorge für dieses Kind, schütze die kleine Richlint!«

Afra

An diesem Sonntag im Frühling 940, den Richlint und ich draußen im Weinland bei Justina verbracht hatten, holte Rasso uns aus aufregenden Gesprächen über unser Leben und die ganze Welt plötzlich heim ins Dorf, denn Graf Roudolf war mit seiner Frau und großem Gefolge aus Altdorf gekommen, und vor ganz Pitengouua wollte er seine Entscheidung über die Friedelfrau und die Kinder seines verstorbenen Bruders Eticho kundtun. Richlint war mit ihrem Bruder auf dem Schecken meines Vaters zurückgeritten, und als Justina und ich mit dem weißen Hund im Dorf eintrafen, nach einem schnellen und fast wortlosen Fußmarsch entlang der Pitenach, waren schon sehr viele Menschen aus dem Umland in Pitengouua, und ein aufgeregtes Summen wie von einem Bienenschwarm lag über dem ganzen Ort.

Der Graf kam nicht eher vom Burgberg heruntergeritten, bis nicht alle wichtigen und unwichtigen Leute aus dem Gau versammelt waren, und es dauerte einen ganzen Tag, bis alle da waren, die Haslacher vom Schnaitberg, die Dornauer von der Lecha drüben und alle anderen Menschen in und um Pitengouua. Am frühen Abend standen wir dann auf dem Dorfplatz vor unserer Kirche, nach Stand und Vermögen aufgereiht, in den besten Kleidungsstücken, die wir besaßen, die freien Männer ganz vorne beisammen, mit ihren Waffen und dem vollständigen Wehrgehänge, zuvorderst der Burgvogt Wicpert als Gefolgsmann des Grafen, dann mein Vater Wezilo, der Meier des Dorfes, der stolze Haslachbauer Sigiboto mit seinen drei Söhnen, Severin von Dornau mit Arbeo und dessen kleinem Bruder

Aistulf, und dann die zinspflichtigen freien Bauern und Handwerker unserer Gegend, und ganz hinten all die Knechte und Leibeigenen der Burg und des Meierhofs. Die Frauen und Mädchen standen in derselben Reihenfolge, aber getrennt von den Männern und Söhnen, alle mit ihren besten Gewändern und dem schönsten Schmuck, den sie besaßen, von der einfachen Ziernadel bis zur kostbaren Kette aus Bernstein, die Uoda um den Hals trug. Von meinem Platz in der ersten Frauenreihe neben Rautgund und Walburc konnte ich alles sehr gut sehen, und es war ein schönes, buntes Bild voller Reichtum und Leben, aber ich war so aufgeregt und zittrig wegen meiner Freundin Richlint, deren Schicksal sich nun endgültig entscheiden sollte, dass ich es nicht in Ruhe betrachten konnte, wie ich es sonst wohl getan hätte.

Mit Ungeduld erwarteten wir alle den Grafen, und als er endlich hoch zu Ross erschien, ging ein Raunen durch die versammelte Gemeinde, denn zusammen mit seiner Frau bot er den einfachen Dörflern einen prächtigen Anblick. Roudolf war nicht so groß und gut aussehend wie sein verstorbener Bruder Eticho, sondern ein kleiner, hellhäutiger junger Mann mit schon schütterem Haupthaar, der aber so sicher und bestimmt auftrat, dass niemand seine Macht und seinen Einfluss in Frage stellte. Seine Stellung und seinen Rang unterstrich er mit teurer Kleidung aus Seide und feinster Wolle und den kostbarsten Waffen, die wir je gesehen hatten; das scharfe Schwert steckte in einer mit vielen Edelsteinen besetzten Scheide, und Schild und Helm des Grafen waren mit biblischen Szenen in Silberblech verziert. Unser neuer Herrscher ritt einen lebhaften Rapphengst, dessen tiefschwarzes Fell im Licht der Abendsonne glänzte wie Rabenfedern; das Pferd von Frau Itha an seiner Seite war weiß wie Schnee, mit dichter Mähne und langem Schweif, und reich verziertes Zaumzeug und ein wertvoller Sattel schmückten das besondere Tier. Von Itha selber ist mir nicht viel in Erinnerung geblieben, denn die kleine, zarte Erscheinung mit der kostbaren Umhüllung sprach kein einziges Wort in Pitengouua, sondern folgte nur in allem ihrem Gatten.

Der Graf und seine Frau stiegen nicht von ihren Pferden, als sie auf dem Dorfplatz vor all den staunenden Menschen angekommen waren, sondern ließen die unruhigen Tiere von Dienern am Zügel festhalten. So leutselig wie der verstorbene Eticho, der gern einen Becher Wein im vertrauten Kreis seiner Gefolgsleute und Leibeigenen getrunken hatte und sich für niemand zu fein gewesen war, war Roudolf nicht, und er wahrte in all seinen Handlungen den gegebenen Abstand. Mit einer Handbewegung beorderte Roudolf Wicpert und Wezilo zu sich und befahl ihnen, sich neben dem älteren Mönch in schmuckloser grauer Kutte, der den Grafen stets begleitete und der sein Schreiber und Hauspriester war, als Zeugen aufzustellen. Dieser Mönch holte nun einen Bogen Pergament und mehrere bereits zugespitzte Vogelfedern aus seinem Gepäck, und ein Diener stellte einen tragbaren kleinen Tisch vor ihm auf die Erde, damit der gebildete Mann den Erlass seines Herrn schriftlich festhalten konnte. Noch nie hatte ich jemand schreiben gesehen, bei uns im Dorf konnte außer dem alten Priester kein Mensch lesen oder gar schreiben, und mit Staunen beobachteten wir alle den Mönch, der nun umständlich und sehr eindrucksvoll eine dicke, dunkle Flüssigkeit in eine Schale schüttete, den Federkiel darin eintauchte und sich zum Schreiben bereitmachte.

Folchaid und ihre vier Kinder wurden nach vorne gerufen, direkt vor dem Grafen, dem Mönch und den zwei Zeugen sollte sich die Familie aufstellen, sodass das ganze Dorf sie sehen konnte. Folchaid trug den Säugling auf ihrem Arm, ruhig und sicher, mit hoch erhobenem Kopf ging sie durch die vielen Menschen, die ihr nicht alle wohlgesonnen waren. Ich bemerkte, wie der Graf und seine Frau sie sehr genau musterten, denn die beiden sahen Folchaid ja zum ersten Mal, und sie hatten wohl schon viel von der außergewöhnlichen Schönheit gehört, die den Grafen Eticho so bezaubert hatte. Und schön war sie immer noch, trotz der vielen Schwangerschaften und ihrem harten Schicksal stand Folchaid schlank und anmutig in einem einfachen, braunen Kleid vor all den Leuten und erwartete ruhig den Spruch, der ihr weiteres Leben entscheiden sollte. Dicht an der Seite seiner Mutter, fast wie zu ihrem Schutz, stand der dreizehnjährige Rasso. Groß und schlank, seinem Vater so sehr ähnlich in Aussehen und Bewegung, dass es den Grafen sichtlich verwunderte, beugte auch Rasso seinen Kopf nicht vor den edlen Herrschaften, sondern stellte sich mit einer Mischung aus Gelassenheit und Trotz aufrecht vor seinen hoch auf dem Pferd sitzenden Onkel. Seine Augen konnte ich nicht sehen, denn er stand mit dem Rücken zu mir, aber die hilflose Art, wie Rasso seine Schultern straffte, und sein schmaler, empfindsamer Nacken mit den dunklen Locken darüber berührte mein ganzes Herz.

Richlint führte den blonden Eticho an ihrer Hand, als sie nach vorne trat, und sie stellte sich mit dem Kleinen auf die andere Seite von Folchaid, nach dem Kleid der Mutter greifend. Suchend schauten ihre großen, braunen Augen über die Leute hinweg nach Justina, die etwas abseits von den Dörflern auf einer kleinen Anhöhe weit hinten stand und Richlints Blick ruhig und fest erwiderte. Es war eine große Hilfe für meine Freundin, dass Justina und ich da waren, das spürte ich genau, als sich unsere Augen trafen und sie mir ein kleines, verzagtes Lächeln schenkte, bevor sie sich ganz dem Grafen zuwandte, der jetzt zu sprechen begann.

»Ihr Leute aus Pitengouua, von Dornau und Haslach, und wo ihr sonst eure Höfe habt hier im Gau! Ich bin Graf Roudolf von Altdorf, und ich stehe hier auf meinem Grund und Boden mit dem Recht, zu entscheiden und zu richten über euch alle, mit Gottes gütiger Hilfe und seiner reichen Gnade, aus meiner Kraft und eigenem Vermögen und mit dem Rang, den mir der mächtige und tapfere Herzog Berthold verliehen hat. Keiner unter euch soll mein Wort anzweifeln oder gar gegen meinen Willen handeln, wenn es ihm auch missfällt, was ich anordne. Doch ihr freien Männer von Pitengouua habt das Recht, eure Einwände hier vor allen Leuten vorzubringen, und wenn euch Nachteile entstehen oder eure Arbeit behindert wird, so sollt ihr anschließend frei und sicher sprechen, ohne Angst vor Vergeltung oder Strafe.«

Klar und bestimmt waren die Worte des Grafen, noch in der hintersten Reihe deutlich zu vernehmen, und die führenden Männer des Dorfes, Wezilo, Wicpert und Sigiboto, nickten zustimmend zu seiner angemessenen Rede. Roudolf schwieg für einen Moment und gab dem eifrig kritzelnden Mönch damit Zeit, seine Worte aufzuschreiben. Als er weiter sprach, sah er Folchaid an, und sie blickte dem Bruder ihres Mannes direkt in die Augen und senkte nicht ängstlich den Kopf, wie manche es wohl erwartet hätten.

»Diese Frau vor mir, Folchaid mit Namen, ohne Vater oder männlichen Verwandten, die für sie sprechen könnten, sie ist eine Leibeigene von Geburt und Herkunft. Aber Eticho, Graf von Altdorf und dem Schussengau, Graf vom Ambragau und von Pitengouua, der in einem feigen Hinterhalt für sein Land Baiern im Kampf gestorben ist, mein tapferer Bruder Eticho hat diese unfreie Frau für würdig befunden, die Mutter seiner Kinder und seine Gefährtin zu werden. Er wollte sie gegen den Willen der Familie in Altdorf zu seiner rechtmäßigen Ehefrau nehmen und seinen Sohn zum Nachfolger im Grafenamt ernennen. Jetzt ist Eticho bei Gott, und sein irdischer Leib liegt, geschändet von Barbaren, irgendwo im Uferdickicht der Donua. Diese Frau mit Namen Folchaid und ihre Kinder ließ er schutzlos und ohne Aussichten auf ein besseres Leben zurück, was niemals seine Absicht war. Von gleichem Blut sind wir, Eticho und ich, und deshalb werde ich als sein Bruder und Nachfolger seinen Willen erfüllen und für Folchaid und ihre vier Kinder Sorge tragen und mich um sie kümmern, als wenn sie rechtlich zu meiner Sippe gehörten.«

Roudolf atmete tief durch und fuhr dann laut und deutlich fort. »Folchaid, Friedelfrau von Eticho, Ratbod, Richlint, Eticho und Roudolf, Kinder von Eticho, die ihr alle unfrei geboren seid und als Leibeigene in Pitengouua lebt, mit dem heutigen Tage gebe ich euch die Freiheit! Freie Baiern sollt ihr sein, mit allen Rechten und Pflichten dieses Standes, frei bis an das Ende eures Lebens, und auch eure Kinder und Kindeskinder und alle, die danach folgen. Schreib's auf, Priester Hucpert, und zupf' die Zeugen tüchtig an den Ohren, damit alles seine Ordnung hat!«

Mir wurde ganz heiß, als ich die Rede des Grafen vernahm, und im ersten Moment konnte ich noch gar nicht begreifen, was diese Worte bedeuteten. Doch all die erstaunten Gesichter um mich herum, Richlints glückstrahlende Augen, die mich und Justina suchten, und vor allem Rasso, der ohne seine sonst übliche Zurückhaltung einen Freudensprung machte und laut jauchzte, das alles brachte mir zum Bewusstsein, dass meine Freundin und ihr Bruder nun frei waren, frei von jeglicher Verpflichtung einem Herrn gegenüber außer dem Grafen und dem Herzog, und dass sie selbst bestimmen durften, was mit ihnen in Zukunft geschah. Wir hatten solche Angst gehabt vor der Entscheidung des Grafen, dass wir immer nur die schlimmsten und traurigsten Möglichkeiten in Betracht gezogen hatten, und niemals hatten wir auch nur im schönsten Traum an eine so glückliche Wendung gedacht. Am liebsten wäre ich jetzt sofort zu Richlint hingelaufen und hätte sie in den Arm genommen, aber der Graf forderte mit strenger Stimme Ruhe und hieß die zwei Zeugen, meinen Vater Wezilo und den Burgvogt Wicpert, vorzutreten und ihr Zeichen unter das Dokument des Mönchs zu setzen. Danach packte Hucpert die beiden Männer an den Ohren und zog kräftig daran, damit sie sich durch diesen Schmerz ihr Leben lang an ihr Zeugenamt erinnerten.

Gespannt verfolgte das ganze Dorf die Vorgänge, viele neugierige Augen schauten auf Folchaid und die Wirkung der Grafenworte und auf Frau Itha, die während der Rede ihres Gatten still auf dem schönen Pferd gesessen und nur Folchaid und ihren eigenen Mann angeschaut hatte, denn die einfachen Bauersleute waren für so eine hoch gestellte Frau nicht von Bedeutung. Liutbirc stand ganz in meiner Nähe, und ich sah, dass sie wohl ungläubig über die Ereignisse ein gezwungenes Lächeln aufgesetzt hatte, während ihre Mutter Uoda die Hände verkrampft hielt und andauernd versuchte, die Augen ihres Mannes Wicpert auf sich zu ziehen. Die Entscheidung des Grafen war sicher nicht im Sinn der beiden Burgfrauen ausgefallen, und als Roudolf wieder das Wort ergriff und davon sprach, für Rasso und Richlint standesgemäße und wohlhabende Ehegatten zu suchen, lag pures Entsetzen auf Uodas Gesicht. Der kluge Graf bemerkte sicherlich, dass seine Entscheidungen nicht bei allen Leuten aus dem Gau Wohlwollen hervorriefen, aber er ließ sich davon nicht beirren und verkündete, dass der kleine Eticho bei ihm und seiner Frau auf der Burg in Altdorf aufwachsen und auch Folchaid mit dem Säugling übers Jahr dorthin umziehen sollte. Das war dann doch zu viel für Uoda, und sie stieß ein zischendes Geräusch aus und begann heftig mit Liutbirc zu tuscheln, was ihr einen strengen Blick von Wicpert und einen sehr erstaunten von Itha einbrachte.

Dieser Gerichtsspruch des Welfengrafen verbesserte das Leben von Folchaid und ihren Kindern sehr, denn jetzt hatten sie Stand und Rang und Aussichten auf eine wohlhabende Zukunft. Die Leute aus dem Dorf begegneten ihnen mit Achtung, und keiner konnte ihnen mehr anschaffen oder über sie bestimmen. Freude und Glück herrschten auf einmal in der ärmlichen Hütte meiner Freundin, und als häufiger Gast stimmte ich gerne in das Lachen der beiden Frauen ein oder schaute dem fröhlichen Rasso zu, der auf dem Dorfplatz mit seiner eisernen Waffe, die Wiggo wieder herausgegeben hatte, ausdauernd den Schwertkampf übte. Sein kleiner Bruder Eticho war schon mit dem Grafen nach Altdorf gezogen, und Folchaid wollte mit dem Wickelkind Roudolf im Herbst dorthin folgen. Richlint und Rasso sollten noch für einige Zeit im Dorf bleiben, um zu lernen und eine Art Ausbildung zu erhalten, denn als Unfreie hatten sie bisher nur einfache Arbeiten verrichtet und waren nicht über die Grenzen des Dorfes hinausgekommen. Richlint sollte bei uns im Meierhof leben, wenn ihre Mutter in Altdorf war, und dort von Rautgund und Walburc alles erfahren, was zur Führung eines Gutshofs nötig war, und wir Mädchen freuten uns schon sehr darauf, bald zusammen zu leben. Graf Roudolf hatte dem Vogt Wicpert befohlen, den jungen Rasso auf der Burg aufzunehmen, ihn in allen Kampftechniken zu unterrichten und mit ihm häufig auf die Jagd zu gehen, damit er später als Gefolgsmann des Grafen bestehen konnte und nicht durch mangelnde Erfahrung und Unwissenheit benachteiligt war.

Am 26. Juli wurde in einigen Gegenden Baierns das Fest der heiligen Anna, der Mutter Mariens, begangen, und aus diesem Anlass wollte Wezilo das Kloster auf der Insel im Staphinse, wo alle Heiligentage sehr festlich abgehalten wurden, mit einer reichlichen Gabe von Wachs und Honig besuchen und auf dem nahe gelegenen Markt Salz besorgen und einige Jagdhundwelpen und besonders wertvolle Felle verkaufen. Rasso, Wichard, Liutbirc, Walburc, Richlint und ich sollten den Meier von Pitengouua begleiten, um dort in der schönen, steinernen Kirche zu beten und die heilige Messe zu feiern und um das Markttreiben und seine Gesetze kennen zu lernen. Noch nie waren wir, mit Ausnahme von Wichard und Liutbirc, so weit weg von unserem Dorf gewesen oder hatten ein Kloster und eine Kirche aus Stein gesehen, oder einen großen See wie den Staphinse, von dem uns schon der alte Haimeran viel erzählt hatte, und in den Tagen vor unserem Aufbruch waren wir sehr aufgeregt und neugierig, was uns wohl alles erwarten würde.

Viele Menschen von überall her sollten dort eintreffen, um das Fest der Heiligen mit den Mönchen des Klosters zu feiern und Liutbirc und Walburc, dreizehn und elf Jahre alt und bald heiratsfähig, malten sich aus, dass vielleicht der eine oder andere wohlhabende, stattliche junge Mann dort ein Auge auf sie werfen und mit dem Vater eine Heiratsverhandlung beginnen würde. Richlint und mich konnten diese Jungmädchenträume noch nicht begeistern, und zu Liutbirc, die wieder sehr höflich und zuvorkommend zu Richlint war, hielten wir lieber Abstand, denn ihrem freundlichen Wesen war nicht zu trauen. Die Jungen, Wichard und Rasso, redeten nur von edlen Pferden und besonderen Waffen, die sie dort zu sehen hofften, und von dem großen Markt, der in Murnowe an der Römerstraße stattfinden sollte und auf dem mit Vieh und Rössern, mit Wein und Met, mit Getreide und Salz, mit wertvollen Tuchen und Sklaven aus aller Welt gehandelt wurde.

Den letzten Sonntag vor unserer Abreise verbrachten Richlint und ich bei Justina im Weinland, und meine Freundin redete ununterbrochen begeistert von all den Freuden und Aufregungen, die uns erwarteten, und sie erzählte von den Berichten Haimerans über den Staphinse und sein Kloster. Mir fiel auf, dass Justina Richlint gar nicht richtig zuhörte, entgegen ihrer sonstigen Art, und dass sie einen bedrückten, sorgenvollen Eindruck machte, was ich nicht von ihr gewohnt war. Als ich sie nach ihren Gedanken fragte, wollte Justina zuerst nichts sagen und begann, ihre langen, schweren Haare zu flechten und meinem Blick auszuweichen, aber ich ließ nicht aus, bis sie begann, mir von ihrem Kummer zu erzählen. »Schlechte Vorzeichen mehren sich in diesen Tagen, Afra«, sagte sie leise mit belegter Stimme, »ich sehe Entsetzen und Tod in Pitengouua, weinende und trauernde Menschen voller Verzweiflung, und weiß doch nicht, wie ich es verhindern kann. Froh bin ich nur darüber, dass Richlint und du morgen den Gau verlassen werdet, und ich bin mir sicher, dass ich euch heil und ohne Schaden wieder sehen werde, euch beide betreffen die grausigen Zeichen nicht!«

Richlint und ich waren sprachlos nach den Worten von Justina, wir konnten uns unter schrecklichen Vorzeichen nichts vorstellen und bedrängten die junge Frau, uns genau zu berichten, was sie gesehen hatte und welches Unheil auf das Dorf zukommen sollte.

»Welcher Art das Unglück sein wird, darüber kann ich euch nichts sagen, weil ich es selber nicht weiß und deshalb auch keine Vorsorge treffen kann. Vor zwei Tagen hatte eine meiner Ziegenmütter eine Totgeburt, ein Zicklein mit zwei Köpfen und sechs Beinen, und bei der schweren Geburt wäre die Ziege ohne meine Hilfe beinahe selber eingegangen. Als ich das arme, kleine Wesen aus dem Mutterleib herauszog, schaute es mich mit einem tiefen, weisen Blick aus sammetbraunen Augen an und starb, bevor es den ersten Atemzug getan hatte. Dieses seltsame Geschöpf war das erste Zeichen der Göttin. Dann trug ich das tote Tier aus dem Stall in den hinteren Hof, wo ich all meine treuen Begleiter begrabe, und während ich eine Grube schaufelte, bewölkte sich der Himmel über mir und es begann leicht zu regnen. Die Katzen und mein Hund Cimbro, die mich zum Friedhof begleitet hatten, verschwanden ganz plötzlich und völlig lautlos im Haus, und als ich auf das tote Zicklein schaute, dessen weit offene Augen leblos in den Himmel starrten, sah ich dunkelrote Tropfen ins lockige, helle Fell fallen, auf die starren, weißen Augäpfel und das zarte, weiche Maul. Es regnete Blut, und das war das zweite der Zeichen von Vanth, und ich begann, mir große Sorgen zu machen. Nachdem das Zicklein in die Grube gebettet und sorgfältig mit Erde bedeckt war, ging ich zu den übrigen Ziegen in den Stall zurück, um die feinfühligen Tiere zu beruhigen und sie wie jeden Tag zu melken, ein vertrautes Zusammensein, das wir sonst immer sehr genossen. Aber an diesem Abend waren alle von einer fürchterlichen Unruhe, meckerten laut, wollten nicht stillstehen und nicht einmal gestreichelt werden. Für das Melken brauchte ich doppelt so lange wie sonst, und als ich den Katzen ihre Schale mit der noch warmen, frischen Ziegenmilch hinstellte, auf die sie immer ganz gierig waren, schnupperten sie nur kurz daran und wandten sich dann entschieden davon ab. Verwundert über das Verhalten der Tiere kostete ich die Milch, und sie war sehr sauer und wässrig, mit einem Geschmack nach Moder und Verfall, als ob sie Hunderte von Jahren alt wäre und nicht gerade in diesem Augenblick frisch gemolken. Das war das dritte Zeichen meiner Göttin, und ich begann zu verstehen, was sie mir sagen wollte.«

Mit großen Augen hatten Richlint und ich Justinas Bericht zugehört, und tiefe Angst lag in der Stimme von Richlint, als sie genauer nachfragte. »Aber was hast du verstanden von diesen seltsamen Geschehnissen, Justina, was wollte die Göttin dir denn sagen, vor was hat sie dich gewarnt? Ich weiß, dass ein Kalb mit zwei Köpfen ein Zeichen für Unglück auf dem Hof ist, aber von Blutregen und frischer Milch, die sofort sauer wird, habe ich noch nie gehört!«

»Die Zeichen sind klar und einfach, ich kann sie für euch deuten. Das Unglück wird in vier Tagen geschehen, denn das

Zicklein hatte sechs Beine, und zwei Tage sind seit seiner Geburt schon vergangen. Fremde Wesen werden kommen, wie wir sie noch nie gesehen haben, unheimlich und Furcht erregend, wie das Tier mit den zwei Köpfen. Dann folgt der Tod, auch für Unschuldige und Neugeborene wie die kleine Ziege, und mit dem Tod kommt das Blut, so viel Blut, als wenn es regnete! Danach folgt eine bittere Hungersnot, und nicht einmal die Katzen haben genug zu fressen, das sagt uns die saure Milch mit dem Geschmack nach Verfall, und es wird viele Jahre dauern, bis wieder alles wie vorher ist! Aber ihr beiden sollt euch nicht zu sehr ängstigen, denn ihr verlasst ja morgen früh Pitengouua und im Staphinsekloster wird euch sicher nichts geschehen!«

Diese Aussicht konnte uns nicht beruhigen, denn wir hatten jetzt große Angst um Pitengouua und unsere Familien und Nachbarn, die doch nicht mitreisen würden, und natürlich um Justina, die ganz allein auf dem alten Gut im Weinland lebte und keinen Mann zu ihrem Schutz hatte. Deshalb schlug ich ihr vor, die Leute vom Dorf zu warnen vor dem kommenden Unheil, und ihr Geliebter Arbeo sollte Justina zu sich auf den sicheren Hof in der Dornau holen. Aber von diesen Vorschlägen wollte Justina nichts hören.

»Das hat keinen Sinn, Afra, das darfst du mir glauben! Die Pitengouuer würden mich auslachen und mit Stockhieben aus dem Dorf jagen, wenn ich ihnen von heidnischen Vorzeichen und meiner uralten Göttin erzählte! Sie würden mir niemals glauben und doch bloß in die Kirche gehen und beten und sonst nichts tun, als auf ihren Gott zu vertrauen. Und Arbeo kann mich nicht nach Dornau holen, denn kein Mensch darf von unserer Beziehung erfahren, und hier auf dem halb verfallenen Hof, wo es nichts zu holen gibt als ein paar magere Ziegen und Gemüse und wilde Kräuter, bin ich sicherer als auf dem reichen Gut in der Dornau! Wen das Unheil trifft, entscheidet das Schicksal und die Götter, und wir Menschen können wenig dazu tun.«

Noch lange sprachen wir an diesem Sonntag über die Zeichen von Justina, und sie konnte uns endlich überzeugen, mit niemand darüber zu reden und die unheimliche Warnung für uns zu behalten. Als wir uns von ihr am Abend verabschiedeten, weinten wir beide, Richlint und ich, denn wir hatten große Angst, sie nie wieder zu sehen, und als wir schon ein Stück weit gegangen waren, schaute ich noch einmal zurück und sah die schlanke, dunkle Gestalt von Justina immer noch am Tor stehen, regungslos wie ein Baum stand sie da, den riesigen weißen Hund wie einen Wächter aus den Sagen der Unterwelt neben sich gelagert. Ich nahm mir vor, noch heute Abend in die Kirche von Pitengouua zu gehen und auf meinen Knien für Justina, meine Familie und alle anderen Menschen vom Dorf zu beten, obwohl wir schon mittags ein Räucheropfer für die Göttin gebracht hatten. Ob es nur einen Gott gab oder mehrere, darüber war ich mir nie ganz sicher, und es konnte bestimmt nicht schaden, auch den christlichen Jesus und seine Heiligen um Beistand und Schutz zu bitten.

Während der Morgenröte des nächsten Tages brachen wir auf an den Staphinse. Wezilo saß auf einem feurigen braunen Hengst, den nur der Meier selbst reiten durfte und der sein ganzer Stolz war, niemand konnte mit dem lebhaften Tier so gut umgehen wie mein Vater. Richlint und ich durften seinen gutmütigen, dicken Schecken reiten, und auf dem breiten Rücken des Tieres war Platz genug für uns Mädchen. Rasso und Wichard ritten alleine, jeweils auf einem Pferd von der Burg, mit Wehrgehänge und ihren Schwertern ausgerüstet machten sie einen eher kriegerischen Eindruck, als ob wir nicht friedlich zum Markt und zum Kloster ritten, sondern gegen einen wilden Gegner. Wezilo und die Knechte grinsten, als sie die Jungen in ihrer Ausrüstung sahen, und Lutold und Ternod machten einige so derbe Scherze, dass die zwei Buben rot anliefen im Gesicht und der Meier Einhalt gebot. Zwei gut gebaute Karren führten wir mit, mit Wagendächern aus sorgfältig vernähten Häuten bezogen, damit wir auch reißende Bäche und den Fluss Ambra durchqueren konnten und nichts nass wurde. Die Karren wurden von braven Ochsen gezogen, ein Knecht ging zu Fuß nebenher, um die Tiere zu lenken und anzutreiben. Auf dem Wagen von Lutold saßen neben den Gaben für das Kloster meine Schwester Walburc und die dicke Liutbirc unter der Plane, die Mädchen fürchteten sich vor dem Reiten auf unwegsamem Gelände und wollten lieber gefahren werden. Im anderen Karren, den Eberolf und Ternod führten, waren die Felle für den Verkauf gelagert, und in einer großen Holzkiste fiepten die Welpen, die Wichard mit der Hilfe von Wezilo auf dem Markt für seinen Vater verkaufen sollte, denn Wicpert war berühmt für seine gut ausgebildeten Jagdhunde, und er züchtete die braun gefleckten Hunde mit Leidenschaft.

Voller Aufregung hatten wir die bösen Vorzeichen von Justina schon fast vergessen, als wir zum Abschied unseren Müttern eifrig zuwinkten und nicht wussten, dass wir sie zum letzten Mal lebend sahen. Rautgund und Folchaid standen zusammen auf dem Hofplatz des Meieranwesens und blickten uns lange nach, als der kleine Trupp den schmalen Pfad Richtung Schnaitberg einschlug und wir auf die Berge zuritten.

Der Weg zum See war sehr schlecht und mühsam im ersten Teil, und stellenweise gefährlich für Mensch und Tier. Zunächst ging es bei den Haslachhöfen vorbei durch ein finsteres Waldstück, auf aufgeweichtem Waldboden mit Wurzelwerk und störrischen Ästen, immer bergauf, in der Tiefe der Schlucht daneben hörten wir die wilde Ambra in ihrem steinernen Bett rauschen, und jeder Tritt und Schritt musste genau beachtet werden. Auf der Anhöhe angelangt, tat sich uns ein wunderschönes Bild auf, wir sahen schneebedeckte, hohe Gebirgszüge in weiter Ferne und sanfte Hügel mit Wäldern in allen Schattierungen von Dunkelgrün bis Hellgelb, die man sich vorstellen kann, und darüber spannte sich ein schier endloser tiefblauer Himmel mit zerrupften, weißen Wolken wie das Haar von Engeln oder Feen. Langsam ritten wir auf dem in sanften Windungen bergab führenden Weg durch die Hügel zu der Stelle, wo wir in die Ambraschlucht hinunter mussten, um den Fluss zu durchqueren. In den Hängen der Schlucht waren uralte Höhlen im Fels, und in einer davon sollte ein frommer Einsiedler leben, karg und anspruchslos, nur mit dem Lob Gottes beschäftigt, aber wir bekamen keinen Menschen zu Gesicht und der gefährliche Abstieg zum Fluss forderte unsere ganze Aufmerksamkeit. Walburc und Liutbirc wollten zuerst im Karren sitzen bleiben, damit ihre Kleider nicht dreckig würden, aber als sie sahen, wie steil es bergab ging, bekamen sie Angst um ihr Leben und stiegen gerne aus, als der Meier es ihnen befahl. Auch Richlint und ich sprangen vom Pferd und führten den braven Schecken am Zügel, aber die Jungen, Rasso und Wichard, wollten natürlich allen zeigen, wie gut sie reiten konnten und blieben auf ihren Pferden sitzen, suchten sich auf die geschickten Tiere vertrauend einen Weg nach unten, bis ein tief hängender Ast Wichard vom Rücken seines Pferdes auf den Boden warf und er zum Entsetzen von uns allen ein gutes Stück den steilen Hang hinabfiel. Daraufhin erlaubte Wezilo den Jungen das Reiten nicht mehr, und auch Rasso musste absteigen und sein Pferd führen. Wichard hatte sich bei seinem Sturz nicht verletzt, aber er war dreckig und seine Kleider voller Schmutz, und sein bester Überwurf aus feiner Wolle, mit dem er doch in Murnowe vor dem jungen Landvolk glänzen wollte, war stellenweise zerrissen.

Mein Vater Wezilo lobte die Knechte, als wir alle heil am Grunde der schmalen Schlucht angelangt waren, denn sie hatten die Ochsenkarren mit Bedacht und Sorgfalt ohne große Schäden nach unten gebracht. Das gefiel den Männern, und ich glaube, dass sie mit ihrem Meier sehr zufrieden waren, denn mein Vater war kein Mann, der nur anschaffte und herumschrie oder mit Strafen drohte, sondern er fand immer ein gutes Wort für seine Leute und war nicht blind gegenüber ihren Nöten. Außerdem packte er selber bei jeder Art von Arbeit mit an und war sich für nichts zu gut, nur Grobheiten und Streitereien, wie sie oft vorkamen unter den Knechten, waren ihm zuwider, und wenn einer gegen das Gesetz handelte, ob Mann oder Frau, wurde Wezilo hart und kannte keine Gnade.

Eingezwängt in die hohen Felsen der Schlucht war das Rauschen des Gebirgsflusses so laut, dass wir unsere eigenen Worte fast nicht mehr verstanden, aber die Männer kannten den

Weg und führten uns ein Stück die Ambra entlang zu einer niedrigen Furt, durch die wir den wilden Fluss gefahrlos durchqueren konnten. Links und rechts des Ufers wucherten dunkelgrüne Pflanzen mit riesigen Blättern und viele mächtige Bäume, und die Luft war sehr kalt und feucht. Klar und rein wie Bergkristall floss das Wasser über vielfarbige Kiesel, große und kleine, und verlockte mich, meine Hände hineinzuhalten und ein paar der bunten, runden Steine zu greifen. Aber als ich das eiskalte Nass an meinen Fingern spürte, zog ich die Hände schnell zurück, denn so bitterkalt hatte ich mir das Wasser nicht vorgestellt. Wir stiegen wieder aufs Pferd, Richlint und ich, und der brave Schecke brachte uns sicher ans andere Ufer, vorsichtig suchte er seinen Weg zwischen all den Steinen und strauchelte nicht ein einziges Mal.

Nachdem wir auf der anderen Seite den nicht ganz so steilen Hang zu Pferd erklommen hatten, verließen wir kurz darauf den dunklen Wald und zogen auf besseren und gefahrlosen Wegen weiter, durch eine sanfte, hügelige Landschaft mit dichten Wäldern, saftigen Wiesen und braunen Äckern, mit kleinen Weihern und munteren, klaren Bächen und mit weiten Moorgebieten mit lichten, weißen Birkenwäldern und reicher Pflanzenwelt. In der Ferne konnten wir manchmal einen einzelnen Hof oder ein kleines Dorf mit mehreren Häusern und hohen Zäunen sehen, das wütende Bellen der Hofhunde trug ein leichter Wind zu uns herüber, und Wezilo nannte uns dann jedes Mal den Namen der Familie, die dort lebte und arbeitete, und erzählte einiges von ihr, denn er kannte sich durch sein Meieramt in der Gegend gut aus und kam mit vielen Menschen zusammen. Wir hielten uns aber nirgendwo auf und machten nur einmal eine kurze Rast, denn sonst würden wir unser Ziel, den Staphinse, nicht vor Einbruch der Dunkelheit erreichen, und ungeschützt im Freien zu übernachten war dem Meier mit all den Kindern und nur wenigen erwachsenen Männern wohl zu gefährlich.

Während wir an diesem sonnigen, warmen Tag in gemächlichem Tempo dahinritten, denn besonders schnell waren die

Ochsen mit ihren schweren Karren nicht gerade, erzählte uns mein Vater alles, was er über das Kloster und den Meierhof von Staphinse wusste und selbst schon einmal dort gesehen hatte. Er berichtete von den Mönchen und Priestern, ihrer steinernen, festen Kirche mit der reichen Ausstattung an goldenen Leuchtern und seidenen Messgewändern, von mit Kristallen und Glassteinen verzierten kostbaren Reliquienbehältern und von der sagenhaften schweren Perlenkrone, die über dem geschmückten Altar zu schweben schien. Besonders eifrig erzählte er vom großen Meierhof auf der Insel, der viele Menschen ernähren musste und eine eigene Mühle und eine Tuchmacherei besaß, in der vierundzwanzig Frauen den ganzen Tag arbeiteten, mit nichts anderem als dem Weben von Stoffen beschäftigt. Wezilo kannte die genaue Zahl der Tiere auf dem Hof, all die Ochsen und Kühe mit ihren Kälbern, die Schafe mit den vielen Lämmern, die Ziegen und Böcke und Zicklein, die Schweine und Ferkel, die Gänse und Hühner; sogar einen mächtigen Bullen besaßen die Mönche. Es gab siebzehn Bienenstöcke, die reichlich Honig produzierten, und im See wurden mit großen Netzen vielerlei Fische gefangen und in Salz gewendet und in die frische Luft zum Trocknen gehängt, falls sie nicht gleich über dem Feuer geröstet und verspeist wurden. Vom Gedanken an den Geschmack der gebratenen Seefische geriet mein Vater ins Schwärmen, und bei seinen Erzählungen lief uns allen das Wasser im Mund zusammen und wir bekamen gehörigen Hunger. Erstaunlich war, dass es auf der Insel nur ein Pferd im Meierhof gab, aber Wezilo wusste, dass die freien und unfreien Hofstellen rund um den Staphinse verpflichtet waren, ungemessen Reiterdienste zu leisten, und manche von ihnen hatten ein Vorspannpferd zu stellen oder mussten mit ihren Ochsen und Rössern auf den Herrschaftswiesen Heu schneiden und einführen oder den Acker bestellen.

Am frühen Abend erreichten wir endlich den See, und nachdem wir noch ein gutes Stück am Ufer entlang auf einem weichen Weg im Schatten gewaltiger Bäume geritten waren, konnten wir die grüne Insel im Süden, auf der das Kloster lag, bereits gut sehen. Müde und erschöpft von der vielen Sonne und dem ungewohnten Reiten waren Richlint und ich froh, vom Schecken abzusteigen und wieder auf eigenen, etwas wackeligen Füßen zu stehen, und wir setzten uns auf einen hölzernen Steg, der ein ganzes Stück in das Wasser hinaus bis zu einer winzigen Insel führte, und schauten dem Meier und den Knechten zu, die unsere Karren, die Pferde und Ochsen und die Kiste mit den Welpen in die Hütte des Fährmannes brachten, um sie dort während unseres Aufenthalts im Kloster unterzustellen. Die mitgebrachten Geschenke wurden in ein Boot verladen, und Wezilo stieg mit uns Mädchen hinein, um uns zur Insel übersetzen zu lassen. Das Schiff war nicht groß genug für alle, sodass Rasso und Wichard mit den Knechten auf dem schmalen Steg zuerst zur kleinen Insel und von dort auf engen Holzplanken nach Stephanswerth, der Klosterinsel, zu Fuß hinüberliefen. So eine lange, seltsame Brücke von einer Insel zur anderen hatte ich noch nie gesehen, und auch nicht einen so großen See wie den Staphinse, auf dem Menschen in kleinen, runden Booten herumfuhren und der anscheinend keine Begrenzung hatte, denn hinter jeder Landzunge tat sich erneut Wasser auf und schien kein Ende zu nehmen. Ich kannte nur die kleinen Seen und Weiher in der Umgebung von Pitengouua und die aus Baumstämmen gefertigten Flöße, mit denen auf der Lecha schwere Waren befördert wurden, eine Arbeit für kräftige, erfahrene Männer. Zum ersten Mal waren wir auf einem Boot im wirklich tiefen Wasser, Richlint und ich, und unsere Neugierde auf die berühmte Klosterinsel vertrieb die Angst, die wir hatten, wenn das Boot schwankte und wir unter uns nur dunkles, abgrundtiefes Wasser ohne Boden sahen.

Das Kloster der Insel lag auf einem Hügel oberhalb des großen Hofes, ein schmaler, von dichten Haselstauden und alten, hohen Buchen gesäumter Weg, mit großen Trittsteinen ausgelegt, führte die Pilger nach oben, wo sie von der Anhöhe aus einen herrlichen Blick über den ganzen Staphinse und seine Ufer hatten. An diesem Festtage der heiligen Anna, der Mutter der Gottesmutter Maria, waren sehr viele Leute auf die Insel gekommen, um das Fest feierlich in der Klosterkirche mit den Mönchen zu begehen, und ein schier unaufhörlicher Strom von unterschiedlichen Menschen, Jung und Alt, Reich und Arm, Gesund und Krank, bewegte sich langsam nach oben.

Die beiden kleinen Mädchen hielten sich schutzsuchend ob der vielen Menschen an den Händen des Meiers fest, die eine klein und zierlich, mit goldbraunem, lockigem Haar, das andere Kind um gut einen Kopf größer und ebenfalls schlank, aber mit kräftigen Gliedern und rötlich braunen, dichten Zöpfen. Beide trugen ihr bestes Gewand, über dem Unterhemd aus gebleichtem Leinenstoff eine Tunika mit halblangen Ärmeln aus feiner, sorgfältig gewebter naturfarbener Wolle, und um die schmalen Hüften der Kinder war ein aus Birkenbast geflochtener Gürtel geschlungen, an dem außer allerhand Zierrat und einigen nützlichen Dingen auch jeweils ein kleiner, noch leerer Behälter hing. Dieser sollte nach der heiligen Messe einige Wachsreste der Kerzen, die vor dem Altar mit seinen Reliquien brannten, aufnehmen und deren Wunderwirkung die Mädchen beschützen.

Die große Kirche lag auf dem höchsten Punkt der Insel, der Weg zu ihr führte an den einfachen Zellen der Mönche, dem Speiseraum, der Kuchl und dem schönen, gepflegten Klostergarten mit seinen genau nach Heilkräutern, Gemüsepflanzen und Blumen eingeteilten Beeten vorbei. Mit tief gesenkten Köpfen traten die beiden Kinder unter dem reich mit Ornamenten geschmückten Portal aus schweren Steinquadern, dessen Decke ein von begabten Steinmetzen mit Kreuzen und Blumenranken verzierter, mächtiger Quader aus Sandstein bildete, in das Halbdunkel der Kirche. Die mit Schnitzereien bedeckte Tür aus dickem Eichenholz stand weit offen und ließ im Eingangsbereich genügend Tageslicht herein, um die hölzernen Bänke für die Gläubigen und weit hinten im sanften Licht der über hundert Wachskerzen den höher gestellten Altar im rechteckigen Chor zu erkennen. Sehr schmale, hohe Fenster an der Südseite waren mit hauchdünn geschliffenen Halbedelsteinen verschlossen, nur halbwegs transparent, und ließen zusätzlich etwas gelbliches, schwaches Licht in das Kircheninnere. Der Boden bestand aus einem glatten, ebenen Estrich, und die Innenwände waren mit Kalkmörtel verputzt und über und über bemalt. Geschichten aus der Bibel, Engelsgestalten mit Flügeln und prunkvollen Gewändern, ornamentale Muster und Friese und Szenen aus dem Leben der Landbevölkerung schmückten in leuchtenden Farben den ganzen Innenraum. Durch das flackernde Licht der Kerzen schienen sich manche der gemalten Figuren zu bewegen, und die Kinder zuckten unwillkürlich zusammen, als sie an einer sehr lebendig gezeichneten Szene vorbeigingen, die eine Herde von Rindern mit ihrem Hirten zeigte. Der Hund, der die Herde bewachte, war so eindringlich dargestellt, mit großen, dunklen Augen und einer tiefroten Zunge, die aus dem Maul heraushing, dass es für einen kurzen Moment schien, als ob er sich bewegte und auf die Mädchen zulief, als ein Schatten auf ihn fiel. Die Kinder waren froh, als sie in einer der engen Bänke Platz fanden und den dämmrigen Raum mit all den ungewohnten, noch nie gesehenen Malereien in aller Ruhe betrachten konnten. Unaufhörlich wanderten die Augen der beiden Mädchen über die bunten Wände der Kirche, erkannten manchmal einen Heiligen an den Symbolen, die ihn umgaben, und staunten über die wunderschönen Engel, die jeden Winkel der Kirche ausfüllten.

Als der tiefe Klang einer eisernen Glocke ertönte, erhoben sich die Menschen von ihrem Platz und wandten die Köpfe zum Eingang, wo der Einzug der Priester und Mönche begann. Allen voran schritt ein älterer Priester in einem kastanienfarbenen Gewand aus Seide, der ein großes, mit vergoldetem Kupferblech überzogenes Kreuz trug, in das Pflanzenornamente mit

Weinstöcken und Blättern und Hunde und Wasservögel eingehämmert waren. Weitere Priester in weißen Alben und kunstvoll bestickten Umhängen folgten, alle trugen Handschuhe aus Seide, die mit Gold und Edelsteinen besetzt waren. Dahinter kamen die Mönche in grauen, einfachen Kutten, die in ihren Händen Gegenstände trugen, die für den Gottesdienst nötig waren, ein Weihrauchgefäß, einen Krug, Schüsseln für die Waschungen, ein goldenes Aschegefäß und verschieden große Tücher für den Altar, alle aus Leinen mit Goldfäden gewebt. Besonders schön waren zwei silberne Kelche, die mit einem eingravierten Flechtband verziert waren und nur an Feiertagen verwendet wurden.

Die Priester und Mönche traten hinter die steinerne, kunstvoll mit Zeichen des Heils gestaltete Schranke des Chores, wo jeder von ihnen seinen eigenen Platz hatte, nahe am Altar und getrennt von den einfachen Leuten. Der schlichte Altartisch wurde mit den schönsten Tüchern bedeckt, die wertvollen Kelche neben dem großen Kreuz darauf abgestellt und im Räuchergefäß der Weihrauch entzündet. Der würzige, satte Duft erfüllte bald den ganzen Raum, drang durch die Nase in den Kopf, brannte in den Augen und machte die beiden Mädchen ganz benommen. Wie durch dichten Nebel sahen sie die Priester in ihren weiten Gewändern hin und her gehen und die heilige Messe zelebrieren, und vor lauter Aufregung über all dies Neue, noch nie Erlebte vergaßen sie fast zu atmen und bekamen eine ganz raue, trockene Kehle.

Über dem Altar schwebte eine silberne, teilweise vergoldete Krone, die sehr schwer war und in deren Mitte ein kleines, vergoldetes Kreuz und ein kristallener Apfel hingen. Fünfunddreißig Perlen in verschiedenen Farben zierten diese Krone, und das schimmernde Licht der vielen Kerzen wurde von den runden Perlen, von all dem Gold und Silber und Glas auf dem Altar aufgefangen und tausendfach zurückgespiegelt.

»So ist es im Himmel!«, flüsterte das größere Mädchen der Freundin zu, in deren weit aufgerissenen Augen sich alles Kerzenlicht der Kirche zu sammeln und als goldene Punkte auf dunkelbraunem Grund zu schwimmen schien. Die Mönche begannen nun ein gemeinsames Gebet, zum Erstaunen der beiden Kinder nicht in der lateinischen Kirchensprache, sondern in der Sprache ihrer Heimat, sodass sie jedes Wort verstehen konnten, und einige der Einheimischen kannten das Gebet auswendig und sprachen den Text mit den Mönchen laut mit. Dunkel und hell ertönten die Stimmen der Menschen, Frauen und Männer, Junge und Alte, Freie und Unfreie sprachen gemeinsam von ihrem Glauben, und der ganze dämmrige Raum war erfüllt mit diesem einen Gebet.

»Dat gafregin ih mit firahim   firiuuizzo meista
Dat ero ni uuas   noh ufhimil
noh paum   noh pereg ni uuas
ni nohheinig   noh sunna ni scein
noh mano ni liuhta   noh der mareo seo.
Do dar niuuiht ni uuas   enteo ni uuenteo
enti do uuas der eino   almahtico cot
manno miltisto,   enti dar uuarun auh manake mit inan
cootlihhe geista.   Enti cot heilac.«

Afra

Am Abend des Annatages im Kloster von Staphinse feierten die Pilger und Gläubigen nach den ernsten Stunden, angefüllt mit Gebeten und der würdevollen Messe in der schönen Klosterkirche, friedlich und heiter mit den Mönchen ein Fest und verzehrten zusammen ihr Abendmahl. Lange, schmale Holztische und einfache Bänke waren im Klosterhof für die besseren Leu-

---

Das erfuhr ich bei den Menschen, als das erstaunlichste Wissen, dass die Erde nicht war, noch das Firmament, weder Baum noch Berg, kein Stern, und auch die Sonne nicht schien, noch der Mond leuchtete, und auch das herrliche Meer nicht war. Als da nichts existierte an Enden und Wenden, da war der eine allmächtige Gott, das freigebigste aller Wesen, und bei ihm waren viele herrliche Geister. Und Gott ist heilig.

te aufgestellt, für die freien Männer mit ihren Frauen und Kindern und für die Mönche und Priester selbst, und die unfreien Familien, die Knechte und Mägde hockten in der Nähe der Kuchl um die vielen offenen Feuer am Boden zusammen. Dort ging es laut und lustig zu, die jungen Kerle neckten die Mädchen, es wurde getrunken und gelacht, und manch ein derber Scherz war bis zu unserem Tisch hinüber zu hören. Ein ganzer Ochse brutzelte auf einer eisernen Stange über der großen Feuerstelle, eifrig überwacht von einem noch sehr jungen Mönch in brauner Kutte, und der Duft des gebratenen, mit schmackhaften Kräutern gefüllten Fleisches hing dick in der Luft und stimmte die hungrigen Menschen fröhlich ob der Aussicht auf ein so gutes Mahl. Vater Raginfrid, dem die Brauerei des Klosters unterstand, ging freundlich lächelnd mit einer schweren Kelle umher und schenkte aus dem hölzernen Fass, das ein anderer Mönch auf einem kleinen Karren nebenher schob, allen Leuten unentwegt frisches Bier in ihre Becher, und vom vielen Trinken wurden die Männer rot im Gesicht und immer lauter bei ihren Gesprächen.

Richlint und ich saßen mit den anderen aus Pitengouua bei einer Meierfamilie aus Bobinga, einem kleinen Weiler nicht weit von unserem Dorf auf der anderen Seite der Ambra, und mein Vater Wezilo unterhielt sich angeregt mit dem Oberhaupt dieser Familie über die Ernte und das Wetter und was sonst noch einen Bauern beschäftigte. Liutbirc und Walburc musterten gründlich die Kleidung und den Schmuck der Frauen und Mädchen aus dem Nachbardorf, und als der Vergleich zu ihren eigenen Gunsten ausfiel, waren sie sehr zufrieden und fingen an, den Kopf nach stattlichen, jungen Männern zu drehen und miteinander zu tuscheln.

Bei Rasso und Wichard drehte sich das Gespräch nur um Waffen und Pferde, und die beiden Söhne des Bobinger Meiers, die ungefähr im selben Alter waren, redeten eifrig dabei mit und hatten zum Leidwesen von Liutbirc und Walburc keine Augen für Mädchen. Nachdem die Frau des Meiers ein paar höfliche Worte mit mir gewechselt und nach meiner Mutter

Rautgund gefragt hatte, wusste sie nichts mehr zu sagen und starrte ziemlich unverhohlen und neugierig auf Richlint, deren Herkunft natürlich in der ganzen Gegend bekannt war und deren Freisprechung durch den Grafen Roudolf die Gemüter erregt hatte.

»Bist du das unfreie Kind vom Graf Eticho?«, fragte die kleine Tochter der Meiersfrau und schaute Richlint arglos in die Augen, und als sie ihre Mutter mit dem Ellbogen in die Seite stieß, um das Kind zum Schweigen zu bringen, verstand die Kleine das nicht und wollte von Richlint auch noch wissen, ob ihre Mutter Folchaid wirklich so schön war, wie man überall erzählte. An einem anderen Tag wäre Richlint vielleicht böse geworden oder hätte das kleine Mädchen einfach stehen gelassen, denn sie hasste es, neugierigen Blicken und Fragen ausgesetzt zu sein, aber heute war ein besonderer Tag für uns, und sie antwortete dem Kind freundlich und geduldig, ohne die wissbegierige Mutter weiter zu beachten. Die Klosterinsel und vor allem die steinerne Kirche mit ihren Lichtern, den bunten Bildern und den goldenen Schätzen, die heilige Messe mit den Liedern und Gebeten und die vielen, fremden Menschen waren für uns beide so neu und aufregend, dass wir von diesen Eindrücken ganz überwältigt und mild und sanft gestimmt waren.

Die Sonne war gerade untergegangen und das Fest auf seinem Höhepunkt angelangt, denn jetzt wurden heiße, fettig glänzende Stücke vom fertig gebratenen Ochsen auf großen Schalen herumgereicht, und ein jeder konnte sich davon nehmen, so viel er wollte, und dazu gab es kleine, gewürzte Brotlaibe aus der Klosterkuchl, außen knusprig und innen weich und weiß und noch ganz warm vom Backen. Die Meiersfrau mir gegenüber hielt in der einen Faust einen großen Ochsenknochen mit dicken Fleischstücken und brauner, krosser Haut und in der anderen einen Brocken von dem guten Brot, und sie war so mit Schmausen und Genießen beschäftigt, dass sie ihre Neugierde vergaß und Richlint nicht mehr anstarrte, sondern uns allen ein aufgeräumtes, fettiges Lächeln schenkte. Zusätzlich zum Licht der offenen Feuer wurden nun Fackeln in den Boden gesteckt, denn es war mittlerweile ganz dunkel geworden, und die Schatten der feiernden Menschen bewegten sich auf den steinernen Gebäuden ringsum wie gesichtslose Riesen hin und her. Alle lachten und tranken und aßen, und am Nachbartisch fing ein Mann an, mit tiefer, wohlklingender Stimme einige Verse zu singen, und ein anderer fiel ein und gab ihm singend Antwort, und vor lauter Zuhören und Schauen und Staunen vergaß ich fast das Essen.

Aus dieser heiteren, glücklichen Stimmung wurden wir jäh herausgerissen, als am Eingang des Klosterhofs Tumult und Lärm entstand, und wir hörten laute, aufgebrachte Männerstimmen, Frauen, die ängstlich nach ihren Kindern riefen und das bedrohliche Klirren von Waffen und Rüstungen. Mein Vater Wezilo sprang mit einem Satz auf seine Füße und verlangte nachdrücklich Ruhe, damit alle erfahren könnten, was denn eigentlich los sei, und Vater Raginfrid brachte einen jungen, heftig schnaufenden Mann an unseren Tisch und hieß ihn hinaufsteigen, damit alle Anwesenden seine Worte verstehen konnten. Als der dürre Kerl oben auf dem Tisch stand, sah ich, dass sein Überwurf zerrissen und dreckig war und seine Beine bis obenhin mit Schlamm bespritzt, und er bebte an allen Gliedern und fand kaum die ersten Worte. Die Leute starrten ihn an und es war totenstill, als er mit müder Stimme zu sprechen begann.

»Ich komme direkt aus dem Kloster des heiligen Benedikt in Burin, um die Mönche vom Staphinse zu warnen, wie es mir der Abt selber aufgetragen hat, und ich bin geritten, als wenn der Leibhaftige hinter mir her wäre! Die Ungarn strömen in Scharen ins Baiernland, und es wäre besser für euch alle, wenn ihr sofort in eure Dörfer heimkehrt und euer Hab und Gut in Sicherheit bringt! Sie ziehen nach Kembeduno, und sie wollen Beute machen! Vor allem auf Frauen und Kinder haben sie es abgesehen, denn sie handeln mit Sklaven, und Männer und alte Weiber werden einfach erschlagen!«

Ein unglaubliches Durcheinander von aufgebrachten Stimmen und hilflosem Geschrei brach jetzt über uns herein, und die Menschen drängten an den Tisch heran, auf dem der junge Mann stand, und hätten ihn bald zusammen mit den Bänken umgeworfen, wenn Wezilo nicht energisch Einhalt geboten hätte. »Ruhig, ihr Leute, seid ruhig! Wenn alle auf einmal reden, werden wir gar nichts erfahren! Lasst diesen Mann, der so tapfer gehandelt hat und für uns alle wie der Teufel geritten ist, erst einmal zu Atem kommen, und dann wird er unsere Fragen beantworten und wir werden wissen, was zu tun ist! Zurück, ihr da vorne, ihr schmeißt ihn ja noch mitsamt dem Tisch auf die Erde!«

Mein Vater war es als Meier gewohnt, Menschen zu führen, und er sprach so sicher und bestimmt, dass die Leute sich trotz ihrer Angst zusammennahmen und auf ihn hörten. Ein dunkler, bärtiger Mann drängte sich nach vorne und wollte dem Bericht des Jungen aus Burin keinen Glauben schenken. »Die Ungarn fallen nicht über uns her, sie ziehen nur durch unser Land, um im Süden und Westen auf Beutezug zu gehen! Habt ihr vergessen, dass der selige Herzog Arnulf ein Bündnis mit ihnen geschlossen hat, das sicher noch gültig ist, denn die Barbaren haben bei uns hier in Baiern schon jahrelang keinen Schaden mehr angerichtet und sind immer nur durchgezogen, an den Bodinse und darüber hinaus ins Land der Franken, das uns gar nichts angeht! Sie werden auch diesmal nur vorbeiziehen und uns unbehelligt lassen, da bin ich mir sicher! Dein Abt, junger Mann, ist gewiss kein erfahrener Krieger, sondern nur ein frommer Mann Gottes, und deshalb versteht er auch nichts von solchen Dingen.« Zustimmendes Gemurmel kam aus den Reihen der Zuhörer, und einer wusste auch noch davon zu berichten, dass sogar der Papst in Rom sich einmal mit den ungarischen Horden gegen die aufständische römische Aristokratie verbündet hatte und die Karolinger im Frankenreich selbst die Ungarn gegen die Herzöge von Franzien zu Hilfe gerufen hätten. Diese Behauptungen wollte aber niemand so recht glauben, denn von manchen waren die Väter oder Großväter auf Kriegszügen dabei gewesen und sie wussten aus deren Erzählungen genau, was für furchtbare, schnelle Kämpfer die Ungarn waren und dass es für sie als Heiden nichts gab außer reicher Beute und Kriegserfolg, und Menschenleben zählten nicht. Mit solchen Barbaren ohne Gesetz und Ordnung konnte sich vielleicht der schlaue Herzog Arnulf verbünden und seinen Nutzen aus ihnen ziehen, aber der Papst in Rom würde sich mit ihnen sicher nicht einlassen.

Der müde, junge Mann auf dem Tisch schüttelte nur den Kopf, als er diese Meinungen hörte. »Dann glaubt, was ihr wollt, und lasst mich weiterziehen, damit ich noch einige vernünftige Leute warnen kann! Es stimmt, der Großteil der Barbaren zieht geschlossen Richtung Kembeduno, aber einige kleinere Horden haben sich abgetrennt und überfallen die Dörfer auf ihrem Weg nach Westen! Bei uns brennen die Häuser lichterloh, Frauen und unschuldige Kinder werden in ein grausames Schicksal als Sklaven verschleppt, und tapfere Männer liegen erschlagen in ihrem Blut, weil sie ihre Familien und ihr Heim verteidigen wollten! Kirchen und Klöster haben sie schon geplündert, diese blutrünstigen Heiden, Gold und edle Stoffe, Silber und Schmuck wollen sie, und alles, was ihnen im Weg steht, wird gnadenlos niedergemacht!«

Der Junge aus Burin fing an zu schluchzen, als er sich an all die Gräueltaten erinnerte, und beschwörend hob er die Hände. «Bringt euch und eure Leute in Sicherheit! Versteckt das Vieh und die Vorräte, denn die ungarischen Reiter sind hungrig auf ihrem Kriegszug, hungrig auf Nahrung und reiche Beute, hungrig nach Sklaven und Gold!»

Fassungslos hatten die Menschen dem jungen Mann zugehört, und niemand zweifelte jetzt noch an seinen eindringlichen Worten. Als er aufgehört hatte zu sprechen, herrschte für einen kurzen Moment eine lähmende Stille, bewegungslos standen alle da und versuchten, ihre Gedanken zu ordnen. Dann brach eine Unruhe und ein Durcheinander los, wie ich es noch nie erlebt hatte, und Richlint, Walburc, Liutbirc und ich drängten uns schutzsuchend aneinander, um uns in diesem Trubel nicht zu verlieren. Laut schreiend liefen die Menschen herum, um ihre Familien zusammenzubringen und die Klosterinsel verlassen zu können, verzweifelte Mütter fanden ihre kleinen Kinder nicht, und aufgebrachte Bauern herrschten ihre Knechte an, damit sie noch schneller die Boote zur Überfahrt bereitmachten. Bänke und Tische lagen umgestürzt auf dem Boden, dazwischen im Dreck das gute Essen und Becher und Kannen, aus denen Wein und Bier floss und das Stroh auf der Erde tränkte. Hunde schnappten sich die heruntergefallenen Fleischstücke und jaulten laut auf, wenn die Menschen über sie stolperten und sie einen derben Fußtritt bekamen, und dazwischen eilten die Mönche mit wehenden, grauen Kutten in die Kirche, um ihre goldenen und silbernen Kelche und Kreuze in Sicherheit zu bringen. Wezilo befahl Rasso und Wiggo, auf uns Mädchen aufzupassen und uns auf keinen Fall allein zu lassen, während er die Knechte suchte, und als wir endlich alle beisammen standen, hatte sich der erste Sturm im Klosterhof schon gelegt, und die Menschen drängten mit brennenden Fackeln in der Hand auf dem schmalen Weg, der hinunter zum Meierhof und zum stockfinsteren Seeufer führte.

Wezilo war unser Vater und Meier, und fragend blickten wir alle zu ihm, damit er uns sagte, was zu tun sei und wohin wir gehen sollten. »Der Markt in Murnowe wird wohl nicht mehr stattfinden«, sagte er nach kurzem Nachdenken, »und unser Platz ist in schlechten Zeiten zu Hause, bei unseren Familien! Wir müssen sie warnen vor der Gefahr, damit alle die sichere Burg aufsuchen können, und in einem Kampf brauchen sie unsere Hilfe und Manneskraft, deshalb reiten wir auf kürzestem Weg zurück nach Pitengouua! Rasso und Wichard, ihr habt eure eigenen Pferde und kommt damit besser voran als wir mit den Ochsenkarren und den Mädchen, deshalb reitet ihr voraus und sorgt dafür, dass alle so schnell wie möglich auf die Burg kommen, auch das Vieh und die Schweineherde vom Doswald! Und seid vorsichtig auf eurem Weg, reitet abseits der Straßen und versteckt euch im dichten Wald, wenn ihr die Staubwolken von Reiterhorden seht!«

Wir waren die letzte Gruppe von Menschen, die die Klosterinsel verließ, und als wir hintereinander im Dunkel der Nacht über den schmalen Steg und die winzige Insel das feste Ufer erreicht hatten, blickte ich noch einmal zurück und sah im schwachen Licht der Fackeln die Mönche hastig die Holzplanken der Brücke herausreißen und den ganzen Steg zerstören, damit das Kloster nur noch mit Booten erreicht werden konnte und so sicher vor den ungarischen Reitern war.

Der Weg zurück nach Pitengouua kam mir viel länger vor als der Hinweg, obwohl wir keine Rast einlegten und sicherlich einige Stunden weniger unterwegs waren als am Tag davor, denn Angst und Sorgen trieben uns vorwärts. Tiefschwarze Nacht umhüllte uns ganz und gar, und nur das dünne, milchige Licht des zunehmenden Mondes, das gelegentlich hinter den Wolken aufschien, wies dem voranreitenden Meier den Weg. Die Stille rings um uns war vollkommen und wurde nur manchmal vom Ruf eine Nachtkauzes oder dem fernen Heulen von Wölfen unterbrochen, und obwohl wir Kinder uns eigentlich vor der dunklen, geheimnisvollen Nacht mit ihren Geistern und Gnomen außerhalb der sicheren Hofumfriedung fürchteten, ritten wir ohne zu klagen tapfer mit und vertrauten der Erfahrung meines Vaters und dem Mut und der Kraft der jungen Knechte, die uns schon verteidigen würden. Kaum ein Wort wurde gesprochen auf diesem nächtlichen Heimweg, und es gab keine lustigen Scherze und bunte Erzählungen, denn ein jeder von uns hing seinen eigenen Gedanken nach, und die tiefe Angst vor dem Ungarnsturm und die Ungewissheit, was uns wohl im Dorf erwartete, verschloss uns allen den Mund.

Richlint saß hinter mir auf dem Schecken und klammerte sich an meinem Rücken fest, und ich spürte das Beben ihres Körpers und wusste, dass sie genau wie ich an die fürchterliche Prophezeiung von Justina dachte, über die wir mit keinem Menschen gesprochen hatten und die uns jetzt noch mehr ängstigte als in den Tagen zuvor. Wenn Justina mit ihren Vorahnungen Recht hatte, dann würden wir zu spät nach Pitengouua zurückkommen und könnten das Unheil nicht mehr verhindern.

Rasend schnell wirbelten die Gedanken in meinem Kopf durcheinander, und ich versuchte, mir alles in Erinnerung zu rufen, was ich je über die Ungarn gehört hatte. Blutrünstig und goldgierig seien die Heiden aus der Steppe, sagten manche, und wie Fabelwesen mit ihren kleinen, stämmigen Pferden verwachsen, wie ein starker Wind fegten sie über das Land und nichts vermochte sie aufzuhalten. Nur auf reiche Beute und hilflose Frauen und Kinder seien sie aus, und keine Ehrfurcht vor Gott und seinen Dienern hindere diese unbändigen Reiter, Klöster und Kirchen zu plündern, Priester und Mönche grausam niederzumetzeln und alles hinter sich in Brand zu stecken, sodass eine Feuerspur durchs ganze Land ihren Weg markierte. Blind folgten sie ihrem Führer, den sie wie einen Gott verehrten, wohin er sie auch führte, und ihr eigenes Leben galt ihnen nichts, denn nach ihrem Glauben würden nur tapfere Krieger im Paradies leben, und die Menschen, die sie auf Erden getötet hatten, würden ihnen dort dienen und sie als Helden verehren. Der alte Haimeran aber hatte in der Zeit, als Herzog Arnulf mit den Ungarn verbündet war, dieses Volk selber kennen gelernt, und nach seinen Erzählungen waren es zwar harte Krieger, die reiten konnten wie der Teufel und mit Pfeil und Bogen noch vom galoppierenden Pferd aus sicher ihr Ziel trafen, aber viele von ihnen seien bereits Christen und lustige Leute, mit denen man gut einen Wein vor dem Feuer trinken und derbe Scherze machen konnte. Haimeran bewunderte die Kriegskunst der listigen Nomaden, ihre prächtige Kleidung, ihre kunstvollen Sättel und Zaumzeuge und die bedingungslose Treue zu ihrem Volk, aber auch er nannte die Ungarn habsüchtig und auf Prunk versessen, nur auf Gold aus oder auf Sklaven, mit denen sie im Osten einen lebhaften Handel trieben. Immer wieder und wieder waren sie plötzlich durch unser Land gezogen und hatten Pitengouua in den letzten hundert Jahren zwei Mal verwüstet und ausgeraubt, und deshalb hatte der alte Graf Roudolf die Befestigung auf dem Meierberg ausbauen lassen, damit die Bevölkerung und das Vieh dort oben Schutz finden konnte und die Reiterhorden vorbeiziehen würden, wenn es nichts zu holen gab.

Sehr düstere Gedanken waren in meinem Kopf auf diesem Heimweg vom Staphinse nach Pitengouua, und ich betete lautlos und inbrünstig zu Gott und seinem Sohn Jesus, zur gütigen Mutter Maria und zu Vanth, der wissenden, alten Göttin von Justina, dass sie die Gefahr vorbeileiten sollten von meinem Dorf, weg von meiner Mutter Rautgund, von Folchaid, Justina und Haimeran und allen anderen, die ich liebte.

Als wir die Ambraschlucht durchquerten, war es schon früher Morgen, und gegen Mittag ließen wir den Schnaitberg hinter uns und ritten an den stillen Haslachhöfen, auf denen kein Mensch zu sehen und nichts zu hören war, vorbei und direkt auf Pitengouua zu. Schon von weitem sahen wir schwarzen Rauch den Himmel verdunkeln und große Rabenvögel ihre weiten Kreise über das Dorf ziehen, und bei diesem Anblick schrien die Mädchen auf dem Ochsenkarren voller Angst laut auf und Richlint bohrte ihre Finger wie scharfe Krallen in meine Seite. Wezilo stöhnte tief und stieß seinem braunen Hengst die eisernen Sporen in die Flanken, und das Pferd machte einen großen Satz nach vorne und jagte dann mit meinem Vater aufs Dorf zu. Der Schecke galoppierte sofort hinterher, mit Richlint und mir auf dem Rücken, und die Knechte schrien uns nach, dass wir das Pferd zügeln und anhalten und erst einmal mit ihnen abwarten sollten, bis der Meier zurückkäme und keine Gefahr mehr herrschte. Aber das sonst so gutmütige Tier ließ sich nicht aufhalten, sondern rannte hinter dem braunen Hengst auf die Höfe zu, und das war mir gerade recht, denn ich wollte nur noch zu meiner Mutter.

An der Furt vor unserem Anwesen sprang Wezilo vom Pferd und lief zu den Leuten, die dort mit bleichen Gesichtern stumm und eng beieinander standen, und als die Gruppe sich langsam und zögerlich für den Meier öffnete, sahen Richlint und ich mehrere mit Tüchern bedeckte Gestalten am Boden liegen und neben einer von ihnen kniete Rasso und schluchzte laut. Mein Vater ging auf die liegenden Menschen zu und zog die Leintücher weg, und ich sah Folchaid mit toten, braunen Augen verwundert in den Himmel starren, um ihr schönes, blasses Gesicht hing das lange Haar in mit schwarzem Blut verklebten Strähnen, ihr Gewand war vorne völlig zerrissen und die weißen, weichen Brüste unschuldig und unbedeckt allen Blicken ausgesetzt. Ihr kleiner Sohn Roudolf lag mit eingeschlagenem Schädel neben ihr, das Gesichtchen auf seltsame Art verzerrt und schief, und Richlint sank ohne einen Laut neben ihrer Mutter auf den Boden und schlang die Arme um die Tote. Ich aber ging weiter, von Körper zu Körper, immer meinem Vater nach, und ich sah Hilde mit ihren Kindern tot liegen und die junge Agnes und Haimeran, meinen lieben, alten Haimeran in seinem Blut.

Meine Kehle war trocken und rau, und ich konnte nicht mehr schlucken vor Angst, denn an den leeren Augen der Menschen und der Art, wie sie meinem Vater und mir auswichen und bei der letzten Gestalt Platz machten, erkannte ich, wer dort lag, und wollte es doch nicht wahrhaben. Meine Mutter lag auf der Erde, als ob sie schlafen würde, leicht gekrümmt und mit angezogenen Beinen, und erst als Wezilo sie in die Arme und auf seinen Schoß nahm, sah ich das getrocknete Blut im Staub und das tiefe Loch in ihrem Hinterkopf. Ich fiel auf die Knie neben meinen Eltern und fasste nach den lose herabhängenden, kalten Händen von Rautgund, streichelte und bewegte sie unaufhörlich, als ob ich so das Leben wieder in sie hineinzwingen und sie lebendig machen könnte, stark und kräftig für Walburc und mich, ihre Kinder, für ihren Ehemann Wezilo, für uns alle im Dorf, die wir sie doch so nötig brauchten. Doch als ich in das Gesicht meines Vaters schaute, wusste ich, dass alles Beten und Flehen vergebens war, denn mein starker, unerschütterlicher Vater weinte wie ein kleines Kind, und die Tränen strömten aus seinen Augen in den struppigen Bart und tropften von dort auf das stille, blutleere Antlitz meiner Mutter. Sie war tot.

Nach dem ersten Tag der tiefen Trauer wollte Wezilo von den verantwortlichen Männern, allen voran dem Burgvogt, genau erfahren, wie es zu diesem Überfall auf die Frauen und Kinder gekommen war. Rasso und Wichard waren zu spät gekommen, denn schon während wir im Klosterhof gefeiert und beim Essen die Nachricht des Jungen aus Burin erfahren hatten, war Pitengouua überfallen worden. Der Wächter auf dem Turm des Burgwalls hatte als Erster in einer Staubwolke die ungarischen Reiter aufs Dorf zukommen sehen und sofort mit seinem Horn einen Warnruf gegeben, und alle strömten auf die Burg in Sicherheit. Einige Männer trieben das Vieh auf den Berg in die Umzäunung, und ein paar andere ritten hinunter zum Doswald, wo die Schweinehirten mit der großen Herde weideten, und als es endlich jemand auffiel, dass Rautgund und Folchaid mit einigen Mägden fehlten, war von den Männern nur noch der alte Haimeran da. Die Frauen waren auf einer Wiese etwas abseits vom Dorf beim Stutzen der Obstbäume und hatten den Hornruf des Turmwächters nicht gehört, und Uoda befahl dem treuen Knecht, hinunterzulaufen und die Frauen zu holen.

Der ungarische Reitertrupp bestand aus ungefähr fünfzig Männern, die wohl vom großen Heer losgeschickt worden waren, um in den Dörfern zu plündern und Fleisch, Getreide und Wein zu besorgen, denn die Ungarn führten auf ihren Kriegszügen keine schweren Wagen mit Vorräten mit, sondern nahmen sich beim einfachen Bauernvolk mit Gewalt, was sie brauchten. Als sie unser Dorf verlassen fanden, begannen sie sofort, nach Essbarem zu suchen, und nachdem sie sich genügend Beute auf den Rücken ihrer Pferde geladen hatten, steckten sie die Vorratshäuser und Grubenkeller in Brand, rissen die Pfähle und Pfosten der Getreidespeicher um und zündeten die nun zusammengefallenen Hütten mitsamt unseren Vorräten für einen langen Winter an.

Die Frauen auf der Obstwiese hatten vermutlich den Lärm gehört und auch den schwarzen Rauch bemerkt, der vom Dorf aufstieg, aber an einen Überfall dachten sie wohl nicht, denn sie liefen eilig nach Hause und den Ungarn direkt in die Arme. Vielleicht hätten die wilden Reiter es bei einigen derben Scherzen gut sein lassen, wenn sie nur ein paar alte Weiber getroffen hätten, denn sie waren ja auf essbare Beute aus und erst am Anfang eines Kriegszuges, aber als sie die schöne Folchaid und die junge Agnes erblickten, wollten sie die beiden Frauen gefangen nehmen und zu ihrem Heer mitschleppen. Folchaid wehrte sich mit aller Gewalt, denn sie wollte nie wieder die Sklavin eines Mannes sein, aber die Barbaren rissen ihr den Säugling aus den Armen und erschlugen ihn vor ihren Augen, zerfetzten ihr Kleid und griffen mit gierigen Fäusten nach ihrem nackten Körper. Rautgund wollte Folchaid zu Hilfe kommen, nur mit ihren bloßen Händen, und sie stießen meine Mutter so hart zur Seite, dass sie mit dem Hinterkopf auf einen Stein fiel und sofort tot war. Haimeran kam völlig außer Atem ins Dorf, und er ging ungeachtet der Überzahl der wilden Männer mit seinem Jagdmesser auf sie los, als er sah, dass sie Agnes und Folchaid wegschleppen wollten und Rautgund leblos dalag. Aber mit dem alten Mann hatten die ungarischen Krieger ein leichtes Spiel, sie erschlugen ihn mit ihren eisernen Schwertern, und als Agnes und Folchaid nicht aufhörten, zu beißen und zu kratzen und sich zu wehren, verloren die Männer die Lust an ihnen und hatten wohl auch Angst, dass vielleicht noch andere zur Befreiung der Frauen kommen würden, stärkere und jüngere Männer als der alte Haimeran; sie schnitten den beiden Frauen die Kehle durch und ließen sie in ihrem Blut liegen, erschlugen wie im Rausch die schreiende Hilde samt ihren Kindern und ritten mit der Beute auf den Pferderücken davon.

Die folgenden Tage im Dorf erlebte ich wie in einem Traum, der mich festhielt und nicht erwachen ließ, und ich redete und handelte und war doch gar nicht da. Zusammen mit Justina und Walburc, die unaufhörlich schluchzte, und den anderen Frauen aus Pitengouua bereitete ich das Begräbnis vor, und wir wuschen die Toten sorgfältig und mit Liebe, kleideten sie in ihre besten Gewänder und legten sie in die Särge, die der Tischler nur mit der Hilfe von anderen Männern so schnell hatte fertigen können. Folchaid gaben wir ihren Säugling Roudolf in den Arm, und der dicken Hilde, die im Tod so sanft und lieblich aussah, ihre beiden Kinder. Für Agnes, die mit meiner Mutter gestorben und nur eine arme, unfreie Magd war und nichts besaß, gab ich meinen schönen blau gefärbten Wollumhang her, und so war sie im Tode besser gekleidet als in ihrem ganzen Leben. In Haimerans Sarg legte ich sein geliebtes Werkzeug, mit dem er jeden Tag gearbeitet hatte, und für unsere Mutter heftete Walburc ein dünnes, goldenes Kreuz auf ein weißes Leinentuch, als das Zeichen einer guten Christin, und damit bedeckten wir ihr Gesicht und nahmen Abschied.

944–945
Jugend

Ein leuchtender, tiefblauer Himmel, hier und da mit flockigen, schneeweißen Wolken durchsetzt, wölbte sich an diesem warmen Herbsttag über dem kleinen Dorf Pitengouua an der Pitenach. Die Luft war so klar und rein, dass man von dem niedrigen Hügel aus, auf dem die hölzerne Dorfkirche stand, weit hinein in die wild gezackte, auf den hohen Gipfeln schon mit Schnee und Eis bedeckte scheinbar endlose Kette der Berge im Süden des Landes sehen konnte. Die dichten, artenreichen Mischwälder ringsumher, auf dem Bühlach, dem nördlichen Meierberg, dem hohen Bisenberg und an den Hängen der Ambraschlucht, mit ihren mächtigen Buchen und Eichen, immergrünen Fichten und Eiben, und dem großblättrigen Ahorn dazwischen glühten und leuchteten im Licht der milden Sonne in feurigem Kupferrot und sattem Orange, in warmen Brauntönen, in Grün- und Gelbschattierungen und in einem dunklen, tiefen Rot von der Farbe frischen Blutes. Die weiten Felder rings um den Weiler waren bereits abgeerntet und umgepflügt, dunkelbraune, reichhaltige Erdbrocken lagen auf den mit Dung und Mist bedeckten Böden, und auf den von Flechtzäunen umgebenen Wiesen rupften sich die Kühe und Schafe das magere Gras der letzten schönen Tage, bevor der Winter einbrach.

Im Dorf selber herrschte das laute, lustige Treiben von vielen geschäftigen Menschen, dessen Mittelpunkt sich auf dem geräumigen Hof des Meieranwesens befand. Dort stellten die Knechte unter Rufen und Lachen schwere Holztische und einfache Bänke auf, und die Mägde bedeckten die rauen Tische mit weiß gebleichten Tüchern aus Leinen und schleppten unermüdlich Platten und Schüsseln mit Rüben und Kohl, Äpfeln und Birnen, Zwetschgen und Waldbeeren, gepökeltem und geräuchertem Fleisch, Getreidebrei und frischem Brot herbei und stellten alles auf den Tischen ab. In der Mitte des Hofplatzes war ein hölzernes Gerüst aufgebaut, an dem an eisernen Ketten eine schwere Stange mit einem aufgespießten ganzen Ochsen hing, und direkt unter dem gehäuteten Tier brannte ein glutvolles Feuer, das von einem erfahrenen, älteren Mann bewacht und angefacht wurde. Dieser gab auch den jungen Kerlen, die zu seiner Hilfe eingeteilt waren und von dem Alten reichlich oft barsch angefahren wurden, genaue Anweisungen, wie sie das schwere Tier auf dem riesigen Spieß hin und wieder drehen mussten, damit es rundherum gleichmäßig braun und knusprig gebraten wurde. Das machte ihm so leicht keiner recht, und das gelegentliche Bestreichen des Ochsen mit einer Mischung aus Kräutern, Salz und Fett aus einem Tontopf zelebrierte der Alte wie der Dorfpriester die heilige Messe.

Ein junges Mädchen lehnte mit dem Rücken am breiten Stamm der uralten Linde in der Mitte des Weilers, raschelte und spielte mit den Füßen in den gelben, herzförmigen Laubblättern am Boden und beobachtete dabei mit freudigem Glanz in ihren bernsteinfarbenen Augen die zum Meierhof eilenden, festlich gekleideten Menschen. Sie selber trug ebenfalls ihr bestes Gewand, eine Tunika aus feiner, blau gefärbter Wolle über einem hellen Unterkleid aus Leinen und darüber einen kunstvoll aus Bast geflochtenen Gürtel mit allerlei Zierrat. Die Kleider waren für eine erwachsene Frau geschnitten und noch etwas zu groß für die Zwölfjährige, der Saum reichte ihr bis zu den Fersen hinab, und der selbst gefertigte Gürtel hatte in der Leibesmitte reichlich Stoff zusammenzuhalten, denn die Hüften waren schmal und zierlich und die winzigen Brüste füllten das Kleid vorne nicht im Mindesten. Das dichte, lange Haar war mit gewebten Bändern zu zwei aufwendigen Zöpfen gebunden, in denen kleine, gelbe Blumen steckten, die sehr gut zu den blond melierten Locken des Kindes passten und dem eher herben, jungenhaften Mädchen etwas Weiches und Zartes gaben.

»Endlich haben die Leute wieder etwas zum Feiern!«, dachte sie, und ein kleines Lächeln erschien auf ihrem blassem Gesicht, als sie unter all den Menschen ihre Freundin erblickte, die am Bach entlangging und anscheinend nach ihr suchte. Das ältere Mädchen trug die gleiche blaue Tunika und denselben geflochtenen Gürtel um den Leib wie das Kind unter der Linde, aber durch ihren kleinen, festen Busen und die sanft gerundeten Formen ihres Körpers sah sie wie eine erwachsene Frau aus. Während sie am Ufer entlangschlenderte und nach ihrer Freundin Ausschau hielt, schäkerte sie fröhlich mit den jungen Männern, die müßig unter den Weidensträuchern am Bachrand herumsaßen und auf den Beginn des Festes warteten, und immer wieder warf sie von der Seite einen schnellen Blick aus ihren leuchtend blauen Augen auf einen großen, schlanken Jungen mit dunklen Locken, der abseits von den anderen am Ufer saß, in seine Gedanken versunken kleine Kieselsteine aufhob und nacheinander ins Wasser warf und das hübsche Mädchen nicht beachtete. »Er merkt gar nicht, dass sie in ihn verliebt ist«, flüsterte das Kind unter dem Baum vor sich hin, und als ob sie die leisen Worte gehört hätte, schaute von der anderen Seite des Baches eine schwarzhaarige Frau in einem grauen, einfachen Kittel von ihrer Arbeit auf und winkte dem Mädchen unter der Linde zu.

Ein stürmisches Gedränge und Gerangel setzte jetzt unter den vielen Leuten ein, denn die Brautleute waren mit ihren Familien auf den Dorfplatz gekommen, und alle Bewohner von Pitengouua und auch jeder fremde Gast dieser Feier wollte ganz vorne stehen und zusehen, wie die Hochzeit abgehalten wurde. Das junge Mädchen raffte ihr überlanges Kleid zusammen, wickelte es einmal um ihren Arm und kletterte geschickt wie ein Eichhörnchen mit nackten Füßen auf einen starken Ast des Baumes, und von dort aus hatte sie die beste Übersicht und konnte alles genau verfolgen.

Mit feierlichen, ernsten Mienen standen sich die Familien des jungen Paares jetzt in der Mitte des Platzes gegenüber, und die Freundin in dem blauen Kleid hatte sich dicht hinter der

Braut aufgestellt, denn es war ihre ältere Schwester, die heute heiratete, in einem langen, dunkelroten Wollkleid und mit einer bunt bestickten Haube aus Filz auf den aufgesteckten braunen Haaren. Die wichtigen freien Männer des Gaus, Wicpert von der Burg und der alte Haslachbauer Sigiboto, Severin von Dornau mit seinem Sohn Arbeo und der alte Priester des Dorfes umringten als Zeugen der Zeremonie das Hochzeitspaar. Der Meier von Pitengouua war der Vater der Braut, und als der kräftige Mann mit den frühzeitig ergrauten Haaren und dem von Kummer und Leid gegerbten Gesicht voll Furchen und Falten vortrat, um seine geliebte Tochter einem Fremden zu übergeben, standen Tränen in seinen Augen und er schämte sich derer nicht. Er nahm die Hand der jungen Braut und gab sie vor den Augen aller Gäste in die Hand des Bräutigams, und dieser legte der jungen Frau eine glitzernde Kette aus schwerem Gold und bunten Edelsteinen um den Hals, das war seine Brautgabe. Damit war der Bund geschlossen, denn Zeugen der Übergabe vom Vater an den Ehemann gab es genug, und die Brautleute waren Mann und Frau.

Das Mädchen auf dem Ast der Linde beobachtete, wie die Menschen nun alle jubelten und lachten, und wie die älteren Männer sich gegenseitig auf die Schultern klopften und zu dieser Verbindung beglückwünschten. Nur die junge Braut stand mit ernstem Gesicht etwas verloren inmitten der lauten Gesellschaft, und als sich jetzt alles anschickte, hinüber in den Meierhof zum Feiern und Essen zu ziehen, zupfte sie ihren jungen Mann vorsichtig am Ärmel, denn sie wollte mit ihm und ihrer Familie in die kleine Kirche gehen, um dort vom Priester auch den Segen Gottes für diese Ehe zu erhalten. Unwillig schüttelte der Mann die Hand seiner Frau ab, denn ihm stand der Sinn nach Trinken und Feiern, als er aber sah, dass der Meier und mit ihm Sigiboto und Severin bereits auf dem Weg zur Kirche waren, gab er nach und folgte seinem Weib. »Was ist das nur für ein unguter Mensch!«, dachte sich das Kind auf dem Baum, »niemals will ich so verheiratet werden, dass es nur die anderen freut und mich selber unglücklich macht!«

Als der Abend dämmerte, war das Fest im Hof des Meieranwesens auf seinem Höhepunkt angelangt. Beim gebratenen Ochsen auf seinem eisernen Spieß konnte man durch die hohen, weißen Rippen hindurchschauen, und nur noch an manchen Knochen hingen Haut und Sehnenstücke, denn das würzige Fleisch hatte allen Gästen gemundet. Unter der Anleitung der müden, ernsten Braut und Hausherrin räumten einige Mägde im letzten Tageslicht die leeren Schüsseln und Platten von den mit Abfällen, Schalen und Knochenstücken übersäten Tischen, und sie stolperten dabei immer wieder über die Dorfhunde, die gierig unter Bänken und Tischen nach einem heruntergefallenen Bissen schnappten, oder sie wurden von weinseligen Kerlen am Rockzipfel festgehalten und hatten alle Mühe, sich der aufdringlichen Männerhände zu erwehren.

Am größten Tisch saßen die freien und vermögenden Männer des Gaus beieinander und unterhielten sich angeregt über den Herzog und den König, über bedeutende Kriegszüge der Vergangenheit und das Wetter und die reiche Ernte, die ihnen dieser herrliche Sommer und Herbst beschert hatte. Sie hatten trotz des vielen Trinkens ihre Sinne noch beieinander und erhoben nur manchmal lautstark ihre Stimmen, wenn sie gegensätzlicher Meinung waren, und nur der Bräutigam, der jüngste Mann in dieser Runde, war bereits stark betrunken und schlief unter lautem Schnarchen mit schwerem Kopf auf dem Tisch.

Das dunkelblonde Kind im blauen Kleid saß im Schutz der Dämmerung allein unter dem Schopf des Hauses und beobachtete die jungen Mädchen und Männer, die sich in einer anderen Ecke des großen Hofs zusammengefunden hatten und dort zum Lautenspiel und Gesang eines reisenden Spielmannes munter tanzten und miteinander alberten. Ihre hübsche Freundin mit den kastanienfarbenen Zöpfen wirbelte lachend mit einem Sohn des Haslachbauern umher, und beim gemeinsamen Reigen aller jungen Mädchen schürzte sie keck den Rock und ließ ihre langen, schön geformten Beine sehen. Immer mehr Leute, junge und alte, setzten sich in diesen heiteren Kreis und hörten den Liedern zu, und dankbar für diese Aufmerksamkeit sang der fremde Mann mit aller Inbrunst. Das Instrument des Musikers war aus sorgsam ausgehöhltem Eichenholz mit einer Deckplatte aus dünnem Ahorn gefertigt, und die sechs Saiten aus fein gedrehten Tierdärmen verstand er wunderbar zu seinen anzüglichen und frechen Liedern anzuschlagen. Als es richtig dunkel geworden war und nur noch das Licht der offenen Feuer und in den Boden gesteckter Pechfackeln flackernde Helligkeit gaben, wurden die Melodien des Spielmannes leiser und besinnlicher, und er sang mit weicher Stimme ein trauriges Lied vom fröhlichen, warmen Sommer, der nun vorüber war, und von dem kalten Winter, der vor der Tür stand. Er sang von der verbotenen Liebe zwischen einer jungen Frau und einem Mann, die nie ihre Erfüllung fand, und das einsame Mädchen unter dem Giebel des Meierhofs wickelte frierend eine Wolldecke um sich und weinte.

Afra

Vier lange, harte Jahre waren vergangen, als wir im Herbst 944 endlich wieder ein richtiges Fest in unserem Dorf feierten. Weder Richlint noch Walburc oder ich waren die gleichen unbeschwerten Kinder wie vor dem Überfall der Barbaren, unser aller Leben hatte sich seit diesem Tag grundlegend verändert und unsere Kindheit war für alle Zeiten vorbei. Wenn ich an diese Jahre zurückdenke, spüre ich noch einmal den nagenden Hunger in meinem leeren Bauch und die eisige Kälte auf meinem dünnen Körper, unter denen wir vor allem im ersten Winter nach dem Unglück litten, und ich sehe Richlint und mich eng aneinander geschmiegt auf dem Bett hocken, eine wollene Decke um uns geschlungen, und mit vor Trauer rauen Stimmen leise über unsere toten Mütter reden. Selbst nach tausend Jahren fährt der Schmerz brennend wie ein glühend heiß geschmiedetes Messer in meine Brust, wenn ich an ihren Tod denke, und immer wieder sehe ich meine unschuldige Mutter Rautgund leblos in den Armen meines weinenden Vaters liegen und fühle mich grenzenlos verlassen und traurig. Dass die allmächtige Gottheit so und nicht anders entschieden hat, das nehme ich jetzt klaglos hin, aber den Grund dafür, dass Frauen und kleine Kinder grausam sterben müssen, habe ich bis heute nicht verstanden, und es werden wohl noch weitere tausend lange Jahre vergehen müssen, bis ich darin einen Sinn erkennen kann.

In diesem Herbst aber, als Richlint zwölf und ich dreizehn Jahre zählte, herrschten statt Trauer und Armut endlich wieder Zuversicht und Wohlstand in unserer kleinen Gemeinschaft, und die Menschen lachten und feierten und machten Pläne für die Zukunft. Es war die Hochzeit meiner Schwester Walburc, die so großartig begangen wurde, denn mit ihrem jungen Mann zog der zukünftige Meier nach Pitengouua, und damit begann für uns alle eine neue Zeit voller Hoffnung auf Wohlstand und Frieden.

Die Ehe zwischen Walburc und Bruno war von seinen Eltern und meinem Vater ausgehandelt und vereinbart worden, und die Brautleute hatten sich vor der Hochzeit nur einmal kurz getroffen, als Bruno mit seinem Vater zu einem Besuch auf dem Gut in der Dornau weilte. Zu dieser Zeit war zwischen den Alten bereits alles ausgemacht und der Tag der Hochzeit stand schon fest, aber der Bräutigam zauderte noch ein wenig, da er seine zukünftige Frau nie gesehen hatte und sich wegen ihres Aussehens und ihrer Wesensart nicht allein auf die Berichte von anderen verlassen, sondern das Mädchen selbst in Augenschein nehmen wollte.

Walburc war damals fünfzehn Jahre alt, ein mittelgroßes, kräftiges Mädchen mit dunkelbraunen Zöpfen und einer frischen, gesunden Gesichtsfarbe, und die ausgeprägten weiblichen Formen ihres Körpers und ihre Ernsthaftigkeit ließen sie älter erscheinen, als sie tatsächlich war. Nach dem Tod unserer Mutter lag zu viel Verantwortung auf ihren Schultern, denn der Haushalt im Meierhof musste weitergeführt und dazu die kleine Schwester mit ihrer mutterlosen Freundin betreut werden, und unser Vater Wezilo war ihr darin keine Hilfe, denn nach dem schmerzvollen Verlust von Rautgund wurde er einsilbig und wortkarg und zog sich allein zurück, wann immer es möglich war. Walburc war damals erst elf Jahre alt, aber sie ließ sich nicht für einen Augenblick gehen oder war müßig, sondern teilte jedem seine Aufgaben zu und arbeitete selbst von Sonnenaufgang bis zur tiefen Nacht. Unsere Mutter war immer ihr Vorbild gewesen und sie hatte von ihr gelernt, wie man einen so großen Hof führt und die Knechte und Mägde anleitet und dabei selbst ohne Zögern vorangeht bei der Arbeit. Auch den festen Glauben an Jesus und die Kraft der Heiligen hatte Walburc von unserer Mutter übernommen, und mit dem tröstlichen Gedanken an Rautgund im himmlischen Paradies unter lauter Engeln fiel ihr der bittere Alltag leichter als Richlint und mir. Walburc tat ihre Pflicht und klagte nie, für sie war der angemessene Platz für Trauer der Friedhof mit seinen Gräbern, und nur dort sah ich sie jeden Sonntag nach dem Kirchgang auf den Knien liegen und leise weinen.

Als dieses tüchtige Mädchen aber in der Stube des Dornauer Hofes ihrem zukünftigen Mann gegenüberstand, war von ihrem Selbstbewusstsein und ihrer Kraft nicht viel zu merken, denn sie hatte verlegen die Lider gesenkt und stand unbeholfen und linkisch herum, ohne ein Wort zu sprechen. Meine Schwester war sich der vielen neugierigen Augenpaare sehr bewusst, die jede Regung von ihr beobachteten, und deshalb traute sie sich kaum, einen genaueren Blick auf den jungen, untersetzten Mann zu werfen, mit dem sie schon sehr bald das Lager teilen sollte. Der junge Bruno jedoch hielt sich nicht im Mindesten zurück, sondern starrte seine schüchterne Braut unverhohlen und aufdringlich von Kopf bis Fuß an, ließ seinen musternden Blick lange auf ihren vollen, runden Brüsten ruhen und machte dann gegenüber den anderen Männern ein paar derbe Anspielungen, die erkennen ließen, dass er mit dem Heiratsbeschluss seiner Eltern sehr zufrieden war. An seine zukünftige Frau aber richtete er kein einziges Wort, und dieses grobe Verhalten verletzte Walburc sichtlich, auf ihren Wangen brannten zwei kreisrunde, rote Flecken, und die zitternden Hände versuchte sie vergeblich unter ihrem Umhang zu verstecken. Richlint und ich waren bei diesem ersten Treffen der Brautleute in der Dornau dabei, brav und gesittet saßen wir in der Stube neben meinem Vater Wezilo auf der Ofenbank, ließen die Alten reden und sagten selber nichts, wie es sich für junge Mädchen geziemt. Aber sobald die ganze Gesellschaft aufstand, um sich die Ställe und die Pferde anzuschauen und ein wenig plaudernd auf dem Hof herumzugehen, flüchteten wir zusammen in den weitläufig angelegten Obstgarten hinter den Gebäuden, setzten uns auf eine verborgen gelegene Holzbeuge und redeten über Bruno und Walburc.

»Wie eine Kuh! Er hat sie gemustert wie ein Bauer die Rindviecher auf dem Markt! Es fehlte nur noch, dass er ihre nackten Flanken abgegriffen hat und ihr Euter sehen wollte! Wenn sie nicht zur rechten Zeit kalbt, wird er sein bisschen Gold zurückfordern!« Richlint war außer sich über Walburcs Bräutigam und seine abschätzenden Blicke. Ich dachte insgeheim genauso über das erste Treffen mit Bruno und war gar nicht begeistert davon, den groben Kerl in unsere Familie aufzunehmen, aber das wollte ich meiner Freundin nicht eingestehen. Richlint war in ihrem Urteil immer so endgültig und entschieden, sah nur Hell oder Dunkel und keine Zwischentöne und machte sich mit ihrer schroffen, ehrlichen Art anderen Leuten gegenüber oft das Leben schwer. Mit Bruno würden auch wir beide leben müssen, nicht nur Walburc, und daher wäre es besser, ein paar gute Seiten an ihm zu finden und nicht von vornherein alles zu verderben. Also versuchte ich, Richlint zu besänftigen, und ich zählte alles auf, was für diese Ehe sprach. »Er ist halt neugierig auf seine zukünftige Frau, wer wollte ihm das verübeln! Aber er ist jung und gesund, und so schlecht sieht er gar nicht aus, vielleicht ein bisschen plump und gedrungen, aber das ist ja gar nicht so wichtig! Wichtig ist, dass er ein Meiersohn ist, wenn auch nur ein zweitgeborener, du weißt, dass das Herz unserer Walburc am Hof hängt und dass sie wie meine Mutter werden will, eine rechtschaffene, tüchtige Meierfrau. Und nachdem Bruno bei sich daheim keinen Hof bekommt, weil er einen älteren Bruder hat, passen doch in Pitengouua alle Dinge genau zusammen! Sie will einen Mann, der den Hof führt, und möglichst viele Kinder, und das will er auch! Und das Gold, das er als Brautgabe mitbringt, das können wir hier gut gebrauchen, du weißt, dass unser Wohlstand heute noch nicht wieder der gleiche ist wie vor dem schrecklichen Tag.«

Wir saßen ganz dicht nebeneinander auf dem Holzstoß und fassten uns unwillkürlich fest bei den Händen, als ich den Überfall der Ungarn erwähnte, so wie wir uns in den vergangenen vier Jahren immer wieder aneinander festgehalten hatten, wenn unsere Verzweiflung und unsere Trauer zu groß war, um sie allein durchzustehen. Wir hatten beide unsere Mütter verloren, durch einen gewaltsamen, grausamen Tod, und es waren seitdem schwere und traurige Jahre für Walburc, Richlint und mich und alle Bewohner von Pitengouua gekommen.

Die wilden Reiterhorden waren auf dem Weg nach Kembeduno, Uodas Heimatstadt, gewesen und hatten den Ort mit seinem Kloster zum dritten Mal in den letzten 30 Jahren vollständig zerstört, wie wir später erfahren mussten. Da die Ungarn als Reiterkrieger keine Vorräte mit sich führten, überfielen sie auf der Suche nach Nahrung die kleinen Dörfer und Höfe auf ihrem Weg und nahmen sich, was sie brauchten. Im ersten Winter, nachdem sie uns ausgeplündert und die Frauen ermordet hatten, litten wir alle Hunger im Dorf, denn die Barbaren hatten als Versorgung für ihr Heer einen Großteil unserer Vorräte weggeschleppt und alles angezündet, was sie nicht auf ihren kleinen Pferden mitnehmen konnten, die Grubenhäuser und Vorratsschuppen waren zerstört und mit ihnen unser Rückhalt für einen langen, kalten Winter. Nachdem wir unsere Toten würdevoll bestattet hatten und die erste laute Verzweiflung einer dumpfen Niedergeschlagenheit wich, erkannten wir erst wirklich, was diese Heimsuchung für uns Überlebende bedeutete. Als wir begannen, die verbrannten Gebäude aufzuräumen und wiederherzustellen, lag die ganze Verwüstung offen vor unseren ungläubigen Augen. Da war kein Körnchen Getreide mehr für Brei oder Brot; Äpfel und Birnen, Kohl und Rüben, Käselaibe und Geräuchertes waren fort oder lagen als verkohlte, schwarze Haufen ungenießbar unter den eingestürzten Balken der Vorratshäuser. Das Schlimmste aber war, dass auch unser Saatgut für die Felder des nächsten Frühjahrs zerstört war, und womit wir das Vieh, das oben auf der Burgwiese überlebt hatte, durch den Winter füttern sollten, das wussten wir nicht, denn Heu und Stroh waren verbrannt.

Die Menschen von Kembeduno hatten Glück, denn Bischof Udalrich von Augusburc, der auch der Abt des Klosters von Kembeduno war, fing schon im Jahr darauf damit an, den Ort und das Kloster schöner und größer als je zuvor wieder aufzubauen. König Otto hatte ihm die Mittel dafür geschenkt, reines Gold und unfreie Männer für die schwere Arbeit, und damit fiel es dem Bischof leicht, die Häuser wieder zu errichten. Wir aber waren nur ein kleines, unbedeutendes Dorf, ein Nichts in den Augen des Königs, und wir hatten weder von ihm noch vom Bischof etwas zu erwarten. Die Leute von Pitengouua erhofften alle Hilfe und Rat von meinem Vater, der doch ihr Meier war und sie immer richtig geführt und für sie gesorgt hatte, aber Wezilo war in seiner abgrundtiefen Trauer um Rautgund so versunken, dass er nicht fähig war, einen Ausweg zu suchen oder in irgendeiner Form zu handeln, ja er bemerkte nicht einmal, wie schlimm es um die Menschen in seinem Dorf stand. Es war der alte Sigiboto, der schließlich alles in die Hand nahm und dem wir eigentlich unser Überleben verdanken, der strenge, stolze Haslachbauer zeigte mehr Herz und Mitgefühl, als ich es von ihm angenommen hätte. Zuerst schickte er seine drei Söhne mit Ochsenkarren nach Pitengouua, schwer beladen mit ungefähr einem Drittel der Ernte und der Vorräte des Haslachhofes, und sie schenkten alles den Menschen im Dorf, ohne irgendeine Gegengabe zu fordern. Dann drängte er Wicpert von der Burg, seinen Sohn nach Altdorf zum Welfengraf zu schicken, um von unserem Schicksal zu berichten und um Hilfe zu bitten, und nach einiger Zeit kamen von dort zwei Karren, hoch beladen mit Pökelfleisch und Käse, mit Getreide und

Gemüse, mit Äpfeln und Honig. Das Schönste aber war ein Säckchen mit Goldstücken, das Graf Roudolf dem Vogtsohn Wichard mitgegeben hatte, damit konnten wir im Frühjahr auf den Märkten in Murnowe und Ephach Saatgut einkaufen und unsere Felder wieder bestellen.

Doch trotz der vielen Hilfe, die wir von den Haslachern und den Welfen erfahren hatten, war das Essen in diesem bedrückenden Winter für uns alle sehr knapp, und es wurde genau eingeteilt, wie viel jede Familie in der Woche bekam, und damit mussten die Leute auskommen. Nun konnten wir Kinder uns nicht wie früher aus den Grubenhäusern so viele rote und gelbe Äpfel holen, wie wir Lust dazu hatten, sondern ein einziger Apfel musste für zwei Wochen reichen, und eine jede von uns ging mit dem ihr Zugeteilten anders um. Die ungeduldige Richlint aß ihren Apfel auf der Stelle auf, wenn sie ihn bekam, und dann sehnte sie sich vierzehn Tage lang nach einem neuen. Walburc, sparsam und vorausdenkend, schnitt ihre Frucht sorgfältig in schmale Scheiben zum Trocknen und versteckte diese vor uns, und sie hatte so alle drei Tage einen saftigen Apfelring zum Essen dazu. Ich selber hob meinen Apfel ungefähr eine Woche auf, holte ihn immer wieder hervor und roch genüsslich daran, und dann verspeiste ich ihn kurz entschlossen mit Butz und Stiel.

Aber wir alle wurden mager und knochig in diesem harten, ersten Winter nach der Verwüstung durch die ungarischen Reiter, Frauen, Männer und Kinder; und das wenige Vieh, das nicht im November geschlachtet wurde, sondern dringend zur Weiterzucht nötig war und durchgefüttert werden musste, war so dürr und schwach, dass im Frühjahr die Rippen der Tiere wie totes Holz herausstanden und wir sie mit vereinten Kräften mehr auf die Weide schleppen als führen mussten.

In den darauf folgenden Jahren besserte sich unser Leben langsam, denn wir Leute von Pitengouua waren zäh und fleißig und schufteten hart, um den Schaden der Barbaren gut zu machen. Was zerstört war, wurde wieder aufgebaut, Grubenkeller ausgeschachtet, die Felder mit neuer Saat bestellt, Schweine und Rinder gezüchtet, und nach langer Zeit füllten sich auch unsere Vorratsschuppen wieder mit Getreide, Fleisch und Gemüse. Zwei Mal in diesen vier Jahren kam Graf Roudolf selber nach Pitengouua, um auf der Burg und dem Meierhof nach dem Rechten zu schauen und sich um die jetzt mutterlosen Kinder seines verstorbenen Bruders Eticho zu kümmern, so wie er es bei ihrer Freilassung versprochen hatte. Der kleine Eticho war in der Grafenfamilie bei Roudolf und seiner Frau Itha in Altdorf gut aufgehoben, und er wuchs und war klug für sein Alter, wie der Graf den Geschwistern berichtete. Rasso lebte damals oben auf der Burg bei Wicpert und Uoda, wie es schon vor dem Unglückstag vereinbart worden war, und nachdem Wichard mit achtzehn Jahren geheiratet hatte, eine fröhliche, junge Frau aus dem Westen namens Eilika, fand der Graf, dass auch Rasso standesgemäß heiraten und eine Familie gründen sollte und versprach ihn mit Kunissa, einem jungen Mädchen aus einer sehr guten und vermögenden Familie, die in Andehsa am Amberse einen großen Gutshof mit Land und Leuten besaß. Richlint lebte mit uns auf dem Meierhof, bei Wezilo, Walburc und mir, und wir teilten so gut es ging ein Bett und unseren Kummer und die Angst vor der Zukunft miteinander. Unsere Freundschaft wurde enger als je zuvor, und wir waren wie zwei Schwestern.

Deshalb verstand ich an diesem sonnigen Nachmittag auf der Obstwiese in der Dornau Richlint so gut, als sie sich über den zukünftigen Mann von Walburc aufregte. Wir beide liebten unsere große Schwester, die immer für uns da gewesen war, und wir wollten sie glücklich sehen, wir wollten, dass ein Mann nur um ihretwillen um sie freite, und nicht, weil er dadurch einen großen Hof und eine tüchtige Meierin bekam. »Ich lasse mich nicht einfach verheiraten!«, sagte Richlint trotzig, und mit einer heftigen Bewegung des Kopfes warf sie ihre dunkelblonden Zöpfe nach hinten über den Rücken, entzog mir ihre Hände und verschränkte sie entschlossen vor der Brust, »und abschätzen und verkaufen wie ein Stück Vieh! Unfrei bin ich die ersten Jahre meines Lebens gewesen, und jetzt lasse ich nicht wieder jemand über mich bestimmen! Entweder ein Mann gefällt mir und ich liebe ihn so sehr, dass ich einfach alles mit ihm teilen möchte, sogar Hunger und Not, oder ich heirate niemals und lebe allein wie Justina!«

Um Heirat und Ehe drehten sich unsere Gespräche in letzter Zeit immer öfter, denn nach Wichard und Walburc kam im Dorf und auf der Burg eine nach der anderen an die Reihe, und wir wussten genau, dass wir nach Liutbirc die beiden Nächsten sein würden, die zur Ehe versprochen wurden. Ich war nüchterner als Richlint, nicht so verträumt und eigensinnig, und mir war bewusst, dass wir den Mann nehmen mussten, den mein Vater oder Richlints Oheim für uns aussuchten. Auch für Richlint als Graf Etichos Tochter würde es keine Ausnahme geben, denn Frauen und Mädchen standen schon zu allen Zeiten unter der Gewalt ihrer Väter oder Ehemänner und hatten selbst keine Stimme. Sogar die hochgeborenen Frauen aus den Herrscherhäusern wurden nicht nach ihren Gefühlen gefragt, und die Königin Edgith aus Britannien war von ihrem Vater mit unserem König Otto vermählt worden, obwohl sie ihn vorher noch nie gesehen hatte, und auch Leutgard, die Tochter der beiden, würde nicht um ihre Neigung oder ihre Wünsche gebeten werden, wenn ihre Zeit zum Heiraten gekommen war.

Richlint machte mich wütend mit ihrer starrköpfigen Art. Nie wollte sie die Dinge hinnehmen, wie sie waren, sondern immer aufbegehren gegen alles und jeden. »Du weißt sehr gut, Richlint, dass eine Frau ihr Leben lang unter der Munt eines Mannes stehen wird! Beim Kind ist es der Vater, bei der Frau der Mann, und selbst eine Witwe kann nicht frei entscheiden, weil ihre männlichen Verwandten über sie zu befinden haben. Damit musst du dich endlich abfinden, wir sind nun einmal Frauen!« In scharfem Ton sagte ich ihr diese Worte, obwohl sie mir Leid tat und ich in meinem Inneren nicht anders empfand als sie. Der plumpe, zudringliche Bruno widerte mich an, und die Vorstellung, dass er mit meiner Walburc das Bett teilen und in unsere Familie aufgenommen werden sollte, machte mir Angst. Aber es war nicht zu ändern, und ich selber fürchtete mich auch davor, bald verheiratet zu werden und Pitengouua vielleicht für immer verlassen zu müssen. Rasso, den ich schon seit meiner Kinderzeit liebte, war bereits mit einer anderen versprochen worden, was ihn anscheinend gleichgültig ließ, und außer mir hatte nie jemand an eine Verbindung von uns beiden gedacht. Er hatte in mir immer nur die Freundin seiner kleinen Schwester gesehen, und im Gegensatz zu den anderen Jungen in seinem Alter hatte er Mädchen noch nie viel Aufmerksamkeit geschenkt. Er ritt und jagte leidenschaftlich gern, hörte am liebsten den Geschichten der erwachsenen Männer über Kampf und Gefahren zu, und außer um seine Schwester Richlint kümmerte er sich um kein Mädchen, wenn sie ihm auch noch so schöne Augen machte. Nur seine schöne Mutter Folchaid hatte er sehr geliebt, und nach ihrem Tod sprach er von ihr wie von einer Heiligen, die niemals gefehlt hatte.

Rasso würde nie mein Ehemann werden, damit hatte ich mich abgefunden, er würde in ein paar Wochen an den Ambersee ziehen und die vermögende Kunissa heiraten. Welche Männer für Richlint und mich bestimmt waren, das wussten wir damals auf der Obstwiese nicht, aber ich wollte Richlint, die sich nach meinen barschen Worten weggedreht hatte und mich nicht anschaute, wieder zuversichtlicher stimmen.

»Komm, Richlint, so schlecht wird es nicht werden! Dein Oheim Roudolf wird keinen unwürdigen Ehemann für dich aussuchen, es wird ein freier, gesunder Mann mit Besitz sein, und du wirst die Herrin auf dem Hof werden! Schau' dir an, was meine Eltern für eine glückliche Ehe geführt haben! Wie zufrieden waren sie miteinander, und sie haben sich doch vor der Ehe kaum gekannt. Und Wichard mit Eilika! Die Heirat wurde von den Eltern beschlossen, und in meinem ganzen Leben habe ich Wichard nicht so ausgeglichen und glücklich gesehen wie im letzten Jahr, seit er mit Eilika zusammen ist. Und jetzt ist sie auch noch guter Hoffnung, und er lächelt und ist freundlich und hat für jeden ein gutes Wort, so haben wir ihn doch vorher gar nicht gekannt!«

Richlint setzte sich auf der Holzbeuge zurecht und ließ ihre dünnen Beine heftig hin und her schwingen. Ihr blasses Gesicht war noch immer verschlossen, die roten Lippen eine schmale Linie voller Unmut. »Du nimmst einfach alles hin, Afra, fragst nicht nach und lässt über dich bestimmen! Wer sagt dir, dass du mit deinem Ehemann so viel Glück haben wirst wie Wichard und Eilika miteinander? Eilika ist eine liebe, fröhliche Frau, das Schicksal hat es mit Wichard gut gemeint, aber wenn du einen Mann wie Bruno bekommst, wird dir die Freude rasch vergehen! Und ich werde einen solchen groben Kerl schon gar nicht nehmen, geschweige denn ihm ein Kind gebären, davor soll mich Justinas Göttin behüten!« Die Worte von Richlint klangen endgültig. Sie würde sich wehren, wenn ihr Unrecht geschah, das wusste ich, und es würde nicht leicht werden für sie.

An unser Gespräch auf der Obstwiese in der Dornau dachte ich noch öfter, als sich das tägliche Leben mit Bruno auf dem Meierhof als weit unangenehmer herausstellte, als ich befürchtet hatte. Auf der Hochzeit war er leutselig und lustig gewesen, hatte zu viel Wein und Met getrunken und mehrmals erbrochen, und am Ende musste er von den Knechten zu Bett gebracht werden, weil er aus eigener Kraft nicht mehr stehen konnte. Aber schon am nächsten Morgen schallte seine übellaunige Stimme laut über den Hof, als er nach seinem Weib rief, das ihm Essen und frische Kleider bringen sollte. Und in den folgenden Wochen und Monaten wurde es nicht besser, sondern eher schlimmer mit ihm. Er ließ sich von Walburc den ganzen Tag lang bedienen, sodass sie kaum noch mit ihrer Arbeit nachkam, er ging nicht mit auf die Felder zum Arbeiten, wie es die Leute bisher von ihrem Meier gewöhnt waren, sondern spielte den großen Herrn, hockte untätig auf dem Hofplatz herum und schaffte allen nur an. Die Pitengouuer mochten ihn nicht, das war bald zu spüren, und schon waren die ersten Männer bei meinem Vater Wezilo vorstellig geworden, er möge doch wieder selber das Heft in die Hand nehmen und dem jungen Kerl erst einmal das Arbeiten beibringen. Unser Vater aber war seit Rautgunds Tod alt und müde geworden, und es fehlte ihm die Kraft und der Wille, wieder der Meier von Pitengouua zu sein. Das Glück seiner Tochter und der Wunsch der Dorfleute waren ihm aber nicht gleichgültig, und er sprach mehrmals mit Bruno hart und eindringlich über sein unangemessenes Verhalten. Das führte dann für ein paar Tage dazu, dass Bruno mit aufs Feld ging oder auf die Jagd und sich auch einmal beim Schmied oder beim Müller sehen ließ, aber es änderte nichts wirklich, denn nach kurzer Zeit benahm er sich wieder wie vor dem Gespräch und tat nichts, außer andere herumzuhetzen.

Richlint und ich lebten mit Bruno und Walburc in einem Haushalt sehr eng zusammen, und wenn seine Frau nicht gleich zur Stelle war, um seine Wünsche zu erfüllen, dann rief er mit lauter, nörgelnder Stimme nach uns Mädchen. Neben der vielen täglichen Arbeit wie dem Kochen und Putzen und Wasser holen, dem Weben von Woll- und Leinenstoffen in den kühlen Grubenhäusern, dem Hegen des Gemüsegartens und der Versorgung des zahlreichen Viehs und Geflügels in den Ställen und Gattern, die wir als junge Frauen auf dem Hof leisten mussten, neben all dieser Arbeit gab es jetzt auch noch Bruno. Er war der Ansicht, dass nur er allein unsere Aufgaben richtig einteilen könne und hatte doch keine Ahnung von der Hofarbeit, und immer wieder rief er uns mitten unter dem Schaffen zu sich und teilte uns belehrend mit, wie man dies und jenes besser machen könnte, oder er wollte, dass wir nach Walburc suchten oder ihm ein Bad bereiteten oder sonst irgendetwas. Bruno bedeutete keine Entlastung für uns auf dem Meierhof, wie wir es ursprünglich alle gehofft hatten, sondern ganz einfach zusätzliche Arbeit, und Walburc wurde dünn und fahrig in ihrem ständigen Bemühen, ihrem Mann und allen anderen gerecht zu werden.

Die tägliche, harte Arbeit auf dem großen Hof war nicht wirklich schlimm für Richlint und mich, denn das waren wir von den letzten Jahren gewohnt. Schlimm waren die Nächte im Meierhof, in denen plötzlich ein Fremder mit unserer Schwester das Lager teilte und dessen Geräusche in der tiefen Nacht uns den Schlaf raubten. Es gab, anders als auf der Burg oben, bei uns nur einen Wohnraum für alle freien Bewohner des Hofes, einen stickigen, dunklen Raum zum Kochen und Essen, zum Arbeiten und zum Schlafen. Hier teilten sich Richlint und ich eine Bettstatt, und mein Vater hatte sein früheres breites Lager direkt hinter der Feuerstelle für das junge Paar Bruno und Walburc geräumt und schlief jetzt auf einem schmalen Strohsack gleich bei der Tür zum Stall, den alten Hund Ludo immer neben sich auf dem Boden. Der schwere, rasselnde Atem und das hartnäckige Husten von Wezilo vor allem in den Winternächten war uns vertraut, genau wie das gelegentliche Winseln und Scharren des träumenden Hundes, und diese seit langem gewohnten Geräusche hinderten Richlint und mich nicht am Schlafen. Aber mit der Heirat von Walburc kamen ganz neue Laute in unsere gemeinsame Schlafstube, ein ständiges Rascheln von Stroh, ein geheimnisvolles Flüstern zwischen Bruno und Walburc und dann immer das tiefe, lang anhaltende Stöhnen des Mannes. Manchmal war auch ein unterdrückter Schmerzenslaut unserer Schwester zu hören, aber Richlint und ich lagen stocksteif wie Holzstecken nebeneinander und wagten kaum zu atmen, bis es nach kurzer Zeit wieder still wurde und wir das regelmäßige Schnarchen von Bruno vernahmen. Meist stand Walburc danach leise auf und kam barfuß zu uns herüber, um die Wolldecke um uns herum festzustopfen und uns kurz über den Kopf zu streichen, aber Richlint und ich taten immer so, als ob wir tief schlafen würden und nichts gehört hatten. Wir wollten nicht mit Walburc über diese Nächte und ihr Geheimnis reden, und schon der Gedanke daran, was unsere Schwester mit ihrem Mann unter der Decke tat und warum er dabei so schwer stöhnte, machte uns zutiefst verlegen.

Es war nicht so, dass wir Mädchen nichts über das Beieinanderliegen von Frau und Mann und über die Entstehung von Kindern wussten. Wir waren Dorfkinder, Bauernkinder, und es war ganz natürlich für uns, dass sich Tiere paarten, trächtig wurden und schließlich Junge warfen. Das konnten wir jeden

Tag beobachten, bei Kuh und Stier, bei Stute und Hengst, bei Sau und Eber, bei Hund und Hündin. Über Zucht und Geburt bei Mensch und Vieh wurde offen und viel geredet, und Richlint und ich waren schon bei vielen Tiergeburten und auch bei der einen oder anderen Entbindung eines Kindes dabei gewesen und Justina, die dann meist von den Frauen gerufen wurde, zur Hand gegangen. Aber selber betroffen zu sein, von einem Mann an den heimlichen Stellen berührt zu werden, das war etwas ganz anderes, und nach einem hässlichen Vorfall mit Bruno verstand ich, warum unser bairisches Gesetz die Frauen vor den Männern schützte und diejenigen mit Strafe belegte, die sich nicht an den angemessenen Umgang hielten.

Bruno war damals im Vorratskeller gewesen und hatte laut nach mir gerufen, ungeduldig und streng wie immer, und als ich die Stufen hinunterging, um nachzuschauen, was er von mir wollte, bemerkte ich sofort, dass er ziemlich viel getrunken hatte. Er schwankte leicht und hielt sich mit einer Hand am Balken fest, und mit der anderen deutete er auf zwei Körbe voll mit erdigen Rüben und befahl mir, sie nach oben zu tragen. So schnell wie möglich wollte ich aus diesem Keller wieder hinaus, und deshalb bückte ich mich ohne Widerrede, um die geflochtenen Körbe zu nehmen und nach oben zu tragen, obwohl ich nicht wusste, was er damit eigentlich machen wollte. Da fiel eine schwere Hand auf meine Hüfte, und eine andere schob mein Kleid weit nach oben und packte meinen bloßen Hintern. Bruno zog mich mit festem Griff zu sich heran, ganz nah an seinen warmen, schwitzenden Körper, er blies mir seinen nach Wein stinkenden Atem ins Gesicht und murmelte etwas von »so ein liebes, schönes Mädel, wir sind doch verwandt«, und dabei tätschelte und zwickte seine Hand unter dem Rock mein nacktes Fleisch.

Im ersten Augenblick war ich starr vor Schreck und hielt still wie ein Kaninchen im Griff des Fallenstellers, aber dann nahm ich meine ganze Kraft zusammen und stieß ihn so heftig vor die Brust und von mir weg, dass er vollkommen überrascht über die Körbe stolperte und zu Boden fiel. Blitzschnell lief ich die Kellerstufen hinauf auf den Hofplatz und dann zum Bach hinunter, um mich dort hinter dichten Büschen zu verstecken, und ich bebte und zitterte vor Abscheu am ganzen Körper. Verwirrt und beschmutzt, wie ich mich fühlte, sollte mich kein Mensch sehen, schon gar nicht meine arglose Schwester Walburc, der ich niemals von diesem Vorfall erzählte.

Von da ab ging ich Bruno sorgsam aus dem Weg und achtete darauf, nie irgendwo allein mit ihm zu sein, und Richlint, der ich alles berichtet hatte, verhielt sich genauso.

An den Sonntagen draußen bei Justina redeten wir natürlich ausführlich über das hässliche Verhalten von Bruno, und unsere ältere Freundin erklärte uns den Unterschied zwischen kleinen Mädchen und Jungfrauen, die wir jetzt beide nach dem Einsetzen unserer Mondblutung waren. »Ihr müsst euch vor dem Alleinsein mit Männern, die nicht euer Vater oder Bruder sind, hüten! Auch so unbefangen wie bisher dürft ihr nicht mehr mit jungen Männern umgehen, denn die harmlosen Spiele und Neckereien von Kindern bekommen einen anderen Sinn, wenn ihr Frauen seid, und sie könnten missverstanden und als Aufforderung zu unrechtem Tun betrachtet werden.« Justina lächelte, als sie unsere ernsthaften Gesichter sah, und machte uns Mut. »Es ist schön, eine Frau zu sein, auch wenn ihr jetzt glaubt, dadurch nur Einschränkungen und Verbote zu erleben! Nur die Frauen erleben das Geheimnis des Lebens, wenn sie ein Kind gebären, und sie sind immer ganz nah an der Seite der Göttin, ob es um Liebe oder Tod geht. Es ist einfach schön, weiche, zarte Brüste zu haben und einen runden Leib, der ein vollkommenes Gefäß der Lust ist für Mann und Frau und ein Hort für kommendes Leben.« Die schwarzhaarige Frau hielt inne und strich zärtlich über ihren Bauch, umfasste ihn sanft mit ihren kräftigen, braunen Händen.

»Im Frühling, wenn der Schnee geschmolzen ist und die Bäche voll von rauschendem Wasser dahinfließen, wenn die Apfelbäume weiße Blüten tragen und meine Ziegen ihre Jungen werfen, in diesem Frühling werde auch ich ein Kind bekommen, und es wird das Beste sein, was in meinem Leben mit mir geschieht.«

Auf die erstaunten Blicke und entsetzten Ausrufe von Richlint und mir blieb Justina ganz gelassen. Wir fanden es fast unmöglich und sehr aufregend, dass unsere Freundin ein Kind bekommen sollte, so allein wie sie lebte im verfallenen Gutshof draußen im Weinland, weitab von den anderen Höfen und Menschen und nur mit ihren Tieren, und wir wollten alle Umstände genau von ihr erfahren. Justina erzählte uns von Arbeo, dem Vater des Kindes, wie er sich freute und wie sehr er sie liebte und doch nicht zu seiner rechtmäßigen Frau machen konnte, weil sein Vater dagegen und Justina nur die Tochter einer Sklavin war.

»Ich habe keine Angst davor, das Kind alleine aufzuziehen, hier draußen fühle ich mich wohl und ich kenne mich aus. Viele Frauen haben keinen Vater für ihre Kinder, keinen Mann nach dem Gesetz, viele Frauen müssen ihr Kind nach einer Vergewaltigung austragen und gebären und erhalten von niemand Hilfe, und sie überleben doch! Ich freue mich unsagbar auf dieses kleine Wesen, das die Liebe zwischen Arbeo und mir vereint, und mir ist nicht bange vor der Zukunft. So vielen Frauen und Tieren habe ich schon bei einer Geburt beigestanden, so viele Schwangerschaften begleitet, und endlich werde ich selbst dieses Geheimnis des Lebens erfahren dürfen!«

Justina strahlte, und mit ihrer unbändigen Lebensfreude steckte sie uns an und wir lachten mit ihr.

Im vergangenen Jahr hatte sie uns schon einmal mit dieser Freude am Leben sehr geholfen. Ich bekam zum ersten Mal meine monatliche Blutung und fürchtete mich sehr, denn ich hatte keine Mutter mehr, die mit mir darüber gesprochen und mir geholfen hätte. Walburc tat ihr Bestes, sie gab mir schmale Streifen aus leinenem Tuch und weiße, weiche Schafwolle, um das Blut damit aufzufangen, und sie zeigte mir, wie ich alles um meinen Körper wickeln musste, damit nichts verrutschte. »Du bist jetzt eine Frau, Afra, und du kannst heiraten und Kinder bekommen! Ich werde unserem Vater davon Bescheid geben, damit er bald deine Verlobung in die Wege leitet! Dieses Blut wird jeden Monat zur gleichen Zeit erscheinen, und nur, wenn du ein Kind erwartest, wird es als Zeichen für eine Schwangerschaft ausbleiben. Lästig und unangenehm ist es, das weiß ich wohl, aber wir Frauen sind unreine Geschöpfe, und unser Körper befreit sich von diesen schmutzigen Säften. Die Frau ist von Natur aus schwächlicher als der Mann, und wegen dieser Schwachheit können wir das Übermaß an schlechten Säften nicht täglich herausschwitzen, wie es die Männer bei ihrer Arbeit tun, sondern es sammelt und reinigt sich in unserem Leib einmal jeden Monat und wir müssen es ertragen. Halte dich in den Tagen, in denen dein Blut fließt, fern von den Männern, auf dass sie nichts bemerken von deinen Umständen, und geh' nicht in die Kirche oder gar an den Altar, denn du bist befleckt und unwürdig, so vor Gott zu treten! Lass' die Hände von Kochtopf und Essen, denn es könnte verderben, und sammle keine Kräuter während des Blutflusses, denn ihre Kraft und Wirkung geht dann verloren.«

Mit gesenktem Kopf und dem Gefühl, ein Brandzeichen auf der Stirn zu tragen, so schlich ich in den nächsten Tagen umher und fühlte mich unwohl. Sehnsüchtig erwartete ich den kommenden Sonntag bei Justina, damit sie mir mehr über diese seltsamen Dinge erklärte, und auch Richlint, die jünger als ich war und noch keinen Blutfluss erlebt hatte, war wissbegierig und gespannt.

Justina verhielt sich völlig anders, als wir Mädchen es erwartet hatten. Sie nahm mich freudig in den Arm und begrüßte mich herzlich bei den Frauen, zu denen ich jetzt gehörte, und sie verzog nicht das Gesicht wie Walburc es getan hatte, sondern sie lächelte und ihre Augen glänzten. Während ich ihr erzählte, was Walburc mir gesagt und geraten hatte, schüttelte Justina nur immer wieder ihren Kopf mit den dunklen Locken und erzählte uns dann alles, was sie über die Blutungen wusste. »Das ist falsch, das ist alles nicht richtig, was dir deine Schwester gesagt hat! Jeden Monat aufs Neue bereitet sich dein Körper jetzt darauf vor, ein Kind zu empfangen. Und wenn das nicht geschieht, wird das überflüssige Blut, das die Nahrung für das Kind in deinem Bauch sein sollte, aus dem Körper wieder ausgeschieden, um Platz für frisches Blut zu machen. Da ist nichts Unreines oder Schmutziges dabei, sondern es ist ein wunderbarer und kluger Einfall der Natur, wie die Milch einer Mutter, die nur dann fließt, wenn sie einen Säugling zu ernähren hat! Ich bereite das Essen und sammle Kräuter, auch an meinen Monatstagen, und ich stehe den Kranken und Gebärenden bei, auch wenn gerade mein Blut fließt, und noch nie habe ich festgestellt, dass meine Heilkräfte oder die der Pflanzen darunter leiden oder dass das Essen verdirbt. Im Gegenteil, manchmal habe ich das Gefühl, dass gerade an diesen Tagen mehr Liebe und Einfühlsamkeit in die göttliche Ordnung in mir ist als sonst!«

Justina legte einen Arm um Richlint und den anderen um mich, und während wir so fast schon getröstet eng beieinander saßen, berichtete sie darüber, was ihr die eigene Mutter zum Blutfluss erzählt hatte. »Das Volk meiner Mutter und auch ihre römischen Nachfolger nannten diese besondere Reinigung die Blüten der Frauen, denn so wie der Baum ohne Blüten keine Früchte hervorbringt, so bleibt es den Frauen ohne die eigenen Blüten versagt, ein Kind zu empfangen. Das ist es, Afra, was dir gerade widerfährt, du trägst deine eigenen Blüten, und darin ist nur Schönes und Reines zu sehen!«

Wir vertrauten Justina mehr als irgendeinem anderen Menschen und waren durch ihre Worte versöhnt mit unserem Schicksal als Frauen. Aber im Dorf erzählten wir niemand von den Blüten und Früchten, nicht einmal Walburc weihten wir ein, denn sie hätte uns nicht verstanden und wäre entsetzt gewesen, wenn wir an der Lehre der Kirche, in der Frauen als schwach und unrein galten, gezweifelt hätten. In Pitengouua hielten wir uns an die Regeln, die für alle Frauen galten, frei oder unfrei, arm oder reich, aber auf dem alten Gut bei Justina waren wir erlöst und glücklich an allen Tagen.

Es war zur Mittagsstunde im Jahre 945 auf dem Gutshof in der Dornau, als der Weinhändler Hildeger aus der stickigen, dunklen Stube des Haupthauses in die schon recht warme, verheißungsvolle Luft des kommenden Frühjahrs draußen auf den Hofplatz trat. Er hatte soeben als Gast das Mittagsmahl zusammen mit den Herren des Gutes eingenommen, mit dem alten Severin und seinen Söhnen Arbeo und Aistulf, und die Stimmung beim Essen war seinen Absichten, gute Geschäfte zu machen, nicht gerade förderlich gewesen.

»Alte Streithansel!«, dachte er bei sich grimmig, und er stapfte ein Stück über die mit Resten von Schnee bedeckte Wiese vor den Gebäuden, um einen Blick hinunter zur Lecha zu werfen. Der schon seit Jahrhunderten bewirtschaftete Dornauer Hof lag auf einer großflächigen Anhöhe oberhalb des stürmischen Gebirgsflusses, steil fielen die kalkigen Wände des Flussbettes nach unten ab und boten dem Anwesen so von der Ost- und Südseite her genügend Schutz vor menschlichen Eindringlingen und wilden Tieren. An der westlichen Seite erhob sich ein dicht bewaldeter Hügel mit mächtigen, alten Bäumen, in dessen Schatten sich ein Stück unterhalb die Ställe für Kühe, Schafe, Ziegen und Pferde und mehrere Schweinekoben, das lang gestreckte Wohnhaus und die kleine, hölzerne Eigenkirche mit der seit Urzeiten bestehenden steinernen Grablege des Dornauer Geschlechts zusammendrängten. Schon seit vielen Generationen waren die Dornauer eine reiche, wohlhabende Familie, und der Händler, der auf ein gutes Geschäft gehofft hatte, stieß einen tiefen Seufzer aus, als er sich am Abhang zum Fluss an einem verwitterten Holzgeländer aufstützte und die Lecha beobachtete, wie sie wild und ungebändigt in ihrem breiten Bett herabtobte, übervoll mit dem grüngrauen, eiskalten Schmelzwasser der fernen Gletscher, abgerissene, tote Äste und ganze Baumstämme mit sich führend.

»Das wird wohl nichts werden mit dem Weinverkauf! Wenn die so miteinander streiten, Severin und Arbeo, dann wird aus der ganzen Hochzeit nichts, und ich bin umsonst hierher gekommen! Dabei hätten sie reichlich Gold und Münzen in ihren Holzkästen, diese feinen Leute, und es wäre ein leichter Handel geworden für mich«, dachte Hildeger, und er strich sich mit der Hand über den mittlerweile schon fast kahlen, rundlichen Kopf und überlegte, welchen Weg es außer der Furt in der Lecha, die bei den tosenden Wassern viel zu gefährlich war, sonst noch nach Pitengouua gäbe. Denn heute noch musste er dort hinüber, nachdem er von Severin erfahren hatte, dass in wenigen Tagen Bischof Udalrich aus Augusburc erwartet wurde, der die Kirche und die Menschen des Dorfes besuchen wollte und von dort mit einigen Edelleuten weiter nach Rom zu ziehen beabsichtigte. In seiner Obhut sollte der Sohn König Ottos sein, der fünfzehnjährige Liudolf, den sie alle nur Dudo riefen, und Hildeger wollte natürlich den Königssohn sehen und den hochgeborenen Herren etwas von seinem guten Wein antragen. Der jung verheiratete Rasso von Andehsa würde dabei sein, einige alemannische Adelige aus dem schwäbischen Raum, und Dietpald und Manegold, die Brüder des Bischofs. Utz, der zweitgeborene Sohn des Haslachbauern, und mit ihm einige junge, frei geborene Bauernsöhne aus dem Gau, wollten ebenfalls mit Udalrich und den Edelleuten reiten und ihre Dienste zur Verfügung stellen. Angesichts all dieser jungen, abenteuerlustigen Männer aus guten Familien, die zur Ehre Gottes mit dem Bischof nach Rom pilgerten und mit reichen Schätzen an Reliquien zurückzukommen trachteten, wollte der Erbe des Dornauer Gutes nicht hintanstehen, und er bedrängte seinen Vater Severin seit vielen Tagen, ihn mit den Edlen nach Süden über die Alpes ziehen zu lassen. Severin aber machte zu seiner Bedingung, dass der Sohn vorher die Tochter des Pitengouuer Burgvogts, Liutbirc, heiraten solle, wie es schon lange mit deren Eltern vereinbart war, damit Kinder gezeugt würden und der Fortbestand des Geschlechts gesichert war. Arbeo fand aber an Liutbirc keinen Gefallen und liebte heimlich eine andere Frau, und doch war ihm bewusst, dass er seinem Vater gehorchen musste, wenn er einmal der Herr auf dem Hof sein wollte. Mit Liutbirc aber mochte er nicht zusammenleben, und so bot sich eine jahrelange Reise nach Rom oder vielleicht sogar ins Heilige Land als Möglichkeit zur Freiheit für ihn an.

Hildeger seufzte noch einmal tief ob der vielen Widrigkeiten, die einem einfachen Weinhändler das Leben schwer machen konnten, und ging langsam zum Hof zurück. Als er gerade bei den dicht eingezäunten, noch brachliegenden Gemüsegärten angekommen war, ging die Tür zum Kuhstall auf und eine schwarzhaarige, fremdländisch wirkende Frau trat zum Brunnen heraus, um sich die Hände zu waschen.

»Justina! Eine Freude, dich einmal wieder zu sehen!«, rief der Weinhändler, als er die junge Frau erkannt hatte, und mit schnellen, kurzleibigen Schritten ging er auf sie zu. »Du bist sicher wieder zum Heilen und Helfen unterwegs, wie ich dich kenne!«

Justina lächelte den dicken Mann freundlich an und machte eine abwehrende Handbewegung. »Es war nicht so viel Hilfe nötig, wie ich gedacht habe. Die Braune hat sich das letzte Mal beim Kalben sehr schwer getan, und deshalb bin ich dieses Mal rechtzeitig gekommen, aber es ging wie von selbst, sie hat mich gar nicht gebraucht! Und du, Hildeger, Händler von feinen Gewürzen und süßem Wein, was bringt dich wieder einmal in unseren Gau? Bestimmt der Besuch vom Bischof, da wirst du wohl einige von deinen Fässern bei den hohen Herren anbringen können!«

Der Händler schüttelte den Kopf. »Eigentlich bin ich wegen der Hochzeit von Arbeo gekommen, aber ob diese Heirat stattfindet, das weiß Gott allein! Der Alte und der Junge streiten da drinnen, dass die Fetzen fliegen, und ich habe mir gerade überlegt, dass es am besten wäre, noch heute nach Pitengouua zu gehen und bei Wichard auf der Burg meine Waren anzubieten. Wenn der Bischof aus Augusburc kommt, werden sie einen guten Tropfen brauchen, denn der Kirchenherr stammt aus einem hochadeligen Hause und ist bestimmt keinen sauren Wein gewohnt! Ich werde wohl die alte römische Holzbrücke im Osten nehmen müssen, auch wenn sie nicht mehr ganz so fest wie früher steht, aber die Lecha führt viel zu viel Wasser, da ist das

Durchqueren der Furt eine gefährliche Sache! Wenn du willst, nehme ich dich auf meinem Wagen mit ins Dorf, denn mit dem dicken Bauch da wandert es sich nicht mehr so leicht zu Fuß, und ich verlange auch nicht den Lohn für die doppelte Fracht!«

Anzüglich schaute Hildeger auf den gewölbten Leib unter dem einfachen Wollhemd von Justina und grinste breit. Die Frau nahm es ihm nicht übel, denn sie kannte seine lustige Art, und gerade, als sie den Mund aufmachte und ihm eine passende Antwort geben wollte, flog mit lautem Krach die Tür des Haupthauses hinter ihnen auf und Arbeo trat mit festen Schritten hinaus unter den Schopf.

»Dann sollst du deinen Willen haben, Vater, wenn es auch mein Unglück und ganz sicher das von Liutbirc sein wird! Morgen soll die Hochzeit sein, so wie du befiehlst, aber danach ziehe ich mit dem Bischof nach Rom, und mit Rasso bis ins Heilige Land gegen die Heiden!«, brüllte der junge Mann in die Stube zurück, und als er dann den Kopf wandte und heftig atmend über den Hof blickte, sah er Justina mit dem Weinhändler und blieb wie angewurzelt stehen. Das Gesicht der Frau war bleich wie Leinwand geworden und die dunklen, samtigen Augen noch schwärzer als zuvor, denn sie hatte jedes Wort gehört und gut verstanden, und Arbeo wusste genau, wie tief er sie verletzte. Für einen kurzen Augenblick standen der junge Mann und die schwangere Frau wie aus Stein gemeißelt da und schauten sich stumm in die Augen, die letzten, trotzigen Worte des Mannes schwangen tonlos zwischen ihnen in der Luft, und dann wischte sich Justina die Hände an ihrem Hemd ab und ging mit gesenktem Kopf still in den Kuhstall zurück.

Hildeger hatte die starke Spannung zwischen der einfachen Magd und dem Sohn des Gutsbesitzers sehr wohl bemerkt und sich dazu seine Gedanken gemacht, und er fühlte Mitleid mit Justina, die er gut leiden konnte. »Aber was soll's!«, dachte er bei sich, »das ist Frauenlos! Das kommt oft vor, dass der Herr mit der Dienerin etwas hat und dann eine andere heiraten muss, weil die Familie wichtiger ist als eine Liebelei. Die Justina ist eine starke Person, die wird das mit dem Kind schon schaffen! Ich werde jetzt hineingehen und zusehen, ob ich bei dem alten Severin nicht doch noch ein paar von meinen Fässern anbringen kann, bevor ich nach Pitengouua ziehe!«

Kurz vor der Dämmerung am gleichen Tag erreichte der Händler mit seinem Karren den Weiler zwischen Ambra und Lecha. Justina war während der Fahrt unter der gefetteten Tierhaut gehockt, die zum Schutz vor Nässe über den ganzen Wagen gespannt war, zwischen den hölzernen Weinfässern, den vielen kleinen Leinensäcken mit seltenen Gewürzen und den hohen Tontöpfen voll Salz. Ein Sklave hatte die Zugtiere geführt und ein anderer im Vorausgehen den Weg gesichert, und Hildeger selber war immer sorgsam an der Seite des Karrens geblieben, denn sein ganzes Vermögen befand sich darauf. Eine Unterhaltung war beim lauten Rumpeln der Räder und den vielen Zurufen der Männer auf dem schlammigen, unbefestigten Weg kaum möglich gewesen, und Justina war froh darüber, denn sie war traurig und hatte heute wenig Lust, mit dem heiteren Hildeger zu lachen und zu scherzen.

Im Dorf herrschte ein Eifer und eine Unruhe wie selten zuvor, denn man bereitete sich auf die Ankunft des Bischofs von Augusburc vor, und einige der Männer, die mit Udalrich nach Rom ziehen wollten, waren schon mit ihren Begleitern in Pitengouua eingetroffen. Fast jedes Haus und jede Hütte hatte einen oder mehrere Gäste bekommen, und es schien zuerst so, als ob sich für Hildeger und Justina kein Platz zum Schlafen mehr finden würde. Es war bereits zu spät am Abend, um noch bis zum alten Gutshof weiterzuziehen, denn wegen der vielen Wolfsrudel, die im Frühjahr ihre Welpen warfen und dann besonders hungrig waren, war es sehr gefährlich und unsicher für eine kleine Gruppe von Menschen, bei Nacht unterwegs zu sein. Aber im Meierhof freuten sich Afra und Richlint, ihre Freundin bei sich zu haben und boten ihr einen Platz im gemeinsamen Bett, und der einsilbige Wezilo nahm den Weinhändler, der immer für eine lustige Erzählung gut war, zu sich auf das Strohlager. Die beiden Knechte mussten mit den anderen Unfreien zusammen im Stall oder in einer der Scheunen Unterschlupf finden, und so drängten sich all die vielen Leute voller Erwartung in dem kleinen Weiler zusammen.

Als es draußen bereits dunkel geworden war und nicht weiter gearbeitet werden konnte, trugen die Frauen im Meierhof das Abendessen auf, ein bescheidenes Mahl aus Getreidemus, Zwiebelgemüse und einer säuerlichen Suppe. Wenn auch die lange Fastenzeit schon vorbei war und das Osterfest zwei Wochen zurück lag, sollte es ein Essen mit Wildbret und Braten erst wieder zu Ehren des Bischofs geben. Die Menschen in der rauchigen, halbdunklen Stube mussten eng um den Tisch zusammenrücken, damit ein jeder mit seinem Holzlöffel an die Schüsseln gelangen konnte, und Walburc und Justina liefen herum und schenkten aus tönernen Krügen Met und Wasser nach. Nachdem die Männer versorgt waren und vor allem genügend zu trinken hatten, zogen sich die beiden Frauen an die Kochstelle zurück und redeten leise miteinander über ihre Schwangerschaft, denn auch Walburc trug zu ihrer großen Freude ein Kind in sich, das im Sommer zur Welt kommen sollte, und Afra und Richlint hockten nach dem Essen auf ihrer Bettstatt zusammen und lauschten aufmerksam dem Gespräch der Männer.

Am Tisch führte der Händler Hildeger das große Wort und erzählte ausführlich von seinem Tag in Dornau, dem Streit zwischen Severin und Arbeo und wie er selber, schlau und geschickt, dann doch noch drei Fässer mit teurem Wein verkauft hatte. Wezilo und Bruno hatten ihren Spaß an der bunten Schilderung des Händlers, und die für den nächsten Tag verabredete Hochzeit von Arbeo und Liutbirc fand die volle Zustimmung des alten Meiers. »Es wird höchste Zeit für den jungen Dornauer, dass er endlich heiratet! Seit seine Mutter vor zwei Jahren gestorben ist, gibt es keine Frau mehr auf dem Hof, und das ist nicht gut für so ein großes Anwesen, das richtig geführt werden muss!«

Der junge Bruno hatte wie immer zu viel getrunken und sein breites Gesicht glänzte rot und speckig im Schein der

Kienspäne. »Das glaub' ich gern, dass Arbeo mit dem Bischof nach Rom will! Die fette Liutbirc mit ihrem bösen Mundwerk ist ja nicht gerade das schöne Edelfräulein, das er sich wohl erträumt hat! Da würde ich auch lieber eine weite, gefährliche Reise machen, als mit so einer im Bett zu liegen.«

Wezilo runzelte die Stirn über die abfälligen Worte von Bruno. »Sie ist aus einer anständigen Familie, und sie bringt ordentlich Gold mit in die Dornau, was zählt es dann, wie sie ausschaut! Die Eltern haben die Verbindung mit Gottes Hilfe überlegt und beschlossen, und wenn erst Kinder da sind, werden sich Mann und Frau schon vertragen. Arbeo ist fromm und gottesfürchtig, und deshalb geht er mit Bischof Udalrich auf diese Pilgerreise, um den Heiligen Vater zu sehen und seinen Segen zu empfangen und um zu unser aller Heil kostbare Reliquien vom Kreuz Christi und von den Märtyrern mit ins Baiernland zu bringen. Wenn doch nur alle jungen Männer so tüchtig wären, dann stünde es besser um unser schönes Land!«

Bruno hatte den Vorwurf in den Worten von Walburcs Vater sehr wohl verstanden, und seine Backen färbten sich noch dunkler rot als zuvor. »Du hast leicht reden, alter Mann, über Pilgerreisen und Reliquien und tüchtige, junge Männer! Wenn einer Meier von Pitengouua ist wie ich und sein Weib ein Kind erwartet, dann kann er nicht auf und davon gehen, lustig mit seinesgleichen in warme Länder ziehen und das Abenteuer suchen, dann muss er im Dorf bleiben und sich um den Hof und um seine Familie kümmern und sein Land vor Feinden schützen!« Zur Bekräftigung seiner Rede schlug Bruno mit der Faust so heftig auf den Holztisch, dass die Becher wackelten und die beiden Frauen hinter dem Herd erstaunt aufsahen. Richlint stieß Afra bei Brunos Worten viel sagend in die Seite, und die Mädchen auf ihrem Lager kicherten über den faulen und trägen Mann, der doch jeder Arbeit aus dem Weg ging und sich bis jetzt noch nie um seine schwangere Frau bekümmert hatte.

Wezilo setzte eben zu einer gesalzenen Antwort an, doch der gemütliche Händler Hildeger wollte nicht schon wieder

Streit in einer Familie erleben und lenkte das Gespräch geschickt auf ein weniger verfängliches Thema. »Ist das nicht das zweite Mal, dass der ehrwürdige Udalrich nach Rom zum Papst reist? Als Kämmerer des alten Bischofs Adalbero schon, glaube ich, war er in der Ewigen Stadt und hat nach Reliquien gesucht und mit dem damaligen Heiligen Vater gesprochen! Das ist wirklich ein besonderer Mann, dieser Bischof von Augusburc, was meinst du dazu, Wezilo?«

Der alte Meier warf noch einen scharfen Blick auf den Mann seiner Tochter und antwortete dann höflich auf die Anrede von Hildeger. »Da hast du wohl Recht mit deiner Ansicht, Weinhändler! Mit solch einem Bischof haben wir alle im Gau großes Glück gehabt, denn er ist klug und fromm, er ist tapfer und mutig, und er reitet und kämpft wie ein großer Heerführer! Ein Freund des Königs ist er außerdem, das kann unser Schaden hier im Lechgau nicht sein, und er ist ständig bemüht, für die Kirche der heiligen Afra zu Augusburc und für all die Klöster im Umland, deren besonderer Gönner er ist, wertvolle Heiligtümer zu besorgen. Erst vor ein paar Jahren brachte er von einer beschwerlichen Reise heilige Gebeine des Märtyrers Mauritius und seiner Soldaten nach Augusburc, wo sie feierlich mit einer Prozession empfangen wurden, wie man mir erzählt hat. Es ist eine große Ehre für Pitengouua, wenn der Bischof auf seinem Weg nach Rom für ein paar Tage hier in unserem einfachen Dorf verweilt!«

Hildeger lehnte sich zurück und verschränkte die Arme über dem dicken Bauch. »Ja, ja, die Reliquien! Manch ein unverschämter Kerl verdient sich reichlich Gold und Sklaven mit dem Handel dieser Gebeine, und ich frage mich des Öfteren, wie dieser oder jener Händler so sicher sein kann, ein wahres Holzstück vom Kreuz unseres Herrn Jesus Christus oder den echten Fingerknochen eines Märtyrers zu verkaufen! Da wird viel schändliches Zeug getrieben mit dem Glauben von einfältigen, frommen Menschen, aber sie dürsten ja nach Schädeln und Knochen von Heiligen und nach Nägeln aus den Gebeinen unseres gekreuzigten Heilands! Wenn die Leute so dumm sind, alles zu glauben und anzubeten, was man ihnen vorsetzt, dann ist ihnen nicht zu helfen!«

Als Hildeger sah, dass sich die Miene von Wezilo bei seinen zweifelnden Worten verdüsterte und auch Walburc mit empörtem Gesicht hinter der Herdstelle vorkam, um das Gespräch zu verfolgen, lenkte er rasch wieder ein, denn er wollte es sich mit seinen freundlichen Gastgebern nicht verderben. »Aber die Reliquien, die Udalrich bringt, sind über jeden Zweifel erhaben, denn der Bischof als Mann Gottes würde sicher sofort erkennen, wenn sie nicht von einem Heiligen stammten! Und die echten Heiligtümer wirken Wunder, wie wir alle wissen und erfahren haben. Denkt nur an die Lanze mit dem Nagel vom Kreuz Christi, die König Otto bei seinen Schlachten und den Reisen nach Rom vorantragen lässt wie schon sein seliger Vater Heinrich vor ihm! Es ist die heilige Lanze des einfachen Soldaten Longinus, der damit in Christi Seite stach, wie es ihm befohlen war, und der dann selber ein Christ und ein Heiliger wurde. Und just am Festtag dieses Longinus, am fünfzehnten März, errang der König Heinrich an der Unstrut bei Riade mit dieser Lanze einen glorreichen Sieg über die barbarischen Ungarn!«

Wezilo nickte zustimmend zu den letzten Worten von Hildeger, denn er war ein tief gläubiger Mensch, der niemals die starke Wirkung von heiligen Gebeinen bezweifelt hatte. »Und in den nächsten Tagen werden junge Männer aus unserer Gemeinde mit dem Bischof nach Rom ziehen, und wir alle beten darum, dass sie ohne Schaden und gesund wieder nach Pitengouua zurückkehren und auch für unsere kleine Kirche Reliquien mitbringen, auf dass unser Dorf unter dem Schutz der Heiligen stehe! Der Weg nach Rom und ins heidnische Land ist weit und voller Gefahren, denn gottlose Räuberbanden lauern den Pilgern auf, um sie auszurauben und zu töten, und manche bösartige Krankheit gibt es dort drunten, die wir nicht kennen und nicht zu heilen vermögen.«

Richlint setzte sich mit einem Ruck auf ihrem Lager auf und wandte dem alten Meier ihr besorgtes Gesicht zu. »Wezilo, besteht denn eine Gefahr für meinen Bruder Rasso? Wenn er mit dem Bischof und seinen Männern geht, dann ist er doch sicher, dann wird er doch wieder zurück nach Pitengouua kommen?«

Bruno, der immer weiter dem Met zugesprochen hatte und nun richtig betrunken war, lachte laut auf. »Es gibt auch noch ganz andere Gefahren, von denen der brave Alte hier nicht gesprochen hat! Geile, feiste Weiber mit schneeweißen Brüsten und dunkelrot gefärbten Lippen und süffiger, starker Wein, das hat schon die standhaftesten und frommsten Pilger vom rechten Weg abgebracht, nicht wahr, Hildeger! Du als reisender Händler kennst dich doch sicher aus mit den süßen Gefahren, die in der Fremde auf einen richtigen Mann warten! Diese frommen Jungfrauen hier sind keusch und rein, und christlich wie mein Eheweib, das nichts taugt im Bett und am liebsten jeden Tag in die Kirche geht! Wollen wir ihnen vom Reisen und seinen schönen Gefahren erzählen, ha, was meinst du!« Und er stieß den verlegenen Hildeger mit dem Ellbogen so heftig in die Seite, dass beide das Gleichgewicht verloren und von der Bank auf den strohbedeckten Boden fielen.

Wezilo und Walburc halfen dem verdutzten Händler wieder auf die Füße und klopften den Staub von seinem Kittel ab, und mit kaum unterdrückter Wut in der Stimme wandte sich dann der alte Meier an den Mann seiner Tochter, der auf der Erde lag und blöde grinste. »Redest nur dummes und unnützes Zeug, wenn du getrunken hast, Bruno! Schau, dass du aufstehst und dich auf dein Lager verziehst, damit du uns nicht noch mehr beschämst vor diesem ehrlichen Mann!«

Während Bruno sich mühsam hoch raffte und dann ohne Widerrede zu seiner Bettstatt hinüberschlurfte, nahm Wezilo den Händler am Arm und führte ihn zur Bank zurück. »Da siehst du, Hildeger, was ich für einen unfähigen und strohdummen Nachfolger habe!«, raunte er dem rundlichen Mann zu, »Severin und Wicpert waren klüger als ich mit der Wahl ihrer Schwiegerkinder! Sie festigen durch Heirat ihr Ansehen und vermehren ihr Vermögen, und ein Sohn, der mit dem königstreuen Bischof nach Rom zieht, bringt Ehre und Ruhm in die Familie. Ich habe trotz meiner und meiner seligen Frau Rautgund Gebete keinen eigenen Sohn, nur zwei Töchter, aber du darfst sicher sein, dass ich bei der Verlobung von Afra keinen solchen Fehler mehr mache und lieber einen Mann aus einer altbekannten Familie aus unserem eigenen Gau wähle als einen Fremden, und mag er auch hundert Mal ein Meiersohn sein!«

Der tüchtige Hildeger witterte eine bald anstehende Hochzeit und damit ein schönes Geschäft, und neugierig fragte er nach. »Du hast schon einen guten Mann in Aussicht für Afra? Und der Graf wird die Tochter seines Bruders Eticho sicher auch bald vermählen, nachdem dessen Sohn Rasso in Andehsa eine so reiche Verbindung eingegangen ist!«

Die beiden Mädchen auf ihrem Lager richteten sich auf und hörten gespannt zu, da es um ihre Heirat ging, und Wezilo bemerkte natürlich die Neugier der beiden und lächelte seine jüngste Tochter liebevoll an. »Ja, Afra, so soll es sein! In wenigen Tagen, wenn der Bischof Udalrich unser Dorf besucht und hier die heilige Messe hält, dann werden wir euch mit Gottes Schutz und Hilfe versprechen, dich und Richlint, so habe ich es mit dem Welfengraf vereinbart. Und du brauchst kein erschrockenes Gesicht zu machen, denn wir haben für euch beide nach reiflicher Überlegung gut gewählt, zwei junge, gesunde und gottesfürchtige Burschen aus einer vermögenden Familie. Und nachdem eure zukünftigen Männer leibliche Brüder sind, werdet ihr beiden auch nicht weit voneinander getrennt leben müssen, sondern ihr könnt wie bisher zusammen in unserer Gemeinde Pitengouua bleiben!«

Afra sprang von ihrem Nachtlager und lief auf bloßen Füßen zu ihrem Vater hinüber. »Bitte, Vater, nenne uns die Namen der beiden Männer, die wir schon bald heiraten sollen! Bitte, lass' uns nicht die nächsten Tage in Ungewissheit verbringen, das halte ich nicht aus!« Und schmeichelnd legte sie ihren Arm um den Alten und drückte eine zarte Wange in seinen struppigen Bart. Auch Richlint war voller Unruhe zum Tisch herübergekommen und schaute dem alten Meier bittend ins Gesicht, und Walburc eilte vom Lager ihres betrunkenen Mannes herbei, denn von einer Verlobung ihrer Schwester hatte sie bis jetzt nichts gewusst, und sie wollte kein Wort der Unterhaltung versäumen. Drei aufgeregten, erhitzten Frauengesichtern sahen sich Wezilo und Hildeger jetzt gegenüber, und nur Justina war still für sich im Halbdunkel des Herdfeuers sitzen geblieben. »Nun gut, Afra und Richlint, dann sollt ihr meinetwegen erfahren, was ich und Graf Roudolf mit dem Haslachbauern vereinbart haben! Du, Afra, wirst Leonhard heiraten, den jüngsten Sohn des Gutes, und Sigiboto und ich werden euch einen eigenen Hof hier in Pitengouua errichten, damit du weiterhin deiner Schwester zur Hand gehen kannst und Bruno für die Führung des Dorfes einen klugen und fleißigen Mann zur Seite hat, wenn ich einmal nicht mehr bin.« Walburc lächelte zufrieden bei dem Gedanken, ihre kleine Schwester für immer in der Nähe zu wissen, und auch Afra schien bei der Vorstellung einer Verbindung zwischen sich und dem freundlichen und ansehnlichen Leonhard nicht unglücklich zu sein.

Richlint aber war blass geworden, und ungeduldig bedrängte sie den Alten. »Du hast gesagt, dass es Brüder sind, Wezilo! Dann soll ich wohl Utz oder Chuonrad nehmen! Niemals, Meier, niemals werde ich das tun!« Und entschlossen verschränkte sie die Arme vor der Brust und blickte Wezilo herausfordernd an.

Hildeger zog angesichts des stürmischen, selbstbewussten Mädchens belustigt die Augenbrauen hoch und wollte gerade etwas Heiteres über die Freuden der Ehe sagen, als ihm der alte Meier mit barscher und endgültig klingender Stimme zuvorkam. »Du hast nichts zu entscheiden und nichts zu wählen, Mädchen! Dein Oheim Roudolf, der Herr dieses Gaus, und Sigiboto von Haslach haben gottgefällig und zum Nutzen beider Familien die Heirat mit dem Erben Chuonrad beschlossen, und du wirst dich fügen und gehorchen, wie es einer Frau zukommt!«

Richlint biss sich auf die Lippen und Tränen tropften aus ihren Augen, aber nach dem ungewöhnlich harten Ton des

betreffen deinen Bruder Rasso nicht, denn seine Augen ruhen nicht wohlgefällig auf dem Körper von Frauen und sein Sinn steht nicht nach Genuss, er ist zu etwas ganz anderem berufen!« Justina sprach so sicher und bestimmt, dass Richlint ruhig wurde und sich wieder lang neben Afra ausstreckte. »Und was deine Heirat mit Chuonrad betrifft, so ist das dein Schicksal, du wirst dich nicht davon befreien können! Von uns Frauen verlangt die Göttin oft mehr als von den Männern, aber wir haben auch die Kraft von ihr erhalten, es zu ertragen. Ich werde dir helfen, soweit ich es vermag, das verspreche ich dir, und ich spüre ganz deutlich, dass dir in diesem Leben noch eine große Freude bevorsteht, Richlint! Sei geduldig und ertrage dein Los bis dahin!«

Richlint wurde es warm ums Herz bei den Worten ihrer weisen Freundin, und neugierig fragte sie nach. »Was für eine Freude meinst du denn, Justina? In meinem Inneren weiß ich genau, dass ich gehorchen muss und mir nichts anderes übrig bleiben wird, als Chuonrad zu heiraten, wenn es der Graf befiehlt. Aber ich werde nicht glücklich sein auf dem Haslachhof!«

Justina strich sich die Haare aus dem Gesicht und legte dann ihre kräftigen Hände sanft und beschützend um ihren runden Bauch. »Glück! Das ist nicht etwas für ein ganzes Leben, ihr Mädchen, das ist nur ein kurzer Augenblick voll reiner Freude. Öffnet eure Augen und eure Sinne, dann werdet ihr an manchem Tag etwas von dieser Freude erfahren! Glück ist, wenn sich das Kind in mir zum ersten Mal bewegt und ich sein Leben spüre, wenn ich in einer klaren Nacht mit meinem Geliebten in den Sternenhimmel schaue, wenn mir der Untergang der Sonne weit hinter dem Aurberg so bunte Farben zeigt, wie ich sie in meinen kühnsten Träumen nicht für möglich gehalten habe! Glück ist, von guten Freunden getröstet zu werden, wenn ich traurig bin, oder ein verletztes Tier zu heilen und eine Pflanze blühen zu sehen, die ich selbst gezogen habe.«

Die schwarzhaarige Frau legte sich dicht neben die beiden Mädchen und umarmte sie. »Ich versuche doch immer wieder, euch mit dem Leben zu versöhnen! Vor allem dich, Richlint, denn du hast schon so viel Kummer erfahren und sollst endlich einmal zufrieden sein! Nehmt jeden Tag hin, wie er euch von der Göttin oder dem Christengott geschenkt wird, und versucht, das Schöne und Gute daran zu entdecken! Der Besuch des Bischofs in den nächsten Tagen wird ein Fest werden, das sollt ihr genießen und euch nicht allzu viel Gedanken über die kommenden Jahre machen.«

Afra hatte bis dahin geschwiegen und ihren Freundinnen aufmerksam zugehört, aber jetzt fragte sie Justina ganz leise nach der Hochzeit von Arbeo und Liutbirc. »Macht es dir denn nichts aus, dass Arbeo eine andere heiraten und mit Udalrich nach Rom ziehen wird? Das muss dir sehr wehtun, Justina, wo du doch sein Kind in deinem Bauch trägst!«

»Dieses Kind ist nur mein Kind, und nicht das von Arbeo! Er kann niemals mit mir leben, auch wenn er hier bleibt und nicht auf Pilgerreise geht, das habe ich immer gewusst. Es schmerzt mich sehr, ihn mit Liutbirc zusammen zu sehen, zu wissen, dass er schon morgen das Bett mit ihr teilt, aber auch dieser Schmerz wird vorübergehen und ich werde wieder mit euch lachen!« In ihre Gedanken versunken schwieg Justina für einen Augenblick, und dann fuhr sie mit fester Stimme fort. »Morgen früh verlasse ich Pitengouua und kehre zu meinem verfallenen Hause zurück, um es mir und auch Arbeo leichter zu machen, ich werde den Besuch des Bischofs nicht abwarten! Aber ihr beide wisst, dass ich immer für euch da sein werde, und wenn ihr meine Hilfe benötigt, so könnt ihr mich draußen besuchen oder nach mir schicken. Aber wir wollen jetzt schlafen, es ist schon tiefe Nacht, und wir brauchen unsere Kräfte für die nächste Zeit! Es ist schön, so eng und warm bei euch beiden zu liegen, und ich bin mir sicher, dass wir heute Nacht die süßesten Träume haben werden!«

Müde nach einem langen Tag und getröstet von Justinas Worten schliefen die beiden Mädchen bald ein, und ihre gleichmäßigen Atemzüge vermischten sich in der kleinen Stube mit dem unaufhörlichen lauten Schnarchen von Bruno und dem rasselnden Atem des alten Wezilo. Nur noch zwei Menschen lagen ohne voneinander zu wissen mit offenen Augen wach und nachdenklich in der Dunkelheit und horchten auf die unterschiedlichen Laute der Nacht. Justina konnte in der ungewohnten Umgebung nicht einschlafen, die körperliche Nähe und die Geräusche von anderen war sie nicht gewohnt, und ihre Gedanken um das Schicksal von Richlint und den Verrat von Arbeo ließen ihr keine Ruhe, sondern wirbelten wild und bunt und erschreckend in ihrem Kopf herum.

An der Tür zum Viehstall lag der Händler Hildeger und fand kaum genügend Platz für seinen beleibten Körper auf dem schmalen Lager neben dem alten Meier, und harte Strohhalme bohrten sich durch das grobe, einfach gewebte Leintuch und kratzten und bissen ihn ohne Unterlass. Er hatte das Gespräch der jungen Frauen mitgehört und sich dabei vollkommen ruhig verhalten, damit sie ihn für schlafend hielten, und jetzt drehte er sich unter lautem Ächzen um und schimpfte leise auf die kratzige Bettstatt.

»Verfluchtes Stroh! Da hätte ich ja in meinem alten Karren noch besser geschlafen als auf diesem harten Büßerlager!« Und er dachte darüber nach, dass es trotz der gelegentlichen Unbehaglichkeiten eines fahrenden Händlers besser war, ein freier Mann zu sein, der über sich selbst bestimmen konnte, als eine Frau, die der Willkür ihrer männlichen Angehörigen ganz und gar ausgeliefert ist. »Mit der kleinen Richlint möchte ich nicht tauschen, wenn sie jetzt Chuonrad nehmen muss, denn von den Haslachern hat mir noch nie einer etwas abgekauft, auf diesem Hof leben sie sehr genügsam und nur für die Arbeit und das Beten und ihren Stolz! Das wird nicht leicht werden für das Kind, da draußen am Schnaitberg, aber das ist nun mal das Los der Frauen. Aber diese Justina! Das ist ein Weib, wie ich noch keines getroffen habe, so klug und geschickt wie ein Mann, und schön obendrein, man möchte nicht glauben, dass es sich um eine gewöhnliche Sklavin handelt! Dass der junge Arbeo diese Frau der törichten Liutbirc trotz deren Gold vorzieht, das kann ich gut verstehen, und ich wäre selber gerne mal bei ihr im Bett, wenn ich nicht fürchten müsste, dabei von ihrem riesigen, weißen Hund zerrissen zu werden!« Und er gluckste leise vor sich hin und war über seinen Gedanken bald eingeschlafen.

Afra

Als der Frühling weiter vorangeschritten und es fast schon Sommer war, zwei Monate nach dem Besuch des Bischofs in unserer Gemeinde und dem Aufbruch der Pilger nach Rom, als unsere Dorflinde in üppiger, zartgelber Blütenpracht stand und emsige Bienenschwärme zuhauf aufgeregt summend von ihrem betörend süßen Duft angelockt wurden, zu dieser Zeit gebar Justina ihr Kind. Es war genauso, wie sie es uns vorausgesagt hatte, »wenn meine Ziegen ihre Jungen werfen, werde ich ein Kind bekommen«, und Richlint und ich waren erstaunt von der Leichtigkeit und Selbstverständlichkeit, mit der alles vonstatten ging.

In den letzten Wochen vor der Geburt war Justina schwerfällig und unbeweglich geworden, und wir bedrängten sie, doch für die nächste Zeit bei uns im Meierhof zu leben, damit sie nicht allein wäre, wenn ihr Kind geboren wurde. Doch sie bestand darauf, bei ihren Tieren in dem verfallenen Gutshof draußen im Weinland zu bleiben, und Richlint und ich wanderten zu ihr hinaus, sooft es uns möglich war. An einem Sonntag nach dem gemeinsamen Kirchgang waren wir am Bach entlang wieder zu Justina unterwegs, es war ein frühsommerlicher, warmer Tag mit viel Sonnenschein, und schon von weitem hörten und sahen wir die Ziegenherde mit ihren Glocken und den vielen kleinen Zicklein, die munter und frech zwischen den Beinen ihrer Ziegenmütter und auf den Schutthügeln vor dem Gutshof herumsprangen. Der weiße Hund Cimbro begrüßte uns beim Tor, und Justina fanden wir im warmen Badhaus zwischen ihren Kräutern und Heilmitteln. In einem ungefärbten, weichen Wolltuch, das sie sich um den Körper gewickelt hatte, trug sie ihr Neugeborenes vor der Brust, und sie wirkte frisch und rosig und strahlte uns an.

»Afra und Richlint! Ja, er ist da, mein Sohn ist geboren! Macht nicht so ungläubige, große Augen, sondern kommt her und seht ihn euch an! Ist es nicht das schönste Kind, das je eine Frau auf diese Welt gebracht hat?«

Justina setzte sich auf die gemauerte Ofenbank und legte das Kind auf ihren Schoß, wickelte es vorsichtig aus der Wolldecke und dem darunter liegenden Leinentuch und zeigte uns den kleinen Jungen nackt, wie er geboren wurde. Staunend betrachteten wir das winzige, zappelnde Wesen mit seiner zarten, fast durchscheinenden Haut und den fein geformten Gliedern, den tiefschwarzen Augen der Mutter und dem dichten, dunklen Haar auf dem runden Köpfchen, seidig wie der Pelz eines Frettchens. Die zierlichen Hände waren klein wie die Knospen einer Blume, und wenn man die Innenseite sanft berührte, schlossen sich die winzigen Finger zu einer Faust.

»Er ist wirklich wunderschön, das vollkommenste Neugeborene, das ich je gesehen habe!«, rief Richlint voller Staunen aus, »aber wie hast du das nur gemacht, ihn ganz allein und ohne die Hilfe von anderen Frauen zu gebären?«

Die junge Mutter bedeckte das Kind wieder sorgfältig und nahm es dann auf den Arm. »Schon seit mehreren Tagen habe ich gespürt, dass die Niederkunft kurz bevorstand, denn das Kind in meinem Bauch drängte nach draußen und ließ mir keine Ruhe mehr. Als dann die Wehen einsetzten und in immer kürzeren Abständen wie schmerzhafte Krämpfe durch meinen Körper liefen, versorgte ich zuerst meine Tiere und stellte ihnen genügend Futter und frisches Wasser bereit, denn ich weiß, dass das Gebären beim ersten Kind oft sehr lange dauern kann. Dann habe ich den Ofen mit Holz gefüllt und mir ein warmes Bad mit entspannenden und krampflösenden Kräutern bereitet, und hier in der Badstube lagen schon alle Dinge bereit, die ich gewöhnlich bei Geburten brauche, saubere Tücher und warmes Wasser, um das Neugeborene und mich selbst zu waschen und einzuhüllen, eine dünne Schnur aus Hanf und ein scharfes Messer, um die Lebensschnur des Kindes von mir zu trennen, und eine ganze Wegerichpflanze, den Blutwurz, mitsamt seiner

Wurzel, damit ich ihn während der Geburt in der linken Hand halten konnte und dadurch nicht zu viel Blut verlieren würde.«

Justina schaukelte das Kind zärtlich auf ihren Armen und lächelte uns voller Glück an. »Und dann ging es ganz schnell, viel einfacher, als ich es mir selbst vorgestellt hatte! Dieser kleine Mann hier hat kräftig mitgeholfen, und nach dreimaligem festem Pressen rutschte er wie von selbst aus mir heraus, direkt auf das weiche Lager aus Moos und Heilpflanzen, auf dem ich hockte, und er tat seinen ersten Schrei laut und mit solcher Gewalt, dass Cimbro erschrocken seinen Kopf zur Tür hereinstreckte!«

Ich war sehr froh, dass unsere Freundin mit ihrem Heilwissen und durch die Hilfe ihrer Göttin eine so leichte Geburt erlebt hatte, denn viele Frauen lagen oft tagelang in den Kindsnöten und verloren durch den heftigen Blutfluss sogar ihr Leben dabei. Neugierig fragte ich Justina, ob sie schon einen Namen für den kleinen Jungen ausgesucht hatte, denn die Bedeutung des Namens einer Person war bei uns im Gau sehr wichtig und sollte entweder auf die Familie des Kindes hinweisen, gute Wünsche und Eigenheiten für seine Zukunft enthalten oder den besonderen Schutz eines Heiligen bewirken. Justina antwortete mir ohne Zögern. »Ja, er hat schon einen Namen, mein kleiner Engel, und in ein paar Wochen soll ihn der Priester in der Kirche von Pitengouua nach dem Ritus der römischen Kirche auf diesen Namen taufen, denn er ist ein Kind dieses Landes und er soll hier aufwachsen und an Gott glauben wie die anderen Kinder auch! Mein Sohn trägt den Namen Riwin, denn rihhi bedeutet Reichtum, Macht und Herrschaft, das soll er für sein Leben gewinnen, und wini meint einen Freund, denn ein treuer Freund für Menschen und Tiere soll er werden und sein.«

Justina machte mit ihrer Entscheidung für die christliche Taufe und mit der Wahl des Namens Riwin ganz deutlich, dass der kleine Junge eben doch nicht nur ihr Kind, das einer fast heidnischen, aus dem fremden Land Tuscia stammenden Sklavin war, sondern dass er auch der Sohn eines hochgeborenen, christlichen Mannes aus Baiern war, das Kind von Arbeo. »Wenn es ein Mädchen geworden wäre«, sagte sie nachdenklich, »dann hätte es einen Namen aus dem Land meiner Mutter bekommen, und ich hätte ihr von unserer Göttin erzählt und sie alles über die Heilung von Menschen und Tieren gelehrt. Aber der Sohn einer unfreien Magd kann sich nur aus der Knechtschaft befreien, wenn er für den König tapfer kämpft und ein guter, christlicher Gefolgsmann ist, und diesen Weg zur Freiheit will ich für den kleinen Riwin offen halten, er soll sich selber entscheiden, was er für ein Leben führen will.«

Bei den Worten von Justina musste ich an Arbeo denken, und wie seine Augen nach ihr suchend über die vielen Menschen geglitten waren, die beim Aufbruch der Pilger nach Rom auf unserem Dorfplatz versammelt waren und dem Bischof und seinen Männern zujubelten. Justina war nicht darunter gewesen, denn gleich nach einer unruhigen und beengten Nacht auf unserem gemeinsamen Lager im Meierhof war sie in aller Frühe allein und zu Fuß zu ihrem Gutshof aufgebrochen. Sie wollte nicht dabei sein, wenn Arbeo von allen Abschied nahm und für Jahre in ein fremdes Land zog, und vor allem wollte sie nicht auf Liutbirc treffen, die Arbeo vor seiner Abreise geheiratet hatte. Denn Liutbirc war natürlich von der Dornau, die jetzt ihre Heimat war, sofort nach Pitengouua geritten, als der Bischof mit seinen adeligen Begleitern eintraf und auf der Burg, dem Wohnsitz ihrer Eltern Uoda und Wicpert, sein Lager aufschlug. In ihrer neuen Rolle als verheiratete Frau und Herrin des stattlichen Hofes über der Lecha fühlte sie sich sehr wichtig, und bei der feierlichen Messe, die Udalrich in unserer kleinen Holzkirche abhielt, saß sie in der vordersten Bank der Frauen beim Altar, obwohl das eigentlich der Platz meiner Schwester Walburc als Meierin und ersten Frau des Dorfes gewesen wäre. Walburc aber erhob keinen Einspruch dagegen, denn sie war ganz erfüllt von der Gegenwart und dem Auftreten des mächtigen und gelehrten Bischofs und lauschte demütig und fromm seinen Worten.

Der Kirchenfürst Udalrich aus Augusburc war von beeindruckender Gestalt, er war der größte Mann, den ich je gesehen hatte, und sein schmales, fast hageres Gesicht mit den tief liegenden Augen, der langen, geraden Nase und dem sorgfältig gebürsteten Bart zog auch mich sofort in seinen Bann. Am Tag nach seiner Ankunft auf dem Meierberg ritt er mit seinem adeligen Gefolge hinunter ins Dorf und in die Kirche, um dort das Sendgericht abzuhalten, dabei fragte er die Menschen nach ihren Sorgen und Nöten, nach ihren Verstößen gegen den Glauben und nach Vorschlägen, was man in dieser Gemeinde verbessern könnte, und er erneuerte mit uns allen das christliche Glaubensbekenntnis.

Mit vielstimmigem Glockengeläut wurde er empfangen und vom Priester und den Herren des Gaus, Wezilo, Sigiboto, Severin und Wicpert, in unsere einfache, aber festlich mit Tüchern und Kerzen geschmückte Kirche geleitet. Dort feierte er in einem kostbaren, seidenen Messgewand und einer mit Goldfäden bestickten Dalmatica zusammen mit den Geistlichen aus seiner Begleitung die heilige Messe, und sein tiefer Glaube an Gott und die Inbrunst, mit der er vor allem für die Armen, Kranken und Notleidenden dieses Landes betete, berührte die Menschen von Pitengouua sehr. Der Bischof ermahnte uns alle, um der Liebe Christi willen die Nackten zu kleiden, Hungernde und Durstige mit Speise und Trank zu versorgen, Kranke und Sieche zu pflegen und Armen und Obdachlosen Unterkunft zu gewähren. Nach der Messe empfing er vor der Kirchentüre einige Bettler und Aussätzige, und keiner musste mit leeren Händen weiterziehen, denn Udalrich setzte sich erst zum Festmahl nieder, als alle Armen und Gebrechlichen ein Geldstück und etwas von dem guten Essen auf der Tafel erhalten hatten.

Richlint und ich waren wie die anderen Frauen auch beim Essen nicht dabei, da saßen nur der Bischof, der Königssohn Liudolf, die adeligen Brüder von Udalrich, Manegold und Dietpald, und all die anderen hochgeborenen Herren mit den künftigen Pilgern, unserem Priester und den freien Männern unserer Gemeinde beieinander und tranken den süßen und teuren Wein des Händlers Hildeger. Aber nach Beendigung des Mahls wurden wir Mädchen vom Haslachbauern Sigiboto und von meinem Vater Wezilo an ihren Tisch gerufen, und sie verkündeten unsere Verlobung mit Chuonrad und Leonhard, die mitten unter den Herren saßen, und baten den Bischof um seinen persönlichen Segen für diese Verbindungen. Ich wagte kaum zu atmen in der Gegenwart dieses frommen Mannes und spürte die Angespanntheit von Richlint dicht neben mir, und wir knieten zusammen vor dem Bischof nieder und küssten die Hand mit dem schweren, goldenen Siegelring, die er uns reichte. Udalrich machte mit dem Daumen das Kreuzzeichen über meiner Stirn und über der von Richlint, erbat die Fürbitte der Gottesmutter Maria für diese zwei Ehen und die daraus entstehenden Kinder, und er ermahnte uns eindringlich, immer den christlichen Geboten zu gehorchen und im Glauben und in der Nächstenliebe ein gutes Vorbild für unsere Untergebenen zu sein.

Während der Bischof sprach, hielten wir unsere Köpfe tief gesenkt und schauten niemanden an, aber als seine Rede beendet schien, blickte ich in das strenge Antlitz hinauf und sah die sehr hellen, eisblauen Augen düster und voller Sorge auf der knieenden Richlint ruhen, deren Widerwillen gegen die Heirat mit Chuonrad an ihrem verschlossenen Gesichtsausdruck und den fest geballten Händen zu ersehen war. »Der allmächtige Gott und dein Oheim, der Welfengraf Roudolf, wissen sehr wohl, was für dich gut ist, Mädchen!« Udalrich sprach leise, nur für die Ohren von Richlint und mir, aber sein Ton war hart und bestimmend. »Gib' deinen Widerstand auf und gehorche, wie es deine Pflicht als Frau nach Gottes Willen ist. Du wirst deine Erfüllung finden in der Arbeit auf dem Hof und in den Kindern, die Gott dir schenken wird, und das tägliche Gebet wird eine Quelle der Kraft und Freude für dich sein. Bete, Kind, bete, damit der heilige Geist über dich kommt!« Und der Bischof strich sanft mit seinen langen, schmalen Fingern über Richlints Wange und wandte sich dann wieder dem Gespräch mit den anderen Männern zu.

Schon sehr früh am Morgen des nächsten Tages brachen die Pilger unter der Führung des Bischofs zum Kloster im Staphinse auf, dessen Abt ein Freund und Untergebener von Udalrich war, und im nahe liegenden Murnowe begann dann die alte Römerstraße, die sie über Partanum und Veldidena, durchs Norital und über die hohen, schneebedeckten Alpes nach Rom führen sollte. Im Kloster Sabiona am wilden Gebirgsfluss Eisack war ein erster längerer Aufenthalt der Pilger geplant, und die Reiter freuten sich für die nächsten Tage auf schönes und trockenes Reisewetter, denn die dichten Morgennebel fielen und die fernen Berge lagen im trüben Dunst.

Die ganze Gemeinde von Pitengouua stand auf dem Dorfplatz, um die Pilger zu verabschieden, und Richlint hielt die Hand von Kunissa, Rassos schwangerer Frau, die bitterlich weinte, als sie ihren Mann hoch zu Ross und mit freudiger, aufgeregter Miene leichten Herzens aufbrechen sah. Liutbirc stand daneben, stolz und selbstsicher als verheiratete Frau und Herrin von Dornau, aber Arbeo hatte nicht einen einzigen Blick für sie übrig, sondern schaute sich verzweifelt suchend nach Justina um. Manegold und Dietpald ritten voran, die hölzernen Stangen mit den bunten Fahnen des Bischofs in den Fäusten, und dicht hinter ihnen Udalrich in seinem grauen Mantel aus Wolfsfellen, mit dem blutjungen Königssohn und den anderen hohen Adeligen. Dann folgten die Männer aus unserem Gau, Rasso, Arbeo und der Haslacher Utz, und all die Mönche und Priester, die ihren Hirten auf der Pilgerreise begleiteten, und die Reitknechte und Diener mit den Packpferden und den Vorräten. Die Leute des Dorfes schauten und winkten dem Trupp nach, so weit die Blicke reichten, und Richlint und ich liefen atemlos noch ein ganzes Stück die Pitenach entlang, um die Reiter so lange zu sehen, bis die letzte farbig leuchtende Fahne im Dunkel des Waldes verschwunden war.

In den folgenden Wochen und Monaten war es ruhig im Dorf, das gewöhnliche Leben mit unserer täglichen Arbeit ging einfach weiter, auch wenn die Gedanken und Sorgen von uns allen immer wieder bei den Pilgern und ihrem weiten Weg nach Rom waren. Bischof Udalrich hatte einen starken Eindruck hinterlassen, und nie wieder kamen mir die Menschen meiner Umgebung so ausgeglichen und freundlich zu jedermann vor wie in dieser Zeit. Es schien mir, als ob sogar Bruno und Liutbirc sich verändert hätten, denn der eine trank nicht mehr so viel, packte bei der Arbeit mit an und freute sich sichtlich auf sein erstes Kind, und Liutbirc, die in den drei Nächten ihrer bisherigen Ehe zu ihrem großen Kummer noch nicht empfangen hatte, besuchte ihre alte Freundin Walburc wie zu unseren Kinderzeiten sehr häufig und nahm an deren Schwangerschaft großen Anteil. Dabei war sie stets freundlich und zuvorkommend zu Richlint und mir, und insgeheim tat sie mir Leid in ihrem blindem Stolz, denn sie ahnte nichts von Arbeos Liebe zu Justina und dem gemeinsamen Kind der beiden und hoffte auf eine glückliche Verbindung mit ihrem Mann und auf gesunde Kinder.

Richlint und ich halfen unserer Schwester Walburc auf dem großen Meierhof, so gut wir konnten, und am Sonntag besuchten wir regelmäßig Justina draußen im Weinland. Unsere Hochzeit mit den Brüdern Leonhard und Chuonrad wurde auf einen gemeinsamen Tag im Herbst festgelegt, wenn Walburc sich von der Geburt ihres Kindes erholt haben würde und die Ernte eingebracht wäre, und mein Vater suchte schon den Platz für den Hof von Leonhard und mir aus und verhandelte mit dem Haslachbauern über die Brautgabe. Ich freute mich auf die Ehe, denn Leonhard war ein gutmütiger und heiterer Mann, freundlich zu Mensch und Tier und besonders liebevoll mit kleinen Kindern, und nichts wünschte ich mir mehr als ein eigenes Haus und viele Kinder. Richlint aber graute vor dem Leben auf dem Haslacher Hof, obwohl es ihr dort sicher an nichts mangeln würde, denn es war die reichste Familie im Gau, deren ältesten Sohn und Erben sie heiraten sollte. Wir beide beteten jeden Tag in der kleinen Kirche, gemäß den strengen Ermahnungen des Bischofs, aber Richlint betete inbrünstig nur um das Wohl ihres fernen Bruders Rasso und darum, Chuonrad nicht heiraten zu müssen, und ich glaube nicht, dass solche Gebete im Sinne des Bischofs waren.

Es war ein besonders heißer und schwüler Sommer in diesem Jahr, und die Hitze der langen Julitage machte meiner schwangeren Schwester sehr zu schaffen, je mehr das Kind in Walburcs Leib wuchs, desto öfter klagte sie über Atemnot und die Schwere ihrer Glieder. Aber sie dachte nicht im Traum daran, sich zu schonen und die schwere Arbeit anderen zu überlassen, sondern verlängerte ihr Tagwerk häufig bis tief in die Nachtstunden und spann und webte noch beim trüben Licht der Kienspäne, wenn das ganze Dorf schon in tiefem Schlaf lag. »Am Abend ist es kühler und angenehmer für mich, da kann ich viel besser weben, und das Schlafen fällt mir mit dem dicken Bauch sowieso schwer!«, antwortete sie lächelnd auf meine Vorhaltungen, und ich wusste genau, dass alle meine fürsorglichen Worte umsonst waren, denn Walburc wollte ihren Meierhof in Ordnung haben, wenn sie niederkam. Dabei war sie bei all den Anstrengungen mager und blass geworden, und ihre warmherzigen, braunen Augen lagen dunkel umschattet tief im Gesicht.

Die Geburt des Kindes wurde in der Mitte des Monats August erwartet, aber schon zwei Wochen vor dieser Zeit, in den letzten Tagen des Juli, begannen die Wehen. Es war in den frühen Abendstunden eines heißen Tages, als ich mit Walburc die Kühe auf der Wiese weit hinter dem Haus mit Wasser versorgte und anschließend melkte, denn in den Sommernächten blieb das Vieh auf der Weide in der Nähe des Hofs, und die scharfen Hunde des Dorfes bewachten es vor Wölfen und anderen Raubtieren. Die Knechte und Mägde waren alle mit Wezilo und Bruno zusammen auf dem Feld, denn das schöne Wetter musste genutzt werden, um rechtzeitig die Ernte einzubringen, und da war jede helfende Hand vonnöten. Richlint versorgte die Schafe und Ziegen in ihrem Gatter und wollte sich anschließend um das Abendmahl kümmern, und meine Schwester und ich hatten die Kühe übernommen, denn wir beide waren die besten und schnellsten Melkerinnen des Dorfes.

Die Schmiedin, ein mittlerweile altes und zahnloses Weib, saß im Schatten der Dorflinde und sah uns zu, als wir einen vollen, überschwappenden Holzkübel nach dem anderen vom Brunnen bis auf die Weide schleppten, und als alle Tiere getränkt waren, holten wir die dreibeinigen Melkschemel und die Milchkübel aus dem Stall, hockten uns jede unter eine Kuh und begannen zu melken. Ich liebte diese Arbeit mehr als jede andere, den schweren, trägen Atem der Tiere, wenn sie über meinen Kopf bliesen, den würzigen Duft ihrer warmen Leiber nach Gras und Milch, die sanft schaukelnden rosafarbenen Euter und die seidige, weiche Haut der vollen Zitzen in meinen Händen. Manchmal leckte eine Kuh mit ihrer langen, blauen Zunge über meinen nackten Arm, das kitzelte rau und wohlig, und ich legte meine Wange an die bebende Flanke des Tieres und spürte den Schlag seines Herzens.

Walburc war sehr langsam an diesem Abend, während ich bereits die zweite volle Kanne zum Meierhof trug und in den großen Milchtrog schüttete, hatte sie erst drei Kühe gemolken und stand gerade schwerfällig auf, um zum nächsten Tier zu gehen, als ein starker Schmerz durch ihren Körper lief und sie überrascht aufschrie. Ich war genauso erschrocken wie sie selbst, denn es war noch zu früh für das Kind, aber nach kurzer Zeit fühlte sich Walburc wieder wohl und wollte unbedingt weiter arbeiten. »Ich habe mich wahrscheinlich beim Wassertragen übernommen«, meinte sie, »das ist sicher noch nicht der Beginn der Geburt!« Aber auf mein eindringliches Bitten und Drängen hin ging sie doch ins Haus zurück, und ich beeilte mich mit dem Melken, um nach ihr zu schauen.

Richlint und die Schmiedin saßen bei Walburc, als ich in der Dämmerung die stickige, heiße Stube betrat, in der auf der Feuerstelle ein Topf mit der Abendsuppe köchelte, und die alte Frau nuschelte aufgeregt vor sich hin, dass die Geburt anstehe und wir schleunigst Justina vom Weinland und die anderen Frauen holen sollten, denn bei den starken Schmerzen von Walburc könne es nicht mehr lange hingehen, bis das Kind zur Welt käme. Aber meine Schwester wehrte sich entschieden dagegen, denn bei der ersten Niederkunft einer Frau dauerte es meist sehr lange, und sie wollte nicht, dass ausgerechnet in der Erntezeit die ganzen Frauen bei ihr in der Stube hockten und nicht beim Einfahren und Lagern des Getreides mithalfen. Denn bei uns im Dorf kamen gewöhnlich alle Frauen bei einer Geburt zusammen und saßen um das Lager der Wöchnerin, ermunterten die Gebärende, beteten gemeinsam für sie und erzählten von den Umständen, als ihre eigenen Kinder zur Welt kamen. Die Männer dagegen mussten draußen bleiben, denn das war die Sache der Frauen.

Walburc überredete uns, in dieser Nacht niemanden zu rufen, denn am nächsten Morgen sei noch Zeit genug dafür, und die Schmerzen hätten bereits nachgelassen und wären sicher keine richtigen Wehen gewesen. Richlint und mir fehlte es an Erfahrung in diesen Dingen, und die Schmiedin war wohl schon zu alt und zu fehlsichtig, um die Schwere der Wehen bei meiner Schwester wirklich zu erkennen und auf dem Beistand der anderen Frauen zu bestehen. So gingen wir nach dem Essen alle in unser Bett, auch Bruno und Wezilo, die hundemüde von der Ernte nach Hause gekommen waren und von Walburcs Schmerzen gar nichts ahnten.

Ich weiß noch genau, dass ich sofort tief und fest einschlief, denn die harte Arbeit und die Hitze des Tages hatten mich erschöpft, und Richlints vertrauter Körper dicht an meinem Rücken beruhigte mich wie immer. Mitten in der Nacht aber war ich auf einmal hellwach, hörte eine Zeit lang auf das Schnarchen der Männer und den ruhigen, gleichmäßigen Atem von Richlint neben mir, und dann fiel mir Walburc ein, und ich stand auf und ging zu ihrem Lager hinüber. Bruno lag dick und schwerfällig auf dem Rücken und atmete mit weit offenem Mund, und Walburc krümmte sich ganz am Rande des Betts, im schwachen Licht des langsam verlöschenden Herdfeuers sah ich winzige Perlen von Schweiß auf ihrer Stirn, und lange, nasse Haarsträhnen klebten an ihrem bleichen Gesicht. Als sie mich sah, leuchteten ihre Augen auf, und sie packte mit aller Gewalt meine Hand und zog mich zu sich heran, bis ich am Boden neben ihr kniete.

»Afra, wie gut, dass du aufgewacht bist! Hör zu! Du musst mir etwas versprechen, bei Gott und allen Heiligen, und bei der gnädigen Muttergottes! Wenn ich sterbe, dann…« Ich unterbrach sie voller Angst. »Du wirst nicht sterben, Walburc, nicht jetzt! Alle Frauen bekommen Kinder, und daran braucht man nicht zu sterben, Justina hat ihr Kind ganz alleine bekommen und alles war gut! Bitte red' nicht vom Tod, das bringt nur Unglück, und du machst mir Angst damit!«

Der Griff meiner Schwester war trotz ihrer Schwäche hart wie Eisen, und ich konnte ihr meine Hand nicht entziehen. »Hör zu!«, flüsterte sie eindringlich, »wenn ich bei der Geburt dieses Kindes sterbe, dann sollst du dich um das Kleine kümmern! Und um unseren alten Vater, er hat schon so viel mitgemacht in diesem Leben, und um den Meierhof, den er so liebt! Versprich' es mir, Afra!«

Wieder packte der Schmerz Walburc, und sie ließ meine Hand los und wand sich mit verzerrtem Gesicht auf ihrem schweißnassen Lager. Ich weinte und hielt mir mit beiden Händen die Ohren zu, denn ich wollte ihre Worte nicht hören. »Ich brauch' dir nichts versprechen, Walburc, denn du wirst nicht sterben! Du wirst dein Kind selber aufziehen und weiter die Herrin auf dem Meierhof sein! Und ich werde jetzt alle wecken und die Frauen holen, denn es geht dir schlecht, und wir werden gemeinsam für dich beten und Justina wird dich heilen, du wirst schon sehen!«

Ich stand auf und wollte gehen, aber Walburc erwischte den Zipfel meines Hemdes und hielt mich daran fest. »Du musst es mir versprechen, Afra, denn du bist meine einzige Schwester, und du bist stark genug für dieses Leben! Gelobe bei der Seele unserer toten Mutter, dass du tust, um was ich dich gebeten habe!« Als Walburc von unserer Mutter sprach, kehrte die Erinnerung an ihren grausamen Tod durch die Hand der Barbaren wieder zurück, und ich erkannte, dass es für keinen von uns irgendeine Sicherheit oder Gewissheit gab auf dieser Erde. Auch meine Schwester könnte sterben und mich verlassen, und ich wusste genau, dass ich mich ihrer Bitte nicht länger verweigern konnte. Walburc würde mir keine Ruhe mehr lassen, bevor ich ihr nicht dieses Versprechen gegeben hatte, und ich wandte mich zu ihr und schwor bei allem, was mir heilig war, mich um ihr Kind und um unseren Vater zu kümmern und für sie zu sorgen, so gut es mir möglich war. Sie legte sich zurück und lächelte mich erleichtert und voller Liebe an, und ich strich ihr sanft die klebrigen Haarsträhnen aus dem nassen Gesicht und deckte sie zu. »Du wirst nicht sterben! Ich wecke jetzt die Frauen!«

Der Kampf von Walburc um ihr eigenes Leben und das ihres ungeborenen Kindes dauerte mehrere Tage, und am Ende hatten sie ihn beide verloren.

Dichter Nebel liegt über meiner Erinnerung an diese Stunden, und auch damals hatte ich das Gefühl, einen undurchsichtigen, bösen Traum zu erleben und einfach nicht daraus zu erwachen, sosehr ich mich auch anstrengte. Meine Angst war so groß wie der Aurberg und ich schrie innerlich laut vor Verzweiflung, aber die Zunge in meinem Mund sprach ruhige und gelassene Worte, gab die nötigen Anweisungen und beruhigte und tröstete, wo sie nur konnte. Meine Glieder waren wie mit Ketten gefesselt, aber Arme und Beine bewegten sich von selbst, ohne mein Zutun, und ich brühte Kräutersud und holte frisches Wasser und wusch meiner Schwester den Schweiß von ihrem gepeinigten Körper. Nur in wenigen Augenblicken vermochte ich klar und bewusst durch die dichten, nebligen Schwaden zu blicken, und diese Eindrücke sind für alle Zeiten wie mit einem scharfen Messer in meiner Erinnerung eingeritzt.

Am ersten Tag kamen die Frauen aus Pitengouua, saßen in der Stube neben Walburcs Lager und beteten um eine leichte Geburt für sie. Am zweiten Tag kamen auch Uoda von der Burg und Liutbirc aus Dornau, und sogar die gebrechliche Hedwig, Sigibotos Frau, wollte Walburc beistehen und war zu Fuß mit einer Magd vom Haslachhof gekommen. All diese Frauen saßen und standen bei uns in der heißen, stickigen Stube, und doch wusste keine von ihnen so recht, was zu tun war, als die Wehen von Walburc immer stärker und schmerzhafter wurden und dicht aufeinander folgten, das ungeborene Kind sich aber im Bauch seiner Mutter nicht rührte. Wir beteten ohne Unterlass und massierten meine Schwester, wir flößten ihr Kräutersäfte ein und verbrannten allerlei geweihtes Räucherwerk, bis kaum mehr genügend frische Luft zum Atmen in der engen Stube war. Schließlich verlangte die alte Hedwig, dass wir Walburc auf die Füße stellten und mit vereinten Kräften heftig schüttelten, damit das Kind sich löste und nach unten rutschte, aber meine Schwester schrie dabei so schrecklich und so laut, dass ich die Frauen drängte, damit aufzuhören und die völlig geschwächte Walburc wieder auf die Bettstatt zu legen. Diese grauenvollen Schreie tönen noch heute in meinen Ohren, und ich sehe die blonde Liutbirc in ihren roten, kostbaren Gewändern in einer Ecke stehen und mit Entsetzen im Gesicht fassungslos und ohnmächtig die Hände ringen.

Schon am frühen Morgen des ersten Tages hatte ich den Knecht Lutold ins Weinland geschickt, um Justina zu holen, aber er kam unverrichteter Dinge zurück und berichtete, dass der alte Gutshof verlassen war und dort nur die Ziegenherde herumsprang. Wie wir später von ihr erfuhren, war Justina dringend nach Bobinga gerufen worden, denn der Schmied des Dorfes war beim Beschlagen eines wilden Rosses schwer verletzt worden und brauchte ihre Hilfe. Mit Walburcs Kind hatte Justina erst in zwei Wochen gerechnet, und so machte sie sich unbesorgt mit dem kleinen Riwin und dem Hund Cimbro auf den langen und beschwerlichen Weg durch die düstere Ambraschlucht. Erst am dritten Tag des Leidens meiner Schwester traf einer der Reiter, die ich überall im Gau auf die Suche geschickt hatte, Justina auf dem Rückweg ins Weinland und brachte sie sofort nach Pitengouua. Ich war so froh, als die Freundin uns liebevoll und ruhig wie immer begrüßte, Richlint ihren Säugling in den Arm legte und in die Stube zu Walburc lief, dass ich für einen Moment fest daran glaubte, dass nun alles gut werden und meine Schwester ein gesundes Kind gebären und leben würde. Aber im Halbdunkel der unerträglich heißen Stube wurde Justinas Miene sehr ernst, als sie Walburc fast leblos liegen sah und von den Frauen hörte, wie lange sie schon in den Wehen lag, und sie begann auf der Stelle zu handeln.

Als Erstes schickte sie alle Frauen hinaus bis auf Hedwig, Uoda und Liutbirc, denen sie als Unfreie nichts zu befehlen hatte, und dann öffnete sie die Tür und löschte alle Feuer und Kienspäne und Räucherwerke, damit es kühler wurde und Luft in die Stube kam. Mir befahl sie, frisches, kaltes Wasser vom Brunnen zu holen, und damit wusch sie meiner Schwester den heißen, klebrigen Schweiß vom Körper, und Walburc regte sich wieder und jammerte leise vor sich hin. Justina untersuchte meine Schwester sehr sorgfältig, und mit ihren Fingern und einer Salbe versuchte sie, den Geburtsweg zu erweitern und weich zu machen. Dabei sprach sie ununterbrochen sanft und beruhigend auf Walburc ein, doch als sie sich zu uns wandte, war ihr Gesicht bleich und ohne Hoffnung.

»Das Kind liegt nicht richtig, es kommt mit den Füßen zuerst, und Walburc hat keine Kraft mehr für eine so schwierige Geburt.« Diese Worte zerrissen wie mit einem einzigen Hieb den grauen Nebel, der mich umgab, und ich schrie Justina verzweifelt an. »Du kannst doch etwas tun, Justina, du hast doch die Heilkraft und die Mittel, um Walburc zu helfen! Bitte, ich flehe dich an, bitte rette meine Schwester!«

Auf mein Schreien hin kam unser Vater an die Tür, die ganzen Tage und Nächte hatte er draußen unter dem Schopf gewartet und gebetet, und jedes Mal, wenn ich zum Wasserholen an ihm vorbeilief, hatte er mich an der Hand gepackt und nach Walburc gefragt. »Sie wird wieder gesund, unsere Walburc, du wirst schon sehen, Afra! Eure selige Mutter im Himmel beschützt euch Mädchen, sie bittet Gott und die Mutter Maria um Hilfe, so wie ich es hier auf Erden für euch mache! Du musst Vertrauen haben, Afra, und glauben und beten!« Dabei streichelte er immer wieder über meine Hand und wirkte so hilflos und unglücklich, dass ich ihn jedes Mal tröstete und von einer Hoffnung sprach, die ich selbst nicht besaß.

Jetzt stand er Justina gegenüber, aufrecht und entschlossen, und er sprach mit klarer Stimme und sah ihr dabei fest in die schwarzen Augen. »Wende jedes Mittel an, von dem du weißt, Justina, und versuche wenigstens, das Leben meiner Tochter zu retten, wenn auch das Kind dabei verloren ist! Bruno hockt in der Schmiede und ist vollkommen betrunken, der kann keine Entscheidung für sein Weib mehr treffen, aber du hast meine Erlaubnis und die Anweisung, alles zu versuchen, denn ich bin der Meier!« Mit diesen Worten drehte sich Wezilo um und setzte sich wieder auf seinen Platz unter dem Schopf, und wir hörten bis in die Stube hinein sein lautes Beten.

Justina schaute uns nur an. Die alte Hedwig hatte sich erschöpft auf einen Hocker fallen lassen, saß mit gebeugtem Rücken und lose herabhängenden Händen da, das faltige Gesicht müde und hoffnungslos. Uoda und Liutbirc standen neben ihr, Entsetzen und Verzweiflung spiegelten sich in ihren sonst so gelassenen und hochmütigen Mienen.

»Tu, was der Meier gesagt hat, Justina!« Uodas Stimme klang rau und belegt, und sie schaute Justina, die doch nur eine Sklavin war und sonst ihrer Beachtung nicht wert, offen und freundlich an. »Wir müssen alles versuchen, damit Walburc am Leben bleibt! Ich weiß, dass ihr Hebammen ein Mittel habt, mit dem ihr eine Geburt vorantreiben könnt, und ich weiß auch, dass diese schwarzen Körner sehr gefährlich für das Leben von Mutter und Kind sind! Aber Walburc wird sterben, wenn wir noch länger warten, zusammen mit ihrem ungeborenen Kind wird sie sterben, wenn wir nur dabeistehen und nicht handeln, wir müssen ihr das Pulver eingeben, solange noch ein Funken von Kraft in ihr ist.« Justina schaute fragend in meine verweinten Augen, und obwohl ich noch nie von diesem gefährlichen Mittel gehört hatte, gab ich heftig nickend meine Zustimmung und langte zugleich voller Angst nach ihrer Hand.

Aus ihrem ledernen Beutel, den sie immer bei sich trug, nahm Justina ein kleines Tongefäß und schüttete ein paar schwarze Körner, ähnlich wie Getreidesamen, auf ihre Handfläche, verschloss das Gefäß wieder sorgfältig und zerstieß dann mit einem steinernen Stößel die länglichen Samen in einem Mörser zu feinem, dunklem Pulver. Mit etwas Wasser auf einem Löffel vermischt flößte sie meiner Schwester den Brei ein, und ich stützte dabei den Kopf von Walburc, die vor lauter Schwäche kaum schlucken konnte. Das Gesicht meiner Schwester war weiß wie frischgefallener Schnee, und ihre sonst so warmen, braunen Augen waren glanzlos und von dunklen Ringen umgeben.

»Es wird dir bald besser gehen, Walburc«, flüsterte ich ihr zu, »das Heilmittel von Justina wird dir und dem Kind helfen, ihr werdet beide leben, du musst fest daran glauben!« Walburc tastete mühsam nach meiner Hand. »Denk' an dein Versprechen, Afra«, kam es fast tonlos von ihren aufgesprungenen, trockenen Lippen, und sie schloss die Augen und ließ den Kopf müde auf meinen Arm sinken.

Justina hatte Walburcs leise Worte gehört, aber sie fragte nicht nach dem Versprechen, das ich meiner Schwester gegeben hatte, sondern zog mich sanft, aber bestimmt zur Feuerstelle. »Dieses Mittel, Afra, das ich deiner Schwester gegeben habe, es hilft nicht immer, das solltest du wissen. Es richtig anzuwenden, ist sehr schwer, denn wenn ich zu wenig davon gebe, wird das Ungeborene nicht aus dem Leib der Frau ausgetrieben, und Mutter und Kind sterben. Wenn ich aber zu viel von diesen schwarzen Körnern nehme, wird die Gebärende sehr krank und kann davon getötet werden. Dein Vater und Uoda, sicher auch Hedwig, wissen um diese Gefahr, und Walburc ist sehr schwach nach drei langen Tagen und Nächten voll unsäglicher Schmerzen. Ob ihre Kraft ausreicht für die Geburt des Kindes und ihre eigene Heilung, das kann ich dir nicht versprechen, aber was immer auch geschieht, es ist der Wille der Götter, und wir müssen uns ihrem Willen beugen.«

Noch in der darauf folgenden Nacht gebar meine Schwester Walburc unter unmenschlichen Qualen einen toten Knaben, der mit den Füßen zuerst auf diese Welt kam und nicht einen einzigen Atemzug in seinem Leben tat. Als sie hörte, dass ihr

Kind tot geboren war, verlor sie ihre letzte Kraft und jeglichen Mut zum Weiterleben, und in den frühen Morgenstunden schloss sie die Augen für immer.

949–950
Richlint

Nach Walburcs Tod schickte mein Vater Wezilo Bruno in sein Heimatdorf zurück, und er gab dem Mann meiner Schwester all das Gold mit auf den Weg, das dieser als Brautgabe mit in die Ehe und nach Pitengouua gebracht hatte, damit niemand sagen konnte, wir hätten uns an Bruno bereichert oder ihm Unrecht getan. Ich glaube, dass Bruno sehr gern gegangen ist, wenn er sich auch im ersten Augenblick empört gebärdete und auf sein Meieramt nicht verzichten wollte, so lenkte er doch schnell ein und war mit dem Vorschlag von Wezilo einverstanden, denn er hatte weder Liebe noch Anerkennung bei den Menschen in unserem Dorf gefunden und sich dort niemals daheim gefühlt. Noch am Tag der Bestattung von Walburc verließ er uns, auf einem braunen Ross meines Vaters ritt er still aus dem Hof und aus meinem Leben, und ich habe ihn seitdem nie wieder gesehen und auch nicht den Wunsch danach verspürt.

In diesem besonders heißen Sommer konnte man einen toten Menschen nicht lange aufgebahrt lassen, denn durch die starke Hitze auch in den Nächten setzte die Verwesung des Körpers sehr bald ein, und so begruben wir meine Schwester Walburc schon am Tag nach ihrem Tod draußen an der Kirchenwand, neben unserer Mutter Rautgund und Großmutter Ella betteten wir sie zur ewigen Ruhe. Ich fühlte mich an diesem schwülen Sommertag wie eine der seelenlosen Gliederpuppen aus Heu und Stroh, die der alte Haimo für uns Kinder früher gefertigt hatte, teilnahmslos und völlig erschöpft von der Anstrengung der letzten Tage und Nächte, von dem grausamen Kampf um das Leben Walburcs und ihres Kindes stand ich stumm in der Kirche und auf dem Friedhof, ließ mich ohne eigenen Willen von Uoda und der alten Hedwig herumschieben und hatte nicht einmal mehr die Kraft, zu weinen oder zu schreien.

Die Trauer um meine Schwester war bei allen sehr groß, mit erhobenen Armen wehklagend und schluchzend standen die Haslacher, die Dornauer und die Leute von der Burg an ihrem Grab, und aus Bobinga war sogar der Meier mit einigen seiner Hörigen gekommen. Die Frauen und Mägde von Pitengouua schrien und jammerten laut und sie rauften sich die Haare, und bei so manchem derben Knecht liefen Tränen über die Wangen, denn Walburc war gerecht und liebevoll mit allen Menschen umgegangen, und viele hatten sie geliebt. Die blonde Liutbirc stand bei den Trauernden und heulte wie ein kleines Kind, denn mit meiner Schwester hatte sie ihre einzige Freundin und Vertraute verloren, in ihrer Ehe mit Arbeo fand sie kein Glück, und Richlint neben mir hielt wortlos meine Hand, die braunen Augen übervoll mit Tränen und ganz dunkel vor Kummer. Nach der Bestattung auf dem Gottesacker trafen sich alle im Hof des Meieranwesens zum Totenmahl, wie es seit alters her der Brauch war, und wie eine Schlafwandlerin ging ich umher, trug Speisen und Getränke für alle Gäste auf und sorgte an Walburcs Stelle dafür, dass auch die Bettler und Siechen nicht vergessen wurden.

Nachdem die Tränen getrocknet waren und die Becher schon mehrmals gekreist hatten, um für das Seelenheil von Walburc auf alle wichtigen Heiligen zu trinken, setzten sich mein Vater Wezilo und Sigiboto von Haslach zusammen und beschlossen, dass Richlint und ich noch in diesem Herbst heiraten sollten, damit Pitengouua mit meinem zukünftigen Mann Leonhard wieder einen Meier und der Haslachhof mit Richlint eine tüchtige Hausfrau bekam, denn Hedwig war langsam zu alt und gebrechlich für diese schwere Arbeit. Nach den Gefühlen von uns Mädchen fragte in diesem Augenblick niemand, nicht einmal mein Vater, und auch unsere Jugend und Unerfahrenheit war kein Grund für die alten Männer, mit der Entscheidung noch zu warten. Denn Richlint war gerade erst dreizehn und ich vierzehn Jahre alt, und es war eigentlich in unserer Gegend nicht üblich, in diesem Alter schon zu heiraten. Liutbirc wurde Arbeo vermählt, als sie achtzehn Lenze zählte, und Walburc war immerhin schon fünfzehn und nach dem Tod unserer Mutter bereits seit einigen Jahren die Hausfrau des Meierhofes, als Bruno nach Pitengouua kam.

»Ihr werdet in eure Aufgaben schon hineinwachsen«, tröstete mich am Abend mein Vater, »ihr seid beide kräftige Frauen mit Geschick und Verstand, und eure Männer kenne ich von Kindesbeinen an, es sind starke und gesunde Kerle aus einer sehr angesehenen Familie. Ihr werdet ein glückliches Leben führen, Afra und Richlint, und endlich auf eigenem Haus und Hof mit Mann und Kindern zur Ruhe kommen!«

Wezilo meinte es nur gut mit uns, da bin ich mir sicher, und in all seiner bodenlosen Trauer um seine geliebte Frau Rautgund und seine Tochter Walburc sorgte er sich um unsere Zukunft und die von Pitengouua. Er wollte Richlint, die ihm wie ein eigenes Kind ans Herz gewachsen war, und mich, seine einzige Tochter nach Walburcs Tod, in der Obhut von anständigen und vermögenden Männern wissen, auf dass es uns an nichts mangeln sollte, und er wollte seinem geliebten Dorf nach der bitteren Erfahrung mit Bruno wieder einen fleißigen Meier verschaffen, zu dem die Leute aufschauen konnten. Es zählte nicht, dass Richlint Chuonrad nicht leiden konnte und überhaupt nicht heiraten wollte, und es zählte auch nicht, dass ich mich seit dem Kindbett meiner Schwester vor dem Kinderkriegen fast zu Tode fürchtete und lieber ohne Mann geblieben wäre. Wir waren nur Frauen, junge Mädchen mit wenig Rechten und vielen Pflichten, und wir hatten den Anweisungen unseres Vaters oder Muntwalts ohne Widerspruch zu gehorchen.

Die Doppelhochzeit fand in den letzten Tagen des Oktobers, gleich nach der Obsternte, in unserem Dorf statt, und es gab kein lautes Freudenfest für alle Verwandten, Nachbarn und Freunde wie bei Bruno und Walburc vor gut einem Jahr, sondern nur eine stille und einfache Zeremonie auf dem Hofplatz. Richlint und ich wurden unter den Augen einiger Zeugen an Chuonrad und Leonhard übergeben, erhielten die Brautgabe und folgten dann unseren Männern nach einem kurzen gemeinsamen Gebet in der kleinen Holzkirche nach Hause, Richlint ins Haslach und ich auf den Meierhof, und ich sehe und spüre noch den langen Blick aus dunklen Augen, den meine

Freundin mir zum Abschied zuwarf, als sie sich ohne Worte fortführen ließ. Verzweifelte Trauer war darin und ohnmächtige Hilflosigkeit, wie goldfarbene Splitter blitzten hell dazwischen Wut und Trotz auf, und nur in meinen Ohren war ihre Stimme zu hören, fest und grenzenlos sicher. »Ich werde nicht glücklich sein auf dem Haslachhof, und ich werde Chuonrad niemals Kinder gebären!«

Am Fuße des breitrückigen Schnaitberges mit seinen dichten Eibenwäldern und dem schier undurchdringlichen Gestrüpp von Beerensträuchern und stacheligen Büschen floss mit kristallklarem Wasser das Haselbächlein in einem schmalen Bett aus Sand und Kieselsteinen. Vom Berg herab schlängelte es sich in unzähligen Krümmungen und Windungen durch Wälder und Wiesen bis zum weiten Sumpfgebiet im Osten, kurz vor der tiefen Ambraschlucht, und verströmte sich dort in den flachen Wassern eines spiegelglatten Sees. Die Quelle des kleinen Baches lag weit oben auf dem Berg, in einem geheimnisvollen Moorgebiet, das sich auf der Hälfte der Hochfläche ausdehnte, umsäumt von kleinwüchsigen Spirken mit ihren weißrindigen Stämmen, spitznadeligen Krüppelkiefern und buschigen Beerensträuchen, und von dem die Menschen in den Tälern ringsum viele sagenumwobene Geschichten zu erzählen wussten. Ein leichtsinniger, wagemutiger Bursche sei dort verschwunden, auf der Suche nach den drei Saligen Frauen habe er das dunkle Moor auf dem Schnaitberg durchforscht und sei nie wieder heimgekehrt. Einem übermütigen Mädchen aus der Haslacher Sippe war es genauso ergangen, beim Beerensammeln verstieg sie sich in ihrem Eifer hinauf durch den dichten Wald bis zum finsteren Moor, und dort soll ein heidnischer Zauberer sie in einer schwarzen Höhle mit einem festen Netz aus Spinnenfäden gefangen halten bis zum Jüngsten Tag, und bis dahin muss das unschuldige Kind dem Unhold zur Hand gehen und Magddienste für ihn verrichten.

Dem Bach war sein dunkler Ursprung voller Geheimnisse unten im Tal nicht anzusehen, heiter plätschernd floss er über kleine Steine und große Felsbrocken, die sich vom steilen Berghang gelöst hatten und nun wild verstreut im Bachbett lagen, und sein Wasser war klar und kühl, durchsichtig bis zum Grund, und es tränkte die Viehherden der Haslachhöfe genauso wie ihre Menschen. Seinen Namen hatte der kleine Fluss von den vielen hohen und niedrigen Haselsträuchern, die den ganzen Bachlauf säumten, an beiden Ufern wuchsen sie eng beieinander stehend und verhießen den Menschen Nahrung und Heilmittel.

An diesem herbstkühlen Morgen lagen die Höfe am Bach noch still und ohne Laut von Mensch oder Tier im dichten Nebel der Senke, und es dämmerte gerade erst vom Osten her, als die Holztür des großen Haupthauses leise und behutsam aufgestemmt wurde und eine junge, kräftige Frau in einem roten Wollumhang und mit bloßen Füßen herausschlüpfte und zum Bach hinunterlief. Zwischen den dicht beieinander stehenden Haselsträuchern bahnte sie sich einen Weg ans Ufer und kniete dann nah am Rand auf einem großen, flachen Stein, mit beiden Händen schöpfte sie das frische, kalte Wasser des Flusses und tauchte ihr verschlafenes Gesicht ganz hinein. Die blasse Haut der Frau färbte sich rosig, als sie vom kühlen Nass berührt wurde, und erneut schöpfte sie aus dem Bach und spülte ihren Mund und die Zähne, trank einen tiefen Schluck und setzte sich dann auf einen am Ufer liegenden, grauen Felsbrocken. Sie löste den dicken Zopf, in dem ihre goldbraunen Haare zusammengehalten wurden und schüttelte heftig die langen Flechten über die Schultern herab, und dann nestelte sie einen beinernen Kamm vom Gürtel und fuhr damit immer wieder durch das widerspenstige Haar. Mit ihren nassen Händen und dem Kamm versuchte sie die Locken zu glätten und einen neuen, ordentlichen Zopf zu flechten, und als dies endlich geschehen und er sauber um den Kopf herum aufgesteckt war, sprang sie mit einem Satz auf die Füße und lief zwischen den Häusern und über den Hofplatz auf eine kleine, grasbedeckte Anhöhe im Westen des Anwesens, von der aus sie bei klarem Wetter den Meierberg und das Dorf Pitengouua sehen konnte. An diesem Herbsttag aber hingen die Morgennebel noch zu tief und zu undurchdringlich über dem Land und versteckten die Höfe des Weilers an der Pitenach vor dem suchenden Blick der jungen Frau, und enttäuscht ließ sie die Schultern sinken, drehte sich um und schlenderte langsam auf den freien Platz zwischen den Häusern zurück.

Dort lagerte unter einer knorrigen, alten Eiche ein Rudel braun und weiß gefleckter Hunde, die Jagdmeute der Haslachherren, und mitten zwischen ihnen eine besonders große und kräftige, pechschwarze Hündin, die jetzt aufstand und ihre Glieder lang und genüsslich dehnte und streckte, dabei gähnte sie mit offenem Rachen, zog die roten Lefzen weit zurück und zeigte ihre schneeweißen, gefährlichen Reißzähne. Das war die Hofhündin, die Wächterin des Anwesens, an der kein Fremder unbemerkt vorbeikam und die weit über Haslach und Pitengouua hinaus für ihre Bissigkeit und Schärfe bekannt war. Die junge Frau tätschelte ihr im Vorbeigehen den breiten Schädel, und die Hündin wedelte dankbar mit der langen Rute und trottete dann der Frau wie jeden Morgen auf ihrem Weg zum Kräutergarten hinterher. Die Jagdhunde hoben nur vereinzelt müde den Kopf und blieben ausgestreckt und entspannt liegen, denn die anderen Bewohner der Höfe lagen zu dieser frühen Stunde noch in tiefem Schlaf und verlangten nichts von ihnen, und das morgendliche Herumwandern der jungen Herrin waren die Tiere nun schon gewohnt.

Jeden Morgen wachte die Frau eine gute Zeit lang früher auf als die anderen Leute, im Sommer wie im Winter, und immer stand sie sofort auf und stahl sich leise aus der Stube, um draußen am Bach oder im Garten mit ihren Gedanken für sich zu sein. Diese Zeit gehörte nur ihr, ihr allein, und sie betrachtete diese Einsamkeit und morgendliche Stille als das Kostbarste, was sie besaß. Wie bei einem lieb gewonnenen Ritual handelte sie jeden Morgen und bei jedem Wetter in derselben Reihenfolge, zuerst das Waschen und Kämmen am Bach, dann der sehnsüchtige

Blick vom Grashügel nach Pitengouua, und dann ging sie in ihren gepflegten und sorgfältig angelegten Kräutergarten, wandelte gemächlich auf den schmalen Wegen zwischen den verschiedenen Beeten und ließ ihren Gedanken freien Lauf.

Der umschlossene Garten lag zwischen einem kleinen, lichten Wäldchen und dem Bach, seitlich der grasbedeckten Anhöhe und ein gutes Stück hinter dem mittleren Langhaus. Im Gegensatz zu den dichten Flechtzäunen aus Haselruten, die überall auf dem Anwesen die Gatter für die Schweine und das Kleinvieh, die verschiedenen Gemüsebeete und das Gehege der Hühner und Enten umgaben, hatte der Kräutergarten eine Einfriedung aus Steinen, eine richtige, hohe Mauer mit einem kleinen Einlass an der Südseite, der mit einer festen Tür aus Holzbohlen verschlossen werden konnte. So waren die Pflanzen und Beete vor dem oft sehr heftigen Westwind, den Samen des Unkrauts und vor scharrendem Geflügel oder Löcher grabenden Hunden geschützt, und die freien Vögel des Himmels wurden von einem wild aussehenden Butzengeigel vertrieben, einer aus Stroh und löchrigem Wollstoff gefertigten Vogelscheuche, die am anderen Ende des Gärtleins einen wichtigen Platz hatte. Der Garten war zu jeder Tageszeit ein Ort der Ruhe und des Friedens, und außer der jungen Frau, die ihn seit ihrer Heirat mit dem Hoferben vor vier Jahren hegte und pflegte, betrat kaum einer das stille Geviert mit den sechzehn großen Beeten. Es war genau nach alten Regeln für einen nützlichen und sinnvollen Heilkräutergarten angelegt, links und rechts des Eingangs die Beete für Rosen und Lilien, daneben Schlafmohn und Rettich, am Beginn des breiteren Mittelweges rechts die Salbei, dann Gartenraute, Schwertlilien und die Poleiminze, und links der Platz für Kerbel, Sellerie, Liebstöckel und Fenchel. An der Mauer gegenüber der kleinen Holztür wuchsen Muskatellersalbei, Frauenminze, Andorn und Wermut, und an den beiden Längsseiten des Gartens, direkt an der Wand, wurde gerade Platz für jeweils vier weitere Kräuterbeete geschaffen, das braune, satte Erdreich war bereits umgepflügt und gelockert worden und ein großer Haufen gleichmäßig großer Bachkiesel zur Umrandung der einzelnen Beete lag in einer Ecke bereit.

Jetzt im Herbst bot der Garten kein so buntes, farbenprächtiges Bild wie im Frühsommer, wenn die hohen Blütenstände der Salbei rosig aufleuchteten neben den gelben Kronblättern der grünen Raute, wenn die Schwertlilien sich in dunklem Veilchenblau entfalteten und emsige Bienen zu Hunderten über den blühenden Kräutern und Blumen schwärmten und deren Nektar sammelten. Nur die dichten Rosenstöcke links vom Eingang trugen noch ihre karmesinroten Blütenköpfe, die Dolden des Fenchels ihren gelben Samen und der Mohn seine schwarzen Fruchtkapseln, und der grünblättrige Liebstöckel wuchs so hoch, dass er alle anderen Pflanzen überragte und schon von draußen zu sehen war.

Die junge Frau wickelte sich fester in ihren wollenen Umhang, denn der Morgen war noch kühl und feucht, und gemächlich ging sie auf dem sandigen mittleren Weg von Beet zu Beet, zupfte hier ein welkes Blättchen ab und strich dort sanft über ein grünes Blatt, kniete einmal nieder und nahm etwas von der frisch aufgelockerten Erde auf die Handfläche, zerrieb sie prüfend zwischen den Fingern und ließ sie dann langsam wieder auf den Boden rieseln. So ging sie bedächtig von einer Anpflanzung zur anderen, von der Salbei zur Raute, vom Andorn zu Minze und Muskatellersalbei und von dort weiter zu Fenchel und Liebstöckel, und es war ihr kein Ziel und keine Eile anzumerken.

Die schwarze Hündin jedoch, die sie jeden Morgen begleitete, hatte sich gleich neben dem üppigen Rosenstrauch links von der Tür niedergelegt, denn sie wusste genau, dass die purpurne Rose das eigentliche Ziel der Wanderung war und die Herrin dort am längsten verweilen würde. Der dichte Strauch mit den kräftigen Zweigen trug zahlreiche, borstige Stacheln, ungleich in ihrer Länge und zum Teil gekrümmt und gebogen konnte man sich leicht an ihnen die Haut bis aufs Blut aufreißen und verletzen, und trotzdem fuhr die Frau jeden Morgen sachte mit ihren bloßen Fingern an den dornigen Zweigen entlang bis hinauf zu den Blüten, nahm einen vollen Kopf mit seinen herzförmigen Blättern in beide Hände und berührte damit zart und vorsichtig ihr Gesicht. Sie liebte die seidensamtige Glätte der Rosenblätter, den süßen, betörenden Duft dieser herrlichen Blume und ihre kluge Art, sich mit Dornen und Stacheln vor zu viel Aufdringlichkeit und Nähe von Mensch und Tier zu wehren. Tief sog die junge Frau den ganz einzigartigen Geruch dieser Blüten in ihre Nase, berauschte sich fast daran, und als sie endlich den Kopf der Rose aus ihren Händen wieder freigab, hatte sie Tränen in den braungoldenen Augen stehen.

Die Hündin hatte die Frau genau beobachtet, und als sie jetzt deren Trauer spürte und ein leises Schluchzen die schmalen Schultern schüttelte, stand das Tier auf und stieß zart, aber beharrlich immer wieder mit seinem breiten Schädel gegen die Schenkel der Herrin, wie um sie zu trösten oder daran zu erinnern, dass es noch andere Lebewesen gab, die ihrer Liebe bedurften. Unter Tränen lächelte nun die junge Frau, und sie kniete sich neben die Hündin auf den Sandboden und schlang beide Arme fest um das massige Tier, drückte ihren Kopf an seine Flanken und murmelte sanfte, beruhigende Worte in sein aufmerksames Ohr. Eine ganze Zeit lang saßen die Frau und der schwarze Hund nebeneinander auf der Erde, ohne sich zu bewegen, wie aus Stein, und erst als sie die Geräusche von Menschen aus den Häusern und Ställen vernahmen, standen sie beide langsam und fast widerwillig auf und verließen den Garten.

Das Anwesen der reichen Bauernsippe am Haselbach bestand aus drei großen, behäbigen Langhäusern mit Stube und Stallungen, die rings um einen kreisförmigen Platz aufgestellt waren, der von allen Bewohnern der kleinen Siedlung als gemeinsamer Hofgrund genutzt wurde. Ein mannshoher, mit spitzen Pflöcken bewehrter Zaun umschloss neben den Häusern auch mehrere Grubenkeller, einen von groben Steinmauern umfriedeten Kräutergarten und hölzerne, auf Pfählen gebaute Vorratsschuppen für Getreide und Viehfutter. Mitten durch diesen runden Platz plätscherte unentwegt der klare Bach über Kieselsteine und felsige Brocken, eine breite, aber niedrige Holzbrücke verband seine Ufer, und dicht neben dem Steg spendete eine uralte Eiche mit ihrer ausladenden Krone Schatten und Schutz. Diese mächtige Eiche war vor vielen hundert Jahren der eigentliche Grund dafür gewesen, dass sich die Ahnen der Haslachbauern in dem kleinen Tal zwischen dem dunklen Schnaitberg und dem niedrigeren, breitflächigen Rücken des Weitenschoren niedergelassen hatten, denn die Eiche war für sie der wichtigste Baum, der Sitz ihrer Hausgötter und ein Fruchtbaum, der die gedeihliche Ernährung und den Fortbestand der Sippe förderte.

»Wenn wir auch heute redliche Christen sind und nicht mehr dem heidnischen Aberglauben unserer Vorfahren anhängen«, hatte der alte Sigiboto zu Richlint gesagt, als sie nach der Hochzeit in Pitengouua zu ihrem Mann Chuonrad ins Haslach zog, »so schätzen wir unsere alte Eiche doch nicht weniger, denn sie ist ein Zeichen für die Stärke und die Kraft der Männer aus unserer Sippe. So hat es bei uns in jeder Generation gesunde und kräftige Söhne gegeben, mehrere Söhne zumeist, und ich weiß, dass auch du meinem Sohn Chuonrad unter dem Schutz dieses Lebensbaums männliche Erben und Nachfolger gebären wirst!«

An diese jeden Zweifel oder Widerspruch ausschließenden Worte des selbstsicheren und herrischen Sigiboto dachte Richlint, als sie an einem grauen Novembermorgen am rissigen Stamm des Baumes lehnte und den Männern zuschaute, die lärmend zur Jagd aufbrachen. Der gestrenge, alte Hofherr war nicht mehr dabei, denn er war vor zwei Jahren im Winter bei einem Sprung über einen gefrorenen Bachlauf so unglücklich mit seinem Pferd gestürzt, dass er sich ein Bein und die Hüfte brach und durch die mit Eisen verstärkten Hufe des verletzt am Boden strampelnden Tieres, die ihn heftig in Bauch und Brust trafen, schwere Schäden im Innern seines Körpers erlitt. Nachdem er die Hilfe der Heilerin Justina widerwillig annahm, aber nur das Bein von ihr schienen ließ und ansonsten ihre lindernden und stärkenden Mittel gänzlich verweigerte, starb er unter großen Schmerzen im Bett, langsam dahinsiechend und nicht schnell und heldenhaft bei der Jagd oder im Kampf gegen Feinde, wie es eigentlich sein Wunsch und eines tapferen Mannes würdig gewesen wäre. Jetzt lag er auf dem kleinen Friedhof in Pitengouua, neben der Grabstätte der Meierfamilie an der hölzernen Kirchenwand hatten die reichen Bauern aus dem Weiler Haslach ihren angestammten Platz, denn es wurde nicht mehr wie in früheren Zeiten in der Nähe der Höfe bestattet, damit die verstorbenen Ahnen ihre Nachfahren beschützen und ihr Leben verfolgen konnten, sondern bei der Kirche des Gaus, damit die Toten nahe bei Gott waren.

Das Oberhaupt der Familie und aller Hörigen und Leibeigenen des Anwesens am Haselbach war jetzt Sigibotos ältester Sohn Chuonrad, ein mittelgroßer, kräftiger Mann mit bedächtigen Bewegungen und einer tiefen, befehlsgewohnten Stimme, die laut und weithin hörbar über den Hofplatz schallte. Er saß bereits mit der vollständigen Jagdausrüstung auf seinem unruhig tänzelnden Pferd, einem stämmigen braunen Hengst mit dichter, blonder Mähne und bodenlangem Schweif, und die bunt gefleckten Hunde der Meute sprangen jaulend vor Aufregung um den Reiter herum, die treuen Augen aufmerksam immer auf ihren Herrn und jede seiner Bewegungen gerichtet, um ja keinen Befehl zu versäumen und damit seinen Unwillen und einen Schlag mit der langen, ledernen Peitsche in seiner Faust auf sich zu ziehen. Ungeduldig wartete Chuonrad auf seinen jüngeren Bruder Utz, der eben erst sein Pferd gesattelt hatte und noch an den verschiedenen langen und kurzen Messern in seinem Gürtel nestelte.

»Nun komm, der Bär wartet nicht auf uns! Bestimmt hat er den Lärm der Hunde schon vernommen und sich auf den Berg verzogen, und die Treiber werden alle Mühe haben, ihn wieder ausfindig zu machen und uns vor die Speere zu bringen! Es liegt Schnee in der Luft, ich kann es deutlich riechen, und damit ist das unsere letzte Möglichkeit vor dem Winter, auf Bärenjagd zu gehen, denn wenn sie sich erst in ihren Höhlen einschneien lassen, sind sie bis zum Frühjahr schwer aufzustöbern!«

Der schlanke Utz mit seinem strohfarbenen, wirren Haar und dem offenen Wesen war ein ganz anderer Mann als sein älterer Bruder, und er ließ sich auch jetzt vom aufgebrachten Ton Chuonrads nicht einschüchtern, sondern stieg in aller Ruhe auf sein Pferd und lächelte fröhlich in die Runde. »Wenn wir den Bär heute nicht mehr erwischen, dann jagen wir eben die vielen Graubärte in der Wolfsgrube drunten, denn eine echte Plage sind sie allemal, ganz besonders in der kalten Jahreszeit! Und auch ihr dichtes Winterfell ist nicht zu verachten, das gäbe einen schönen, warmen Umhang für die Hausfrau des Hofes, wenn sie am Sonntag nach Pitengouua zur Kirche reitet, da hätten die Burgleute was zum Schauen, nicht wahr, liebe Richlint!«

Utz kannte die besondere Vorliebe der Frau seines Bruders für schöne, farbige Kleidung und auffallende Tierhäute, und ein Pelzumhang stand ihr als Herrin vom Haslach auch zu. Chuonrad aber schaute seinen Bruder missmutig an. »Bärenjagd war ausgemacht für diesen Tag, nach Wölfen können wir den ganzen Winter über jagen, und dazu brauchen wir nicht jeden einzelnen Mann vom Haslach! Schluss jetzt mit dem unnützen Gerede, wir brechen auf!«

Ein flüchtiges Nicken zu seiner Frau unter der Eiche, und dann drückte er dem Hengst die Schenkel kurz und kräftig in die Flanken und trabte über die Brücke aus dem Hofplatz, durch das offen stehende Holztor und auf den Schnaitberg zu, hinter ihm zu Fuß mehrere Knechte und Hörige, bewaffnet mit langen Speeren aus Holz und aufgesetzten, eisernen Spitzen, mit Köchern voll spitzer Pfeile auf dem Rücken und um den Leib gehängten Bögen aus biegsamem Eibenholz. Die Hundemeute lief laut kläffend voran, begierig auf die Hatz schnüffelten die Tiere eifrig am Boden herum und hechelten mit weit heraushängenden, roten Zungen nach Luft. Utz lächelte Richlint noch einmal zu und zuckte kurz und bedauernd mit seinen Schultern, so als ob er das rüde Verhalten von Chuonrad entschuldigen wollte, und dann preschte er mit einem Satz dem

Trupp hinterher und setzte sich neben seinen Bruder an die Spitze der Jäger.

Trotzdem die drei Söhne des Sigiboto im Haslach unter derselben strengen Zucht eines herrischen und alles nach seinen eigenen Werten bestimmenden Vaters aufgewachsen waren, unterschieden sie sich doch sowohl im Aussehen wie in ihrem Wesen deutlich voneinander, und sie waren auf den ersten Blick für einen Fremden nicht als Brüder zu erkennen. Chuonrad, der Älteste, hatte die gleichen dunkelbraunen Haare und den verfilzten, dichten Bart wie sein Vater in jungen Jahren, bevor er grau und schütter geworden war, und genau wie beim verstorbenen Sigiboto war ihm das Ansehen der gesamten Familie mit den Knechten und Mägden und die Vermehrung des Reichtums der Haslacher Sippe das wichtigste Anliegen. Dabei wurde er dem Alten im Lauf der Zeit immer ähnlicher, ernst und wortkarg ging er durch den Tag, übernahm den Platz des Hofherrn ganz selbstverständlich und bestimmte und ordnete an, ohne dass ihn auch nur der leiseste Zweifel an seinem Verhalten und an seinen Entscheidungen überkam oder er sich um die Gefühle von anderen bekümmerte. Utz, der zweite Sohn, kam mehr nach seiner Mutter Hedwig, dieselben hellblonden Kraushaare und der schmale Körper mit den zierlichen Gliedern, dieselben blauen Augen und das freundliche, gelassene Wesen, mit dem sie ihr Leben einfach so hinnahmen, wie es war. Seit er vor vier Jahren im Gefolge des Bischofs Udalrich von Augusburc und anderer Edelleute auf langer und beschwerlicher Reise nach Rom gepilgert war und dabei fremde Sitten und Gebräuche der verschiedensten Völker und das Benehmen der Adeligen kennen gelernt hatte, war Utz seinem älteren Bruder an Erfahrung über die Welt voraus und ließ ihn nicht mehr so leicht und ohne Widerspruch über sich bestimmen.

Der jüngste Sohn des Sigiboto war der liebenswürdigste der drei Brüder, ein kleiner und wendiger Mann mit warmen, braunen Augen und langem Haar, und mit seinem offenen Gesicht voller Herzlichkeit war Leonhard bei den Leuten von Pitengouua, deren Meier er seit seiner Heirat mit Afra war, überaus beliebt und angesehen. Seine Art, Menschen zu führen, unterschied sich sehr von der harten Art seines Bruders Chuonrad und des verstorbenen Sigiboto, er glich mehr dem alten Meier Wezilo, dem Vater seiner Frau, und wie dieser pflegte er gemeinsam mit den Hörigen und Knechten zu arbeiten und sich um ihr Wohl und das ihrer Frauen und Kinder zu sorgen.

Richlint lehnte mit dem Rücken am Stamm der alten Eiche und sah den Jägern noch nach, als sie schon längst nicht mehr zu sehen waren, und ganz in Gedanken über die drei so ungleichen Brüder zupfte sie unentwegt lose, graue Rindenstücke vom borkigen Baum und zerbröckelte sie ohne hinzuschauen zwischen ihren Fingern. Die schwarze Hündin hatte sich stöhnend zu Füßen der jungen Frau niedergelegt, den kantigen, schweren Kopf auf den Vorderpfoten und die breite Stirn in wulstigen Falten, und aus den umliegenden Ställen ertönten die vertrauten morgendlichen Laute, das dumpfe Aneinanderschlagen von Holzeimern und Melkschemeln, das laute Muhen und Meckern des Viehs, und dazu das fröhliche Lachen und Plaudern der Stalldirnen, die ihren gestrengen Herrn auf der Jagd wussten und sich heute freier als sonst fühlten. Auch Richlint war froh darüber, die Männer alle auf der Jagd zu wissen, denn ein Tag ohne die anklagenden und fordernden Blicke ihres Mannes war für sie leichter zu ertragen, und bestimmt kehrten die Jäger erst zur Dämmerung zurück, müde und hungrig, und bis dahin würde niemand etwas von ihr verlangen.

»Nur die alte Hedwig«, dachte sie, »um die muss ich mich noch kümmern und dann den Mägden ihr Tagwerk zuteilen, arbeiten können sie heute auch ohne mich in den Kellern, außer Spinnen und Weben ist nichts zu tun, denn die Schlachtzeit ist vorbei und die Vorräte sind untergebracht.« Richlint beugte sich zu der dösenden Hündin hinunter und tätschelte den massigen Kopf. »Ob die Zeit wohl für mich ausreicht, um auf dem alten, lahmen Gaul, den die Männer dagelassen haben, hinüber zu Afra zu reiten, was meinst du?«, flüsterte sie mehr zu sich selbst als zu dem Tier, und das Bild ihrer Freundin in Pitengouua tauchte vor ihrem inneren Auge auf, sie lächelte, warf die restlichen Rindenstücke auf den Boden und war für einen Moment versucht, zum Grashügel zu laufen und einen Blick auf den Meierberg und den darunter liegenden Weiler zu werfen. Eine barfüßige Magd in einem fleckigen, grauen Kittel, tief gebeugt vom Gewicht zweier Eimer voll sahnigweißer Milch, schaute auf ihrem Weg über die Holzbrücke verstohlen, aber sehr neugierig und erstaunt auf Richlint, als sie die Herrin so lächeln und mit sich selbst reden sah, und bei diesem Blick erinnerte sich Richlint an ihre Pflichten als Herrin und Hausfrau des Haslachhofes, die nicht aufgeschoben werden konnten, und so raffte sie nach kurzem Zögern ihr Kleid und ging mit schnellen Schritten zum größten der drei Langhäuser, in dem sie mit ihrem Mann, seiner alten und kränklichen Mutter, seinem Bruder Utz und zwei jungen Mägden zusammen wohnte.

In den vier Jahren, die Richlint jetzt schon als verheiratete Frau im Haslach lebte, war sie außer der alten Hedwig keinem Menschen näher gekommen, und sie fand hier niemanden, dem sie ihr Vertrauen oder ihre Freundschaft schenken konnte. Die abhängigen Bauern und die Leibeigenen des großen Hofes hatten vor dessen Besitzern gehörige Furcht und hielten voller Scheu einen reichlichen Abstand zu ihrer strengen Herrschaft ein, was früher von Sigiboto und jetzt von seinem Sohn Chuonrad durchaus erwünscht war und als angemessen gesehen wurde, ganz im Gegensatz zu den lockeren und freundlichen Sitten in Pitengouua. Die vornehme Abstammung von Richlint als Tochter eines Grafen, ihre verschlossene und abweisende Art allem und jedem im Haslach gegenüber und ihr Betragen und Aussehen, das ganz anders als das der gewöhnlichen Leute war, trugen nicht dazu bei, sie bei den Menschen dort beliebt zu machen. Sie redete nicht viel und erzählte niemandem von sich und ihrer Familie, und ihre stets sauber und schön gekleidete Gestalt mit dem reichlichen, dunkelblonden Haar, aufgesteckt mit einer kostbaren Schmucknadel, unterschied sie deutlich von den einfachen Menschen in graubraunen Kitteln. Ihre enge Freundschaft mit der Heilerin vom alten Gut erregte Argwohn und Misstrauen, denn Justina war den meisten Leuten mit ihrer einsamen Lebensweise und ihrem geheimnisvollen Wissen nicht geheuer und sie ängstigten sich in ihrer Anwesenheit, obwohl sie bei Krankheit und Geburt von Mensch und Vieh ihre Hilfe brauchten und auch bereitwillig annahmen. Und ausgerechnet mit dieser fremdartigen, dunklen Frau sahen die Haslachleute die sonst so stille Richlint laut lachen und plaudern, und ihr einsames Herumwandern zu nachtschlafender Zeit bekam durch die enge Freundschaft mit der Heilerin in den Augen der Leute eine besondere Bedeutung. Denn manch eine verschlafene Magd hatte die Herrin schon im frühen Morgennebel, wenn alle anderen noch auf ihrem Strohlager ruhten, am Bach oder im Kräutergarten wie eine traumhafte Erscheinung wandeln sehen, mit einem in weite Fernen gerichteten Blick und leise vor sich hin summend, die schwarze Hündin wie einen dunklen Schatten immer dicht neben sich, und sie machten dann hastig das Kreuzzeichen über Stirn und Brust, nicht sicher, ob sie ihren Augen trauen konnten oder ob ein Geist sie narrte, und sie schwiegen zu den Männern über das Gesehene und tuschelten nur mit den anderen Frauen darüber. Deshalb waren die Mägde und Bauersfrauen Richlint gegenüber scheu und zurückhaltend, und obwohl sie zu allen freundlich und gerecht war und selbst von der frühen Stallarbeit am Morgen bis zur Finsternis der Nacht beim Melken, im Gemüsegarten oder beim Weben in den Kellern dabei war und mit anpackte, wurde sie doch keine von ihnen, sondern war und blieb eine Fremde im Haslach.

Als sie jetzt vor der Tür des Langhauses kurz verharrte, spürte sie die forschenden Blicke der Magd, die auf dem Hofplatz stehen geblieben war und ihr nachschaute, deutlich im Rücken, und kalte Wut stieg in ihr empor. »Auch wenn Chuonrad auf der Jagd ist, lassen sie mich nicht aus den Augen! Sicher hat er ihnen befohlen, jeden Schritt von mir zu überwachen, er traut mir nicht, er will nicht, dass ich ins Dorf zu Afra reite oder mich wieder mit Justina treffe! Und ich mache doch, was ich will, er wird mich nicht beugen!« Ein bitteres Lächeln verzog ihre Lippen, und entschlossen stemmte sie die Holztür auf und trat in die dämmrige, von beißendem Rauch durchzogene Stube.

Hedwig, die Mutter von Chuonrad, Utz und dem jungen Meier Leonhard, war bei weitem die älteste Frau auf dem Haslachhof. Müde und gebeugt von der strengen Herrschaft ihres verstorbenen Mannes und ausgebrannt von harter, lebenslanger Arbeit und der Geburt etlicher Kinder, von denen nur drei Söhne das Säuglingsalter überlebten, war sie kränklich und schwach geworden, und sie lag meist den ganzen Tag und die ganze Nacht klaglos auf ihrer Bettstatt nah bei der Herdstätte, angewiesen auf die Hilfe der Sohnesfrau oder der Hausmägde. Als sie jetzt im Halbdunkel der Stube die Gestalt von Richlint erkannte, erhellte ein freudiges Lächeln ihr faltiges Gesicht mit der feinen, durchscheinenden Haut, und die wasserblauen, hellwachen Augen suchten die Stimmung ihrer Schwiegertochter zu erkennen. »Richlint! Wie schön, dass du zu mir kommst!«, rief sie ihr entgegen, und die Bitterkeit und der Zorn der jungen Frau vergingen, als sie so herzlich begrüßt wurde. »Ich habe dich nicht vergessen, Hedwig, wollte nur den Männern beim Aufbruch zuschauen, und jetzt kümmere ich mich um dich! Du hast sicher Durst und Hunger nach der langen Nacht, und vielleicht kannst du ein wenig aufsitzen, wenn ich dich gewaschen und dir ein frisches Hemd gebracht habe.«

Geduldig und liebevoll war Richlint um die alte Frau bemüht, wusch ihr sanft den Schlaf aus den Augen, kämmte das schüttere, weiße Haar und flocht es sorgsam zu einem dünnen, langen Zopf, der beim Liegen nirgends drückte. Dann brachte sie Hedwig mit Wasser verdünnten Wein zum Trinken, der sollte die Kranke stärken, und sie wärmte über der glimmenden Feuerstätte etwas dünnflüssigen Getreidebrei vom Vorabend, denn die Greisin hatte keinen einzigen gesunden Zahn mehr in ihrem Mund und konnte die Nahrung nicht beißen.

»Ich werde Trudhild rufen, sie soll mir helfen, dich nach draußen unter den Schopf zu setzen, ein wenig frische Novemberluft wird dir sicher gut tun, hier drinnen kannst du ja kaum atmen.« Die abwehrende Handbewegung von Hedwig, die niemandem zusätzliche Arbeit machen wollte, wies Richlint entschieden zurück. »Denk' nur daran, wie krank sogar ich als Junge und Gesunde im letzten Winter von der dicken und rauchigen Luft in der Stube geworden bin, wochenlang musste ich im Bettkasten liegen und bekam keine Luft mehr, die ganze Brust hat geschmerzt und das Fieber wollte nicht vergehen! Keine Widerrede, wir tragen dich für kurze Zeit nach draußen, schwer bist du ja wirklich nicht, und das ist kein Wunder bei dem wenigen Essen, das du verlangst.«

Nachdem Richlint mit Hilfe der Magd den hochlehnigen Stuhl des Hofherrn unter das umlaufende Dach getragen und die alte Frau, warm eingepackt in wollene Webdecken und Filztücher, sicher darauf gesetzt hatte, hockte sie sich auf die Holzstufen daneben, wickelte sich gegen die Kälte der Novemberluft fest in ihren auffälligen, leuchtend rot gefärbten Umhang aus Schafwolle und streichelte die schwarze Hündin, die ihr wie immer auf Schritt und Tritt gefolgt war und jetzt entspannt neben den beiden Frauen lag.

Richlint konnte die Mutter ihres Mannes gut leiden, denn Hedwig hatte sie vom ersten Tag an mit offenen Armen aufgenommen, froh über eine junge und gesunde Schwiegertochter, der sie die Frauenarbeit auf dem Hof übergeben konnte und die ihr viele Enkelkinder gebären würde. Die alte Frau sprach nicht viel und war gerne allein, genau wie Richlint, aber sie war freundlich und voller Verständnis für die Sohnesfrau, die ja trotz ihrer vornehmen Abstammung als unfreie Magd aufgewachsen war und nicht gelernt hatte, einen großen Hof und Haushalt zu leiten. Seit dem Tod ihrer Mutter hatte Richlint zwar auf dem Meierhof gelebt und dort zusammen mit Walburc und Afra gearbeitet, aber es waren nach dem Überfall der Ungarn karge Jahre gewesen, in denen es nur ums Überleben ging und jeder überall mit anpackte, die Zeit für eine ausführliche Unterweisung der beiden Mädchen in Haushaltsführung hatte Walburc nicht gehabt. Und so konnte Richlint zwar die Tiere versorgen und melken, die Gärten pflegen und Vorräte anlegen, auch das Weben und Spinnen war ihr ein wenig vertraut, aber noch nie vorher hatte sie die Arbeit für die Knechte und Mägde eingeteilt oder wichtige Entscheidungen getroffen. Dazu kam, dass jeder Hof und jedes Dorf seine eigene Art hatte, Fleisch zu pökeln und Wolle zu färben oder auch nur Getreidebrei zu kochen, und was auf dem Meierhof richtig war, musste noch lange nicht das Richtige für die Haslacher sein.

Hedwig, die in den ersten beiden Jahren von Richlints Ehe schon kränklich, aber nicht bettlägerig war, lehrte die junge Frau geduldig alles über den Haslachhof und seine Gewohnheiten. Sie ging mit ihr in jeden Vorratsschuppen und stieg in jeden feuchtkühlen Grubenkeller mit seinen Webstühlen hinab, sie zeigte ihr die Felder, die zum Anwesen gehörten und führte sie durch die Gemüsegärten, sie wies ihr in der nahen Umgebung die besten Plätze für Beeren und Pilze und legte Richlint den Grund für den ständig steigenden Reichtum der Sippe seit zwei Generationen dar, den Kohlenabbau am Weitenschoren. Dort am Berg hatte Sigiboto als junger Mann auf dem Land seines Vaters ein in der Mittagssonne glänzendes, offen aus der Erde tretendes Pechkohleflöz entdeckt, und seitdem schlugen die Knechte der Haslacher mit eisernen Hacken und Beilen tiefschwarze Klumpen aus dem Hügel und verschifften sie auf breiten Holzflößen auf der Lecha bis nach Augusburc, um die Kohle dort gegen harte Goldmünzen zu verkaufen. Das alles war reine Männerarbeit, Utz und Chuonrad führten die Aufsicht und überwachten den Transport und das Verladen an der Floßlände, und den Frauen auf dem Hof, freien und unfreien, blieb nur das bange Warten und Hoffen, dass die Flößer wieder gesund ins Haslach zurückgelangten. Nach Augusburc dauerte die Fahrt auf der wilden und ungestümen Lecha gut einen halben Tag, dabei kenterte so manches Floß in den Strudeln und Strömungen des Gebirgsflusses und begrub dabei einen Knecht für immer in den eiskalten und reißenden Fluten. Auch der Rückweg zum Hof war nicht ungefährlich für den kleinen Trupp, denn die Männer waren zu Fuß unterwegs, mit dem Gold vom Kohlehandel in den Beuteln und Taschen, und gemeine Strauchdiebe und Räuberbanden lauerten auf den Wegen und Trampelpfaden um die Städte auf leichte Beute.

Richlint war klug und geschickt, von schneller Auffassungsgabe, und bereits nach dem ersten Ehejahr leitete sie die Mägde bei allen Arbeiten an, kochte das Essen im Langhaus genau so, wie sie es von Hedwig gelernt hatte und wie es den Männern mundete, und wenn Chuonrad und Utz tagelang mit den Flößern unterwegs oder auf Märkten und Gerichtssitzungen in den Nachbargemeinden waren, dann verteilte sie die Aufgaben auch an die Knechte und trieb ihre Forderungen bei den Hörigen gerecht und nach alter Sitte ein. Sie arbeitete jeden Tag fast bis zur Grenze ihrer Kraft, doch niemals kam ein Wort der Klage oder des Unwillens über ihre Lippen, wenn sie auch selten lächelte und fröhlich war. Chuonrad hätte mit seiner Frau zufrieden sein können, denn sie war geschickt und fleißig, aber nach vier langen Jahren hatte sie noch immer kein Kind geboren, und für den Haslachbauern war ein männlicher Erbe das wichtigste Ziel seiner Heirat, seine Frau bedeutete ihm nichts.

Die alte Frau in ihren Decken und Tüchern seufzte laut, und Richlint, die neben ihr auf den Stufen hockte und gedankenverloren über den Hofplatz schaute, wusste genau, was jetzt wieder zur Sprache kommen würde. Hedwig war sehr unglücklich darüber, dass sie noch keine Enkelkinder hatte, und den ganzen Tag und die halbe Nacht auf ihrem Bett zerbrach sie sich darüber den Kopf. »Richlint, du solltest im kommenden Frühling eine Wallfahrt machen, vielleicht nach Eichstat zur heiligen Walburc oder ins Kloster nach Burin! Dort bringst du dann ein reiches Opfer dar, mehr als Wachs oder feine Tuche, vielleicht einen Kerzenhalter und sogar einige Goldmünzen, und dann bittest du inständig um den Segen und die Fürsprache der Heiligen, damit dir ein Kind geschenkt werde.« Aufgeregt packte Hedwig die junge Frau am Arm. »Ja, das ist ein guter Gedanke von mir, diese Fürbitten helfen doch immer! Dass ich nicht schon viel früher darauf gekommen bin! Gleich heute noch werde ich mit Chuonrad darüber sprechen, er wird dir schöne Opfergaben mitgeben und dich sicher begleiten, du wirst gesegneten Leibes ins Haslach zurückkehren, ganz bestimmt!«

Richlint hielt den Kopf gesenkt und schaute die alte Frau nicht an, sondern strich nur besänftigend über die dünnhäutige, mit blauen Adern überzogene Hand. »Und noch etwas will ich dir sagen, Richlint, wenn wir beide gerade allein sind und kein Mann uns hören kann! Du bist eine sehr fromme Frau und eine gute Christin, das schätze ich wohl an dir, aber vielleicht bist du doch zu gewissenhaft und gründlich mit deiner strengen Einhaltung der Keuschheit an den Feiertagen und während der Fastenzeiten! Die Gesetze unserer Kirche sind sicher richtig und von Gott bestimmt, daran will ich nicht zweifeln, aber die wichtigste Aufgabe einer Frau in der Ehe ist es doch, Kinder zu empfangen und zu gebären, und die Enthaltsamkeit ist dazu nicht der richtige Weg. Diese lange Fastenzeit vor dem Osterfest, der Advent, die Sonntage, die Pfingstwoche, die Mittwoche und Freitage und all die vielen Festtage zu Ehren der Heiligen, dein häufiger Gang zu den Sakramenten, wo du am Tag davor und am Tag danach nicht mit deinem Mann beisammen sein darfst, ihr liegt ja kaum mehr als eine Nacht im Monat wie Eheleute beieinander, du und Chuonrad!« Hedwig war von den eigenen Worten so aufgewühlt, dass ihr blasses Gesicht rote Flecken bekam und die wollenen Decken durch eine heftige Bewegung zu Boden rutschten. Richlint stand auf und stopfte die Tücher wieder sorgsam um die alte Frau, denn die Novemberluft war kalt und schneidend, aber sie vermied es dabei, ihrer Schwiegermutter in die Augen zu sehen, und sie sprach noch immer kein Wort.

»Und die Tage, an denen dein Blut fließt, Richlint, und an denen du dich von deinem Ehemann fern halten musst, diese Tage dauern bei dir fast doppelt so lange wie bei den anderen Frauen oder bei mir in meiner Jugend! Ich will nicht hoffen, dass dies eine Krankheit ist oder den Grund dafür darstellt, dass du kein Kind in deinem Leib trägst, aber du solltest dir bei Justina einen Rat holen, du bist doch viel mit ihr beieinander und sie kennt sich mit heilenden Mitteln für die Leiden von

Frauen besonders gut aus. Chuonrad ist ein sehr ungeduldiger Mann, er wird nicht mehr lange hinwarten, sondern eine andere Frau nehmen, wenn du ihm keinen Sohn schenkst, und ich selber möchte noch den ersten Schrei meines Enkels hören, bevor ich sterbe!«

Hedwig warf die Wolldecke von ihren Schultern und fasste nach dem Kinn von Richlint, die sich wieder auf die Stufen gesetzt hatte, und sie drehte den Kopf ihrer Sohnesfrau so fest und bestimmt zu sich, dass die Junge ihr in die hellen, wachsamen Augen schauen musste und nicht mehr ausweichen konnte. »Du willst meinem Sohn doch Kinder gebären, Richlint, nicht wahr, du willst doch die Mutter der Haslacherben werden?«

Unergründlich war der Blick aus den braunen, im trüben Winterlicht fast schwarz wirkenden Augen von Richlint, und die alte Frau fand darin nicht die Antwort, nach der sie suchte. »Welche Frau würde sich das nicht wünschen, Hedwig«, gab Richlint leise zur Antwort, »ich werde bald mit Justina reden und ihre Heilmittel einnehmen! Lass' uns jetzt über das Färben reden, du weißt doch, dass ich morgen eine neue Mischung aus Walnusswurzeln und gekochten Wacholderbeeren versuchen möchte, um bei der Schafwolle endlich ein tiefes, warmes Braun zu erreichen. Dieser Umhang von mir, den ich mit Krapp so leuchtend rot gefärbt habe, ist wirklich sehr schön gelungen, und mit den Stauden des Waid, die ich neulich vom Händler Hildeger erstanden habe, will ich ein feines, leinenes Gewebe blau einfärben, ein neuer Sommerkittel für dich und ein Hemd für Utz soll es werden, zu euren Augen wird es sicher gut stehen, denn sie haben die gleiche Farbe! Du wolltest mir auch noch sagen, wie ich die Rinde und die Blätter des Eichenbaums behandeln muss, damit die Wolle in ihrem Sud wirklich schwarz wird, und du weißt, dass ich sehr froh darüber bin, von dir so viel über das Färben zu lernen!«

Hedwig zog fröstelnd die Decke wieder über ihre Schultern und steckte die Arme darunter, um sich zu wärmen. Es war sinnlos, mit Richlint über die erhoffte Schwangerschaft zu reden, sie hatte es schon so oft vergeblich versucht. Immer wieder wich die junge Frau ihren Ratschlägen und Vorhaltungen aus und lenkte freundlich, aber unnachgiebig von diesem Thema ab. Die Alte seufzte schwer, denn sie konnte Richlint gut leiden und wünschte ihr nichts Böses, aber sie kannte ihren harten und ehrgeizigen Sohn, Chuonrad würde seine Frau verstoßen, wenn sie ihm keine Kinder gebar, und Richlint wäre alleine, denn wer wollte schon ein unfruchtbares Weib auf seinem Hof!

»Rufe jetzt nach Trudhild, ich möchte auf meine Bettstatt zurück, es ist zu kalt hier draußen für eine kranke und alte Frau wie mich, ich bin müde und erschöpft!« Undeutlich und leise kamen die Worte aus dem zahnlosen Mund der alten Frau, aber Richlint spürte doch den Vorwurf. Sie stand sofort auf, um nach der Magd zu sehen, doch im selben Augenblick kam Trudhild atemlos über den Hofplatz gerannt, mit wehenden Zöpfen und roten Backen vor lauter Aufregung. »Ein Mann, Herrin, ein riesiger, fremder Mann auf einem pechschwarzen Pferd reitet direkt auf unseren Hof zu! Was sollen wir bloß tun, wo doch alle Männer auf der Jagd und wir Frauen alleine und ohne Schutz sind?« Die Viehmägde drängten sich neugierig hinter den Stalltüren, und die übrigen Frauen stiegen vom Grubenkeller und ihren Webstühlen herauf, durch das laute Geschrei von Trudhild aufgeschreckt und beunruhigt.

Voller Hohn über diesen Tumult verzog Richlint die Lippen. »So macht doch das Tor auf und heißt ihn willkommen, ein einzelner Mann am helllichten Tag wird uns schon nicht gefährlich werden! Es kann nur ein Händler oder ein Pilgerfreund von Utz sein, wer sollte denn sonst im Haslach vorbeikommen!«

Ein sehr großer, dunkel gekleideter Mann führte einen heftig schnaubenden, schwarzen Hengst unter gutem Zureden vorsichtig über die flache Brücke und dann auf das Langhaus der herrschaftlichen Familie zu, nachdem die Mägde auf den Befehl der Herrin das mächtige Holztor geöffnet hatten, und das Erstaunen von Richlint war groß, als sie in dem fremden

Reiter ihren Bruder Rasso erkannte. Die Geschwister begrüßten sich herzlich und voller Freude über das Wiedersehen, und nachdem der höfliche, junge Mann auch der alten Hedwig seine Aufwartung gemacht hatte, stellten sie das unruhige Pferd in den Stall zu den Ochsen, gaben ihm Heu und Wasser und schlenderten dann zum Kräutergarten mit seinen steinernen Mauern, um in Ruhe miteinander zu reden. Im Haus oder auf dem Hof war das nicht möglich, denn die Frauen und Mädchen konnten ihre Augen nicht von dem gut aussehenden und hoch gewachsenen Mann aus Andehsa lassen, von dem sie schon so viel Erstaunliches gehört hatten, und sie drängelten sich neugierig um Richlint und Rasso, um etwas über den Grund seines Kommens zu erfahren.

Im Garten aber schloss Richlint die Tür, und Bruder und Schwester waren allein. »Du musst die Aufdringlichkeit der Mägde verstehen und darfst ihnen nicht böse sein, Rasso, du bist ein berühmter Mann geworden in den letzten Jahren! Überall in den Dörfern erzählt man sich von deinen tapferen Kämpfen gegen die Feinde der Baiern und von deinen Erfolgen auf den Turnieren des Königs, und seit du von der zweiten Pilgerreise nach Rom und ins Heilige Land so kostbare Reliquien mitgebracht hast, wirst du von den einfachen Leuten richtiggehend verehrt!« Richlint lachte fröhlich und stieß ihren Bruder in die Seite. »Du sollst sogar in Konstantinopel das Schweißtuch unseres Herrn Jesu erhalten haben, was ich nicht wirklich glauben kann, denn wie der schlaue Händler Hildeger habe auch ich meine Zweifel an der Echtheit der vielen Heiltümer landauf und landab!«

Rasso stimmte nicht in das Lachen seiner Schwester ein, sondern runzelte die hohe Stirn unter den dunklen Locken, und sein schönes Gesicht blieb ernst. »Spotte nicht über meinen Glauben, Schwester, denn in ihm habe ich endlich den Sinn meines Lebens gefunden! Wie ich sehe, hast du dich nicht verändert in den letzten Jahren, in denen wir uns so selten getroffen haben, und du bist immer noch voller Argwohn gegenüber der Lehre unserer heiligen Kirche und den Menschen, die an sie glauben. Unsere selige Mutter hätte dir nicht so viel Freiheiten lassen, sondern dich besser in der Liebe zu Jesus unterweisen sollen, und deine Freundschaft mit der heidnischen Sklavin Justina vom alten Gutshof hat deiner Seele wohl mehr geschadet, als dir bewusst ist!«

Voller Verwunderung schaute Richlint ihren Bruder an. »Du aber hast dich sehr verändert, Rasso! An deinen Gedanken und Sehnsüchten hast du mich zwar nie teilhaben lassen, du warst immer schon lieber für dich allein, aber dass du so ernst und gläubig geworden bist, habe ich nicht gewusst. Ruhm und Ehre auf dem Schlachtfeld, ein tapferer Held des Herzogs und des Königs, das waren doch deine Ziele während unserer Kindheit und Jugend in Pitengouua, dafür hast du doch die letzten Jahre gekämpft!«

Rasso nahm die Hand seiner Schwester und schaute ihr tief in die goldbraunen Augen. »Deshalb bin ich heute zu dir ins Haslach geritten, Richlint, denn du bist meine Schwester, vom gleichen Fleisch und vom gleichen Blut, und du sollst als Erste von meiner Entscheidung erfahren. Unser kleiner Bruder Eticho lebt in Altdorf und hat seine Geschwister und seine Heimat und Herkunft wohl schon vergessen, und deshalb bist du die Familie, die mir noch geblieben ist, und du sollst meinen Weg verstehen und gutheißen. Wenn ich auch erst zweiundzwanzig Jahre zähle, so habe ich doch schon vieles erlebt und erfahren in diesem Leben. Unfrei bin ich geboren worden, als unterdrückter Knecht habe ich mit unserer schönen, unschuldigen Mutter Folchaid und mit dir, Eticho und Roudolf zusammengelebt, und kaum habe ich meinen Vater erkannt, wurde er mir wieder genommen. Nach irdischem Reichtum und Heldenhaftigkeit habe ich gestrebt, als ich endlich ein freier Mann war, und nichts schien mir verlockender, als mit dem Herzog in wilde Schlachten und mit dem König in ferne Länder zu ziehen. Paläste und Burgen von unglaublicher Pracht und großem Reichtum habe ich gesehen, wohlhabende Menschen in seidener Kleidung mit goldenem Schmuck und Zierrat um den Hals, und es war das Ziel meiner Träume, genauso reich zu werden wie sie. Kämpfen wollte ich wie kaum ein anderer Held vor mir, sodass mein Name für immer durch die Lieder der herumziehenden Musikanten im Gedächtnis der Menschen bestehen bliebe, und mein Andenken und das meiner Familie hochverehrt würden. Doch eines Tages habe ich plötzlich die Toten auf dem Schlachtfeld mit anderen Augen gesehen, wie sie da lagen, verstümmelt in ihrem Blut, hingemetzelt von meiner eigenen Hand, und die Schreie der gefangenen Frauen und Kinder tönten in schlaflosen Nächten grauenvoll in meinen Ohren. Ich sah, wie hart die Bauern schufteten für ein kleines Stück Brot, um ihre Kinder zu nähren, ich sah die Armen und Aussätzigen, wie sie an den Wegrändern und auf den Märkten bettelten, mit zerlumpter Kleidung und ohne Obdach für die Nacht, und ich wusste nicht mehr, was gut und was böse ist, und ich verzweifelte schier an meinem Leben. Da erschien mir im Traum eine Engelsgestalt, hell und klar wie der Mond, und sie wies mir das Paradies, so wie Jesus es uns nach dem Tode verheißen hat, ein Leben ohne Arm und Reich, ohne Tod und Hunger, ohne Krankheit und Einsamkeit, ein Leben voller Freude und Glück für alle Menschen! Und wie wenn ein strahlender Blitz mich getroffen hätte, erkannte ich auf einmal, dass es falsch ist, zu töten, falsch, nach Reichtum und Ruhm zu streben, falsch, nur nach dem eigenen Nutzen zu handeln und andere zu vergessen. Glaube mir, Richlint, dieses Leben hier auf Erden hat nur dann einen Sinn, wenn wir in Demut Jesus Christus folgen und nach seinen Worten leben und handeln!«

Rasso atmete tief ein. »Ich werde mit meinem Vermögen ein Kloster gründen, auf der kleinen Insel Werth im Fluss Ambra habe ich den richtigen Ort dafür gefunden, und dort werden die Heiltümer, die ich von meinen Pilgerfahrten mit nach Baiern gebracht habe, aufbewahrt und angebetet werden, und sie sollen unserem ganzen Volk, vor allem den armen und abhängigen Leuten, Hilfe und Erleuchtung bringen.«

Der junge Mann senkte den Kopf und schwieg für einen Augenblick. Dann hob er das Gesicht und schaute mit so innigem Ausdruck in den grauen Novemberhimmel, als ob es in der Ferne etwas Schönes und Wunderbares zu sehen gäbe, und mit ergriffener Stimme fuhr er fort. »Dort in diesem Kloster werde ich selbst leben, als einfacher Mönch, in Armut und in Liebe zu meinen Nächsten, nur zum Lobe des einzigen und wahren Gottes, und ich bin sicher, dass ich dann den inneren Frieden erreiche, den ich schon mein ganzes Leben lang so sehr suche und bis jetzt nirgends in der Welt gefunden habe.«

Richlint starrte ihren Bruder fassungslos an und fand keine Worte. Rasso lächelte und legte den Arm um die Schultern seiner Schwester. »So wie du, meine Richlint, so werden wohl die meisten Menschen erstaunt sein, wenn sie von meinem Entschluss erfahren! Aber glaube und vertraue mir, diese meine Entscheidung ist keine leichtfertige oder unüberlegte Angelegenheit, sondern das Ergebnis von jahrelangem Nachdenken und Beten, und gemeinsam mit meiner Frau Kunissa habe ich alles sehr gründlich durchdacht, auf dass weder Mensch noch Gut durch mein Weggehen Schaden entstehe. Den Hof am Amberse wird Kunissas Bruder verwalten, Arnold und seine Frau sind brave und ehrsame Christen, und sie werden die Erziehung unserer beiden Kinder in meinem Sinne fortführen. Denn auch Kunissa fühlt sich immer mehr zu Gott hingezogen, nachdem sie viele, lange Gespräche mit meinem Freund und Vertrauten Bischof Udalrich geführt hat, und sie wird in Keuschheit und Armut die Grabstätte und die Kirche der heiligen Afra vor den Toren von Augusburc betreuen und den vielen Wallfahrern ein leuchtendes Vorbild sein.«

Richlint konnte sich nicht daran erinnern, dass ihr Bruder jemals so viel zu ihr gesprochen hatte, und auch seine Offenheit und das heitere Lächeln, das sein Gesicht jetzt erhellte, war sie von ihm nicht gewohnt. Sein tiefer christlicher Glaube und seine Entscheidung, auf das weltliche Leben zu verzichten und nur noch für Gott zu leben, war ihr völlig fremd, und während sie noch nach Worten suchte, um ihm ihre Gedanken mitzuteilen, ertönte vom Hof das Bellen der Hunde und die barsche Stimme von Chuonrad, der nach seiner Frau rief.

Die Jäger waren zurückgekehrt, früher als erwartet, und

Richlint eilte sofort zur Gartentür, um dem Ruf ihres Mannes zu gehorchen. Doch ihr Bruder hielt sie am Umhang fest und drehte sie zu sich. »Richlint, ich will dir noch etwas sagen! Du bist bis heute kinderlos geblieben, und es geht das Gerücht, dass Chuonrad dich verstoßen wird, wenn du ihm nicht bald einen Erben gebärst! Du sollst wissen, dass dir ein Leben im Kloster jederzeit offen steht, Bischof Udalrich und ich werden uns darum kümmern und dir geistlichen Beistand schenken, wenn es so weit kommen sollte. Geh' nach Augusburc, wenn dein Mann sich von dir scheiden lässt, bei Kunissa und ihren Gefährtinnen bist du sicher!«

Richlint schüttelte den Kopf. »Du bist mein Bruder, Rasso, und ich danke dir für deine Fürsorge, aber du weißt nichts von dem, was ich fühle oder was ich will. Hier im Haslach bin ich gefangen von Chuonrad und seinen Leuten, und wenn ich ins Kloster gehe, stehe ich in der Willkür des Bischofs! Ich aber will frei sein von den Männern und ihrem Willen, und der Tag, an dem Chuonrad mich verstößt, wird ein Jubeltag für mich sein, und ich werde mich nie wieder einem anderen Mann beugen!«

»Du hast dich nicht geändert, Richlint, seit wir Kinder in Pitengouua waren, und du bist immer noch das eigensinnige Mädchen von früher, das einen anderen Weg gehen will, als ihm befohlen ist! Du wirst wieder geschlagen werden, so wie dich damals im Moor Wichard geschlagen hat, aber heute hast du keine Mutter und keinen Vater mehr, die dir helfen können, genauso wenig wie ich als Mönch im Kloster dir dann noch helfen kann! Vergiss' nicht, dass du nur eine Frau bist, dein Mann ist dein Muntwalt und kann über dich bestimmen, so wie es ihm passt. Nur Gott und seine Kirche können dir helfen, und nur dort wirst du Ruhe und Frieden finden!«

Richlint machte sich heftig von Rassos Griff an ihrer Schulter los und sah ihn nur lange an, die Augen dunkel vor Empörung. Dann drehte sie sich um und lief durch das Gartentor auf den Hofplatz, um die Jäger zu empfangen, und Rasso blieb allein im Kräutergarten zurück und schaute seiner Schwester traurig und verständnislos nach.

Die Männer aus Haslach hatten die erhoffte Beute gemacht, mehrere Knechte schleppten eine dicke Stange mit dem daran festgebundenen toten Bär zwischen sich, der massige Schädel mit der langen und gefährlichen Schnauze und den erstarrten, kleinen Augen hing nach unten zur Erde, die dunkelrot war vom Blut des Raubtieres, und der Bär war so groß und schwer wie drei ausgewachsene Rinder zusammen. »Heijo!«, rief Chuonrad seiner Frau entgegen, berstend vor Stolz auf sich und seine Mannen, »nun haben wir ihn doch noch erwischt, den pelzigen Räuber! Es war ein harter Kampf, und der arme Tammo hat einen so derben Hieb mit der Pranke abbekommen, dass sein ganzer Schenkel aufgerissen ist! Laufen kann er nicht mehr, der Unglücksrabe, die Männer tragen ihn auf zusammengeschnürten Ästen zurück, und du sorgst dich am besten gleich um die Wunde, Richlint, und wäschst und verbindest sie!«

Rasso war seiner Schwester langsam aus dem Garten gefolgt und ging mitten durch den Trupp der Jäger und Pferde auf den Herrn des Hofes zu, um ihn zu begrüßen. Chuonrads Erstaunen war groß, als er den hoch gewachsenen Mann erblickte, und er zögerte nur für einen kurzen Moment, unsicher darüber, was den berühmten Bruder seiner Frau an einem Wintertag in diese Einöde führte. Dann aber übergab er die Zügel seines Rosses einem Knecht und reichte seinem Schwager beide Hände zum Willkommen. »Sei gegrüßt, Rasso von Andehsa, du hast dir den Tag für deinen seltenen Besuch gut ausgewählt, denn heute Abend gibt es frisches Bärenfleisch im Haslach, und du bist herzlich eingeladen, mit uns zu schmausen! Bei Braten und Bier kannst du uns dann erzählen, was dich hierher führt, und was es sonst noch an Neuigkeiten draußen in der weiten Welt gibt!«

In den nächsten Stunden gab es für Richlint keine Gelegenheit mehr, mit ihrem Bruder zu sprechen, denn sie war lange Zeit mit dem verletzten Knecht und seiner offenen Wunde beschäftigt, und als die Jäger endlich den riesigen Bären ausgeweidet und zerlegt und alle Männer ihren gerechten Anteil an der Beute erhalten hatten, bereiteten die Frauen unter der Anleitung der Hofherrin das übrige Fleisch zur Aufbewahrung vor, es wurde gesalzen und mit Kräutern eingerieben und in der kleinen Räucherkammer neben dem Badhaus aufgehängt. Ein saftiges Stück vom Rücken und die Leber und das Herz des Tieres briet Richlint dann auf dem eisernen Rost über dem Herdfeuer, und Chuonrad, Utz und Rasso saßen am breiten Holztisch daneben und tranken reichlich vom süffigen Met, während sie auf das Essen warteten. Die Haslachbrüder führten das große Wort mit der Geschichte ihrer Bärenjagd, sie wurde immer wilder und dramatischer, je öfter sie Chuonrad erzählte, und die alte Hedwig auf ihrer Bettstatt hörte mit Schaudern von der Heldentat ihrer Söhne.

»Nun soll uns Rasso aber von seiner Reise ins Heilige Land und vom Papst in Rom berichten!«, rief Utz dazwischen, als sein Bruder zum dritten Mal davon anfing, wie schlau sie das fürchterliche Raubtier eingekreist und in die Enge getrieben hatten. »War nicht der junge Liudolf von Schwaben dabei mit seinen Mannen, und einige Verwandte von Udalrich?« Utz war begierig auf Neuigkeiten von den adeligen Herren, mit denen er selbst schon auf Pilgerfahrt gewesen war, und das Gespräch der Männer am Tisch drehte sich bald um die Lage in Baiern, den sächsischen König und das Machtgerangel der Herzöge.

»König Otto verteilt Würden und Besitztümer, die von Rechts wegen anderen zustehen, recht eifrig unter seinen Verwandten! Arnulf sollte Herzog in Baiern sein wie sein Vater vor ihm, und nicht der Sachse Heinrich, wenn er auch der Bruder des Königs ist!«, ereiferte sich Utz, »und obwohl ich Liudolf gut leiden kann und er ein tapferer Kämpfer ist, so hat doch einer aus der Familie von Rasso und Richlint mehr Anspruch auf das Herzogtum in Schwaben als der Sohn des Sachsenkönigs!«

Chuonrad wiegte bedächtig seinen Kopf. »Aber er ist ein kluger Mann, unser König, das musst du gestehen, Utz! Seinen Bruder Heinrich hat er letztes Jahr als Herzog in Baiern eingesetzt, aber er hat ihn mit Judith, der Tochter von Herzog Arnulf und Schwester des bairischen Pfalzgrafen verheiratet, und seinem Sohn Liudolf gab er Ida von Schwaben zur Frau und seine Tochter Leutgard dem roten Konrad von Lothringen. So sitzen seine Verwandten durch geschickte Heirat im ganzen Land und er festigt seine Macht!«

Rasso hatte den Haslachbrüdern zugehört und bisher wenig gesagt, aber als er jetzt das Wort ergriff, war sein Standpunkt deutlich. »Otto ist unser aller gesalbter König und er handelt nur zum Wohle der Menschen dieses Landes, sein Königtum ist ihm von Gott gegeben! Und Herzog Heinrich hat doch schon bewiesen, dass er ein würdiger Mann für diese Stellung ist, immer wieder schlägt er die blutdürstigen Heiden zurück, und in diesem Sommer drang er bis ins ungarische Feindesland vor und lieferte ihnen dort ein grausames Gefecht!«

Chuonrad schaute seinen Schwager erstaunt an. »Ja, von der Schlacht bei Lövö haben wir hier im Haslach auch schon gehört, aber Ruhm für den Herzog kann ich dabei nicht erkennen, denn viele Tote und Verletzte hat es bei den Baiern gegeben, zu viele Männer aus den Dörfern ringsum sind nicht mehr heimgekehrt! Mich wundert, dass du selbst nicht mitgekämpft hast in den Reihen der Krieger und lieber wie ein Mönch nach Rom gezogen bist, wo du doch sonst den Kampf mit dem Schwert suchst wie keiner von uns!«

Richlint war mit dem Bärenfleisch an der Feuerstelle beschäftigt, aber sie hörte der Unterhaltung aufmerksam zu, und als Rasso jetzt von ihrem Mann angesprochen worden war, hob sie den dunkelblonden Kopf und trat einen Schritt näher, denn sie wollte kein Wort ihres Bruders versäumen.

Rasso spürte den Vorwurf in der Rede von Chuonrad, in diesen schwierigen Zeiten auf Pilgerfahrt zu gehen und nicht Seite an Seite mit dem Herzog und seinen Männern zu kämpfen, und er versuchte freundlich, aber bestimmt, den Brüdern seine Beweggründe zu erklären. »Bischof Udalrich hat mich nach Rom gesandt, mit wichtigen Briefen vom König für den Papst, und er bat mich, so viele Reliquien zu beschaffen und mit nach Baiern zu bringen, wie es mir nur irgend möglich sei.

Diese Heiltümer sind für den Frieden unseres Volkes genauso wichtig wie die Schlachten des Herzogs!«

Utz erkannte den tiefen Ernst in den Augen des jungen Andehsers und fragte höflich nach dem Erfolg der Pilgerreise. Voll Begeisterung erzählte Rasso nun davon, wie der Heilige Vater ihn empfangen und auf Geheiß des Königs Otto die Grablege der Apostel geöffnet hatte. »Von allen Gliedern und Gebeinen der Jünger Jesu hat er mir gegeben, von Petrus und Paulus, von Simon, Jakobus und Bartholomäus und allen anderen, und in Konstantinopel erhielt ich noch den Leichnam des Propheten Symeonis und den von Timothei dazu. Einige der heiligen Knochen habe ich dem Bischof übergeben, für seine Kirche in Augusburc, und mit den anderen werde ich im Frühling auf der Werth ein Kloster gründen zum Lobe Gottes!«

»Ha, Richlint«, rief Utz überrascht aus und stieß seine Schwägerin neckend in die Seite, »reich und berühmt ist dein Bruder schon, und jetzt wird er auch noch ein Klostergründer wie der selige Herzog Tassilo!« Richlint aber lachte nicht bei diesem Scherz, sondern drehte sich still um und ging zum Herd zurück.

»Meine Schwester hat kein Verständnis für meine Entscheidung«, sagte Rasso mit tiefem Bedauern in der Stimme, »sie lässt Jesus Christus nicht in ihr Herz. Jeden Tag auf der Insel werde ich für sie und ihre Seele beten! Ja, ihr habt richtig gehört, Chuonrad und Utz, ich selber werde in diesem meinem Kloster leben und wirken, als einfacher Mönch ohne Reichtum und Vermögen, und nie wieder werde ich eine Waffe erheben gegen Mensch oder Tier!«

Die Haslachbrüder waren sprachlos, mit offenem Mund saßen Utz und Chuonrad da und fanden keine Worte. Dass ein reicher Mann fromm war und ein Kloster gründete oder der Kirche Land und Vermögen überließ, das konnten sie verstehen, denn damit sicherte er das Heil seiner Seele und das seiner Angehörigen. Aber dass ein mutiger und starker Kämpfer wie Rasso, von schöner Gestalt und blitzendem Verstand, ein mit allen Gaben und Tugenden ausgestatteter Mann, ein Freund hoher Herren und Anhänger des Herzogs, ein Gutsbesitzer mit ausgedehnten Ländereien, dass so ein Mann alles Irdische aufgeben wollte, um Gott als einfacher Mönch zu dienen, das ging über den Verstand der Brüder, und sie starrten ihn mit großen Augen an und wussten nichts dazu zu sagen.

Rasso stand auf und öffnete die Tür, schaute eine Weile in den sich langsam verdunkelnden, steingrauen Himmel hinauf und drehte sich dann wieder zu den Männern am Tisch. »Ihr werdet mich jetzt entschuldigen, Chuonrad und Utz, ich will mich auf mein Nachtlager im Stall zurückziehen. Es beginnt bereits zu schneien, und schon am frühen Morgen führt mein Weg nach Pitengouua zu Meier und Burgvogt, das wird kein leichter Ritt werden, wenn dieser erste Schnee liegen bleibt und die Pfade bedeckt! Lasst uns jetzt Abschied nehmen und seid versichert, dass ich eurer Familie immer eingedenk sein und euch in meine täglichen Gebete aufnehmen werde, und es wäre eine große Freude für mich, euch alle als Pilger zu den heiligen Reliquien auf meiner Insel wieder sehen zu dürfen!« Nach diesen Worten verneigte sich Rasso höflich, zuerst vor Chuonrad, seinem Schwager und Herrn des Hofes, dann vor Utz und der alten Hedwig auf ihrem Lager, und mit wenigen Schritten war er bei seiner Schwester neben der Feuerstelle, umfasste liebevoll Richlint, die mit herabhängenden Armen und gesenktem Kopf dastand und seine Umarmung nicht erwiderte, und flüsterte ihr zu: »Denke daran, was ich dir vorgeschlagen habe, Schwester! Unser aller Leben liegt in der Hand des Allmächtigen, begib dich vertrauensvoll in seine Obhut!«

Afra

Nach ihrer Hochzeit habe ich Richlint lange Zeit nur am Sonntagmorgen in der Dorfkirche getroffen, denn seit alters her reiten alle gesunden Mitglieder der Haslachfamilie auf edlen Pferden und angetan mit ihrer besten Kleidung zur heiligen Messe nach Pitengouua, und die Knechte und Mägde folgen der stolzen Familie zu Fuß. Ich konnte meine Freundin an diesen Sonntagen zwar sehen, aber selten ungestört mit ihr sprechen oder gar eine Zeit lang alleine mit ihr sein, denn ihr Mann befand sich stets an der Seite seiner Frau und achtete streng darauf, mit wem sie sich nach der Messe unterhielt oder wohin ihre Augen wanderten. Chuonrad war genau wie sein Vater Sigiboto der Ansicht, dass Frauen in der Gegenwart von Männern zu schweigen hatten und dass die eigene Familie mit Haus und Hof ihr alleiniger Lebensinhalt sein sollte, für die besondere Freundschaft von Richlint, Justina und mir hatte er keinerlei Verständnis.

Justina kam nur im Sommer manchmal mit ihrem Sohn zur Sonntagsmesse ins Dorf und hielt sich immer still und unauffällig unter den Leibeigenen auf, und Richlint fragte sie dann jedes Mal ausführlich nach irgendwelchen Heilkräutern oder wie man ein krankes Rind mit verdrehten Eingeweiden behandelte oder welche Pflanzen für die Färbung von Wolle geeignet waren. Gegen diese Art von Gesprächen konnte Chuonrad schlecht etwas einwenden, denn es ging ja um die Arbeit der Hausfrau, aber gerne sah er die beiden Frauen nicht beieinander stehen, und nach kurzer Zeit rief er Richlint immer mit barscher Stimme zu sich. Ich aber war nicht nur seine Schwägerin, sondern auch die Meierin im Gau, den Umgang mit mir konnte Chuonrad seiner Frau nicht vollständig verbieten, und als ich meine beiden Kinder zur Welt brachte, stand Richlint mir wie die anderen Frauen nach alter Sitte bei und blieb für einige Tage in Pitengouua. Sie hatte bald erkannt, wie sie Chuonrad ausweichen oder seine Vorschriften umgehen konnte, und so fehlte sie bei keiner Geburt und bei keinem Krankheitsfall in unserer Gegend, denn das war Frauensache, und sie gab sich überaus fromm und christlich und versäumte keinen einzigen Beichttag in unserer kleinen Kirche. Nachdem sie sich mit den Gewohnheiten ihres Mannes im Haslach besser auskannte und genau wusste, wie lange er und Utz mit den Flößern unterwegs oder bei Gerichtssitzungen waren, ritt sie manchmal auf einem klapprigen Ackergaul für einen ganzen Tag zu mir ins Dorf oder zu Justina in den verfallenen Gutshof, und die alte Hedwig verriet ihre Sohnesfrau nicht an die Männer.

Nach unserer Heirat fiel es Richlint und mir schwer, die feste und liebevolle Freundschaft zwischen uns weiter aufrechtzuerhalten. Wir lebten nicht mehr zusammen und sahen uns nicht mehr jeden Tag, und vor allem in schneereichen Wintern konnten lange Wochen und Monate ohne jedes Treffen, ohne irgendeine Nachricht von der anderen vergehen. Richlint war draußen im Haslach ganz auf sich allein gestellt, denn sie hatte dort keine vertrauten Menschen und außer Hedwig auch niemanden, der ihr bei der Hofführung zur Seite stand, und die Gemeinschaft mit Chuonrad stand vom ersten Augenblick an unter einem schlechten Stern. Im Gegensatz zu meiner Freundin konnte ich in meiner gewohnten Umgebung und bei den mir von Kindesbeinen an vertrauten Menschen bleiben, und wenn mir auch die Mutter und die Schwester vom Tod geraubt waren, so gab es doch noch meinen Vater Wezilo und einige Mägde und Knechte, die seit jeher zur Familie gehörten. Vor allem aber war Leonhard ein ganz anderer Mann als sein ältester Bruder, offen, heiter und voller Lebensfreude, und ich verschloss mich ihm nicht, wie es Richlint mit Chuonrad tat, sondern begann ihn schon nach kurzer Zeit von Herzen zu lieben. Diese Liebe zu meinem Mann entfernte mich noch weiter von meiner Freundin, denn sie konnte es nicht verstehen, dass ich gerne mit Leonhard zusammen war, obwohl mich keiner um meine Zustimmung zu dieser Eheschließung gefragt hatte, und sie schüttelte nur verständnislos den Kopf, als ich mir trotz meiner großen Angst vor dem Kindbett von Leonhard einen Sohn wünschte.

Die ersten Jahre als verheiratete Meiersfrau in unserem Dorf strahlen hell in meiner Erinnerung, denn unser Leben war in dieser Zeit friedlich und reich an Freude und Glück. Meine Frauenarbeit in Haus und Hof war mir nicht zu viel, denn ich war jung und kräftig und hatte einiges von meiner Schwester gelernt, und Leonhard, der nicht faul und unfähig wie Walburcs Mann Bruno war, übernahm die Aufgaben meines alten Vaters gerne und ohne zu zögern.

Wenn ich die Kühe in ihrem Viehstand molk, summend am

Webstuhl im Keller saß oder im abgelegenen Gemüsegarten mit der Hacke die weiche Erde lockerte, dann freute ich mich schon auf das Abendmahl, wenn Leonhard verschwitzt und müde von seinem Arbeitstag mit meinem Vater am Tisch saß und den Stand der Felder, die Schweinezucht oder den nächsten Markt besprach. Wenn das Essen aufgetragen war und frisches Met in den Bechern schwappte, dann setzte ich mich zu den Männern und redete fleißig mit, und mir war leicht und warm ums Herz, denn in jedem Blick und in jeder Geste war die Liebe dieser beiden zu mir zu spüren. Nachdem ich die Schüsseln und Töpfe verstaut hatte, band sich Leonhard seinen Lederschurz um, richtete den Eichenklotz und holte sein Werkzeug hervor, den Beitel zum Ausstemmen, das Schnitzmesser mit der Eisenklinge und dem Griff aus Horn und den kleinen Hammer aus Holz, den Knüpfel, denn er schnitzte und formte für sein Leben gern, und unter seinen schmalen, geschickten Fingern entstanden wunderliche, anrührende Figuren und reich verzierte Möbelstücke. In der kleinen Drechslerwerkstatt, die er sich auf dem Hof eingerichtet hatte, fertigte er einen Hocker aus Rotbuche für mich, wie ihn schöner auch Liutbirc in Dornau nicht ihr Eigen nannte, mit fein gedrechselten Beinen und kugeligem Knauf, und wenn er abends an seinen kleineren Figuren werkelte und langsam im Holz Gesicht und Ausdruck entstand, dann wich ich nicht von seiner Seite und schaute zu, ohne müde zu werden.

Wezilo ließ uns meistens allein, wenn Leonhard mit dem Schnitzen begann, er ging vor dem Schlafengehen mit seinem struppigen Hund eine letzte Runde durch die Ställe und über den Hof, um nach dem Rechten zu schauen, und legte sich dann auf sein Strohlager neben der Stalltüre zur Ruhe. Mein Mann und ich redeten und lachten leiser miteinander, und wenn der alte Mann eingeschlafen war und wir sein regelmäßiges Schnarchen hörten, dann rückte Leonhard zu mir und legte die Arme um meine Hüfte, zog mich eng an seinen bebenden Körper und streichelte mich überall, sanft und beharrlich, und das Blut stieg mir heiß bis zum Hals empor. Er war unendlich geduldig und zärtlich mit mir, und wenn ich auch nach den Erfahrungen mit Bruno Angst vor dem Beieinanderliegen als Mann und Frau gehabt hatte, so schmolz diese Furcht wie Schnee an der Sonne unter den liebevollen Berührungen von Leonhard.

Im zweiten Jahr unserer Ehe gebar ich eine gesunde Tochter, die wir nach meiner lange verstorbenen Großmutter auf den Namen Ella tauften, und wieder ein Jahr später kam laut krähend unser Sohn Agilolf zur Welt, schwer und kräftig wie ein Kind von zwei Monden. Diese beiden Geburten verliefen ohne Schwierigkeiten, wenn ich auch bei der kleinen Ella einen Tag und eine Nacht in den Wehen lag und fürchtete, das Schicksal meiner Schwester zu erleiden. Aber Justina hatte sich schon in den Wochen vor der erwarteten Geburtszeit in Pitengouua eingerichtet, in der leer stehenden alten Hütte von Folchaid schlug sie mit ihrem Sohn Riwin und dem weißen Hund ihr Lager auf und ließ mich nicht mehr aus den Augen, und ihr fürsorglicher Beistand und ihre große Erfahrung nahmen mir die Angst. Justina gestattete den anderen Frauen nicht, während des langen Wartens Geschichten von schwierigen Geburten zu erzählen oder mich zu schütteln, wie es ein alter Brauch war, und nur Richlint und sie selber durften mich stützen und berühren, was ihr von Uoda und Liutbirc, die sie zum Beten hinaus unter den Schopf geschickt hatte, einige böse Blicke einbrachte. Aber aller Unmut war vergessen, als Justina mir das winzige, nackte Mädchen an die schweißnasse Brust legte und es sofort gierig wie ein Kätzchen zu saugen begann, und die Frauen umarmten mich und das Kind und wünschten uns alles Glück dieser Welt. Richlint hatte Tränen der Rührung in den Augen stehen, und ich betete in diesem Augenblick voll dankbarer Freude zu Gott und allen Heiligen, dass meine Freundin ihr abweisendes Verhalten aufgeben und selber ein Kind bekommen sollte.

Dass meine Gebete nicht erhört wurden und auch mein Beispiel als glückliche Ehefrau und Mutter Richlints Absichten nicht änderte, erkannte ich sehr viel später an einem der selten gewordenen gemeinsamen Nachmittage im Gutshof bei Justina. Richlint hatte mir durch einen herumziehenden Bettelburschen die Nachricht geschickt, dass Chuonrad mit den Flößern unterwegs war und sie nach der Mittagszeit zu Justina reiten würde, und ich gab meinem kleinen Sohn die Brust und ließ die Kinder dann für die nächsten Stunden in der Obhut einer Magd zurück. Leonhard hatte nichts dagegen einzuwenden, wenn ich mich mit Justina und Richlint traf, obwohl ihm diese besondere Freundschaft zwischen uns Frauen eigentlich fremd war, und er sattelte ein besonders braves Ross für mich als ungeschickte Reiterin und kehrte dann zu seiner Feldarbeit zurück.

Es war ein herrlicher Frühsommertag voll Sonne und warmer Luft, und während ich gemächlich am Bach entlang zur Furt ritt, wanderten meine Gedanken über die letzten Jahre hinweg und zurück zu unserer gemeinsamen Kindheit, mit den aufregenden Tagen bei Justina im alten Gutshof und den geheimnisvollen Heiligenspielen auf der Obstwiese hinterm Haus. Richlint war dabei meinem Herz wieder so nah wie früher, und ich nahm mir vor, an diesem Nachmittag die alte Vertrautheit zu erneuern und die Freundschaft zwischen uns zu bekräftigen.

Richlint war schon vor mir eingetroffen, und als ich an der bunten Ziegenherde auf den Schutthügeln vorbei durch das weit offene Tor in den Hof ritt, sah ich sie lachend mit Riwin vor dem Badhaus herumtollen, der kleine Junge mit den tiefschwarzen Haaren seiner Mutter schwang wie einst mein Bruder Eticho ein kurzes Holzschwert und versuchte damit einen alten Fassdeckel zu treffen, den Richlint ihm entgegenhielt wie einen echten Schild im Kampf der Männer. Riwin war ein schönes Kind, groß und kräftig für seine knapp fünf Jahre, und die olivfarbene, glatte Haut und die dichten Haare vonseiten der Mutter bildeten einen eigentümlichen Gegensatz zu den strahlend blauen Augen, die er von seinem Vater Arbeo geerbt hatte. Justina hängte gerade über einem rohen Holzgerüst ihre gesammelten Kräuter zum Trocknen in die warme Sonne und beobachtete dabei lächelnd Richlint und Riwin beim Schwertspiel, und in ihren schwarzen Augen glänzte der Stolz auf ihren geschickten kleinen Sohn, den sie alleine und ohne jede Hilfe geboren und aufgezogen hatte.

Im kühlen Schatten einer Mauer döste ein weißer Hund und erhob sich jetzt schwerfällig, um mich zu begrüßen, aber es war nicht mehr der gute, alte Cimbro unserer Kindertage, sondern sein Nachfahre, und für einen Moment überkam mich bittere Wehmut im Angesicht all dieser Vergänglichkeit. Justina erkannte wie immer auf geheimnisvolle Art meine Gedanken und Gefühle, und nachdem sie mich herzlich umarmt hatte und Richlint und Riwin mir zuwinkten, ohne ihr Spiel zu unterbrechen, nahm sie mich an der Hand und ging mit mir zu dem kleinen Friedhof im hinteren Hof, auf dem alle ihre geliebten Tiere begraben waren. Auch das Grab von Walburcs tot geborenem Kind hatte Justina dort angelegt, denn in Pitengouua wurden keine Kinder bestattet, die nicht geatmet hatten und nicht getauft waren, man sprach ihnen keine Seele zu und warf sie hinter den Anger oder einfach in den Wald. Justina aber glaubte auch an die nichtgeborenen Wesen, und nach Walburcs Tod hatte sie den toten Säugling leise und ohne Aufsehen in ihr Umschlagtuch gewickelt und mit zum Gutshof genommen, um ihn dort zu bestatten und würdig Abschied von seinem Geist zu nehmen. Dafür war ich ihr unendlich dankbar, denn meine Schwester war nun im Paradies wieder mit ihrem Kind in ewigem Frieden vereint, und ihre gequälte Seele konnte endlich Ruhe finden.

Der kleine Totenacker war ein stiller Platz, beschattet von mehreren Sträuchern der Salweide, deren bittere Rinde von den gefräßigen Ziegen verschmäht wurde und aus der Justina schmerzstillende Heilmittel gewann, und wir setzten uns dicht neben diese Bäume auf den trockenen Boden am Rande des Friedhofs und ließen den Blick über die niedrigen Hügel wandern, die Justina mit allen möglichen Blumen und buschigen Gewächsen bepflanzt hatte. Meine Gedanken führten mich vom weißen Hund Cimbro zum toten Sohn von Walburc und all den geliebten Tieren, die hier begraben waren, und als ob ich laut gesprochen hätte, erkannte Justina meine traurigen Gefühle und gab mir die Antwort auf meine Fragen.

»Nichts und niemand geht verloren auf dieser Erde und unter diesem Himmel, Afra, und kein Mensch und kein Tier und keine Pflanze geht ohne Sinn, ohne eine Spur zu hinterlassen. Du wirst sie alle wieder sehen, die du geliebt hast, und es wird ein herrliches Wiedersehen werden, aber du musst erkennen, dass die menschliche Seele sehr viel Zeit braucht, bis sie vom Dasein gelernt hat und wahrhaftig weise geworden ist, und dass darüber mehrere Leben vergehen können! Lass' Walburc und ihr Kind ohne Trauer gehen, und auch Cimbro und deine Mutter, denn ihre Zeit hier bei uns war vollendet, und sie wollen ein anderes Leben beginnen.« Die Stimme von Justina war klar und sicher, und ich zweifelte keinen Augenblick an der Wahrheit ihrer Worte, sondern fühlte mich so getröstet und gestärkt, wie es der Priester unserer Kirche mit seinem jammervollen Bild von den armen Seelen im Fegefeuer und der ständigen Drohung von der ewigen Verdammnis in der Hölle niemals zuwege gebracht hatte.

Richlint hatte die letzten Sätze von Justina gehört, sie war uns nachgegangen und ließ sich nun neben mir auf der Erde nieder. »Hier liegt mein Kind begraben«, sagte sie in einem ausdruckslosen Ton und deutete auf eine mit frischem Erdreich bedeckte Stelle, »und ich habe es gehen lassen, denn ich war nicht die richtige Mutter für dieses ungeborene Wesen, und es wäre unser beider Unglück gewesen, wenn es das Licht der Welt erblickt hätte.« Vollkommen überrascht starrte ich in ihr Gesicht, denn von einer Schwangerschaft oder gar Geburt bei meiner Freundin hatte ich nichts gewusst.

»Schau' mich nicht so entsetzt an, Afra, du weißt doch sehr gut, dass ich von Chuonrad kein Kind empfangen will! Seit ich gezwungen wurde, seine Frau zu werden und bei ihm zu liegen, habe ich alles getan, um eine Schwangerschaft zu verhindern, und ruhig war ich nur an den Tagen, an denen er mich nicht berühren durfte!« Mit fahrigen Bewegungen zupfte Richlint einzelne Grashalme ab und zerriss sie beim Reden in winzige

Stücke. »Was habe ich nicht alles unternommen, um ihm auszuweichen und seine Nähe zu meiden! So fromm auf die Fastentage bedacht und so begierig auf Beichte und Buße wie ich war schon lange keine christliche Frau mehr in unserem Gau, und ich nahm heimlich die empfängnisverhütenden Mittel von Justina ein und schnitt mit einem scharfen Messer in mein eigenes Fleisch, damit ich mit dem Blut, das aus den Schnittwunden floss, die überlange Dauer meiner monatlichen Blutung beweisen konnte. Einige Jahre lang wehrte er sich nicht gegen mein Verhalten, aber nachdem ich einfach nicht schwanger wurde und er unbedingt einen Erben wollte, verbot er mir die Beichte und den häufigen Kirchgang und nahm mich mit Gewalt, wann es ihm passte, und ich empfing. Als ich wusste, dass ich schwanger bin, wollte ich mich in die Ambraschlucht stürzen, weit hinunter in die schwarze Tiefe, damit alles vorbei sei, für mich und für das Kind, aber Justina bot mir ihre Hilfe an und sie hat mich gerettet.«

Richlint atmete schwer. »Ich hasse den Haslachhof und vor allen Dingen Chuonrad mit seiner herrischen Art und den ständigen Befehlen, die kurz und böse zusammen mit säuerlichem Atem aus seinem Munde kommen, und ich hasse die ekelhaften Berührungen dieses Mannes und seinen stinkenden Körper auf mir. Er ist mir zutiefst zuwider, weil ich für ihn kein Mensch mit Gefühlen bin, sondern nur ein leeres Gefäß, das seine Kinder hervorbringen soll!«

Aufgewühlt saß meine Freundin neben mir, und eine fieberhafte Röte breitete sich langsam auf ihrem ganzen Gesicht aus, während sie zum ersten Mal seit ihrer Hochzeit so offen mit mir über ihren Mann sprach. Ich hatte immer gewusst, dass sie Chuonrad nicht leiden konnte und ihm kein Kind gebären wollte und dass sie im Haslach nicht glücklich war, aber angesichts dieser Wut und dieses Hasses verschlug es mir die Sprache, und ich konnte nur hilflos ihre Hände streicheln und meine Arme um den angespannten Körper legen.

Justina war aufgestanden und erklärte mir in ihrer gelassenen Art, was geschehen war. »Als ich vor drei Monaten ins

Haslach gerufen wurde, weil das Lieblingsross von Chuonrad nicht mehr fressen und saufen wollte, sah ich sofort, dass Richlint schwanger und todunglücklich war und noch niemand es wusste, nicht einmal die alte Hedwig mit ihren scharfen Adleraugen hatte es bemerkt. Und so versprach ich dem Herrn des Hofes ein wirksames Heilmittel für sein krankes Pferd mit der lohfarbenen Mähne, das ich aber nur im Gutshof vorrätig hatte, und ich bat ihn, Richlint mit mir zu senden, da sie auch einiges von der Kräuterheilkunde verstand und lernen sollte, das Mittel zuzubereiten. Mit meinem Vorschlag war der sehr um seinen Hengst besorgte Chuonrad sofort einverstanden, und während Richlint und ich zusammen auf ihrem Braunen zum Gutshof ritten, erzählte sie mir von der Schwangerschaft und ihrer tiefen Verzweiflung, und ich wusste, dass sie sich das Leben nehmen würde, wenn ich ihr nicht half. Ein paar Stunden später ritt ich allein ins Haslach zurück, versorgte das kranke Tier und erzählte Chuonrad, dass Richlint vom Pferd gefallen sei und sich verletzt habe. Erst in ein paar Tagen könne sie wieder nach Hause reiten und müsse bis dahin bei mir in der Kammer liegen bleiben, ich würde sie gut pflegen und versorgen, und Chuonrad glaubte mir jedes Wort, nachdem ich bei seinem Pferd so gute Dienste geleistet hatte, und er ließ mich ziehen.«

Justina strich ihr schwarzes Haar aus dem Gesicht und schaute mich nachdenklich an. »Noch nie vorher habe ich ein Kind vorzeitig aus dem Leib der Mutter getrieben, Afra, und nur eine schwache Erinnerung aus den Erzählungen meiner italischen Mutter ist mir von diesem Vorgang geblieben. So nahm ich mehr nach meinem Gefühl die leuchtend roten Beeren des Seidelbasts, den man auch Treibkraut nennt, nur ganz wenig vom Mutterkorn, denn seine Wirkung ist sehr stark und gefährlich, und dazu grünes Gänsefingerkraut vom Wegrand, damit die heftigen Krämpfe besser zu ertragen sind, die das schwarze Korn verursacht. Das alles habe ich im steinernen Mörser vermischt und zerdrückt und dann Richlint zum Einnehmen gegeben, und wenn ich ihr nicht geholfen hätte, dann wäre sie heute nicht mehr bei uns, sondern hätte ihr Leben beendet!«

Richlint richtete sich auf und sah mir direkt in die Augen. »Glaube nicht, Afra, dass es mir leicht gefallen ist, mein Kind aus meinem Bauch zu vertreiben! Nachdem ich die Mischung von Justina getrunken hatte, spürte ich einen Tag lang so heftige Schmerzen, als ob mein Körper von glühenden Zangen zerrissen würde, mein heißer Schweiß tränkte die Erde, und ich blutete so stark und so lange aus meiner Leibesmitte, dass wir beide um mein Leben bangten, und wir konnten doch nichts mehr ändern oder aufhalten!«

Mit Augen voll Tränen schaute Richlint über die Erdhügel weit hinweg in die Ferne, und sie zitterte wie Espenlaub bei der Erinnerung an diese Stunden. »Wir hatten solche Angst, Justina und ich, so große Angst davor, dass ich sterben könnte! Und als das Kind da war, ein winziger, toter Klumpen voll Blut und Schleim, an dem wir die Augen und die Hände und die Füße deutlich erkennen konnten, da überkam mich die Trauer über das, was ich getan hatte, und ich weinte und schrie, bis ich keine Tränen mehr in meinen Augen und keine Stimme mehr in meiner Kehle hatte.«

Nach einer langen Pause fuhr sie fort, müde und ausgebrannt. »Und doch hätte ich nicht anders handeln können, und es gab nur diesen einen Weg für das Ungeborene und für mich. Ich bereue es nicht.«

Justina hatte sich wieder zu Richlint und mir auf den Boden gehockt, aber jede von uns drei saß für sich allein und hing still ihren eigenen Gedanken nach. Ich konnte kaum fassen, was passiert war, und obwohl ich Richlint liebte und ihren Trotz und Eigenwillen gut kannte, so war ich doch im Innersten entsetzt über das, was sie und Justina getan hatten. Endlich wagte ich zu sprechen, mit trockenem Hals, leise und mühsam.

»Ihr habt nicht nur mit Justinas Mittel den Tod herausgefordert! Wenn euch jemand dabei überrascht hätte oder auch jetzt noch davon erfahren würde, dann würdet ihr beide vor das Gericht der freien Männer in Pitengouua gestellt, und die Strafe auf die Abtreibung eines Kindes ist hart und grausam! Sie würden dir die Hände und Füße zusammenschnüren und dich im Dorfteich ertränken, Richlint, weil du Chuonrads Kind getötet hast, und dich, Justina, als unbelehrbare Heidin und Helferin bei dieser unseligen Tat, dich würden sie so lange mit schweren Steinen bewerfen, bis kein Hauch von Luft mehr in deiner Brust wäre!«

Richlint sah mich an. »Niemand außer uns drei Frauen weiß von meiner Schwangerschaft und dem kleinen, toten Wesen, das hier begraben ist, und wenn du deine Zunge hütest, dann wird bis zum Jüngsten Tag auch keine menschliche Seele davon erfahren!«

Justina spürte meinen Abscheu und mein tiefes Entsetzen, und sie legte versöhnlich ihren Arm um mich. »Es ist gut ausgegangen, Afra, die Göttin hat über uns gewacht! Richlint und ich haben uns würdig von diesem Kind verabschiedet, mit Räucherwerk haben wir es gemeinsam in einer liebevollen Zeremonie in den Himmel geleitet. In einer eisernen Pfanne mit glühenden Kohlen verbrannte ich die Zweige und Beeren des Wacholder, der Erdmutter geweiht gegen Dämonen und Geister, und das Harz der Fichte diente zur Reinigung der Seelen von uns allen. Kostbaren Weihrauch, den ich vom Händler Hildeger gegen ein wirksames Heilmittel erhalten habe, streute ich in das Feuer, damit der Geist des toten Kindes gesegnet sei und mit dem heiligen Rauch in den Himmel aufsteigen konnte. Vertraue mir, seine Seele hat ihren Frieden gefunden!«

Die Worte von Justina konnten mich nicht beruhigen. »Du hättest es doch versuchen können, Richlint, und dein Kind austragen und zur Welt bringen, vielleicht wäre dann auch mit Chuonrad alles besser geworden! Sieh' doch, wie glücklich ich mit Leonhard und unseren beiden Kindern bin und welche Freude jeden einzelnen Tag Riwin für seine Mutter Justina bedeutet! Kinder zu gebären ist doch der Sinn in unserem Leben als Frauen, und dein Mann würde dich dafür ehren und lieben. Du kannst dich doch nicht dein ganzes Leben lang immer nur allem und jedem widersetzen und auf ein Glück warten, das es auf dieser Erde gar nicht gibt!«

Richlint war aufgestanden und hatte sich mir gegenüber

aufgestellt, die Fäuste entschlossen in die Seiten gestemmt, schaute sie mich herausfordernd an. »Ich habe gewusst, dass du mich nicht verstehen wirst, Afra, du siehst über deinen Meierhof und die Köpfe deiner Kinder nicht mehr hinaus! Was weißt du von meinem Leben im Haslach, von der harten, schweren Arbeit tagsüber und den unerträglichen Nächten mit Chuonrad, von meinen vielen Tränen und der heißen Sehnsucht nach einem anderen Dasein, die mich nicht schlafen lässt und jeden Tag vor Morgengrauen umhertreibt? Du bist zufrieden mit deinem Los und begehrst nichts anderes, aber ich will mich nicht damit abfinden, unglücklich zu sein! Ich werde mich widersetzen, bis Chuonrad mich verstößt und ich endlich frei bin und selbst über mich entscheiden kann!«

Ich sehe sie immer noch aufrecht vor mir stehen, meine Freundin Richlint, mit hoch gerecktem Kinn und trotzig vorgeschobenen Lippen, aus dem zuvor ordentlich festgesteckten Zopf voll braungolden melierter Haare hatten sich einige Strähnen gelöst und fielen ihr auf die schmalen Schultern, und die sonst so blasse und durchscheinende Haut war vor lauter Aufregung mit roten Flecken überzogen. Im Licht der Sonne blitzten die vertrauten goldenen Splitter in ihren Augen auf, und ihr Blick suchte trotz ihrer bestimmten Haltung nach Verständnis und Billigung bei mir. Lange und offen haben wir an diesem Nachmittag unter den Salweiden des kleinen Friedhofs miteinander gesprochen, Richlint und ich, und obwohl ich meiner Freundin mit eindringlichen Worten zuredete, ihre Stellung als Ehefrau von Chuonrad anzunehmen und ihm Kinder zu gebären, konnte ich doch ihren Sinn nicht ändern. Justina schwieg die meiste Zeit und hörte uns nur aufmerksam zu, den Kopf mit den dunklen Locken leicht zur Seite geneigt und die tiefschwarzen Augen unergründlich wie ein Moorsee bei Nacht, und ich bin mir sicher, dass sie damals schon mehr über unser Schicksal erahnte, als sie sich selbst eingestehen wollte.

Eines der Freundschaftsbänder zwischen Richlint und mir war an diesem sonnigen Nachmittag gerissen, und obwohl ich sie wie eine Schwester liebte und angestrengt versuchte, ihr Handeln zu verstehen und ihr nahe zu bleiben, so war doch plötzlich eine Fremdheit zwischen uns, wie wir sie vorher niemals gekannt hatten.

Im folgenden Sommer und Herbst kam Richlint nicht ein einziges Mal alleine nach Pitengouua, und wir sahen uns nur noch inmitten der ganzen Familie am Sonntag zur Messe. Das Gerücht, dass Chuonrad seine Frau wegen ihrer Unfruchtbarkeit verstoßen wolle und schon nach einem neuen Weib suche, war immer öfter zu hören, und als ich Richlint nach dem Kirchgang besorgt danach fragte, war ein fröhliches Lachen ihre ganze Antwort, und ich wurde wütend wegen ihrem Leichtsinn und ihrer Unbekümmertheit und stellte ihr vor, welche Macht ihr Mann über sie hatte und wie sehr er ihr bei einer Trennung schaden konnte. Als dann noch am ersten Tag eines schneereichen Winters ihr Bruder Rasso auf einem riesigen schwarzen Pferd in den Hof geritten kam und uns mitteilte, dass er als Mönch auf einer Klosterinsel leben und das irdische Leben aufgeben werde, mit allem Besitz und Einfluss, den er besaß, da machte ich mir um Richlint große Sorgen. Sie hatte nur den Welfengraf Roudolf und ihren Bruder Rasso als Beschützer, wenn ihr Mann sie verstoßen sollte, und der eine war weit weg im Schussengau und hatte sich schon lange nicht mehr bei uns blicken lassen, und der andere sollte nun ein einfacher Mönch ohne weltlichen Einfluss werden, vor ihm würde Chuonrad keinen Respekt haben und sich an nichts hindern lassen.

In diesem Winter hatte es in unserem Gau so stark geschneit wie schon seit vielen Jahren nicht mehr, und der Schnee blieb über Wochen und Monate liegen und taute nicht weg, denn es herrschte eine Eiseskälte. Es war in dieser Zeit unmöglich, selbst so kurze Strecken wie vom Haslach nach Pitengouua zu reiten, und ich hörte und sah von Richlint über lange Wochen nichts mehr. Umso erstaunter waren Leonhard und ich, als eines Tages trotz der widrigen Witterung Chuonrad auf den Meierhof geritten kam, dick eingehüllt in das Fell eines Bären bat er seinen

Bruder, mich im Frühjahr mit Richlint auf eine Wallfahrt nach Augusburc zu schicken, damit seine Frau dort der heiligen Afra Opfergaben bringen und beten könne und damit von ihrer Unfruchtbarkeit erlöst würde. Leonhard war froh, dass sein älterer Bruder den Gedanken an eine Ehescheidung anscheinend aufgegeben hatte und stimmte dem Ansinnen von Chuonrad sofort zu, und ich lachte vor Glück, denn nun würde sich alles zum Besten richten, und ich freute mich aufs Frühjahr und auf das Zusammensein mit meiner Freundin.

Es war zur Tagesmitte im heißen Monat August des Jahres 950, als der Händler Hildeger mit mehreren Sklaven und seinem randvoll mit Weinfässern, Ölflaschen und Gewürzsäcken beladenen Planwagen auf der alljährlichen Handelsreise durch Baiern und Schwaben im Dorf Pitengouua eintraf. Der kleine Weiler am Flüsschen Pitenach lag ruhig und fast verlassen im hellen Licht der Mittagssonne, denn vom halbwegs arbeitsfähigen Kind bis zum rüstigen Alten waren alle Bewohner auf den umliegenden Feldern bei der Getreideernte versammelt, jede Stunde dieses herrlichen, trockenen Wetters musste für die Einfuhr der Wintervorräte genutzt werden. Nur zwei alte und gebrechliche Frauen, trotz der starken Hitze fest in schwarze, wollene Umschlagtücher gehüllt, saßen auf einer kleinen Bank unter dem schattigen, grüngelben Blätterdach der mächtigen Dorflinde, und eine Magd hütete im Obstgarten hinter dem Langhaus die Säuglinge und Krabbelkinder, deren Mütter auf den Feldern mit anpackten.

Der Händler ließ seinen Karren im Hof des Meieranwesens stehen, und während seine Sklaven die Zugtiere ausschirrten, die Waren abluden und das Pferd ihres Herrn und die müden Ochsen an der Furt tränkten, schlenderte Hildeger auf der Suche nach den Dorfleuten hinter das Haus in den weitläufigen Garten, weil er von dort Stimmen und Lachen vernahm. Einige Kinder liefen auf der Wiese unter den Obstbäumen herum, und eine stämmige, junge Frau mit langen, braunen Zöpfen saß mit zwei Wickelkindern im Schatten eines Apfelbaumes. Die Kindsmagd kannte den beleibten, kleinen Händler, der jedes Jahr einmal mit seinem Ochsenkarren durch den Gau zog, und sie stand auf und winkte ihm zu und freute sich über sein Kommen, denn das versprach Abwechslung im Dorfalltag und eine Menge neuer, lustiger Geschichten.

»Na, Mädchen, hast ein leichtes Arbeiten hier mit den Kindern auf der Wiese!«, sagte der Mann leutselig und musterte dabei die junge Frau mit dem hochgeschürzten Rock und den bis über die Knie nackten, mit Gras und Erde beschmierten Beinen wohlwollend, »aber sag' mir, wo finde ich denn die Meierin oder den alten Wezilo, der Hof ist leer und verlassen!« Die Magd kam langsam näher, einen greinenden Säugling auf dem Arm und einen kleinen Jungen in einem losen, grauen Kittel fest an der Hand. »Sind alle auf dem Acker hinterm krummen Graben, der Roggen wird eingefahren«, antwortete sie, »das ist viel Arbeit, und die Kinder gehen dabei im Weg um! Darum passe ich heute auf die Kleinen auf, denn die Herrin wollte mit aufs Feld, nach dem Rechten schauen, aber so eine leichte Arbeit ist das Kinderhüten wirklich nicht, wie du dir als kinderloser Mann das denkst! Der hier ist Agilolf, der Sohn der Meierin, und ich kann ihn keinen Augenblick von der Hand lassen, denn er ist ein verzogenes Balg und tut, was er will! Er versteckt sich vor mir oder läuft zum Bach hinunter, und das kannst du dir ja vorstellen, was mit mir geschieht, wenn der Bub ins Wasser fällt und ersäuft!«

Die Magd deutete auf ein Mädchen mit rötlich braunen Locken, das selbstvergessen mit einer Strohpuppe unter den Obstbäumen spielte. »Da ist mir die kleine Ella schon lieber, das ist ein ruhiges und braves Kind, ganz anders als der wilde Bruder hier!« Doch dabei lachte sie und schüttelte den Buben an ihrer Hand liebevoll, und das Kind gluckste vor Freude und patschte mit seinen kleinen Händen nach ihren nackten Schenkeln.

»Als ich vorigen Sommer hier in Pitengouua war, da war

der Kleine noch ein zahnloses Wickelkind an der Brust seiner Mutter«, sagte Hildeger nachdenklich, »da siehst du, wie die Zeit vergeht! Aber sie hat schöne, gesunde Kinder, eure Meierin, da können ihr Mann und ihr Vater mit Recht stolz und zufrieden darüber sein, nach dem Tod der älteren Tochter und dem faulen Saufkopf Bruno als Meier hat der alte Wezilo ein bisschen Glück verdient auf seine letzten Tage!«

Die junge Magd nickte zustimmend zu den Worten des Händlers und begann dann mit einem frechen Blick auf den kahlen Schädel des rundlichen Mannes zu scherzen. »Nicht nur an den kleinen Kindern kann ich sehen, dass die Zeit vergeht, Händler Hildeger! Mir scheint, als ob bei deinem letzten Besuch in unserem Weiler noch ein paar Haare auf deinem Kopf gewesen sind, jetzt glänzt er in der Sonne wie ein glatt polierter Schild, und dafür hat dein Bauch langsam den Umfang des hölzernen Rads von unserem Heuwagen!«

Der gutmütige und jederzeit zu Späßen aufgelegte Hildeger grinste und zwickte das Mädchen zur Strafe für ihre übermütige Rede kräftig in den vollen Hintern, was sie sich laut kreischend nicht ungern gefallen ließ, doch nach dem kurzen Geplänkel wurde er wieder ernst und fragte die Magd nach der jungen Haslachbäuerin, die seit kurzem nach Pitengouua zurückgekehrt sein sollte. »Die Frau Richlint schläft seit zwei Monden wieder im alten Haus ihrer Mutter, wenn du den Bach entlanggehst, siehst du die windschiefe Hütte gleich neben dem großen Hollerstrauch stehen! Sie ist sicher nicht mit den anderen aufs Feld gegangen, denn seit sie wieder im Dorf lebt, hat sie ihr Haus fast nicht verlassen, geht nur manchmal zum Meierhof hinunter und redet mit Leonhard und Afra über die Trennung vom Haslachbauern.«

Nachdenklich strich die junge Frau dem Buben an ihrer Hand über die hellen Locken. »Sie tut uns allen hier in Pitengouua recht Leid, die Frau Richlint, denn Chuonrad hat sie verstoßen, weil sie ihm keine Kinder geboren hat, und dafür kann sie selber doch nichts, das ist allein Gottes Wille! Jetzt streiten sie um die Brautgabe, unser Meier und der Haslachbauer, und die arme Frau muss zusehen, dass ihr etwas bleibt von dem reichen Leben, das sie bis jetzt gewohnt war.«

Hildeger hatte der Magd aufmerksam zugehört, und es schien ihm hier im Dorf die gleiche einhellige Stimmung zu herrschen wie in den benachbarten Weilern, denn im ganzen Gau wurde über das ungerechte Schicksal von Richlint und das harte Verhalten von Chuonrad geredet, und ein jeder fühlte Mitleid mit der unschuldigen, jungen Frau. Hildeger war sehr gespannt darauf, sie zu sehen und von ihr selbst alles zu erfahren, und er verabschiedete sich freundlich von der Kindsmagd und machte sich auf den Weg den Bach entlang zur alten Hütte von Folchaid.

Die Leibeigenen des Händlers ruhten sich im Schatten unter dem Schopf des Langhauses aus und achteten nicht auf ihren Herrn, und nur die beiden alten Frauen unter der Dorflinde und ein müder, struppiger Hofhund neben ihnen wandten neugierig die Köpfe, als der dicke Hildeger kurzatmig mit schnellen Schritten vorbeieilte. Die Pitenach führte in diesem heißen Sommer sehr wenig Wasser, reichlich müde floss ein kleines Bächlein über die glatten Kiesel in ihrem schlammigen Bett, und Hildeger dachte im Gehen bei sich, dass die junge Magd sich nicht zu sorgen brauchte, denn in diesem Rinnsal konnte der kleine Agilolf wohl kaum ertrinken.

Die kleine Hütte neben dem Hollerstrauch mit den vielen Astlöchern und fehlenden Holzplanken wirkte schäbig und heruntergekommen, die weit offen stehende Tür hing schief in verrosteten Angeln und das mit gelben Strohbündeln gedeckte Dach war an einigen Stellen faulig und schwarz vom Rauch der Feuerstelle. Über den Zweigen des Hollerbusches hingen leuchtend rote Wollstränge zum Trocknen, und laut vor sich hin singend eilte eine junge Frau geschäftig umher, rührte mit einem dicken Stecken in zwei Holzbottichen mit einer dunklen Brühe und legte mit bis über die Ellbogen schwarzen Händen immer wieder naturfarbene, ungesponnene Wolle von einem großen Haufen auf der Erde in das braunschwarze Wasser. Die Frau war barfuß und trug nur einen losen Überwurf aus grob gewebtem Leinen, in der Leibesmitte von einem einfachen Flechtgürtel zusammengehalten, und ihre kräftigen Arme waren nackt bis zu den Schultern. Das in der Mittagssonne goldfarben glänzende Haar war in zwei dicken Zöpfen aufgesteckt, und die bloße Haut an Armen, Beinen und im Gesicht war von der Sonne zart gebräunt und schimmerte in einem sanften Bronzeton.

»Ein ansehnliches Weib!«, dachte Hildeger beim Näherkommen, »sie ist keine Schönheit wie ihre Mutter Folchaid, aber alle Rundungen sind an den richtigen Stellen und sie bewegt sich so geschmeidig wie eine Katze, da möchte man hinlangen und diesen Körper halten und fest hineingreifen in das Fleisch mit der glatten, braunen Haut, sich die langen, goldenen Haare über das Gesicht legen und seine Sorgen vergessen! So eine stattliche Frau wird Chuonrad nicht so schnell wieder finden!«

Richlint hatte bemerkt, dass sich ein Mann ihrer Hütte näherte, und sie legte die Hand über die Augen, um sie gegen das Sonnenlicht zu schützen und zu sehen, wer der unerwartete Besucher war. »Sei gegrüßt, Händler Hildeger!«, rief sie erfreut, als sie den kleinen, beleibten Mann erkannte, »du kommst mir gerade recht! Die Färbepflanzen gehen mir aus, und du hast sicherlich etwas Waid und Krappwurzeln in deinem Wagen verstaut, die ich gegen fein gewebtes Tuch oder ein rotes Fuchsfell mit dir tauschen kann.«

Die junge Frau kannte den Händler schon lange, als Bäuerin eines großen Hofes hatte sie des Öfteren Gewürze und Wein bei ihm gekauft und dabei allerlei Neuigkeiten aus dem Gau erfahren, dankbar für eine Abwechslung im eintönigen Leben des Haslachtals, und fast jedes Mal hatte Hildeger als Geschenk für die Hofherrin eine fremdartige Blume oder ein seltenes Kraut dabei, denn er wusste genau, wie sorgfältig sie ihren stillen Kräutergarten hegte und wie sehr sie die Pflanzen liebte.

»Dich hier in Pitengouua anzutreffen, Haslachbäuerin, das habe ich nun wirklich nicht erwartet!«, rief er jetzt mit einem breiten Lächeln, und bei dieser dreisten Lüge musste auch

Richlint herzlich lachen. »Du hast schon besser geschwindelt, Hildeger, in der ganzen Gegend pfeifen es die Spatzen von den Dächern, dass mich mein Gemahl verstoßen hat und ich völlig mittellos hier in Pitengouua aufgenommen worden bin! In der Dornau droben wird dir Liutbirc mit viel Schadenfreude alles berichtet haben, und sicherlich hat sie kein einziges gutes Haar an mir gelassen und Chuonrad wegen seiner schlechten Frau von Herzen bedauert!«

Der Händler schmunzelte. »Ich sehe schon, dass ich dir nichts vormachen kann, Richlint, und dass deine Ohren weit über die Lecha bis zum Dornauer Gutshof reichen! Es stimmt, in jedem Weiler und selbst in der kleinsten Hütte sprechen die Leute von dir und den Haslachern, und nicht nur mein Handel, sondern die schiere Neugier hat mich so schnell nach Pitengouua getrieben!«

Die junge Frau wischte sich die nassen Hände an ihrem Kittel ab und schaute dem Mann offen und ein wenig nachdenklich in das runde, fröhliche Gesicht. »Nun gut, Hildeger, bevor du selber die ungeheuerlichen Geschichten glaubst, die man überall erzählt, will ich dir die Wahrheit berichten und dir sagen, wie die Sache mit mir und Chuonrad steht, denn ich habe nichts zu verbergen! Warte nur noch einen Augenblick, bis ich die Wolle ausgedrückt und im Strauch aufgehängt habe, dann trinken wir einen Becher kühlen Most zusammen und ich werde dir alles erzählen!«

Wenig später saßen Richlint und der Händler auf einer schmalen Holzbank hinter der Hütte nebeneinander, und Hildeger schaute fragend auf die linke Hand der jungen Frau, mit der sie den tönernen Becher hielt. Dunkle Farbe war tief in die Hautfalten eingedrungen, obwohl sie sich Hände und Arme mit einem Lumpen gut abgewaschen hatte, und die Fingernägel leuchteten in der Sonne in rötlichem Braun. »Das kommt vom Färben«, erklärte ihm Richlint, »mit der Zeit geht es ab und die normale Hautfarbe erscheint wieder. Nicht nur Wolle und Flachs nehmen die Farbe der Wurzeln und Pflanzen an, sondern auch die Haut der Menschen! Aber die schwarzen Hände machen mir nichts aus, denn das Färben ist meine Leidenschaft, und ich bin eine richtige Künstlerin darin geworden! Im Haslach habe ich von der alten Hedwig viel über Stoffe und den Färbevorgang gelernt, und wenn ich mich damit hier im Dorf nützlich machen kann, dann soll es mir recht sein!«

»Willst du denn wirklich in Pitengouua bleiben, ganz allein in dieser alten Hütte?«, fragte Hildeger erstaunt, und Richlint wandte ihm ihr klares Gesicht zu und schaute ihn mit funkelnden, goldbraunen Augen an. »Und wo soll ich deiner Meinung nach hingehen, Händler? Du bist doch schlau und gewitzt, vielleicht fällt dir eine schöne Burg ein, in der ich glücklich leben kann, und nicht nur ein einsames, abgeschiedenes Kloster, wie es der Wunsch von Chuonrad und meinem frommen Bruder Rasso wäre!«

Hildeger strich nachdenklich über seine Glatze. »Ins Kloster also wollen sie dich verbannen, die Herren, damit wieder Ruhe herrscht im Gau und sich die Aufregung legt! Kein schlechter Gedanke vom Haslachbauern, denn wenn du erst in der Obhut der Kirche eingeschlossen bist, kräht bald kein Hahn mehr nach dir, und er kann sich eine neue Frau zulegen, die ihm endlich seinen Erben gebärt!«

Richlint schüttelte den Kopf. »Chuonrad will mich endgültig aus dem Weg haben, da hast du Recht, aber Rasso liegt wirklich nur mein Wohl am Herzen, denn seit er als Mönch auf der Insel lebt, hält er wenig vom irdischen Leben und sieht Frieden und Glück nur noch im ewigen Gebet. Er hat mich schon im letzten Herbst gedrängt, ihm und seiner Frau ins Kloster zu folgen, weil er mich vor Chuonrad schützen wollte, aber dieser Weg ist nicht der meine, denn ich will frei von jeder Willkür leben und meine eigene Herrin sein!«

Die braun gefärbten Finger der jungen Frau umklammerten den Becher so fest, dass die Knöchel der Hand weiß hervortraten, aber sie fuhr mit ruhiger Stimme fort. »Du musst wissen, Hildeger, dass ich im Haslach nicht einen einzigen Tag glücklich war und mich noch nie mit meinem Mann verstanden habe. Trotzdem habe ich meine Arbeit sorgsam verrichtet, die

Mägde beaufsichtigt, seine alte Mutter gepflegt, das Essen bereitet und Haus und Hof in Ordnung gehalten, er kann mir nichts vorwerfen, denn ich habe da draußen im Schnaitbergtal von früh bis spät hart gearbeitet! Aber ich habe ihm kein Kind geboren, und obwohl im Haslach einige Kinder von Chuonrad herumlaufen, so sind es doch keine Erben für seinen Hof, denn es sind die Bälger von Mägden, von Leibeigenen, von Sklavinnen, die er geschwängert hat, und sie sind genauso unfrei wie ihre Mütter. Ich wusste schon lange von dem Gerücht, dass mein Mann mich verstoßen wolle, als an einem grauen Novembertag mein Bruder Rasso zu uns ins Tal geritten kam, mich vor Chuonrads Absichten warnte und uns allen mitteilte, dass er als Mönch ins Kloster gehen werde. Nun wird mein Ehemann nicht mehr lange zögern und mich vom Hof verjagen, dachte ich, denn kein streitbarer Bruder wird mich mit dem Schwert verteidigen und meine Ehre bewahren, aber Chuonrad hielt sich vor mir zurück, lag fast jede Nacht mit seiner Lieblingsdirne im Heu, den ganzen Winter lang, und er rührte mich kein einziges Mal mehr an.«

Richlint lachte kurz und voller Verachtung auf. »Das kam mir sehr gelegen, denn ich hasse seinen stinkenden Körper auf dem Strohlager neben mir, und nur das alltägliche, endlose Jammern seiner alten Mutter über diesen Zustand war für mich schwer zu ertragen.«

Für einen kurzen Moment hielt sie inne und dachte über die langen Winterwochen nach. »Wir waren so eingeschneit in diesem Jahr wie schon lange nicht mehr, wochenlang war kein Kirchgang am Sonntag und kein Besuch bei Justina für mich möglich, der Schnee lag mannshoch um die Häuser und hinderte die Männer sogar an der Jagd. Chuonrad verhielt sich so gleichgültig und gelassen mir gegenüber, dass ich Angst bekam, denn er war völlig verändert in seinem sonst herrischen Wesen, und du kannst dir vorstellen, Hildeger, wie erstaunt ich war, als er sich trotz der schlechten Witterung auf den Weg nach Pitengouua machte und mit Grüßen und Geschenken von meiner Freundin Afra ins Haslach zurückkehrte. Sobald die Schneeschmelze eintrat, sollte ich mit Afra eine Wallfahrt nach Augusburc machen, um am Grab der Heiligen für meine Fruchtbarkeit zu beten und zu opfern, der Meier sei einverstanden, dass seine Frau mit mir ginge, und dann würde sich wohl alles zum Besten wenden!«

Hildeger kratzte sich gedankenvoll an seiner breiten Nase. »Er wollte dich und die Meierin aus dem Weg haben, wenn er die Trennung vollzog, dieser schlaue Hund, mit seinen Brüdern Leonhard und Utz und der gebrechlichen Mutter würde er schon fertig werden, denn er ist der älteste der Söhne und der Herr im Haslach, sein Wort ist dort Gesetz, wie beim alten Sigiboto!«

Richlint nickte zu den Worten des Händlers und fuhr mit ihrem Bericht fort. »Als die nach sechs Ehejahren immer noch kinderlose Liutbirc von der Wallfahrt erfuhr, beschloss sie, mit Afra und mir nach Augusburc zu gehen, und bereits in den ersten Frühjahrstagen brachen wir mit einigen bewaffneten Knechten und zwei jungen Mägden für die Leibdienste auf. Es war kein gutes Vorwärtskommen möglich, denn die Wege waren voller Schlamm und Steine, durchtränkt und überflutet vom Tauwasser des langen Winters, und an vielen Stellen lagen noch ansehnliche Schneereste. Eine Wallfahrt zu dieser Jahreszeit ist wahrlich kein Vergnügen, Händler Hildeger, denn kein Pferd oder Ochse darf mitgeführt werden, nicht einmal ein Karren für unsere Kleidung oder die Opfergaben, sondern den ganzen, langen Weg müssen die Bittsteller auf ihren eigenen Füßen laufen und dabei ihr Gepäck selber tragen, die begleitenden Knechte waren nur zu unserem Schutz vor Räubern und Wegelagerern dabei.«

Hildeger schwieg und hörte aufmerksam zu. »Du kennst doch Liutbirc von Dornau auch schon seit ihrer Kindheit?«, sagte Richlint mit einem fragenden Seitenblick auf Hildeger, und als dieser bestätigend nickte und ein anzügliches Grinsen auf seinem runden Gesicht erschien, lächelte sie kurz und erzählte weiter. »Vom ersten Tag an mussten wir ihr Gejammere anhören, Afra und ich, denn Liutbirc hält sich schon immer für etwas Besseres als wir Dorfkinder, weil sie oben auf der Burg aufgewachsen ist und dann den reichen Arbeo von Dornau geheiratet hat! Sie ist es nicht gewohnt, lange Strecken zu Fuß zu gehen oder sich selber zu versorgen, und jeder Hügel war ihr zu hoch und jeder Schritt über Steine und Geröll zu anstrengend, und wenn Afra und ich am Abend in einem Bach unsere schlammbespritzten Kleider wuschen und unsere Schuhe flickten, dann saß sie klagend daneben und ließ ihre Arbeit von den Mägden verrichten. Mit der trägen Liutbirc kamen wir nur langsam vorwärts und brauchten statt der drei Tage, in denen wir nach Augusburc gelangen wollten, eine ganze Woche für diesen Weg! In der kleinen Kirche der Heiligen vor den Toren Augusburcs war sie dann wieder ganz die Herrin von Dornau, beanspruchte den Vortritt vor mir und Afra und versuchte durch frommes Gebaren und reiche Geschenke bei den Priestern und Klosterfrauen Eindruck zu machen. Nachdem wir einen ganzen Tag lang auf den Knien gebetet hatten, Liutbirc und ich für eine Empfängnis und Afra für die Gesundheit ihrer beiden Kinder, erhielten wir Wachs von den Kerzen der Grabstätte als persönliche Reliquien und machten uns wieder auf den Heimweg.«

Richlint stieß den Händler auf der Bank neben ihr scherzhaft in die Seite. »Ob du es glaubst oder nicht, Hildeger, dieser Weg zurück nach Pitengouua war noch schlimmer als der Hinweg zur Kirche! Wir hatten angenommen, dass Liutbirc durch die Gebete, die weihevolle Stimmung in der vom Licht vieler Kerzen durchfluteten kleinen Steinkirche und durch die Begegnung mit so gläubigen und frommen Frauen wie meiner Bruderfrau Kunissa demütiger und bescheidener werden würde, aber sie jammerte und klagte auf dem Rückweg noch mehr als vorher und war so langsam und behäbig im Gehen, dass wir kaum vorwärts kamen. Das Schlimmste aber waren ihre überheblichen Worte, ständig erzählte sie von ihrem starken und mutigen Gemahl Arbeo, von ihrem teuren Schmuck und der kostbaren Kleidung und von der großen Bedeutung der Dornauer Familie für den Herzog und den gesamten Gau. Zwei Tage lang hörte ich mir auf dem Rückweg ihre ununterbrochene Angeberei und die Sticheleien gegen Afra und das einfache, bäurische Leben eines Meiers an, und dann riss mein Geduldsfaden und ich sagte ihr mitten in ihr feistes Gesicht, dass Arbeo der Vater eines schönen und gesunden Knaben war und die Unlust ihres Mannes, mit ihr das Lager zu teilen, wohl der Grund für ihre bisherige Kinderlosigkeit wäre. Da war sie dann endlich still für den Rest des Weges und schaute mich nur immer wieder böse aus ihren kalten, blauen Augen an.«

Der Händler räusperte sich, nachdem Richlint geendet hatte. »Das war nicht sehr klug von dir, Richlint, die Hausfrau von Dornau und Tochter des Burgvogts von Pitengouua so gegen dich aufzubringen! Liutbirc und ihre Mutter Uoda haben Einfluss, auch bei Graf Arnulf und anderen Männern des Herzogs, und Arbeo ist sogar mit dem Königssohn Liudolf, der jetzt Herzog von Schwaben geworden ist, eng befreundet, die jungen Männer waren zusammen mit dem Bischof auf Pilgerfahrt in Rom und treffen sich häufig. Liutbirc kann dir schaden, vor allem in deiner jetzigen Lage, und du solltest diesen Fehler wieder gutmachen und sie um Verzeihung bitten!«

Richlint lachte höhnisch auf. »Falsches Geplänkel liegt mir nicht, Hildeger, und wie mir Liutbirc jetzt noch schaden kann, nachdem ich nicht mehr die Haslachbäuerin, sondern nur eine einfache freie Frau in einem kleinen Dorf bin und keine Ansprüche stelle, das kann ich mir nicht vorstellen! Sie wird damit zufrieden sein, dass Chuonrad mich verstoßen hat, und sie wird mich in Ruhe lassen und scheinheilig wie alle anderen bedauern. Wenn sie mich in der Kirche weit hinter den Bänken der Meierfamilie und der Burgleute als arme Vertriebene stehen sieht, wird ihr das genügen, und ich habe nicht den Ehrgeiz, wieder zu heiraten und Liutbirc ihre Stellung streitig zu machen.«

Die junge Frau stand auf und kletterte auf die Holzbank, um auf Zehenspitzen über den hohen Zaun zu schauen, der das ganze Dorf umgab. »Ich hab' mir doch gedacht, dass ich etwas gehört habe! Sie kommen vom Feld zurück, Händler, und du wirst bald die Gelegenheit haben, deine Ware vor Leonhard und Afra zu zeigen und einen guten Handel zu tätigen! Du solltest dich auf den Weg zum Meierhof machen, denn die Ernte ist in diesem Jahr reichlich ausgefallen, da sind sicher noch ein paar Goldstücke übrig für süßen Wein und teure Gewürze!«

Hildeger betrachtete die nackten, kräftigen Beine der über ihm stehenden Frau und machte keinerlei Anstalten zu gehen. »Du hast mir noch nicht alles erzählt, Richlint!«, sagte er nachdenklich, packte sie an ihrem fleckigen Rock und zog sie wieder neben sich auf die Bank herunter. »Was ist geschehen, als ihr Frauen von eurer Wallfahrt zurückgekommen seid? Hat Chuonrad dich nicht mehr ins Haslach gelassen, oder bist du aus freiem Willen im Dorf geblieben, wie manche fleißige Zungen behaupten? Und du hast mir auch nicht berichtet, wie du dir dein weiteres Leben vorgestellt hast oder wie dein Muntwalt Graf Roudolf die Sache seiner Brudertochter sieht!«

Richlint lachte den kleinen Mann fröhlich an. »Du willst alles ganz genau wissen, Hildeger, wie bei jedem tüchtigen Händler gehören Neuigkeiten und Gerüchte bei dir zum Handwerk! Hör' gut zu, ich werde dir erzählen, was bei unserer Rückkehr geschah, und dass ich darüber nicht unglücklich gewesen bin, bleibt wohl besser ein Geheimnis unter uns zweien! Der Meier von Pitengouua, Afras Mann Leonhard, empfing uns mit ernster und besorgter Miene im Dorf, und er teilte mir mit dürren Worten mit, dass Chuonrad mich wegen meiner Unfruchtbarkeit verstoßen und die Ehegemeinschaft zwischen uns aufgelöst habe, eine Rückkehr ins Haslach sei mir auf immer verwehrt. Leonhard war mit dem Entschluss seines älteren Bruders nicht einverstanden, denn er verstößt gegen die Lehren unserer christlichen Kirche, aber keiner wagte es, sich Chuonrad ernsthaft zu widersetzen, weder Leonhard noch Utz oder Wezilo, und so streiten sie heute nur noch um die vollständige Herausgabe meiner Brautgabe, damit mein neues Leben mit ein wenig Gold und Schmuck gesichert ist.«

Richlint schaute sich um. »Diese alte, schiefe Hütte war schon einmal meine Heimat, und zu ihr bin ich wieder zurückgekehrt, und hier will ich ohne Mann in Frieden leben und mich im Dorf und bei meiner Freundin Afra nützlich machen, solange es mir möglich ist! Ich werde mich wehren, wenn Graf Roudolf mich aufs Neue vermählen will, und ich hoffe, dass kein Edelmann ein unfruchtbares und widerspenstiges Weib wie mich zur Frau ersehnt!«

Nach kurzem Nachdenken schaute Richlint den freundlichen Händler flehend an. »Mir wäre es lieber, wenn die Leute weiter an mein Unglück glauben und Chuonrad für einen harten Mann und mich für eine unschuldig Verstoßene halten würden, denn niemand versteht eine Frau, die nicht verheiratet sein will, und wenn ich als arm und verlassen gelte, dann sind sie freundlich und gut zu mir und bedauern mein Los. Und deshalb bitte ich dich von Herzen, Händler Hildeger, mit keinem Menschen darüber zu sprechen, dass ich so lustig und guten Mutes bin, und unendlich froh darüber, dem finsteren Schnaitbergtal entkommen zu sein! Immer habe ich mir gewünscht, frei und allein zu leben wie Justina im Gutshof, und ich glaube, dass meine Träume jetzt in Erfüllung gehen, denn hier in Pitengouua schmeckt mir das Wasser vom Bach wie der süßeste Wein in der Stube des Haslachhofes!«

Hildeger nickte und legte zur Bekräftigung seines Versprechens eine breite Hand auf die schmalen Finger der jungen Frau, und er erinnerte sich an das nächtliche Gespräch der noch ledigen Mädchen, das er vor einigen Jahren im Meierhof belauscht hatte, und wie unglücklich Richlint damals über die anstehende Verlobung mit dem Sohn des Haslachbauern gewesen war.

»Meine Lippen werden verschlossen sein, Mädchen, sei beruhigt, aber denke auch an meine Warnung wegen der Dornauerin und halte dich in Zukunft zurück, denn ein wirklich freies Leben gibt es hier im Dorf ganz sicher nicht, und als allein lebende junge Frau wird dein Verhalten immer beobachtet und besprochen werden, dessen musst du dir bei all deinen Handlungen und Reden bewusst sein! Der Schutz eines Mannes fehlt dir, und deshalb ist es wohl auch besser, wenn ich mich jetzt zurückziehe und Leonhard aufsuche, damit man dich nicht eines unerlaubten Verhältnisses mit einem alten Mann zeiht, wenn man uns beide hier so traulich beieinander sitzen sieht!«

»Ich danke dir, Hildeger, für das versprochene Schweigen und deine Sorge um meine zukünftigen Aussichten!« Richlint war aufgestanden und hatte beide Hände des Händlers mit ihren schwarzen Fingern ergriffen. »Aber du brauchst keine Angst um mich zu haben, denn es wartet noch Freude auf mich und ein großes Glück, das hat mir nicht nur meine schwarzhaarige Freundin Justina versprochen, die alle Geheimnisse dieser Welt kennt, sondern das fühle ich auch tief und sicher in meiner eigenen Brust! Ich werde hier in dieser alten Hütte meiner Mutter, die so schön und doch so unglücklich war, auf die Gunst des Schicksals warten, und die Zeit wird mir nicht lang werden, denn endlich bin ich frei!«

954–955
Liebe und Tod

Friedliche und heitere Jahre folgten nach der Scheidung von Richlint und Chuonrad für uns Frauen, voller Lachen und Wärme und gemeinsamer täglicher Arbeit, und ich betete jeden Abend aus tiefstem Herzen zu Gott und allen Heiligen, dass es bis zu unserem Tod so bleiben möge und weder die Männer aus unserem Gau noch feindliche Eindringlinge aus fremden Ländern Richlint, Justina und mich wieder auseinander reißen sollten. Frieden und Ruhe aber war uns nur für eine kurze Zeitspanne vergönnt, und dann brach das Geschehen wild wie ein Sturmwind über uns herein und riss meine Richlint auf seinen rasenden Schwingen mit sich fort.

Im Frühling des Jahres 954 begann für meine Freundin das einzige, große Glück in diesem Leben und damit zugleich ihr schreckliches Ende, und sie warf sich ihrem Schicksal so entschlossen und freudig in die Arme, dass ich immer noch glaube, sie würde heute wieder und wieder so handeln, obwohl sie den bitteren Ausgang an Leib und Seele erfahren hat.

Nass von Schweiß und mit bebenden Gliedern war ich in einer warmen Herbstnacht des Jahres 953 neben meinem tief und ruhig schlafenden Mann aufgewacht, verstört durch einen überaus seltsamen Traum, und wenn ich auch heute den Sinn dieses Traums und seiner eigenartigen Bilder zu verstehen glaube, so begriff ich doch damals weder die göttliche Warnung noch den tief greifenden Wandel, der mir vorausgesagt wurde, und nur undeutliche Angst und Unsicherheit blieben von dieser Nacht zurück.

In diesem Traum ging ich mit einem Flechtkorb voller Kräuter und Wurzeln auf dem Rücken auf einem seit Kinderzeiten vertrauten Pfad, und ich lief und lief, ohne ein wirkliches Ziel zu haben und achtete weder auf den Weg noch auf meine Umgebung. Plötzlich stand ich an einer Gabelung, die ich nie vorher gesehen hatte, nach rechts führte der Weg durch dichtes Unterholz in ein nebliges Tal und nach links auf eine hoch gelegene Ebene mit klarer und durchsichtiger Luft. Es herrschte eine unnatürliche Stille, als ich an dieser Kreuzung verharrte, kein Laut war zu vernehmen außer meinem eigenen heftigen Atem, und obwohl ich wusste und spürte, dass der linke Pfad der richtige Weg für mich war, drängte alles in mir nach rechts, und ohne eigenen Willen oder Vorsatz folgten meine Füße wie unter Zwang dem steilen Weg bergab, bis ich schließlich über die Knöchel im Sumpf einer morastigen Senke versank, in deren schlammigen Löchern der Steig endete.

Verwundert blieb ich stehen und schaute mich um, als hoch über mir am Himmel laut und spitz der warnende Schrei eines Vogels ertönte und eine große Feder langsam und sanft auf den Strömen der Luft herabschwebte und genau vor meinen Füßen liegen blieb. Der Vogel war längst verschwunden, als ich nach oben schaute, und so nahm ich die Feder vom Boden auf und betrachtete sie genauer. Ihre Zeichnung und Farbe war genauso wie die Augen meiner Freundin, wenn sie aufgeregt oder wütend war, dunkelbraun mit goldenen Splittern, und als ich den Blick wieder hob, sah ich Richlint unbeweglich wie eine von Leonhard aus Holz geschnitzte Figur auf einer Anhöhe über mir stehen. Sie schien mich nicht zu bemerken, sondern schaute starr auf eine Felswand, die aus dem Tal emporragte und vorher noch nicht da gewesen war, und obwohl ich den Mund öffnete und verzweifelt nach ihr rief, kam doch kein Laut über meine Lippen, sosehr ich mich auch anstrengte, und ich konnte nicht zu ihr hinüberlaufen, denn meine Füße waren im Schlamm wie eingefroren und ließen sich nicht bewegen.

Meine Augen folgten ihrem regungslosen Blick, und ich sah eine von Büschen und Sträuchern eingewachsene Höhle in der felsigen Wand, vor der ein Rudel Wölfe friedlich beisammen lagerte und döste. Plötzlich und ohne ersichtlichen Grund fuhr eines der Jungtiere dem Vater und Rudelführer an die Kehle und versuchte mit seinen starken, weißen Zähnen den schwarzgrauen Alten zu erwürgen, und die anderen jungen Wölfe sprangen verunsichert auf und fielen nach kurzem Zögern ebenfalls über den Leitwolf her. Die zutiefst verängstigten Weibchen drängten sich mit ihren Welpen am Rande der Höhle zusammen und heulten Grauen erregend in den Nachthimmel hinauf, blutige Fetzen von Haut und ganze Haarbüschel wirbelten mit Steinen und Zweigen durch die stauberfüllte Luft und ließen mich nicht erkennen, wie der Kampf endete. Ich schrie und schrie mit meiner tonlosen Stimme, ohne von Richlint oder den Raubtieren gehört oder gesehen zu werden, und als ich endlich aus diesem Albtraum erwachte und mich auf meinem Strohlager wieder fand, war meine Kehle trocken und rau und meine Haut triefend nass.

Über diesen Traum habe ich damals mit keinem Menschen gesprochen, weder mit Leonhard noch mit Richlint oder Justina, denn ich wollte ihn so schnell wie irgend möglich wieder vergessen und nicht mehr daran erinnert werden. Aber als Leonhard einige Wochen später meinem alten Vater und uns Frauen vom Aufstand des jungen Herzogs Liudolf und seiner Anhänger gegen den König berichtete, fielen mir die miteinander bis aufs Blut kämpfenden Wölfe wieder ein, und mir erschien das Verhalten der Raubtiere im Traum ähnlich wie das der Menschen in meinem Land. Denn die Wölfe lagen friedlich vor ihrer Höhle und achteten Rang und Ordnung ihres Stammes, bis plötzlich eines der Jungen aufbegehrte und um die Führung zu kämpfen begann, und damit brach das Rudel auseinander und es herrschte Krieg.

König Otto hatte zwar seinen Sohn Liudolf als Herzog von Schwaben eingesetzt und ihn zu seinem Erben und Nachfolger erklärt, aber auf einem Feldzug nach Italien vermählte sich der König mit der reichen Adelheid von Burgund, der Erbin des Landes, die achtzehn Jahre jünger als er war und ihm noch weitere Kinder gebären konnte. Liudolf war mit dieser Eheschließung nicht einverstanden und fürchtete um seinen Erbanspruch als legitimer Nachfolger des Königs, falls Otto weitere Söhne geboren werden sollten, und der wachsende Einfluss der neuen Stiefmutter und seines Onkels Herzog Heinrich von Baiern, dem Bruder des Königs, beunruhigte ihn schon seit geraumer Zeit. Otto hatte dem bairischen Herzog für seine Unterstützung das langobardische Herzogtum Friaul und damit alle Wege nach Mittelitalien verliehen, und die große Macht von

Heinrich war dem ehrgeizigen Liudolf ein Dorn im Auge. Offen erklärte er seinem königlichen Vater die Fehde, zusammen mit Konrad von Lothringen und dem Erzbischof von Mainz, und der bairische Pfalzgraf Arnulf mit seinem Sohn Perchtold und vielen bairischen und schwäbischen Adeligen schloss sich diesem Aufstand an. Die Königsgegner hielten die Pfalz Regnesburch besetzt und verbündeten sich sogar gegen König Otto mit den Feinden unseres Landes, den heidnischen und beutegierigen ungarischen Reiterkriegern, und dieser Aufstand spaltete das bairische und schwäbische Volk in Königstreue und Anhänger des Aufrührers Liudolf.

Zuerst begriffen weder Richlint noch ich, was dieser Bruderkrieg mit uns schlichten Bauern in Pitengouua zu tun haben sollte, denn die Königspfalz Regnesburch lag drei Tagesritte weit von unserem Dorf entfernt, und von den Machtkämpfen unter den adeligen Familien erfuhren wir immer erst dann, wenn ein neuer Graf oder Herzog für Baiern eingesetzt worden war. Aber nachdem Utz von Haslach und Aistulf von Dornau wie so viele zweitgeborene Söhne ohne eigenen Besitz zu begeisterten Anhängern des Herzogs von Schwaben geworden waren, weil sie sich im Falle eines Sieges Reichtum, eigenes Land und große Ehre versprachen, kehrte der Unfriede auch in Pitengouua ein, und wir alle waren davon betroffen.

Erbitterter Streit brach zwischen den Brüdern im Haslach und in der Dornau aus, und auch der Burgvogt Wichard und der Meier des Dorfes, mein Mann Leonhard, waren wie Chuonrad und Arbeo auf der Seite des Königs und verurteilten die Aufständischen aufs Schärfste.

»Bruder gegen Bruder, Vater gegen Sohn, Onkel gegen Neffe, das wird der Untergang dieses Reiches sein!«, prophezeite uns der alte Wezilo mit düsterer Stimme, »wir einfachen Menschen müssen zur heiligen Kirche und ihren ewig gültigen Gesetzen stehen und dem König die versprochene Treue halten, genauso wie unser ehrwürdiger Bischof!«

Denn Udalrich von Augusburc stand entschlossen auf der Seite des Königs, er hatte seinen Bischofsstab mit dem Schwert getauscht und war mit einem großen Aufgebot an Kriegern und seinem Bruder Dietpald nach Regnesburch geritten, um den König bei der Belagerung der von den Aufständischen eingenommenen Stadt zu unterstützen.

Vor allem die Nachricht, dass Liudolf von Schwaben mit den Ungarn gemeinsame Sache machen wollte, stieß in unserem Dorf auf Unverständnis und tiefe Empörung, denn keiner konnte vergessen, wie diese Räuber bei uns gewütet und gemordet hatten, und der Hass auf dieses Volk steckte fest in unseren Herzen. An jedem Sonntag nach dem gemeinsamen Kirchgang und den inbrünstigen Fürbitten für Bischof und König saßen die freien Männer unseres Gaus bis zur Abenddämmerung in der Stube des Meierhofes zusammen und besprachen die wenigen Neuigkeiten, die in diesem Winter bis zu unserem Dorf drangen, und Richlint und ich schenkten ununterbrochen frischen Met und gesüßten Kräuterwein in die schnell geleerten Tonbecher und lauschten gespannt den Gesprächen. Die magere Gisel, ein blutjunges, elternloses Mädchen, das als Kindsmagd bei uns ihr Auskommen gefunden hatte, tischte hölzerne Platten mit gebratenen Fleischstücken und Brot auf und zuckte jedes Mal erschrocken zusammen, wenn Chuonrad von Haslach zur Bekräftigung seiner ohnehin lauten Rede mit der Faust auf den Tisch haute, dass die Becher wackelten.

Der mächtige Haslachbauer hatte bereits ein halbes Jahr nach der gesetzlich anerkannten Trennung von Richlint ein sehr vermögendes Mädchen aus einer weit nördlich gelegenen Siedlung zur Frau genommen und damit den Wohlstand der Familie weiter vermehrt, und nun fürchtete er um sein Hab und Gut, falls der Aufstand niedergeschlagen werden sollte, weil sein Bruder Utz unter den ersten Anhängern des Schwabenherzogs gewesen war und mit ihm vielleicht die ganze Familie zur Rechenschaft gezogen wurde. Deshalb gab sich Chuonrad besonders königstreu und sprach sogar davon, mit dem Bischof gegen Liudolf und seinen leiblichen Bruder zu ziehen und jeden Ungarn, der in Baiern als Freund und Verbündeter einziehen wollte, mit bloßen Händen zu erschlagen, und die Männer am Tisch lobten seine Rede und tranken gerne einen weiteres Mal auf diesen tapferen, freien Bauern.

Seine junge Frau hatte Chuonrad schon ein Jahr nach der Hochzeit den lang ersehnten Sohn und Erben geboren und damit seinen dringendsten Wunsch erfüllt, und der Herr des Haslachtals war milder und umgänglicher geworden und fand sogar manchmal ein Wort des Dankes, wenn Richlint ihm einen Becher hinstellte. Jahrelang hatte Chuonrad beim Kirchgang am Sonntag seine ehemalige Frau mit keinem Blick gewürdigt und sich zusammen mit der blonden Liutbirc von Dornau kräftig darum bemüht, Richlint weit weg von den Tälern der Ambra und Lecha wieder zu verheiraten, und nur dem Wohlwollen des Grafen in Altdorf und ihrem eigenen, starken Willen hatte es meine Freundin zu verdanken, dass wir noch zusammen in Pitengouua lebten. Die meisten Menschen in unserem Gau betrachteten die frühere Haslachbäuerin durchaus mit Wohlgefallen und ein wenig Mitleid, aber es gab doch einige, denen das freie Leben einer allein stehenden Frau missfiel und die sich darüber die Mäuler zerrissen. Besonders für Liutbirc und ihre Mutter Uoda war Richlint in der alten Hütte von Folchaid ein Dorn im Auge, und sie bedrängten den Burgvogt und den Meier immer wieder, sie nach Altdorf zum Grafen zu schicken oder nach einem geeigneten Ehemann Ausschau zu halten.

»Es wird sich doch irgendwo im Gau ein alter Witwer mit einigen noch unmündigen Kindern finden lassen, der wird froh und dankbar sein für eine Hausfrau!«, hörte ich Liutbirc bei Leonhard nörgeln, »und wenn er selber schon Vater ist, dann macht ihm die Unfruchtbarkeit von Richlint nichts aus! Es ist einfach unpassend, dass diese noch junge Frau ganz allein im Dorf lebt, nicht ledig und nicht verheiratet, und es ist deine Aufgabe als Meier und die meines Bruders Wichard als Burgvogt, die Ordnung wieder herzustellen und für christliche Sitten zu sorgen!«

Liutbirc, die Richlint nach ihren offenen Worten auf unserer gemeinsamen Wallfahrt zur heiligen Afra noch mehr als früher ablehnte, beobachtete das tägliche Leben und Handeln meiner Freundin argwöhnisch, und sie wartete nur auf eine günstige Gelegenheit, um ihr etwas Schlechtes nachzusagen und sie vor das Dorfgericht zu bringen. Aber Richlint hielt sich immer bescheiden und ruhig im Hintergrund, ließ beim Kirchgang allen verheirateten Frauen den Vortritt und achtete darauf, niemals mit einem Mann alleine zu sein, damit kein Gerede über sie entstehen konnte.

»Ich brauche Liutbircs Anerkennung nicht«, sagte sie zu Justina und mir, »und schon gar nicht ihr Wohlwollen, denn endlich lebe ich so frei und ungebunden, wie ich es mir immer ersehnt habe! Dafür nehme ich es gerne auf mich, in der Kirche weit hinten zu stehen und in einer armseligen Hütte zu schlafen, denn Stand und Reichtum haben mich im Haslach nur unglücklich gemacht, mit dem einfachen Leben in Pitengouua aber bin ich zufrieden! Kein Mann auf dieser Welt soll sich zwischen uns stellen oder uns trennen, Afra, bis zu meinem Tode möchte ich friedlich hier im Dorf mit dir leben.«

Aber all die Sticheleien von Liutbirc und Uoda gegen Richlint und die forschen Reden des Haslachbauern vor den freien Männern des Gaus rückten in den Hintergrund und waren gleich vergessen, als in der Mitte des Monats Februar 954 Wichard von einem Treffen mit Graf Roudolf nach Pitengouua zurückkehrte. In seiner Begleitung war als Abgesandter des Bischofs Udalrich der Mönch Rasso, Richlints Bruder, dem er auf dem Heimweg ins Dorf begegnet war, und der große Rasso in seiner bodenlangen, grauen Kutte wirkte neben dem stämmigen Wichard hager und kränklich und um viele Jahre älter als unser Burgvogt. Mir schien, als ob zwischen den früheren Spielgefährten eine Missstimmung herrschte, denn sie gaben sich wortkarg und schauten sich kaum in die Augen, und in unserer Stube setzten sie sich weit auseinander und suchten das Gespräch mit anderen.

Die Bauern drängten sich nach der Ankunft der beiden Männer im Meierhof so eng zusammen, dass kaum Luft zum Atmen blieb, denn sie waren alle von ihren Höfen und Weilern ins Dorf geritten, um von Wichard etwas über den unseligen Bruderkrieg zu erfahren, es fehlten an diesem eisigen Wintertag weder die Haslacher noch die Leute von Dornau in unserer rauchigen Stube, und sogar aus Bobinga und Bisenberg war jeweils der Meier mit einigen Knechten gekommen. Es roch durchdringend nach nasser Wolle, Leder und Schweiß, und die Männer hockten mit ihren Waffen so dicht beieinander auf dem Boden und der Bettstatt und den wenigen Holzbänken, dass es für niemand ein Durchkommen gab und ich nicht einmal Met ausschenken konnte, wie es die Gastfreundschaft geboten hätte. Meine Kinder hatte ich mit der kleinen Magd in die Schmiede hinüber geschickt, damit sie die Gespräche der Männer nicht störten, und Richlint und ich lehnten aneinander geschmiegt hinter der angrenzenden Stalltür und horchten angespannt, um ja kein Wort von Wichard oder Rasso zu versäumen.

Als Mann der Kirche und Gesandter des Bischofs sprach Rasso als Erster, und als er davon erzählte, wie Udalrich Ende Dezember nach der erfolglosen Belagerung von Regnesburch in das von Pfalzgraf Arnulf verwüstete Augusburc zurückkehrte und dort nicht einmal mehr ein sicheres Dach über dem Kopf vorfand, weil Arnulf und sein Sohn wilder als die Ungarn gewütet und mit ihren Mannen Häuser, Kirchen und Schutzmauern eingerissen und angezündet hatten, da machte sich helle Empörung unter den Pitengouuern breit und sie forderten lauthals die strenge Bestrafung der Übeltäter.

»Schlimmer als die Heiden!«, hörte ich meinen Vater schreien, »gottlos ist es, Kirchen zu plündern und in Brand zu stecken, und verflucht sind diejenigen, die sich gegen ihren Bischof stellen und seinen Besitz unter Fremde verteilen! Berichte uns, Mönch Rasso, wie Udalrich diese Unholde bestraft hat und wie es jetzt in Augusburc steht!«

Die Stimme von Rasso klang ernst und bedrückt, als er weiter erzählte. »Der Bischof konnte es nicht wagen, in dieser Trümmerstätte zu verweilen, er wäre einem weiteren Angriff von Liudolf und seinen Gefolgsleuten hilflos ausgeliefert gewesen! Also ritt er die Lecha entlang weiter südlich zur ehemals welschen Festung Mantahinga, um dort Schutz zu suchen und sich zu verteidigen, doch die Gebäude des alten Castellums waren teilweise zerstört und verfallen, und so schlief Udalrich mit seinen Männern trotz der bitteren Kälte in Zelten und eilig errichteten Hütten, bis die Festung zur Verteidigung wieder hergerichtet war. Mit einer schlauen List hielt unser Bischof den Pfalzgrafen so lange hin, bis Mantahinga wieder wehrfest war, und dann beschwor er erneut seine unverbrüchliche Treue zum König und verteidigte die Festung mit seinen Getreuen gegen den heftig anstürmenden Arnulf. Unter den bairischen und schwäbischen Aufrührern an der Seite des Pfalzgrafen waren auch Männer aus eurem Dorf, mit meinen eigenen Augen habe ich Utz von Haslach und Aistulf von Dornau gegen die Leute des Bischofs kämpfen sehen!«

Atemlose Stille herrschte nach den Worten des Mönchs in der überfüllten Stube, und mit Genugtuung fuhr Rasso laut und deutlich fort. »Gottes allmächtige Hand beschützt die Gerechten und nicht die Sünder und Aufrührer, darum betet für eure Brüder, damit sie ihr unrechtes Handeln einsehen und bereuen und vom Bischof nicht allzu hart bestraft werden! Denn Graf Adalbert von Marchtal und Dietpald von Wittislingen kamen mit ihrer Mannschaft den im Castellum Belagerten zu Hilfe und nahmen Heremann gefangen, den Bruder des Pfalzgrafen, und Udalrich errang einen glänzenden Sieg über Graf Arnulf und kehrte mit seinen Männern und dem Leichnam seines tödlich verwundeten Freundes Adalbert von Marchtal nach Augusburc zurück. Dort hält er jetzt ein strenges Gericht über alle, die Beute aus dem Besitz der heiligen Kirche gemacht haben, und nur wer sich die Verzeihung des Bischofs erkaufen kann, kommt ungestraft davon.«

Erregte Stimmen füllten nun den ganzen Raum, alle redeten wild durcheinander und wollten von Rasso Genaueres über diesen Kampf und den Sieg der Königstreuen erfahren. Richlint und ich konnten hinter der Stalltür kaum noch ein einzelnes Wort verstehen, so sehr schrien und triumphierten die Männer, und erst nach geraumer Zeit verschaffte sich Chuonrad mit seiner herrischen Stimme Gehör. »Ich werde Utz beistehen und sein Lösegeld bezahlen, auch wenn er gefehlt und Schande über unsere Familie gebracht hat, so ist er doch mein Bruder! Bei Gott und allen Heiligen, ich bin überaus froh, dass dieser unselige Aufstand vorüber ist und wieder Einigkeit in unserem Land herrscht!«

Zustimmendes Gemurmel ertönte von den Bauern, die in Frieden ihr Land bestellen und nicht in einen Krieg ziehen wollten, und Richlint legte bei Chuonrads Worten ihren Arm um meine Hüften und drückte mich voller Erleichterung fest an sich. Da schepperte und polterte es plötzlich, wie wenn eine Holzbank mit Bechern und Schüsseln umgestoßen wurde, und wir zuckten voller Schreck zusammen, als wir den lauten Ruf von Wichard vernahmen.

»Hoho! Haltet ein, ihr Leute! Was hört ihr auf diesen kraftlosen Mönch, der nichts von Kampf und Sieg versteht und besser in seinem stillen Kloster beim Beten geblieben wäre, als hier die Sache seines Bischofs zu vertreten! Nichts ist vorbei, der Aufstand geht weiter, und wenn auch Mantahinga und Augusburc für den Augenblick wieder verloren sind, so ist doch die große und reiche Pfalz Regnesburch sicher in den Händen von Herzog Liudolf. Ich komme aus Altdorf mit den Befehlen unseres Grafen Roudolf, der sich wie Herzog Heinrich von Baiern und viele andere mächtige Männer nun dem Enkel von König Heinrich und wahren Erben des Reichs, Liudolf von Schwaben, angeschlossen hat und gegen die Willkür und Herrschsucht des Königs Otto und seines ehrgeizigen Weibes Adelheid kämpft. Unser Graf befiehlt, dass wir Bauern aus Pitengouua und dem ganzen Gau die Aufständischen unterstützen und ihnen Unterkunft und Verpflegung verschaffen, wenn sie durchs Land ziehen, und er selbst wird mit seiner Mannschaft an der Seite der Herzöge gegen Otto kämpfen und einen sicheren Sieg davontragen, der uns allen im Ambragau mehr Wohlstand und Recht verschaffen wird!«

Meine Freundin und ich schauten uns an, unsicher, ob wir Wichards Rede richtig verstanden hatten. »Gehören wir nun zu den Aufständlern?«, flüsterte Richlint in mein Ohr, »müssen wir uns jetzt auch mit den Ungarn verbünden, wie Liudolf und Graf Arnulf es getan haben?« Ich konnte nur hilflos mit den Schultern zucken, denn ich verstand genauso wenig wie sie, was eigentlich vorging, und nach der Totenstille in der Stube draußen zu schließen, dachten auch die Männer erst einmal über die Aussage des Burgvogts nach.

Schließlich ergriff mein alter Vater Wezilo das Wort. »Wenn ich dich richtig verstanden habe, Wichard, dann verlangt Graf Roudolf also, dass wir uns gegen die Kirche stellen und unseren eigenen Bischof bekämpfen! Nie und nimmer werde ich das tun, auch wenn der Welfengraf es mir befiehlt, denn die Kirche ist heilig und steht über den irdischen Händeln der Menschen!« Beifällige Stimmen erhoben sich in der Stube, und einige Bauern klatschten zu Wezilos Rede sogar anerkennend in die Hände.

Wichard aber schrie die Männer an. »Ihr Tölpel! Hört lieber auf euren Herrn, den Grafen Roudolf, als auf das dumme Gerede eines schwachen Greises und eines weltfremden Mönches! Der Bischof von Augusburc ist nicht die heilige Kirche, sondern nur ein willfähriger Mann des Königs, der seine Stellung dessen Gunst verdankt! Wir kämpfen nicht gegen die Kirche, sondern gegen die Gefolgsleute des Königs Otto, und wir kämpfen für mehr Gerechtigkeit in Baiern und Schwaben, für mehr Freiheit für uns alle!«

Höhnisch lachte Rasso auf. »Freiheit! Das nenn' ich nicht frei sein, wenn man sich mit den Heiden verbündet, gegen den christlichen König, gegen alle gültige Ordnung in unserem Land! Mein Onkel, euer Graf Roudolf, ist geblendet von den falschen Versprechen der Aufrührer, er wird seine Entscheidung für Herzog Liudolf noch bitter bereuen und auf Knien die Vergebung des Königs und seiner Bischöfe erflehen!«

Durch einen winzigen Spalt in der Stalltür versuchten Richlint und ich einen Blick auf die streitenden Männer in der Meierstube zu erhaschen, und meine Freundin klammerte sich dabei so fest und eng an meine Schultern, dass ich ihren heißen

Atem in meinem Nacken wie die Hitzeglut eines Herdfeuers spürte. Wir konnten durch die kleine Lücke im Holz sehen, dass Wichard sich drohend vor dem viel größeren Rasso aufgebaut und sein Schwert gezogen hatte, das er nachlässig und wie nebenbei immer wieder mit der flachen Seite gegen seinen Schenkel schlug.

»Es wird wohl besser sein, wenn du jetzt in dein Kloster zurückkehrst, Mönch Rasso, denn ich möchte meine Hand ungern gegen einen unbewaffneten Mann der Kirche erheben!« Mit hochrotem Kopf ging der Burgvogt immer weiter auf den hageren Mann in der grauen Kutte zu. »Diese Männer hier werden alle ihrem Grafen folgen, so wie sie es geschworen haben und der Welfenfamilie schuldig sind, denn kein hoher Herr fragt einen Bauern oder einfachen Landgutsbesitzer nach seiner Meinung oder seinem Gewissen, wir alle müssen gehorchen! Geh' du deshalb an den Amberse zurück und mische dich nicht in weltliche Dinge wie Kampf und Herrschaft, von denen du dich aus freiem Willen für immer losgesagt hast!«

Schweigend saßen all die Männer da, Chuonrad, Arbeo, mein Mann Leonhard und die beiden Meier der Nachbardörfer, keiner unter ihnen wagte dem Burgvogt zu widersprechen oder eine andere Meinung zu äußern, und nur der alte Meier Wezilo war aufgestanden und hatte sich wie zum Schutz neben Rasso gestellt. Der Mönch schaute sehr ernst in die betretenen Gesichter der Bauern, und dann schlug er seinen Umhang um die Schultern und ging zur Tür. »Ich werde für euch beten, für euch alle, wie immer ihr auch entscheiden mögt, denn Pitengouua ist meine Heimat, und seine Menschen sind meine Familie! Gott möge euch alle beschützen, jetzt und in Ewigkeit!«

Kaum hatte Rasso die Tür der Stube hinter sich geschlossen, da zerrte mich Richlint zum anderen Ende des Stalls, wo sich ein kleiner Ausgang befand, und wir rannten und rutschten durch Schnee und Matsch und erreichten ihren Bruder gerade noch beim Hoftor, als er bereits auf seinem Pferd saß und losreiten wollte. »Rasso, warte!«, rief Richlint völlig außer Atem, »sag' Afra und mir, was wir tun sollen! Wir haben dich reden gehört und auch Wichard, und wir haben Angst um uns und um die Kinder, und wir fürchten uns vor den Ungarn und vor einem Krieg gegen die Truppen des Königs!« Sie klammerte sich am Bein ihres Bruders fest, und Rasso zügelte sein Pferd und schaute liebevoll zu ihr hinunter.

»Du hast als Ehefrau nichts zu entscheiden, Afra, und du wirst mit den Kindern bei deinem Mann im Dorf bleiben und ihm gehorchen, was immer auch geschehen mag. Aber du, Richlint, du kannst ins Kloster zu Kunissa gehen und ein bescheidenes Leben zum Lobe Gottes wählen, und dort wirst du sicher sein vor den Feinden und diesem unseligen Bruderkrieg! Steig' auf, ich bringe dich hin, jetzt auf der Stelle, viel zu lange schon hast du dem Ruf Gottes widerstanden!« Und Rasso streckte seiner Schwester die Hand entgegen, um ihr aufs Pferd zu helfen, doch Richlint zögerte und wich einen Schritt zurück. »Ich werde dir nicht helfen können, Schwester, wenn der Krieg auch in unserem Gau wütet, denn meine Tage auf Erden sind gezählt! Seit meiner Pilgerfahrt ins Heilige Land zehrt eine böse Krankheit an mir und lässt mich immer schwächer werden, und ich werde meine Zelle wohl nicht mehr oft verlassen können. Darum reiche mir deine Hand und reite mit nach Augusburc, und lass' uns dort zusammen beten für all die armen Sünder hier!«

Ich sehe noch Richlints Gesicht vor mir an diesem Winternachmittag, blass und unsicher stand sie bis über die Knöchel im Schneematsch und schaute von Rasso zu mir und dann über die Strohdächer von Pitengouua. Zum ersten Mal zweifelte sie daran, ob es richtig war, im Dorf zu bleiben, und ihre Brust hob und senkte sich heftig, als sie die Luft in schweren Seufzern herausstieß und mich fragend ansah. In meinen Gedanken und mit meinen Augen flehte ich sie an, mich nicht zu verlassen, doch über meine Lippen kam kein einziges Wort, und als sie schließlich entschlossen einen weiteren Schritt zurück tat und den Arm um mich legte, fiel ich ihr überglücklich und erleichtert um den Hals.

Wie dunkle Schatten lagen die Augen tief in Rassos hagerem Gesicht, und mit leiser Stimme nahm er von uns Abschied.

»Gott behüte euch, Richlint und Afra, und alle Engel und Heiligen mögen über euch beide wachen und euch vor jedem Unheil beschützen! Schließt mich in eure täglichen Gebete ein, so wie ich für euch beten werde, und wir werden uns eines fernen Tages wieder sehen!«

Ununterbrochen liefen Tränen über das Antlitz meiner Freundin, als sie ihrem Bruder lange nachsah und dann das Tor hinter ihm verriegelte. Heute weiß ich, dass es die letzten Worte für uns aus dem Munde von Rasso waren, die Richlint und ich an diesem Wintertag hörten, und sie bedeuten mir viel. Denn schon im Sommer desselben Jahres kam ein Bote aus dem Kloster am Amberse mit der Todesnachricht, und es blieb von Folchaids Kindern nur noch meine Richlint und ein ferner und fremder Bruder in Altdorf beim Grafen.

Wie eine riesige weiße Scheibe stand der volle Mond in dieser Sommernacht über dem kleinen Weiler am Bach und ließ sein milchiges Licht sanft über die Häuser und Hütten mit ihren Strohdächern fließen, tauchte den kleinen Hügel mit der Kirche und dem Gottesacker in milde Helligkeit und warf die Schatten der hölzernen Kreuze schmal und überlang auf die Gräber. Ein leichter Westwind trieb einzelne weiße Wolken vor sich über den Nachthimmel und brachte die schwarzgrauen Erlensträucher am Bachrand zum Erzittern, und am Notstand der Dorfschmiede schlug eine lose herabhängende Pferdetrense mit runden Riemenverteilern aus Bronze immer wieder mit metallischem Laut gegen einen dicken Holzbalken.

Der Weg durchs Dorf am Bach entlang war menschenleer, nur eine scheckige Katze saß auf der Bank unter der großen Linde und putzte sich ausgiebig das dichte Fell, hin und wieder aufgeschreckt von einem plötzlichen Windstoß, der die silbrig glänzenden Blätter des großen Baumes über ihr zum Flüstern brachte. Die Katze spitzte die Ohren und hielt für einen Moment mit ihrer Beschäftigung inne, als vom Wind getragen lautes Lachen und eifrige Stimmen aus dem Meierhof bis zu ihr drangen, doch als die Geräusche verebbten und es wieder still wurde, fuhr das Tier mit seiner kleinen Zunge noch ein paar Mal über den Pelz und rollte sich dann zufrieden zusammen.

Als leise knarrend die Tür der schiefen Hütte neben dem Hollerbusch aufging und eine Frau heraustrat, die sich vorsichtig umschaute und dann mit schnellen Schritten zum Zaun lief, bemerkte die Katze unter der Linde das wohl, aber sie rührte sich nicht. Den dreieckigen Kopf auf den Vorderpfoten blieb sie unbeweglich liegen, und nur die im Licht dieser Nacht leuchtenden Augen des Tieres verfolgten aufmerksam den Weg der eiligen Frau, die sich immer wieder umsah und anscheinend von niemandem ertappt werden wollte. Am hohen Zaun angelangt, verharrte die Frau für einen kurzen Augenblick und schaute den Bach entlang zum Meierhof zurück, wo die Dorfbewohner in diesen hellen Nächten beieinander saßen und Wein und Met tranken, lustige Geschichten und alte Sagen erzählten und fast bis zum Morgengrauen keinen Schlaf suchten. Nur Kranke und Säuglinge lagen in so einer Nacht auf ihrer Bettstatt, aber von den Männern, Frauen und Kindern des kleinen Weilers am Bach, ob alt oder jung, frei oder unfrei, arm oder reich, wollte niemand den heiteren Abend beim Meier versäumen, und keinerlei Verständnis war in den fröhlichen, vom Wein geröteten Gesichtern der Menschen zu erkennen gewesen, als die noch junge und gesunde Frau sich schon am frühen Abend in ihre einsame Hütte zurückgezogen hatte.

Der feste Zaun aus dicken Holzbohlen und gefährlichen Spitzen umschloss fast das ganze Dorf, nur zum Meierberg mit der Burg hin lag der Weiler offen, und im Süden und Osten gab es breite, doppelflügelige Tore, die tagsüber weit offen standen, in den Nächten aber sorgsam verriegelt wurden. Die Frau aber wusste genau, wo es einen Durchschlupf gab, sie lockerte mit beiden Händen einen Pfahl an der Böschung neben dem Bach, der an dieser Stelle unter dem Zaun hindurchfloss, schob ihn zur Seite und zwängte sich auf Knien durch die schmale Öffnung. Ihren Umhang und den weiten Rock hatte sie um sich gewickelt und mit den Zähnen festgehalten, da sie beide Hände zum Kriechen brauchte, und nachdem sie auf der anderen Seite angelangt war, schob sie den Zaunpfahl wieder in seine ursprüngliche Stellung zurück. Die scheckige Katze auf der Bank hatte das Geschehen aufmerksam verfolgt und sich aufgesetzt, als die Frau durch das Loch verschwunden war, aber als der hölzerne Zaun sich wieder schloss und alles ruhig blieb, drehte sich das Tier gemächlich auf die andere Seite ein und schlief weiter.

Vorsichtig und leise, die nackten Hände und Arme unter dem dicht gewebten, wollenen Umhang schützend geborgen, trat die Frau aus dem wirren Gebüsch und kratzigen Strauchwerk, das den Dorfzaun auf der Außenseite schier undurchdringlich wuchernd umgab und mit seinen Dornen und Stacheln zusätzlich vor Eindringlingen schützte, und als sie endlich frei dastand und ein paar sichere Schritte weg vom Zaun getan hatte, ließ sie die schmalen Schultern sinken und atmete erleichtert aus. Abgebrochene Zweige und stachelige Kletten hatten sich in Haar und Kleidung verfangen und wurden nun abgestreift und ausgeschüttelt, und dann nestelte die junge Frau einige Hornnadeln aus den damit aufgesteckten Haaren, löste ihre dichten Zöpfe und ließ das volle, leicht lockige Haar bis zu den Hüften offen herabfallen. Sie warf noch einen letzten Blick auf die Strohdächer der Siedlung und schlang entschlossen den Umhang über die Schulter, horchte kurz auf das laute und wütende Bellen eines Hundes im Dorf und eilte dann mit weit ausholenden Schritten zum Hügel im Osten des Bachtals.

Auf dem breiten Eggbichl lagen dicht aneinander gereiht die Gräber der Vorfahren, und obwohl von ihnen außer ein paar herumliegenden großen Steinen nichts mehr zu erkennen war, so wäre doch kein Bauer oder Knecht, geschweige denn eine der Frauen, alleine in der Nacht auf diesen heidnischen Hügel gestiegen, denn tiefe Ehrfurcht und große Angst vor den unchristlichen Ahnen und ihren grausamen Göttern hielten die Menschen noch immer in ihrem Bann. Die junge Frau aber achtete nicht der uralten Grabstätten, auf die sie ihre bloßen Füße setzte, sondern lief im weichen Licht des Vollmondes mit wehenden Haaren über den Hügel bis zum angrenzenden Wald, wo im Nachtschatten der Bäume ein bewaffneter Reiter auf sie wartete.

Das kleine und gedrungene Pferd mit der zottigen Mähne stand wie aus Stein gemeißelt, als die Frau darauf zueilte und die ausgestreckte Hand des Mannes auf seinem Rücken ergriff, und mit einem einzigen kräftigen Schwung zog der in den Steigbügeln stehende Reiter sie hinter sich auf den Sattel und trabte mit ihr ohne ein Wort durch den dichten Wald zur Ambraschlucht.

Der schmale Weg war ein nur leidlich ausgetretener Saumpfad voller Löcher und Wurzeln, und obwohl das stämmige Pferd seine kleinen, harten Hufe mit dem Eisenbeschlag geschickt und sicher auf den Waldboden setzte, geriet es doch hin und wieder ins Stolpern, und die Frau klammerte sich fest an den starken Rücken des Reiters und verschränkte ihre Hände vor seinem flachen Bauch. Durch ihre Kleider spürte sie jede Bewegung seines Körpers, fühlte das fast unmerkliche Spiel der harten Muskeln und Sehnen des Mannes, mit denen er das Pferd lenkte, und sie horchte auf den Schlag seines Herzens und atmete tief den Geruch nach Rauch und Leder ein, den sein langes Haar verströmte. Trotz der Gefahren durch wilde Tiere und heidnische Spukgestalten im nächtlichen Wald fühlte sich die junge Frau so sicher und geborgen wie noch nie in ihrem Leben, und es schreckte sie weder das Geheul eines Wolfsrudels in der Ferne noch der klagende Schrei eines Waldkauzes hoch über ihr in den Baumwipfeln.

Am Rande der tiefen Schlucht stiegen die Reiter ab, denn der Abstieg zur Ambra war zu steil und gefährlich auf dem Rücken eines Pferdes, und der Mann ging voraus und führte das Tier den Abhang hinunter, zwischen riesigen Felsbrocken und undurchdringlichem Strauchwerk bahnte er für sich und die Frau einen Weg. Uralte Bäume überzogen mit ihrem Wurzelwerk den steilen Hangboden und ließen Mensch und Tier stolpern, und gefiederte Farne und feingliedrige Schachtelhalme streiften unentwegt die nackten Füße der Frau auf der mit feuchtem Moos überzogenen Erde. Immer wieder schaute sich der Mann um, ob die Frau ihm sicher folgte, und als sie auf einer am sandigen Flussbett liegenden Wiese angekommen waren, ließ er das Pferd frei, nahm ihm den Sattel ab und legte dem Tier nur lockere Beinfesseln an, damit es beim Grasen nicht allzu sehr behindert wurde. Dann griff er nach der Hand der jungen Frau und geleitete sie vorsichtig und langsam über einen schmalen Brettersteg auf die andere Seite des wild strömenden Gebirgsflusses, an der schroffe Felswände senkrecht emporragten und das Rauschen der ungezähmten Ambra laut widerhallte.

Dort führte eine steile Steige aus verwitterten Holzbalken, Steinen und Felsbrocken weit hinauf zu einer verborgen liegenden Höhle, gut versteckt hinter dichtem, nadeligem Gestrüpp lag der niedrige Eingang im Gestein, und nur ein schmaler Vorsprung trennte die Höhle von der tiefen Schlucht.

Atemlos vom steilen Aufstieg verharrten der Mann und die Frau auf diesem engen Grat und schauten sich ohne Worte in die Augen, die Hände fest ineinander verschlungen und die Brust bebend vor Anstrengung, und dann legte der Mann seine Arme um die runden Hüften der Frau und zog sie ganz nah zu sich heran, strich sanft mit seinen schmalen Händen über ihren Kopf und die lockigen Haare, fuhr mit feingliedrigen, starken Fingern dem Schwung der dichten Brauen und der vollen Lippen nach und presste seinen warmen Mund in das zarte Grübchen unter ihrer Kehle, in der das Blut wie wild klopfte.

Die Frau lachte und drängte ihren Körper eng an den des Mannes, und als er ihr Kleid hob und mit beiden Händen ihre bloßen Lenden umfasste und sie dabei fest an seine harten Oberschenkel und den angespannten Bauch drückte, schloss sie die Augen und stöhnte voller Lust. Gemeinsam krochen sie durch den niedrigen Eingang in die kühle Höhle, ertasteten auf dem Sandboden in der fast vollkommenen Dunkelheit das weiche Lager aus Moospolstern und wollenen Decken, das der Mann vorbereitet hatte, und sie gaben sich ihrer Liebe hin, ohne an die Welt draußen einen einzigen Gedanken zu verschwenden.

Das volle Licht des Mondes ergoss sich über den steinernen Vorsprung, als die Frau nach einiger Zeit aus der Höhle hervorkroch und sich mit einem glücklichen Lächeln auf dem geröteten Gesicht vor den Eingang hockte, um ihre Haare zu flechten. Ihre weiße Haut war nass von Schweiß und mit Erde und Sand beschmiert, und mit tiefen Zügen atmete sie die erfrischende Luft, die vom wilden Fluss heraufdrang. Die Schultern und Arme schimmerten sanft und silbrigweiß, als sie die Hände hob und die Zöpfe auf ihrem Kopf richtete, und sie empfand den Schein des Mondlichts wie eine kühle und zarte Berührung auf ihrem ganzen Körper.

Hinter sich vernahm die Frau ein leises Geräusch, aber sie drehte sich nicht um, sondern blieb ruhig und aufrecht sitzen, und als die starken Arme des Mannes ihren nackten Leib umspannten und die weichen, runden Brüste von seinen warmen Händen umfangen und zärtlich gewiegt wurden, ließ sie sich voll Vertrauen zurücksinken an die breite Brust und lehnte den Kopf an seine Schulter. Eine Welle heißen Begehrens durchströmte ihren Körper bei seinen sanften Berührungen, und sie griff mit beiden Händen in die langen, dunklen Haare des Mannes und zog sein Gesicht ganz nah an das ihre. Der Mann und die Frau schauten sich lange in die Augen und sprachen noch immer kein Wort, und als endlich ihre Lippen und Zungen in einem tiefen und endlosen Kuss miteinander verschmolzen, schob sich eine Wolke vor den hell strahlenden Mond und tauchte die steinerne Höhle mit den beiden Menschen in ihren dunklen Schatten.

An einem heißen Sommertag des Jahres 954 stand der kleine Gewürzhändler Hildeger mit Arbeo, dem Herrn des Dornauer Guts, hoch oben am Steilufer der Lecha und schaute auf den träge dahinfließenden Fluss und das gegenüberliegende sandige Ufer. »Da, schau her, Hildeger, von hier aus kannst du das Lager der ungarischen Reiter gut erkennen! Die vielen bunten Fahnen, die vor dem großen Zelt in der Erde stecken, zeigen an, dass sich ihr Anführer im Lager aufhält, einem guten Handel mit Wein und Salz steht also nichts im Wege!«

Mit schmal zusammengekniffenen Augen schaute der Händler der über den Fluss weisenden Hand des Gutsherrn nach, aber mit seinem kurzsichtigen Blick konnte er keinerlei Einzelheiten erkennen und wandte sich bald wieder ab. »Und du glaubst wirklich, dass man ihnen trauen kann, Arbeo?«, fragte Hildeger unsicher und schaute zu dem gut einen Kopf größeren Mann hinauf, dabei hielt er mit einer Hand den aus grobem Stroh geflochtenen, breitkrempigen Hut fest, den er zum Schutz gegen die stechende Sonne auf seinem vollkommen kahlen Schädel trug.

Arbeo lachte auf. »Sie werden dich vierteilen und auf ihrem Lagerfeuer braten, Hildeger, fett wie du bist! Nein, es sind Verbündete, Gefolgsleute unseres Grafen und Herzogs, jedenfalls sind sie es heute noch, denn was unsere hohen Herren morgen wieder beschließen werden, das weiß Gott allein, und womöglich ankern dann die Nordmänner mit ihren Drachenschiffen auf der Lecha und wir sollen den Met aus hirnenen Schalen mit ihnen saufen!«

Als er aber in das betroffene Gesicht des dicken, kleinen Mannes sah, wurde Arbeo wieder ernst und fuhr mit ruhiger Stimme fort. »Nein, nein, Händler, mach' dir keine Sorgen! Die Ungarn sind lustige und freundliche Leute, mit denen sich gut trinken und feiern lässt! Einige von ihnen sind Christen seit ihrer Kinderzeit, und sie sprechen unsere Sprache so gut wie ihr eigenes Kauderwelsch, das jedes anständige Ohr verletzt und fast nur aus unverständlichen Silben besteht. Sie sind wild und neugierig und haben etwas raue Gewohnheiten, und ihre derbe Art, miteinander zu scherzen, wird dir sicher nicht gefallen! Bei den regelmäßigen Reiterspielen und Scheinkämpfen, die sie dort drunten veranstalten, fließt das Blut oft dunkelrot in den Sand, und mancher Knochen splittert wie eine dünne Holzstange, aber das hindert nicht einen dieser Ungarn daran, voller Begeisterung mitzumachen und seine Kräfte nach bestem

Vermögen mit den anderen zu messen. Sie werden dir deinen gesamten süßen Wein abkaufen und dich gut dafür bezahlen, denn Geschmeide und Juwelen besitzen sie reichlich, die Anführer tragen Bänder aus purem Gold um den Hals und ihre Kleider sind aus farbigen Seidenstoffen, am Saum über und über mit goldenen Münzen und klingenden Schellen bestickt!«

Die beiden Männer hatten sich vom Steilufer abgewandt und gingen langsam nebeneinander zum Gutshof zurück. »Wer unter uns hätte gedacht, dass wir jemals mit diesen Barbaren Handel treiben und sogar verbündet sein würden?«, überlegte Hildeger nachdenklich, »zwar ist es schon viele Jahre her, dass sie in Pitengouua gemordet und geplündert haben, und es sind sicher nicht die gleichen Männer wie damals, aber es verwundert mich doch, dass der alte Wezilo und der Meier und der stolze Haslachbauer sich mit den Reiterführern um einen Tisch setzen!« Arbeo blieb stehen. »Wezilo hat das auch bis zum heutigen Tag noch nicht getan, er steht treu auf der Seite seines Bischofs und verteufelt das Bündnis mit den Ungarn, aber wer hört schon auf einen unversöhnlichen Greis, der von früheren Zeiten erzählt und keinerlei Macht oder Einfluss mehr hat! Der Meier Leonhard, die Haslachbrüder und mein Bruder und ich aber folgen dem Willen unseres Grafen Roudolf und des Herzogs Heinrich, und wir haben die Fremden in unserem Gau aufgenommen und erlauben ihnen die Jagd und das Fischen in unseren Flüssen und Seen. Wer sich in Baiern nicht dem Aufstand und dem Bündnis mit den ungarischen Reitern angeschlossen hat, der wird von Horden mit einigen hundert Kriegern überfallen und geplündert, und die Hörigen werden alle als Sklaven ins Feindesland verschleppt! Herzog Konrad von Lothringen hat die Ungarnführer in Worms feierlich empfangen und bewirtet und, wie man hört, so manchen anrüchigen Handel gegen den König mit ihnen vereinbart, genauso wie Pfalzgraf Arnulf und sein Sohn Perchtold, und wir hier im Gau können unseren Herren nicht nachstehen, sondern müssen uns ihren Entscheidungen unterwerfen! Darum trinken und feiern und verbrüdern wir uns mit den alten Feinden und nützen ihre Unterstützung, solange dieser Krieg dauert und solange unser Graf es befiehlt.«

Der Händler nickte zustimmend zu den Worten des Dornauers, denn es war für ihn ganz natürlich, dass ein Bauer und Gefolgsmann seinem Herrn immer zu gehorchen hatte, gleich ob es ihm passte oder nicht. Richtig wohl war ihm aber nicht bei den vielen Ungarn im Gau, denen er als schlichter Händler mit nur wenigen Sklaven hilflos gegenüberstehen würde, und so bat er den Gutsherrn um einen Begleiter und sicheres Geleit in das Lager an der Lecha.

Freundlich klopfte Arbeo dem kleinen Mann auf die Schultern. »Ich werde Riwin mit dir schicken, den kennen die Ungarn schon recht gut, weil das verfallene Heim von Justina nahe beim Lager liegt und er sich wie alle jungen Leute gern neugierig bei den Fremden herumtreibt! Er war für ein paar Tage hier auf der Dornau, um den Schwertkampf zu üben und mit mir auf die Jagd zu gehen, und es wird langsam Zeit, dass er wieder zu seiner Mutter zurückkehrt.«

Der Gutsherr grinste, als er den erstaunten Blick von Hildeger sah. »Schon lange ist es im Gau kein Geheimnis mehr, dass der Sohn von Justina mein Kind ist, und wenn ich auch weiß, dass er als unfreies Kind einer Sklavin niemals mein Erbe antreten wird, so will ich doch dafür sorgen, dass er die gleiche Ausbildung wie die Söhne des Burgvogts erhält, damit er sich dem Grafen verdient machen kann und später vielleicht ein freier Mann wird! Mit seiner Mutter habe ich nicht mehr viel zu schaffen, da steht schon mein Weib davor und passt auf, aber Liutbirc hat keine Einwände, wenn ich mich mit dem Buben abgebe und er oft ganze Wochen bei uns verbringt. Der Dornauer Hof wird auf Aistulf übergehen, wenn Liutbirc und ich keine Söhne bekommen, und so ist es wenigstens ein Trost, dass ich Vater eines Kindes bin, das klug und kräftig ist und mit mir auf die Jagd geht!«

Stolz leuchtete aus den Augen von Arbeo, als er fortfuhr. »Warte, bis du ihn siehst, Hildeger, er ist ein prächtiger Junge, ungestüm und voller Mut, und er wird ohne Zögern seine Zukunft in die Hand nehmen und eines Tages frei sein, da bin ich mir sicher!«

Die beiden Männer hatten die Gemüsegärten hinter den Gebäuden durchquert und waren nun auf dem Hofrund des Haupthauses angelangt, wo mehrere Mägde unter der strengen Aufsicht der Hausherrin neben dem von Steinquadern eingefassten Brunnen die Wäsche reinigten. Schwere Holztröge voll seifigem Wasser, aus biegsamen Weidenruten geflochtene Körbe mit Henkeln und lederne Wassereimer standen überall im Weg, und mittendrin saß breit und behäbig die blonde Liutbirc auf einem hochlehnigen Stuhl und trieb die Frauen zur Arbeit an. Sie blickte nur kurz auf und grüßte den Händler mit einem gnädigen Nicken, und nachdem Hildeger sich höflich vor der Herrin verbeugt hatte, zog ihn Arbeo eifrig weiter zu den Pferdeställen. Dort legte der Gutsherr zwei Finger an die Lippen und ließ einen durchdringenden Pfiff ertönen, und sofort kam ein etwa zehnjähriger Junge mit fröhlichem Gesicht aus dem Stall gelaufen. »Er liebt die Pferde, musst du wissen«, raunte Arbeo dem Händler zu, »deshalb treibt er sich auch immer im Lager der Ungarn herum, denn sie haben wirklich unglaubliche Rösser, voller Kraft und Wendigkeit, dabei klein und sehr genügsam, und bei einem Wettrennen sind sie unseren Gäulen stets um eine Kopfeslänge voraus!«

Riwin war ein schönes Kind, kräftig und stark, mit schnellen, geschmeidigen Bewegungen und einem klaren Blick voller Aufmerksamkeit. Von seiner Mutter Justina hatte der Junge die tiefschwarzen Locken und die dunkle, olivfarbene Haut, und diese welschen Merkmale bildeten einen eigenartigen, ganz besonderen Gegensatz zu den leuchtend blauen Augen und den kantigen Gesichtszügen, die das Erbteil seines Vaters waren. Der lebhafte Bub war barfuß und trug den einfachen, grauen Kittel eines Bauernkindes, aber seine selbstbewusste Haltung und sein wissbegieriges und offenes Wesen unterschieden ihn auf den ersten Blick vom unfreien Kind irgendeines Hörigen oder Sklaven. Mit beiden Händen richtete er das gewebte Band auf seiner Stirn gerade und wartete gespannt auf die Anordnungen seines Vaters, und als Arbeo seinen Sohn anwies, Hildeger in das Lager der Ungarn zu führen und dort mit dem Anführer und seinen Männern bekannt zu machen, willigte Riwin freudig ein und packte sogleich tatkräftig beim Verladen der Waren und Einspannen der Rösser mit an. Schon nach kurzer Zeit verließ der Händler mit seinen Sklaven und dem schwarzhaarigen Jungen die Dornauer Hochebene und rumpelte mit dem schwer beladenen Karren den steilen Abhang zur Lecha hinunter.

Der Weg führte in engen Schlangenlinien den Berg herab, ein schmaler Saumpfad voller Löcher und Buckel, mit vom Regen tief ausgewaschenen Rinnen und gesäumt von kratzendem Gestrüpp und wild über den Steig wuchernden Sträuchern. Die beiden Sklaven des Händlers brauchten all ihre Kraft, um die Pferde zu zügeln und den schweren Wagen zu bremsen und auf dem Pfad zu halten, immer wieder schwankte der bis unter die ölige Schutzhaut mit Fässern und Säcken voll gestopfte Karren bedrohlich und drohte dabei umzustürzen, und den Männern lief der mit Staub und Erde vermischte Schweiß in dunklen Schlieren über die nackten Oberkörper. Riwin rannte dicht neben den Pferden her und redete mit leiser Stimme beruhigend auf die beiden Braunen ein, während er sie den Berg herablenkte, und ächzend und stöhnend stolperte mit beträchtlichem Abstand zum Wagen der Händler auf seinen kurzen, stämmigen Beinen hinterdrein. Hildeger blieb öfter stehen und wischte sich mit einem Zipfel seines leinenen Umhangs den Schweiß vom hochroten Kopf, und jedes Mal brüllte er den Sklaven nach, sie sollten gefälligst langsamer fahren und besser auf seine kostbare Ladung aufpassen, sonst würde er seine Peitsche auf ihren Rücken schwingen und ihnen ihre Frechheit schon damit austreiben. Weder Riwin noch die beiden Männer hörten auf die Flüche und Verwünschungen des Händlers, denn sie waren vollauf damit beschäftigt, den Karren und die Pferde sicher den Abhang herunterzubringen, und als sie lange vor Hildeger am steinigen Ufer der Lecha angelangt waren, richteten die Sklaven die Ladung auf dem Wagen wieder zurecht und warteten geduldig auf ihren beleibten Herrn, der trotz seiner ständigen Drohungen noch niemals die Hand gegen sie erhoben hatte.

Nachdem Riwin die Rösser getränkt und dabei anerkennend ihre bebenden Flanken geklopft hatte, suchte er in der flachen Lecha die Furt zum anderen Ufer, und als endlich der schwer schnaufende Hildeger wieder bei seinem Karren eingetroffen war und sich in dessen Schatten erschöpft auf den Boden fallen ließ, lief der Junge fröhlich über die Steine hüpfend auf ihn zu. »Es wird keine Schwierigkeiten geben, Händler, die Furt liegt wie ausgetrocknet da, denn unsere wilde Lecha führt in diesem heißen Sommer kaum Wasser mit sich, und du wirst mit trockenen Füßen zu den Ungarn gelangen! Wenn du hier hinüberschaust, kannst du das Lager schon deutlich sehen, wir werden gleich da sein!«

Hildeger seufzte und nahm einen tiefen Schluck aus der Lederflasche voll rotem Wein, die ihm sein Knecht reichte. »Langsam, mein Junge, langsam! Zuerst will ich wieder zu Atem kommen und mich von diesem beschwerlichen Abstieg erholen, und dann sollst du mir von den Fremden und ihren Gewohnheiten berichten, damit ich auf das Zusammentreffen gut vorbereitet bin und mich richtig verhalte. Wie heißt ihr Anführer und was ist er für ein Mensch, bei welchen Gelegenheiten gerät er in Wut und Zorn, und welche besonderen Fähigkeiten heben ihn unter seinen Gefolgsleuten hervor? Das zu wissen, ist für einen ungeschützten und machtlosen Händler wie mich sehr wichtig, denn wenn mir die Herren wohlgesonnen sind, dann blüht mein Handel und ich verkaufe Wein und Salz zuhauf. Wenn ich aber die Anführer gegen mich aufbringe und sie mich ablehnen, dann wird keiner mit mir tauschen oder handeln wollen, und sie werden meine Waren plündern und mich und meine Knechte aus dem Lager jagen!«

Riwin hockte sich neben Hildeger auf den steinigen Boden und überlegte. »Mit dem Anführer von diesem Trupp habe ich selber noch nie gesprochen und kann dir nicht viel von ihm berichten, da musst du den Haslacher Chuonrad oder meinen Vater Arbeo fragen, denn sie verhandeln mit ihm. Ich weiß nur, dass die Ungarn ihn Arpad nennen und ihm voller Hochachtung begegnen, weil er aus einer alten Fürstenfamilie stammt und ein wilder Kämpfer und der beste Reiter unter ihnen ist. Ihm gehört auch das klügste Pferd, das ich jemals gesehen habe, ein kräftiger, kleiner Hengst mit herrlicher Mähne und bodenlangem Schweif, der seinem Herrn aufs Wort gehorcht und sich beim Reiten nur durch den Druck der Schenkel sicher lenken lässt!«

Der Händler zuckte mit den Schultern. »Die Pferde scheinen dir genauso wichtig zu sein wie diesen Reiternomaden, aber das hilft mir nicht weiter, denn ich handle nicht mit Rössern, sondern mit Wein und Gewürzen!«

Der Junge grinste und sprang auf. »Sie trinken gern, und sie haben reichlich Gold in ihren Beuteln, das kann ich dir versichern! Sie waren immer sehr freundlich zu mir, wenn ich bei ihren Wettspielen zugeschaut und ihre Pferde bewundert habe, und sie werden auch dir den Kopf nicht abreißen, denn sie sind ja Verbündete unseres Grafen! Lass' uns aufbrechen, Händler Hildeger, dann kannst du dir die Ungarn selber anschauen!«

Das Wasser der Lecha stand den Pferden nur bis zu den Fesseln, und sie zogen den schweren Karren des Händlers brav und ruhig durch das breite Flussbett, ermuntert durch die Zurufe der Knechte und sicher geführt von Riwin, der den Fluss so gut kannte wie kaum ein anderer. Hildeger stapfte dicht hinter seinen Leuten, Umhang und Tunika sorgsam geschürzt und den breiten Strohhut gegen die stechende Sonne auf dem Kopf, und der kleine, dicke Händler fluchte und schimpfte lautstark, wenn er wieder über einen der großen Steine in der Furt gestolpert war und sich die bloßen Füße in den ledernen Sandalen schmerzhaft angestoßen hatte. Die Gruppe war schon fast am anderen Ufer angelangt, als sie in einem Tümpel vor dem Ungarnlager einige Männer kopfüber in die Lecha springen und eifrig schwimmen sahen, und Hildeger schüttelte bei diesem Anblick verwundert sein Haupt, denn wie die meisten Baiern oder Schwaben konnte er sich kaum über Wasser halten und mied die tiefen Gewässer. »Wie die Otter!«, murmelte er vor sich hin, und Riwin berichtete ihm eifrig, dass die Ungarn fast alle sehr gute Schwimmer waren und kein noch so breiter Fluss oder See sie jemals aufhalten konnte.

Das Zeltlager war nahe genug am Ufer der Lecha aufgebaut, um bei diesem heißen Wetter genügend Wasser für Mensch und Tier zur Verfügung zu haben, auf einer hellen Lichtung oberhalb der dichten Flussböschung standen mehr als ein Dutzend kleiner Zelte aus zugespitzten Holzstangen und rohen Ästen, bedeckt mit geölten Häuten und den Fellen der verschiedensten Tiere. Schwere Filzdecken, Schaffelle und Sättel lagen in Haufen beieinander, daneben Sattelzeug wie lederne Trensen mit verzierten Beschlägen, Steigbügel aus Metall, geflochtene Gurte, Lederstiefel und bunt gewebte und bestickte Satteldecken. Überall in diesem Lager weideten Pferde zwischen Zelten und Sattelhaufen, einige von ihnen mit Fußfesseln versehen oder angepflockt, andere völlig frei und ungehindert. Die Tiere waren klein, aber sehr kräftig, mit kurzem Hals und von graubrauner Fellfarbe, vom Genick bis zur Schweifwurzel lief über den ganzen Rücken ein schwarzer Strich im dichten Fell, und die fülligen Mähnen und der meist bodenlange Schweif waren genauso dunkel wie die eigenartige Zeichnung auf den Pferderücken. Niemand schien sich sonderlich um die frei herumlaufenden Tiere zu kümmern, nur wenige Männer saßen neben den Zelten oder Sattelbergen auf der Erde und reparierten Zaumzeug oder fertigten Stoßlanzen und Pfeile, und ein Stück vom Ufer entfernt unterhielten ein paar Ungarn ein großes, offenes Feuer, von dem schon bald der würzige Geruch nach gebratenem Fleisch durch das Zeltlager zog.

Hildeger hatte seinen Wagen und die beiden Knechte unten am Fluss zurückgelassen und bahnte sich jetzt mit dem Jungen einen Weg zwischen Pferden und Haufen zum Zelt des Anführers, das am höchsten Punkt des Lagers stand und durch viele vor dem Eingang in den Boden gesteckte, farbige Fahnen leicht auszumachen war. Die kleinen, barfüßigen Krieger in einfachen Hosen und mit nacktem, braun gebranntem Oberkörper, denen der rundliche Händler und der Bub begegneten, beachteten die unbewaffneten Fremden nicht weiter, und nur einmal winkte

Riwin einem Mann, den er kannte und mit dem er schon gesprochen hatte.

»Wie viele Barbaren leben denn hier im Lager?«, fragte Hildeger leise, »allzu viele können es nicht sein, denn ich zähle höchstens ein Dutzend kleiner Zelte, aber leicht das Zehnfache an Pferden und Waffen! Nächtigen die übrigen Männer im Dorf, oder stoßen sie erst später und zu Fuß wieder zu ihrer Truppe?«

Riwin musste lachen. »Man merkt, dass du nur ein Händler bist und nichts von der Kriegsführung verstehst! Weit über hundert Krieger zählt die Truppe von Arpad, wenn du auch nur ein Dutzend Zelte siehst und im Augenblick nicht viele Ungarn im Lager sind! Es gibt doch nicht für jeden Mann ein Dach über dem Kopf, sondern nur für die Anführer und die verderblichen Vorräte, die sie mit sich führen, oder für die kostbaren Schätze aus Klöstern und Kirchen, die sie auf ihren Raubzügen erbeutet haben! Die meisten Krieger schlafen auf der harten Erde neben ihrem Pferd, den Kopf auf dem Sattel und im Winter bedeckt von einer rauen Filzdecke oder einem Stück gegerbten Leder, wenn es regnet. So können die Männer jederzeit aufbrechen und davonreiten, falls Gefahr droht oder ihre Späher ein lohnendes Ziel entdeckt haben, und deshalb tauchen sie immer wieder so schnell auf wie ein plötzlich heraufziehendes Gewitter, plündern und rauben und morden, und dann sind sie genauso schnell wieder wie vom Erdboden verschluckt verschwunden! Sie kennen nichts anderes als dieses harte Leben ohne festen Wohnsitz, denn sie sind Nomaden wie ihre Vorfahren aus der Steppe weit im Osten, und sie verachten die Bauern, die ihre Felder bestellen und ihre Kühe hüten und halten dies für Sklavenarbeit, unwürdig eines echten Mannes und tapferen Kriegers.«

Hildeger klopfte dem Jungen anerkennend auf die Schultern. »Dein Vater hat nicht gelogen, du bist aufmerksam und nicht dumm, mein Kleiner! Es ist immer wichtig, den Feind genau zu kennen und einzuschätzen, auch wenn er gerade ein Freund und Verbündeter ist, wer weiß, wann sich das wieder ändert! Ich selber glaube nicht an den Sieg von Herzog Liudolf und seinen Verbündeten, wenn es auch im Augenblick so aussehen mag, als ob ganz Baiern und Schwaben auf seiner Seite stehen würde! Aber ich bin nur ein einfacher Händler und verstehe nichts von der Kriegsführung, wie du richtig sagst, und ich will nur in Frieden mit meinem Wagen herumziehen und mit meinen Waren handeln, gleich ob mit Bauern oder Nomaden!«

Vor dem großen Zelt angelangt, betrachtete Hildeger ausgiebig die Rüstung und die Waffen des Ungarnführers, die neben dem Eingang wie zur Ansicht aufgestellt waren. Ein Wams aus geschmeidigem Leder und ein eiserner Lamellenpanzer lagen neben mehreren Stoßlanzen auf der Erde, ein aus Eibenholz und Horn zusammengesetzter, spannkräftiger Bogen lehnte neben einem Lederköcher voller Pfeile mit aufgesetzten, geschmiedeten Spitzen, und auf einer hohen Stange steckte der fremdartige Helm dieses Kriegers, aus eisernen Lamellen gefertigt, die von Lederbändern zusammengehalten wurden. Aus dem halbkugeligen Scheitelknauf quoll lang und füllig das zusammengebundene Schweifhaar eines Pferdes, und die Stirnplatte aus glatt geschmiedetem Eisen war ebenso wie die Wangenklappen mit dem Helm durch Lederbänder fest verbunden. Es war der weithin auffallende Kopfschutz eines wichtigen Befehlshabers, sorgfältig gearbeitet und sicher von beträchtlichem Wert, und dem dicken Händler wurde etwas bange bei dem Gedanken, mit einem so großen Kämpfer und anscheinend schwerreichen Mann über Wein und Salz zu verhandeln. Der kleine Riwin aber hatte keinerlei Bedenken und rief mit lauter, klarer Stimme nach Arpad, und als sofort darauf eine Lederbahn zurückgeworfen wurde und eine dunkle Gestalt im Eingang des Zeltes erschien, erschrak Hildeger so sehr, dass er einen Schritt rückwärts machte, über eine Holzstange stolperte und mit seinem fetten Hintern auf den Boden plumpste.

Neben Riwin stand in einem leuchtend roten Kleid die dunkelblonde Richlint aus Pitengouua, und das schallende Gelächter der jungen Frau und des kleinen Jungen klang durchdringend in den Ohren des Händlers, der verdutzt auf der Erde saß und sich umschaute. Ein paar braun gebrannte, halb nackte Männer schlenderten neugierig herbei, angelockt durch das herzhafte Lachen von Richlint und Riwin, und Hildeger rappelte sich unter den forschenden Augen dieser Krieger schleunigst auf und klopfte den Staub von seinen Kleidern.

»Was macht die ehemalige Haslachbäuerin hier im Ungarnlager unter lauter Männern, die bis vor kurzem noch die Todfeinde der Dorfleute waren«, dachte er sich verwundert, aber dann begrüßte er Richlint würdevoll und erkundigte sich höflich nach ihrem Wohlergehen. Der Junge und die herumstehenden Ungarn schienen über die Anwesenheit der Frau nicht erstaunt zu sein, wie selbstverständlich und kein bisschen verlegen war sie aus dem Zelt des Anführers getreten, gerade so, als ob das ihr Heim wäre und sie seine Herrin. Freundlich reichte sie dem Händler beide Hände und ermunterte ihn näher zu treten.

»Hildeger, ich freue mich immer, dich zu sehen! Verzeih bitte, dass ich über dich gelacht habe, aber dein verwirrtes Gesicht eben war einfach zu lustig! Du bist sicher gekommen, um mit unseren Verbündeten zu handeln und ihnen Wein und Gewürze zu verkaufen, und ich werde dich mit Arpad, dem Anführer dieser Männer, bekannt machen und ihm sagen, dass du ein alter Freund von mir und meiner Familie bist, und er wird dich nicht übers Ohr hauen, sondern einen angemessenen Preis für deine Waren bezahlen.«

Hinter Richlint war ein Mann aus dem Zelt getreten, gut einen Kopf größer als die übrigen Ungarn im Lager, aber genauso bartlos und von der Sonne verbrannt wie sie. Er trug einen weiten, auffallenden Überwurf aus farbiger Seide, der bis über die Knie reichte und in der Leibesmitte von einem mit Gold und Silber beschlagenen, glänzenden Gürtel zusammengehalten wurde, und dazu hohe Stiefel mit einem weichen Schaft aus hellbraunem Ziegenleder. Seine bloßen Arme waren kräftig und stark, über und über mit in die Haut eingeritzten Zeichen und Bildern bedeckt und mit Ketten und Bändern aus

Gold umwunden, und das Gesicht mit den hohen, breiten Backenknochen und den leicht schräg stehenden Augen und buschigen Brauen wirkte durch eine steil in die Mitte der Stirn eingegrabene Falte streng und unnahbar. Das glatte, dunkelbraune Haar hatte Arpad im Nacken mit einem geflochtenen Lederband zusammengebunden, und in dem mehrfach durchstochenen Ohrläppchen auf der linken Seite des Kopfes funkelten kleine, mit Juwelen besetzte Goldringe. In der rechten Hand hielt er einen flachen Pferderiemen, mit dem er laut klatschend gegen seine Schenkel schlug, und seine tiefschwarzen Augen starrten dem kleinen Händler ausdruckslos ins runde Gesicht.

Hildeger war nicht wohl in seiner Haut, und er begann noch mehr zu schwitzen, als der Ungarnführer in bairischer Sprache das Wort an ihn richtete. »Du bist Händler und führst Wein und Salz mit dir? Gib' mir einen Becher voll zu kosten, und wenn dein Wein süß und weich ist und kein saures Gesöff, bei dem sich die Zunge aufrollt und der Kopf schwindelt, dann nehme ich dir deine gesamte Ladung ab und entlohne dich reichlich!«

Aus dem Munde dieses fremdartigen Mannes klangen die bairischen Worte seltsam gedehnt und unbekannt, obwohl sie ganz deutlich zu verstehen waren, und während der Händler eilig einen Becher aus den Falten seines Gewandes nestelte und ihn aus einem über seiner Schulter hängenden Lederschlauch mit rotem Wein füllte, wunderte er sich darüber, dass ein wilder und ungebildeter Barbar aus dem Osten dieser Sprache mächtig war und sie verstand. Unterwürfig reichte er den fast überschwappenden Becher an Arpad und wartete gespannt auf dessen Entscheidung, und als der barsche Ungarnführer zustimmend nickte, nachdem er getrunken hatte, fiel dem kleinen Händler ein Stein vom Herzen, und er rief mit lauter Stimme nach seinen Sklaven, damit sie alle Waren vor das Zelt von Arpad brachten und der Handel beginnen konnte.

Ein so leichtes und schnelles Geschäft wie mit dem Anführer des ungarischen Trupps am Ufer der Lecha hatte Hildeger in seinen vielen Jahren als herumziehender Händler noch nicht gemacht, denn Arpad nahm ihm den gesamten Weinvorrat und drei Säcke voll Salz ab und zahlte ohne zu zögern den ersten Preis, den der kahlköpfige Mann nannte. Dann bestand der Ungarnführer darauf, dass Hildeger mit ihm und seinen Männern auf den guten Handel trinken sollte, einen Becher voll süffigem Rotwein nach dem anderen, und als sich der Händler kurz vor Einbruch der Dämmerung endlich von den lustig singenden und reichlich betrunkenen Barbaren im Zeltlager verabschiedete, um weiter nach Pitengouua zu fahren, schwankte auch er bedrohlich und musste von seinen Sklaven mit vereinten Kräften auf den fast leeren Karren gehievt werden.

Richlint und der kleine Junge hatten neben dem Wagen auf den dicken Händler gewartet, denn die junge Frau wollte zurück in ihr Dorf und Riwin heim zu seiner Mutter Justina, und in Begleitung von Hildeger und seinen Knechten konnten sie den Weg durchs Weinland und entlang der Pitenach schneller und sicherer zurücklegen. Als der Holzkarren endlich anfuhr, tauschten Richlint und der mit verschränkten Armen breitbeinig vor seinem Zelt stehende Arpad einen so langen und innigen Abschiedsblick, dass Hildeger keinerlei Zweifel mehr darüber spürte, in dem Anführer der Barbaren und der geschiedenen Frau des Haslachbauern ein Liebespaar vor sich zu haben. Schon vorher war ihm aufgefallen, dass die ungarischen Krieger voll Ehrerbietung zurückwichen und den Weg frei machten, wenn die junge Frau vorbeiging, und dass sich Richlint so sicher und gelassen im Lager bewegte, als ob sie eine Frau dieses Volkes sei. »Ob die Leute in Pitengouua von dieser Liebschaft überhaupt etwas wissen?«, fragte sich der Händler, während der Wagen langsam die Böschung hinaufrumpelte, »ich kann mir nicht vorstellen, dass der alte Wezilo oder Afra, deren Mutter von diesen Barbaren grausam ermordet wurde, so eine Verbindung gutheißen! Aber in diesen seltsamen Tagen, in denen die ehemaligen Feinde plötzlich Verbündete sind und den Ambragau mit ihren Überfällen verschonen, da ist auch das möglich, was vorher undenkbar gewesen wäre!«

Müde vom Genuss des starken Weins und mehr als zufrieden mit dem guten Handel hing Hildeger nicht länger seinen Gedanken nach, sondern machte es sich in einer Ecke des Karrens gemütlich und befingerte mit Vergnügen die klingenden italischen Goldmünzen in seinem Lederbeutel, mit denen Arpad Wein und Salz so überreichlich bezahlt hatte. Dann schlief er ein, mit weit offenem Mund schnarchte er auf einer Filzdecke und wachte nicht einmal auf, als der Junge beim welschen Gut aus dem Wagen sprang und ihn laut und fröhlich zum Abschied grüßte. Erst kurz vor dem Dorf kam der Händler wieder zu sich, denn Richlint rüttelte unerbittlich so lange an seiner Schulter, bis er sich widerstrebend aufgesetzt hatte und unter lautem Klagen seinen schweren Kopf mit beiden Händen festhielt. »Was willst du, Weib?«, knurrte er unfreundlich, »wir sind noch nicht im Dorf angekommen, da hättest du mich ruhig noch schlafen lassen können!«

Die junge Frau schaute dem dicken Händler beschwörend in die Augen. »Es ist wichtig, Hildeger, sonst hätte ich dich nicht geweckt! Vor einigen Jahren, nach meiner Trennung von Chuonrad, da habe ich dich schon einmal gebeten, mich nicht zu verraten und nicht über meine wahren Gefühle zu sprechen, und du warst still wie ein Stein und hast mir die Treue gehalten, dafür bin ich dir dankbar! Heute bitte ich dich noch einmal, für mich zu schweigen und sogar zu lügen, denn wenn dich jemand fragt, dann sollst du sagen, dass du mich bei Justina im Gutshof angetroffen und von dort mit nach Pitengouua genommen hast!«

Hildeger war jetzt hellwach. »Die Dorfleute wissen nichts von deiner Liebschaft mit dem Ungarnführer, habe ich Recht? Und eine bairische Frau, die mit einem Barbaren zusammenliegt, aus freiem Willen und ohne jeden Zwang, die benimmt sich ungehörig und ist eine Schande für das ganze Dorf!«

Richlint packte den Händler am Arm. »Arpad ist kein heidnischer Wilder! Er stammt aus einem uralten Fürstengeschlecht und wurde schon als Wickelkind getauft und von seinen Eltern im christlichen Glauben erzogen, er ist klug und gebildet, er spricht mehrere Sprachen und kann sogar ein wenig lesen, genauso wie der Mönch, der für unseren Grafen liest und schreibt! Mehr als nur eine Liebschaft verbindet uns beide, denn wenn dieser Bruderkrieg vorbei ist und die Ungarn mit Reichtümern beladen in ihr Land zurückkehren, dann werden wir heiraten, Arpad und ich, und ich werde als seine Frau und als Herrin seines Volkes mit ihm ins Steppenland ziehen!«

Ungläubig schüttelte Hildeger seinen kahlen Kopf. »Richlint, Richlint! Du darfst doch einem fremden Krieger nicht deine Liebe und dein Vertrauen schenken, sicher warten in seiner Heimat Frau und Kinder auf ihn und du wirst dort nur seine rechtlose Friedelfrau sein! Oder er verlässt dich, wenn der Kriegszug vorüber ist, und du bleibst für immer entehrt unter den Dorfleuten zurück! Diese wilden Nomaden sind nicht wie wir, sie kennen weder Recht noch Ordnung, kein königliches Gesetz und kein Gebot Gottes hindern sie bei ihren abscheulichen Taten, und wer sich mit ihnen näher einlässt, der wird es irgendwann bitter bereuen!«

Spöttisch lachte Richlint auf. »Und du hast dich nicht mit ihnen eingelassen, als du heute von Arpad Goldmünzen für Wein und Salz genommen und einen Becher nach dem anderen mit seinen Kriegern geleert hast? Und Arbeo von Dornau, Chuonrad von Haslach und der Meier von Pitengouua, sie beratschlagen und verhandeln mit den Ungarn und ziehen Seite an Seite mit ihren Reitern gegen den König, ist das etwa kein Bündnis mit fremden Kriegern?«

Nachdenklich schaute Hildeger in das aufgewühlte Antlitz der jungen Frau. »Ich meine es gut mit dir, Richlint, und ich fühle mich im Gedenken an deine schöne Mutter Folchaid verpflichtet, dich zu warnen und dir vor Augen zu stellen, welch bitteres Ende so ein heimliches und verbotenes Verhältnis mit einem wilden Barbaren für dich nehmen kann! Bleib' im Dorf und halte dich von diesem Lager fern, das rate ich dir, und schlag' dir diesen fremdartigen Mann aus dem Kopf, denn er wird dir nichts als Unglück bringen!«

Mit einem plötzlichen Ruck hatte der Karren gehalten, denn sie waren beim südlichen Tor von Pitengouua angelangt, das bereits für die Nacht geschlossen und verriegelt worden war. Die lauten Rufe der beiden Sklaven des Händlers, man möge das Tor für Hildeger und Richlint noch einmal öffnen und sie alle ins Dorf hereinlassen, vermischten sich mit den Fragen des Torwächters und den Stimmen neugieriger Dorfbewohner, und Hildeger schickte sich an, aus dem Wagen zu steigen und selber für Einlass zu sorgen, als ihn Richlint erneut fest am Arm packte und zurückhielt. Ihr schönes Gesicht, umrahmt von den Flechten der langen Haare, zeigte sich abweisend und stolz, und doch lag ein Flehen in ihren braungoldenen Augen, als sie den Händler mit leiser Stimme noch einmal eindringlich bat, sie nicht zu verraten.

»Deine Ratschläge brauche ich nicht, Hildeger, denn ich sorge schon selber für mein Heil, aber noch ist nicht die richtige Zeit gekommen, den Dorfleuten meine Verbindung zu Arpad zu offenbaren. Darum bitte ich dich von Herzen, schweige darüber, wo du mich getroffen hast, und ich werde dir meine Dankbarkeit eines Tages reichlich erweisen!«

Einen winzigen Augenblick lang zögerte der kleine Händler, unsicher darüber, ob er für diese junge Frau wirklich lügen sollte, doch dann überzeugte ein Blick in die bittenden Augen sein weiches Herz, und er nickte zustimmend. »Es geht mich ja nichts an, mit wem Richlint im Stroh liegt, was soll ich da Schicksal spielen und mich einmischen!«, dachte er sich, »solange ich meine Waren verkaufe und heil wieder nach Hause gelange, kann es mir gleichgültig sein, was die Pitengouuer treiben!«

Afra

Seit diesem bitterkalten Wintertag im Februar des Jahres 954, als unser Burgvogt Wichard und Rasso, der Mönch vom Ammerse, in unserer Stube in Streit geraten und in Unfrieden auseinander gegangen waren, hatte sich das Leben in unserem

Dorf vollkommen verändert. Zu den gewohnten Sorgen um Wetter und Ernte, Nahrung und Unterkunft, um das Vieh und seine Krankheiten, die bisher unseren Tag bestimmt hatten, kam nun die Angst vor dem immer bedrohlicher werdenden Krieg und seiner Bedeutung für einfache Bauern wie uns. Wichard hatte Recht behalten, denn Graf Roudolf von Altdorf hatte sich dem Herzog von Schwaben angeschlossen, genauso wie der Bruder des Königs, Herzog Heinrich von Baiern, und damit waren auch wir in Pitengouua als Abhängige und Untergebene der hohen Herren an dieser Auseinandersetzung beteiligt. Nicht alle Männer waren mit der Entscheidung unseres Grafen einverstanden, wie ich an den ernsten Gesichtern und den leisen und besorgten Gesprächen von Chuonrad und Leonhard erkennen konnte, und mein Vater Wezilo machte aus seinem Unwillen über diesen Aufstand keinerlei Hehl und schimpfte bei jeder Gelegenheit und vor allen Leuten so laut über Liudolf und seine Anhänger, dass ihn die anderen Männer dringend ermahnten, mit seinen aufrührerischen Reden vorsichtiger zu sein und nicht ein ganzes Dorf wegen solch unbedachter Äußerungen ins Unglück zu stürzen. Wir alle hatten unserem Herrn zu gehorchen und ihm zu folgen, und nicht einmal dem frommen und greisen Altmeier von Pitengouua stand eine abweichende Haltung zu.

Wie froh und glücklich war ich damals, dass mein Mann Leonhard als Vorstand unseres kleinen Weilers nicht selber in den Kampf zu ziehen brauchte, wie so viele freie Bauern und unfreie Knechte aus unserem Gau, die von den Truppen des Pfalzgrafen Arnulf abgeholt und zum Kriegsdienst verpflichtet wurden. Wer Besitzer eines Hofes oder einer Hütte mit Land war, konnte sich durch die Abgabe von Vorräten, eines Pferdes oder Waffen von der Kriegspflicht befreien, aber alle Bauernsöhne ohne eigenes Haus und alle Knechte, deren Arbeitskraft auf den Feldern oder im Dorf vielleicht entbehrlich war, mussten sich den bairischen Truppen anschließen. In Pitengouua blieben nur der Meier, der Schmied, der Müller und einige Knechte für die schwere Arbeit zurück, und daneben die alten und gebrechlichen Männer wie mein Vater Wezilo, alle anderen schlossen sich freiwillig oder gezwungen den Streitkräften des Pfalzgrafen und des Herzogs Heinrich an. Im Haslach stand es ähnlich wie in unserem Dorf, der Hausherr Chuonrad blieb mit wenigen Hörigen in dem kleinen Tal am Fuße des Schnaitbergs und musste den Kohlenabbau im Weitenschoren und die Flößerei auf der Lecha in diesem Jahr ganz einstellen, weil viel zu wenig Männer für die schwere Arbeit zur Verfügung standen, und sein Bruder Utz, der sich schon vor einem Jahr dem Pfalzgraf Arnulf und seinem Sohn Perchtold angeschlossen hatte und bei der Belagerung von Mantahinga dabei gewesen war, ließ sich höchstens dann kurz in seiner Heimat blicken, wenn er ein frisches Pferd brauchte oder mit seinen Heldentaten prahlen wollte. Der Burgvogt Wichard stieß ohne Zögern zu seinem Herrn, dem Welfengraf Roudolf, und er nahm mehrere Knechte und alle gesunden Pferde mit, sodass seine Frau Eilika mit ihren Kindern, der alten Uoda, einigen Mägden und den Hirten der großen Schweineherde schutzlos und unbeweglich auf der nun unbewachten Befestigung auf dem Meierberg zurückblieb. Als auch noch der Herr vom Dornauer Gut seine Hörigen versammelte und von seiner Frau Liutbirc Abschied nahm, um im Schwabenland zur Mannschaft von Herzog Liudolf zu stoßen, wie es sein Bruder Aistulf schon vor ihm getan hatte, da schlich sich die Angst um meine Kinder und um unsere Heimat wie kaltes Eis in mein Herz, denn es blieben kaum noch genügend wehrhafte Männer in unserem Gau zurück, um Frauen und Kinder, Hof und Vieh, Ernte und Vorräte gegen die Einfälle der ungarischen Barbaren zu verteidigen. Angeblich waren die Reiterkrieger nun unsere Verbündeten und würden uns verschonen, aber nicht für die Dauer des Flügelschlags einer Taube glaubte ich an die Aufrichtigkeit und Treue dieser Barbaren, und inbrünstig beteten die Frauen des Dorfes und mein alter Vater und ich, wie in all den vergangenen Jahren, jeden Sonntag auf unseren Knien in der kleinen Kirche des Dorfes. »Vor den Pfeilen der Ungarn errette uns, o Herr!«, das war unser aller Gebet, und es kam tief aus unseren Herzen.

Was den Menschen in Pitengouua in diesem Frühjahr und Sommer blieb, das war die Arbeit. Unsere Zugochsen hatten wir zusammen mit den drei Pferden und vielen Vorräten abgeben müssen, und nun galt es, mit zwei Maultieren und einer trächtigen Stute und den wenigen verbliebenen Händen die Felder zu bestellen, das Vieh zu versorgen und die Ernte einzubringen. Meinen Mann Leonhard sah ich in diesen Monaten nur noch spät am Abend, wenn er nach Einbruch der Dunkelheit todmüde und hungrig wie ein Wolf im Winter vom Eggen und Säen, vom Pflügen und Zäune richten, vom Holzfällen und Roden in die Stube kam und viel zu erschöpft war, um noch mit den Kindern zu scherzen oder mit mir über ein Anliegen zu sprechen. Die jungen und starken Mägde nahmen die Männer schon frühmorgens als Hilfskräfte mit auf die Felder oder in den Wald, sie ersetzten mit vereinter Kraft einen Ochsen, wenn es galt, den hölzernen Pflug durch die tiefen Ackerfurchen zu ziehen, oder sie lockerten mit der eisenbeschlagenen Hacke den Boden für das kostbare Saatgut und brachten den Männern Pfähle und Weidenruten und Werkzeug, um die Zäune auszubessern und das Vieh in seinen Grenzen zu halten. Im Dorf blieben tagsüber nur die Alten und Schwachen, die kleinen Kinder und Richlint und ich, denn nichts auf der Erde war so wichtig wie eine gute Ernte und wohl genährtes Vieh, davon hing das Überleben aller Menschen im Dorf ab, und alles andere musste dahinter zurückstehen. Es gab keine freie Zeit mehr für das Weben von Stoffen, für die Schnitzereien von Leonhard, für das Besuchen von Nachbarn und Freunden, für Richlints Färberei und für den Markt in Murnowe, und selbst die Kinder hatten Aufgaben zu erfüllen und wenig Zeit für ihre Spiele.

Mein blondlockiger Sohn Agilolf war noch zu klein, um wirklich von Nutzen zu sein, und so ließ ich ihn tagsüber unter der Aufsicht des alten Wezilo auf dem Hofplatz zurück, um das Federvieh vom Haus fern zu halten. Mit bloßen Füßen und in einem schlichten, graubraunen Kittel sprang mein Bub den ganzen Tag von einem Ende des Schopfs zum anderen und verjagte mit einem Haselstecken in der kleinen Faust, an dem noch ein Bündel grüner Blätter hing, und mit lautem Geschrei die aufdringlichen Hühner und Enten, Gänse und Wachteln von den Stufen des Hauses, und er nahm mit seinen drei Jahren die ihm gestellte Aufgabe so ernst, dass er sich nur selten zu seinem Großvater in den Schatten hockte und ein wenig schlief. Einmal zwickte ihn eine der großen, weißen Gänse fest in seine strammen Waden, weil er ihr mit seinem Stecken zu nahe gekommen war, und von seinem Gebrüll erschreckt kam ich eilig aus dem Grubenkeller gelaufen, um meinen Sohn zu retten. Als aber seine Tränen getrocknet und die winzige Wunde am Bein mit Brunnenwasser gekühlt waren, musste ich ihm nur noch fest versprechen, dem bösen Vogel am nächsten Feiertag den Hals lang zu ziehen und ihm seine weißen Federn für den Bratrost auszurupfen, und da zog er getröstet ab, den Haselzweig im Staub hinter sich herziehend.

Von den größeren Kindern hatte ein jedes seine ihm zugewiesene Arbeit, die Mädchen tränkten das Vieh mit Wasser vom Brunnen, hüteten die Schafe und Ziegen oder halfen Richlint und mir im Gemüsegarten oder in den Vorratsschuppen, und die älteren Buben trieben die Schweine zur Futtersuche in den Wald, arbeiteten mit den Knechten auf den Feldern oder gingen in der Schmiede am Bach dem bärenstarken Reimbold zur Hand, schürten mit dem Blasebalg die Glut in der Esse, zogen mit feinem Schleifmittel die fertigen Klingen ab oder schwangen als Vorschläger abwechselnd den schweren Hammer. Die Kunst des Schmieds von Pitengouua wurde über die Grenzen unseres Gaus hinaus gerühmt und bewundert, und adelige Herren und Krieger kamen von weit her, um bei Reimbold Waffen und Gürtelgarnituren, Brustpanzer und Helme zu bestellen. Das war auch der Grund, warum ein so kunstfertiger Schmied nicht zum Kriegsdienst gerufen wurde, seine Arbeit an der heißen Esse konnte von keinem anderen getan werden, und Pfeilspitzen und Schwerter wurden von den Kriegern dringend gebraucht.

Ella, das erstgeborene Kind von Leonhard und mir, lief still und genügsam wie ein kleiner Schatten den ganzen Tag meinem Rock hinterher, ohne Murren und Klagen trug sie die schweren

Körbe mit Bohnen und Runkelrüben, die ich ihr auf den Rücken hob, und sie versuchte sich nützlich zu machen, wo sie nur konnte. Ihr ganzes Wesen glich dem meiner schon lange verstorbenen Mutter, ernst und in sich gekehrt wie einst Rautgund hörte Ella lieber zu, als dass sie selber sprach, und die himmelblauen Augen in dem schmalen, blassen Gesicht leuchteten erst spät am Abend auf, wenn sie auf dem Schoß ihres Vaters saß und er sie für ihren Fleiß und ihre Ausdauer lobte. Meine kleine Tochter sammelte am frühen Morgen in einem hölzernen Eimer die Milch aus den Tonschüsseln, in die Richlint und ich die Kühe und Ziegen gemolken hatten, sie trug mir den Weidenkorb nach, wenn ich Mangold, Bohnenkraut und Petersilie für unsere Suppe schnitt, und sie reichte mir meinen Grabstock, wenn ich mit hochgeschürztem Rock in den Furchen des Gemüsegartens kniete und die Strahlen der Sonne mich blendeten.

Meine beiden Kinder liebte ich über alles, und einzig die Sorge um ihr Wohlergehen bestimmte mein Handeln von früh bis spät, denn Ella und Agilolf sollten in Sicherheit aufwachsen und weder hungern noch frieren. Selbst in tiefer Nacht wachte ich oft schweißgebadet und zitternd auf und fand keinen Schlaf mehr, wenn ich auch todmüde war und meine Knochen von der harten Arbeit des Tages schmerzten, packte mich doch die Angst vor dem kommenden Winter und dem Ausgang dieses unseligen Krieges in unruhigen Nächten wie ein Adler mit seinen scharfen Krallen einen weichfelligen Hasen und ließ mich nicht mehr los. Keiner unter uns wusste, wie viel von unseren mühsam geernteten Vorräten wir noch an das Heer abgeben mussten, oder ob die Krieger aus dem Gau wieder lebendig und gesund in ihr Heim zurückkehren würden, und am wenigsten vertraute ich dem Bündnis unseres Pfalzgrafen mit den ungarischen Nomaden, denn diese heidnischen Barbaren konnten unseres Vertrauens niemals würdig sein und bedeuteten vielleicht den Untergang der christlichen Welt.

Richlint war mir in diesen Tagen und Monaten mehr als eine Freundin, sie war mir wie Mutter und Schwester zugleich, und wir teilten unsere Ängste genauso wie die Arbeit in Haus und Hof und das selten gewordene unbeschwerte Lachen. Schon vor dem ersten Hahnenschrei stand meine Freundin am Morgen unter dem Schopf des Meierhofes und wartete auf mich, und gemeinsam molken wir das Vieh und jäteten den Garten, wuschen im Bach die Wäsche und bereiteten das Essen, hüteten die Kinder und kümmerten uns um Alte und Kranke. Gemeinsam sorgten wir uns um den Ausgang des Krieges und beteten um den Frieden, und nie waren wir so einig wie in den Augenblicken, in denen wir die Ungarn verfluchten und uns feierlich schworen, niemals das gewaltsame und schreckliche Ende unserer Mütter zu vergessen oder gar zu vergeben. Diese dunkelblonde Frau mit den goldbraunen Augen und dem ernsten, selbstbewussten Wesen war mir so lieb und nah wie meine Kinder und mein Mann und mein Vater, sie war meine Familie, und ich konnte mir nicht vorstellen, dass Menschen oder irgendeine andere Macht uns zu trennen vermochten.

Aber während wir in diesem Frühjahr und Sommer gemeinsam im Dorf unserer täglichen Arbeit nachgingen und die Verbindung zwischen uns Frauen eng und fest schien wie niemals zuvor, streifte schon ein ungarischer Krieger auf einem vollmähnigen, graubraunen Hengst durch Baiern und Schwaben, und dieser fremdartige Anführer eines grausamen und wilden Volkes schickte sich an, mir meine Freundin für immer zu nehmen.

Mitten im Sommer kehrten einige Männer unseres Gaus zurück, darunter der Burgvogt Wichard und der Herr von Dornau, und einen Tag nach ihnen folgte ein Trupp von ungarischen Kriegern, denen es Arbeo gestattet hatte, ihre Zelte gegenüber von seinem Gut am steinigen Ufer der Lecha aufzuschlagen. Mit vielen, schönen Worten beruhigte Arbeo den Meier von Pitengouua und den Haslachbauern Chuonrad, die keine fremden Krieger in ihren Wäldern und auf ihren Wegen dulden wollten, und schließlich überzeugte er sie davon, dass die Anwesenheit der verbündeten Ungarn im Gau Schutz und Sicherheit vor anderen Reiterscharen versprach und keinem von uns ein Leid geschehen werde.

»Der Anführer dieser Truppe ist ein gebildeter Mann, der unsere Sprache spricht und nichts von wahllosen Plünderungen und blinder Gewalt hält! Er nennt sich Arpad, weil er aus dem berühmten Fürstengeschlecht desjenigen stammt, der das ungarische Volk zusammengeführt und begründet hat, und er ist ein so guter Christ wie jeder von uns! Seine Krieger folgen ihm blind und werden seinen Anweisungen gehorchen, und wenn wir ihnen erlauben, in unseren Wäldern zu jagen und in unseren Seen und Flüssen zu fischen, dann werden sie uns nicht behelligen, solange sie sich an der Lecha aufhalten. Graf Arnulf von Baiern und sein Sohn Perchtold schenken diesem Arpad ihr Vertrauen, und diese Herren werden wohl wissen, was das Richtige ist!«

Das waren die Worte des Gutsherrn Arbeo, und den Pitengouuern blieb nichts anderes übrig, als in seinen Vorschlag einzuwilligen, weil die Ungarn schon unterwegs und durch nichts mehr aufzuhalten waren. Noch immer bestand die Fehde zwischen König Otto und seinem Sohn Liudolf und dessen Anhängern, wenn auch das Zusammentreffen der feindlichen Heere in Schwaben, als der König eindringende ungarische Reiterscharen von der bairischen Grenze vertreiben wollte, durch die Vermittlung der Bischöfe von Augusburc und Chur, Udalrich und Hartpert, ohne blutigen Kampf mit einem Waffenstillstand beendet worden war, und noch immer waren die Ungarn die Verbündeten der aufständischen Baiern und Schwaben und damit auch die Verbündeten von Pitengouua.

Um zu der hinter dem Weinland am Doswald gelegenen Furt der Lecha zu gelangen, mussten die Reiter entlang der Pitenach durch das Dorf, und unsere Männer begrüßten die Krieger und wurden von Arbeo ihrem Anführer Arpad vorgestellt. Der Altmeier Wezilo hatte sich streng geweigert, den ehemaligen Feinden irgendeinen Gruß zukommen zu lassen, und Richlint und ich schlossen uns mit meinem alten Vater in der Stube des Meierhofes ein, um nicht in die Augen der Mörder unserer Mütter sehen zu müssen. Bei den meisten Dorfleuten jedoch verdrängte die große Neugierde auf Aussehen und Gebaren der fremden Reiter die uralte Furcht in den Herzen, und sie drängelten sich entlang des Baches, einer hinter dem Rücken des anderen Schutz suchend, um einen Blick auf die in Staub gehüllte ungarische Kolonne zu werfen.

Voller Verachtung für die Vergesslichkeit des gemeinen Volkes, saß Wezilo still betend neben der Feuerstelle, und Richlint und ich hielten uns schweigend an den Händen und horchten auf den von draußen dringenden Lärm, die aufgeregten Stimmen der Menschen, den Hufschlag vieler Pferde und den harten Klang von Lauten einer uns völlig fremden Sprache. Meine Tochter Ella saß verängstigt neben mir auf der Bank und schmiegte ihren Kopf an meine Seite, und ich legte meinen Arm um die schmalen Schultern und drückte mein Kind fest an mich. In diesem Augenblick erst bemerkte ich, dass mein kleiner Sohn nicht bei uns in der Stube war, und voller Schrecken rief ich laut seinen Namen und rannte ohne lange zu überlegen hinaus auf den Hofplatz, um nach Agilolf zu suchen.

Draußen am Bach entlang zogen in ungleichmäßigen Abständen Gruppen von ungarischen Kriegern, kleine und sehnige Männer mit sonnenverbrannten, bartlosen Gesichtern und meist langen, lose zusammengebundenen dunklen Haaren, ein jeder von ihnen hatte einen ledernen Köcher voller Pfeile auf dem Rücken und einen Bogen aus Holz und Horn am Sattel hängen, und ihre Füße steckten in hohen Stiefeln aus weichem Leder. Sie waren nicht halb nackt, so wie ich mir die Barbaren vorgestellt hatte, sondern trugen Kleider und Überwürfe aus kostbaren, bunten Stoffen, bei manchen mit goldenen Schellen und farbigen Borten bestickt, und darüber ein ledernes Wams oder das hochgebürstete Fell von einem Luchs oder Wolf. Ihre Sättel waren aus Holz und Leder gefertigt und mit farbigen Webdecken und weißen Schaffellen gepolstert, und diese Männer wirkten wie verwachsen mit ihren kurzbeinigen, stämmigen Pferden und schienen die Tiere nur mit den Schenkeln und kurzen, schnalzenden Lauten aus gespitzten Lippen zu lenken, denn die mit Kordeln und Beschlägen reich geschmückten Zügel hingen schlaff über dem Hals der Tiere und wurden nicht benutzt.

Als die Krieger mich allein und aufgelöst vor Sorge die Stufen des Meierhofes herunterstürmen sahen, tänzelten sie mit ihren Pferden um mich herum und johlten und schrien in einer Sprache, von der ich nicht eine Silbe verstand, und voller Angst vor den begehrlichen Blicken der fremden Männer krallte ich meine Finger in den Rock und wagte keinen einzigen Schritt mehr. Der Hofplatz war leer, denn die Knechte und Mägde des Dorfes drückten sich am anderen Ufer des Baches dicht aneinander, um in sicherem Abstand die Reiter anschauen zu können, und verzweifelt stand ich alleine da und wusste nicht, wohin ich mich wenden sollte. Da hörte ich die laute Stimme meines Mannes nach mir rufen, und ich sah Leonhard und unseren Sohn Agilolf mit Chuonrad und Arbeo zusammen beim Notstand der Schmiede. Bei ihnen stand ein dunkelhaariger Mann in prächtiger Kleidung, groß und aufrecht und voller Würde, und auf ein Handzeichen dieses Mannes hin hörten die ungebärdigen Reiter sofort auf, mich zu bedrängen, und gaben mir den Weg zur Schmiede frei. Erleichtert schloss ich meinen kleinen Sohn in die Arme und stellte mich mit ihm schutzsuchend hinter Leonhard, um nicht den scharfen Augen des fremdartigen Ungarnführers und den aufdringlichen Blicken seiner Leute ausgeliefert zu sein, und so geborgen hinter dem Rücken meines Mannes und mit Agilolf fest im Arm wagte ich dann doch, mir die Fremden genauer anzuschauen und das Gespräch der Männer unseres Gaus mit ihrem Anführer zu verfolgen.

Dieser Arpad sprach zu meiner Überraschung so deutlich und klar unsere Sprache, dass ihn jeder von uns verstehen konnte, und er versicherte Leonhard und Chuonrad, dass seine Leute im Lager an der Lecha bleiben und niemanden belästigen würden, solange der Trupp sich im Ambragau aufhielte. Sie würden für ein paar Wochen verweilen, um zu jagen und zu fischen und ihre Pferde zu weiden, und dann wollten sie nach Regnesburch zu Herzog Heinrich weiterziehen, um an seiner Seite gegen den König zu kämpfen. Ich schaute mir den großen und starken Mann mit seinen nackten Armen, die mit vielen Tätowierungen bedeckt und mit dicken Goldbändern behängt waren, während seiner Rede genau an, und ich sah, wie kostbar seine Kleider und Stiefel wirkten und wie kunstvoll gefertigt seine Waffen. Die langen Haare hatte er im Nacken locker zusammengebunden und im durchstochenen Ohr viele mit Edelsteinen besetzte Goldringe, und seine dunkel glänzenden Augen waren so unberührt und ausdruckslos wie die scharfen Augen eines Bussards oder Wanderfalken, blitzschnell und fast unmerklich streiften sie umher und ließen sich nicht die kleinste Bewegung in der Umgebung entgehen. Während die Männer miteinander redeten, starrte ich den Anführer der Ungarn unentwegt an, ganz gefangen von seiner beherrschten Erscheinung, doch weder die Miene noch die Gesten Arpads verrieten mir für einen Augenblick seine wahren Gedanken oder Gefühle.

Plötzlich jedoch hielten diese schillernden Raubvogelaugen still und weiteten sich fast unmerklich, und ich folgte dem Blick des fremden Mannes und sah Richlint über den Hofplatz auf uns zulaufen. Sie war barfuß und trug ihr geliebtes, leuchtend rotes Sommerkleid aus Leinenfasern, und von den dicken Flechten auf ihrem Kopf hatten sich einige Haarsträhnen gelöst und flossen nun um das schmale Gesicht mit den vor Aufregung weit aufgerissenen goldbraunen Augen. Sie war auf der Suche nach mir und Agilolf, voller Sorge um uns hatte sie den schützenden Meierhof verlassen und sich trotz der fremden Krieger ins Freie gewagt, und als sie mich hinter Leonhard bei der Schmiede entdeckte, rannte sie mit wehenden Röcken auf mich zu. Wie sie aber den dunklen Blick des Fremden auf sich spürte, blieb sie unvermittelt stehen und schaute ihm offen und herausfordernd in die Augen, und für eine winzige Spanne von Zeit schienen nur diese Frau und dieser Mann auf der Erde zu sein, und es herrschte unter den anderen ein so vollkommenes Schweigen, dass ich meinte, diese seltsame Stille sehen und mit den Händen greifen zu können.

Und doch war ich blind an diesem heißen und trockenen Sommertag und sah nicht die lodernde Liebe zwischen diesen beiden Menschen, und ich war taub und konnte das sanfte

Flüstern ihrer Herzen nicht hören. Ich konnte diesen Augenblick voller Ewigkeit zwischen all den schweigenden Menschen bei unserer Dorfschmiede nicht erkennen und nicht begreifen, und ich war doch der Mensch, der Richlint am nächsten und ihr wie eine Schwester war. Und es dauerte eine lange Zeit, bis ich die Liebe zwischen Richlint und Arpad wirklich sah und verstand, dass meine Freundin von mir fortgehen wollte.

In den folgenden Tagen und Wochen hütete ich mich davor, das Dorf mit seinen schützenden Zäunen zu verlassen, und auch meinen beiden Kindern und den jüngeren Mägden erlaubte ich nicht, sich zu weit von Pitengouua zu entfernen, denn die ungarischen Krieger durchstreiften auf ihren schnellen Pferden den ganzen Gau, und ich vertraute den beruhigenden Worten von Arbeo und dem Anführer der Reiterschar über die Freundlichkeit der Fremden nicht. Zu oft schon hatte ich davon gehört, dass die Ungarn auch im Freundesland junge Frauen und Kinder einfingen und sofort als Sklaven auf dem nächsten Markt verkauften, und keiner aus meiner Familie sollte ein so grausames Schicksal erleiden.

Aber nicht alle Menschen im Ambragau hielten sich vom Lager an der Lecha fern, Arbeo, Chuonrad und Wichard besuchten den Ungarnführer des Öfteren und luden Arpad sogar auf die Burg am Meierberg zu einem großen Fest mit ausgiebigem Essen und Trinken, und manche unserer Männer tauschten und handelten Waffen, Schmuck und Sattelzeug mit den ehemaligen Feinden und bewunderten deren Reiterkünste. Sogar der dicke Händler vom Bodinse, der einmal im Jahr mit seinem Karren voll Wein und Gewürzen durch unser Gebiet fuhr und eigentlich ein sehr vorsichtiger Mensch war, hatte das Lager der fremden Krieger besucht und dort seinen gesamten Vorrat verkauft, und als er an diesem Abend in der Dämmerung zusammen mit Richlint und seinen beiden Sklaven im Dorf eintraf, lobte Hildeger den ungarischen Anführer für seine Großzügigkeit und Gastfreundschaft über alles.

Es verwunderte mich nicht, dass Richlint den alten Händler bei Justina getroffen und mit ihm nach Pitengouua zurückgekehrt war, denn sie war in diesen Tagen sehr viel außerhalb unseres Weilers unterwegs und achtete nicht auf meine Ängste und Vorhaltungen. Entweder musste sie bestimmte Kräuter sammeln, die sie unbedingt zum Färben benötigte, oder ihr dringendes Verlangen, unsere schwarzhaarige Heilerin Justina im alten Gut zu besuchen, war so übermächtig, dass es nicht aufgeschoben werden konnte, bis die Ungarn den Gau wieder verlassen hatten. Es nützte nichts, wenn ich ihr die mannigfaltigen Gefahren vorstellte, die auf dem Weg ins nahe der Lecha gelegene Weinland auf eine einsame Frau warteten, und wenn ich sie davor warnte, einem dieser wilden Männer schutzlos in die Hände zu laufen und missbraucht oder sogar getötet zu werden. Sie weigerte sich entschieden, einige Knechte zu ihrem Schutz mitzunehmen und lachte mich nur aus.

»Behüte du nur Ella und Agilolf, Afra!«, sagte sie zu mir, »ich bin eine erwachsene Frau und sorge selbst für meine Sicherheit! Bei Justina draußen wird mir nichts geschehen, denn die heidnischen Ungarn fürchten und verehren unsere Freundin wegen ihrer Heilkräfte und dem einsamen Leben, das sie mit ihren Tieren führt, und sie meiden das alte Gut und werden uns in Frieden lassen!«

Oft wartete ich jetzt am frühen Morgen umsonst auf meine Freundin und musste allein zum Melken in den Stall oder zum Weben in den Grubenkeller gehen, denn ich konnte Richlint weder in der alten Hütte am Hollerbusch noch sonst irgendwo im Dorf finden, und wenn wir an manchen Abenden bei Most und süßen Fladen im Meierhof beisammen saßen und mein Vater Wezilo uns Geschichten von früher erzählte, dann wurde Richlint schon sehr bald müde und zog sich in ihre eigene Stube zurück.

Sie hatte sich in diesen Tagen sehr verändert, meine Richlint, und mir fehlte unser tägliches Beisammensein und die vertrauensvollen Gespräche zwischen uns Frauen, denn sie wich mir aus und wollte nicht einmal über die an der Lecha lagernden fremden Reiter mit mir reden. Mit wenigen Worten tat sie meine Befürchtungen über unser aller Zukunft ab und redete nur noch von alltäglichen Dingen wie der Färberei oder dem Gemüsegarten, und es schmerzte mich sehr, dass Richlint mir ihre wahren Gedanken und Gefühle nicht mehr anvertraute. Aber nicht nur das Verhalten meiner Freundin mir und den anderen Leuten gegenüber, sondern auch ihre Erscheinung hatte sich gewandelt, denn ihr Gang war aufrechter und dabei weicher geworden, geschmeidig und federnd wie der einer Lüchsin mit empfindsamen Pfoten, und ihre goldbraunen Augen glänzten so hell und strahlend in dem blassen, schönen Gesicht, als ob beständig eine Kerze darin flackerte.

Nicht nur der scharfäugige Wezilo, sondern auch Leonhard und die Mägde und Knechte bemerkten diese Verwandlung, und ich sah die verstohlenen Blicke, die sie meiner Freundin im Vorbeigehen nachschickten, und ich hörte in den Ecken und Winkeln des Hofes das Raunen und Tuscheln der Dorfleute. Doch ich war zu stolz, um mit meinem Mann oder mit einer einfachen Magd über Richlint zu sprechen und einzugestehen, dass ich nichts von meiner Freundin und ihren einsamen Wegen wusste, und so gab ich mich gelassen und gleichgültig und tat so, als ob ich das heimliche Gerede und Geschau der Leute nicht bemerkte.

Die ungarischen Reiter verließen nach einigen Wochen das Zeltlager an der Lecha und zogen weiter nach Regnesburch, und wir alle konnten uns wieder frei im Land bewegen und fühlten uns wie von einer drückenden Last befreit. Nur Richlint war ernst und ungesellig, sie verließ zwar nicht mehr für ganze Tage und Nächte das Dorf und widmete sich in ihrer alten Hütte wieder den leinenen Stoffen und der Wolle der Schafe, aber sie wollte weder mit uns feiern und lachen noch die alte Vertrautheit zwischen uns Frauen erneuern, und ich konnte sie nicht dazu bewegen, ihre Zurückhaltung aufzugeben und wieder meine Freundin und Schwester zu sein. So vergingen Spätsommer und Herbst, ohne dass ich die Wahrheit über Richlint und Arpad erahnte, und erst kurz vor dem Einbruch des Winters, als eine Abordnung der Ungarn für ein paar Tage auf unserer Burg am Meierberg lagerte, hielt ich diese selbst auferlegte Zurückhaltung nicht mehr aus und fragte voller Neugier über das Gerede der Dorfleute die kleine Gisel aus.

Es waren nur wenige Krieger, die unter der Führung von Arpad bei Wichard auf der Burg eingezogen waren, um mit den Männern unseres Gaus noch einmal über diesen unseligen Bruderkrieg zu verhandeln, bevor sie für den langen Winter wieder in ihr eigenes Land zurückkehrten. Und wieder war Richlint kaum in Pitengouua zu sehen und ständig unterwegs, und wieder folgten ihr die scheelen Blicke und das geheimnisvolle Flüstern der Dorfleute. Als am Sonntag beim Kirchgang Liutbirc von Dornau ungewöhnlich liebenswürdig zu meiner Freundin war und sie sogar aufforderte, ganz vorne beim Altar in der hölzernen Bank neben ihr Platz zu nehmen, kam mir das mehr als seltsam vor, und ich zog die Kindsmagd Gisel nach der Messe auf die Seite und fragte sie, was die Leute denn über Richlint dachten und redeten.

»Sie sagen, dass die Frau Richlint eine heimliche Liebschaft hat, mit dem wichtigsten Mann unter diesen Ungarn, dem Anführer Arpad«, gab mir die kleine Magd arglos Auskunft, »und dass sich die beiden schon im Sommer immer wieder im Lager an der Lecha unten getroffen haben! Eberolf hat dort aus der Ferne eine Frau im roten Kleid herumgehen sehen, und die Graserinnen schwören hoch und heilig, dass Richlint unten an der Ambra mit einem langhaarigen Mann zusammen geritten und erst sehr spät in der Nacht durch den Zaun wieder ins Dorf hereingeschlüpft ist. Aber du weißt das sicher besser, Meierin, denn du bist ja ihre Vertraute und Freundin! Ich denke mir, dass die Herrin von Dornau sich nun auch gut stellen will mit einer Frau, die mit einem reichen Mann und berühmten Krieger zusammen ist, und deshalb ist Liutbirc so ausnehmend freundlich zur Frau Richlint und sorgt vor für die Zeit, wenn der Krieg vorbei und die Friedelfrau des Barbaren vielleicht eine mächtige Frau ist!«

Ich stand so betroffen vor der schmächtigen Gisel, als ob sie mir einen Eimer mit kaltem Wasser über den Kopf geschüttet hätte. Es war undenkbar für mich, dass Richlint eine Liebesverbindung mit einem dieser wilden Reiterkrieger eingegangen war, mit einem dieser heidnischen Ungarn, die doch unsere beiden Mütter und den kleinen Bruder von Richlint getötet hatten und das schlimmste Ungeziefer unter den Menschen waren, und ich beteuerte der Magd und mir selbst voller Inbrunst und Überzeugung, dass die Leute dummes und böses Zeug über meine Freundin reden und sich in dieser Sache vollkommen täuschen würden. So aufgebracht und empört war ich an diesem Sonntag hinter der Kirche, dass die junge Gisel mir nicht weiter zu widersprechen wagte und schließlich mit gesenktem Kopf zu den Kindern schlich, und ich selbst wollte niemand in die Augen schauen und ging für den Rest des Tages allen aus dem Weg, ganz besonders der redseligen Liutbirc und meiner Freundin Richlint.

Wenn ich sie damals einfach auf das Gerede der Leute und die Gerüchte über ihre Liebschaft angesprochen und sie mir dann die Wahrheit gesagt hätte, wäre der Riss in unserer Freundschaft vielleicht nicht so tief und der Stachel des Misstrauens in meinem Herzen nicht so spitz gewesen, aber ich deckte die Befürchtungen und Sorgen in mir zu und gab mich ahnungslos, und Richlint war beherrscht und verschwiegen wie in all den vergangenen Monaten und öffnete sich mir nicht.

Die kurzen Tage und die langen Nächte dieses Winters reihten sich scheinbar endlos aneinander, und durch Eis und Schnee drangen kaum Neuigkeiten über den Stand der Fehde zwischen Herzog Liudolf und dem König oder über den Verbleib der Ungarn bis zu uns nach Pitengouua. Wie immer in den Wintermonaten waren wir von der kalten Witterung eingeschlossen und ganz auf uns gestellt, und nur selten kam ein Reiter aus dem Haslach oder von der Dornau ins Dorf und brachte etwas Abwechslung in die eintönige Zeit nach dem Weihnachtsfest und den Raunächten. Richlint und ich sahen uns kaum in die Augen und hatten wenig miteinander zu reden, und mein Vater lag mit seinen alten Knochen siech und krank auf dem Strohlager und spürte schon den Tod. Statt gemeinsamer Feiern im Meierhof mit warmem Kräuterwein und lustigen

Geschichten von früher knieten wir auf Geheiß des frommen Wezilo betend in der Stube, und unsere Fürbitten an den Allmächtigen um Frieden und eine gute Ernte und um Gesundheit für den Altmeier erklangen bald jeden Abend.

Doch in den letzten Wochen des Februar wurde das Wetter endlich milder und der Schnee begann zu tauen, und wir bereiteten alle miteinander nach uraltem Brauch ein lautes und fröhliches Fest, mit dem der kalte Winter unwiderruflich ausgetrieben und der milde Frühling herbeigelockt werden sollte. Meinem alten Vater ging es dank unserer Gebete und der warmen Witterung wieder besser, und als Justinas Sohn Riwin auf einem Pferd seines Vaters Arbeo am frühen Morgen ins Dorf geritten kam und Richlint und mir mitteilte, dass seine Mutter uns dringend zu sehen wünschte, kamen wir dieser Aufforderung gerne nach und waren froh, Pitengouua für einen ganzen Tag verlassen zu können und endlich ein anderes Gesicht zu sehen. Der elfjährige Riwin war ein sehr selbstständiger und kräftiger Junge, mutig und ganz allein machte er sich über die alte Römerbrücke auf den beschwerlichen Weg nach Dornau, weil die breite Furt der Lecha unterhalb des Weinlandes wegen des Schmelzwassers der Gletscher nur im Sommer benutzt werden konnte, und Richlint und ich bestiegen zusammen die brave Stute des Meierhofes und ritten in die andere Richtung zum welschen Gut hinaus.

Als ich Justinas schmale Gestalt wartend bei der Mauer stehen sah und in ihre schwarzen Augen blickte, die dunkel und geheimnisvoll wie ein abgrundtiefer Brunnen waren, da spürte ich so deutlich ihre Liebe für Richlint und mich, dass mir ganz warm ums Herz wurde und ich wie ein kleines Kind meine beiden Hände suchend und fordernd zugleich nach den ihren ausstreckte, um für immer geborgen zu sein. Ich wusste in diesem Augenblick, dass sie uns nur zu sich gerufen hatte, um meiner Freundin und mir zu helfen und uns wieder miteinander zu versöhnen, und es verwunderte mich nicht, denn immer schon hatte Justina genau gespürt, was zwischen uns vorging, und immer schon hatte ihr Verständnis und ihre Liebe für uns beide gereicht. Obwohl sie mittlerweile eine ältere Frau mit aschgrauen Strähnen in den tiefschwarzen, fast bodenlangen Haaren war, hielt Justina sich aufrecht und biegsam, und nur ihr magerer Körper wirkte unter der Last der schweren Haarpracht noch zerbrechlicher als früher. Um die dunklen Augen hatten sich im Lauf der vergangenen Jahre viele, kleine Falten eingegraben, wie zwei lose gebundene Kränze lagen sie in ihrem Gesicht, und die steile Furche auf ihrer Stirn, die ihre Miene früher so lebendig erscheinen ließ, hatte sich vertieft und wirkte zuweilen ernst und streng.

Ohne viel Worte geleitete Justina uns zum römischen Badhaus in der Mitte des Hofes, wo sie nach einem alten und lieb gewordenen Ritual ein warmes Bad mit duftenden Kräutern vorbereitet hatte, und ich sah die Freude in ihren Augen glänzen, nach dem langen, einsamen Winter wieder mit uns beisammen zu sein. In den letzten Jahren hatte es nicht viele Zusammenkünfte von uns drei Frauen gegeben, denn als Meierin von Pitengouua und Mutter von zwei Kindern konnte ich mich nicht weiter so frei und ungebunden verhalten wie ein junges Mädchen und ganze Tage im welschen Hof verbringen, und nur Richlint hatte unsere alte Freundin manchmal besucht und ihr bei der Arbeit mit der Ziegenherde geholfen.

Justinas Sohn Riwin verbrachte Wochen und Monate bei seinem Vater auf der Dornau, und für seine Mutter war es zu anstrengend, zu Fuß bis in weit entfernte Dörfer oder zu entlegenen Höfen zu wandern, um dort zu helfen und zu heilen, und auch die sonntäglichen Kirchgänge zum Dorf fanden immer seltener statt. So war ihr Leben im verfallenen welschen Gutshof einsam und still geworden, nur die geliebten Tiere waren ständig bei ihr, und wie so häufig bei älteren Leuten erzählte Justina jetzt viel von vergangenen Zeiten und erinnerte sich lebhaft an die Jahre, in denen sie selbst ein kleines Kind gewesen war und ihre italische Mutter noch gelebt hatte. Sogar Worte aus ihrer Kinderzeit fielen ihr wieder ein, weich und sanft klingende Silben der uralten Muttersprache aus einem fernen, warmen Land jenseits des schneebedeckten Gebirges, und Justina murmelte mit ihren Tieren nur noch in dieser Sprache und summte versonnen fremdartige Wiegenlieder vor sich hin.

An diesem letzten Wintertag des Jahres 955 aber, an dem schon warme Winde wehten und der kommende Frühling sich erahnen ließ, an diesem Tag sprach Justina im Badhaus in unserer Sprache, und sie redete ernst und eindringlich mit Richlint und mir und bat uns, die alte Freundschaft zu erneuern und zu festigen. »Du musst Afra endlich die Wahrheit erzählen, Richlint, und du musst ihr alles berichten von Arpad und deiner Liebe zu ihm, und von euren gemeinsamen Plänen für die Zukunft! Und du, Afra, du wirst zuhören und schließlich dein Herz öffnen für die Worte deiner Freundin, wenn es dich auch schmerzt und du nicht alles verstehst, was sie dir sagt! Die Zeit des Schweigens und der Kälte zwischen euch soll heute zu Ende gehen, für immer und ewig, und mit dem reinen Wasser in dieser steinernen Wanne soll alle Eifersucht und Trauer von euren Körpern weggespült und vergessen werden, denn wir drei Frauen brauchen all unsere Kraft und weibliche Stärke, um gemeinsam dieses Jahr voller Wandlungen zu bestehen!«

Und als wir ausgestreckt im warmen Wasser lagen, tief den Duft von Justinas Blüten und Kräutern atmeten und unsere Glieder sich langsam entspannten, da erzählte mir Richlint alles über ihre Liebe, und endlich war ich nicht mehr blind und taub wie in den vergangenen Monaten, sondern begann meine Freundin zu erkennen und zu verstehen.

Während meine Augen die bunten Fische und die seltsamen Fabelwesen an den über und über bemalten Wänden des Baderaums betrachteten, ging meine Seele mit Richlints leisen Worten auf Wanderschaft, und ich erlebte den Augenblick, an dem sie Arpad gegenüberstand und ihn als ihren einzigen Mann erkannte, und ich ritt mit ihr und dem Geliebten heimlich in der Nacht zu den Ambrahöhlen und erfuhr dort von einer Liebe, die trunken vor Glück und schwindelig machte und die restliche Welt vergessen ließ. Mit Trauer im Herz und einer Lüge auf den Lippen verließ ich mit meiner Freundin am frühen Abend die warme Meierstube und die geliebten Menschen dort, und ich schlich mit ihr still und leise aus dem Dorf, um in die starken Arme von Arpad zu sinken und darin die Einsamkeit meines bisherigen Lebens zu vergessen. Hinter meinem Rücken und dem von Richlint fühlte ich die anzüglichen Blicke der Knechte und Mägde auf unseren Körpern, ihr neugieriges Geraune und boshaftes Getratsche tönte überlaut und schmerzhaft in ihren und meinen Ohren, und die süßlichen und falschen Worte von Liutbirc klebten wie lästiges Harz auf uns und ließen sich nicht abwaschen. Ich spürte die grausame Verzweiflung von Richlint über den Verrat an unseren toten Müttern, weil sie sich trotz unserer feierlichen Gelübde mit einem ungarischen Feind eingelassen hatte, und ich wusste doch, dass nur dieser fremde Mann ihrer Liebe würdig war und sie nicht anders handeln konnte. Die heißen Tränen in meinen Augen waren zugleich die in vielen einsamen Nächten geweinten Tränen meiner Freundin, und als Richlint im Wasser aufstand und mich in ihre Arme schloss, nass und nackt und unschuldig, da erkannte ich endlich, dass sie ein Kind dieser Liebe unter ihrem Herzen trug und sich und das Ungeborene mit dieser Umarmung meiner Freundschaft anvertraute.

Die Frau an meiner Seite war schöner als je zuvor, mit ihren vollen, empfindsamen Brüsten und den durch die helle Haut schimmernden wasserblauen Adern, mit ihren leicht gerundeten Hüften und dem schmalen Gesicht mit den strahlenden Augen voller Zärtlichkeit, und ich erkannte eine neue und sanfte Richlint, die nicht mehr aufbegehrte, sondern ihr Glück und ihre Liebe gefunden hatte. Eine feine, braune Linie lief vom Nabel bis zur dunklen Scham herunter über ihren schon zart gewölbten Leib und verkündete deutlich die Schwangerschaft, und ich versprach Richlint und ihrem ungeborenen Kind meine Liebe und Fürsorge für alle Zeiten dieser Welt.

»Aber ich werde nicht in Pitengouua bleiben, Afra! In der Mitte des Sommers wird mein Kind geboren werden, und dann ziehe ich mit Arpad nach Osten zu seinem Volk und beginne dort ein neues Leben!« Ich spürte wieder den Stachel der Eifersucht und dunkle Schatten der Angst in meinem Innern, doch Richlint packte mich fest an den Schultern und zwang mich, in ihre goldbraunen Augen zu schauen.

»Im Lager an der Lecha habe ich mich wohl gefühlt, obwohl ich dort die einzige Frau unter lauter barbarischen Kriegern war, und ich bin von diesen wilden und ungestümen Männern mit Hochachtung und Ergebenheit wie eine richtige Herrin behandelt worden. Es macht mich unendlich traurig, Afra, dich und Justina für immer zu verlassen und in ein fremdes Land zu gehen, aber hier im Ambragau bin und bleibe ich die geschiedene Frau des Haslachbauern und die uneheliche Tochter eines Welfengrafen, von vielen verachtet und mit Spott bedacht, und dort in den herrlichen Weiten der ungarischen Steppe werde ich eine Königin sein und brauche mich vor niemand mehr zu fürchten!«

Und mit begeisterten Worten erzählte uns Richlint von ihrem einflussreichen Mann und der zukünftigen Heimat, und mit jedem Satz und jeder Silbe von ihr erkannte ich, wie sehr sie Arpad vertraute und sich auf ein anderes Leben freute. Sie berichtete uns vom unendlichen grünen Grasland und den tiefblauen Seen der ungarischen Steppe, von riesigen Viehherden und den gleichmäßigen Wanderungen zwischen Sommer- und Winterweiden, von den Hirten, die durch das Treiben und Zusammenhalten des Viehs und die nächtlichen Wachdienste zu den besten Kriegern unter der Sonne erzogen wurden, und vom schier unglaublichen Reichtum ihrer neuen Sippe, die durch unzählige Kriegszüge nach Italien, Baiern und ins Frankenreich Gold und Sklaven zuhauf erbeutet hatte. Sie sprach von der Offenheit und Liebenswürdigkeit der ungarischen Menschen, von ihrem unbedingten Gehorsam und der gänzlichen Ergebenheit bis in den Tod hinein den Führern des Volkes gegenüber, von uralten Ritualen und Zeremonien mit magischer Bedeutung, vom heidnischen Glauben an das blutige Opfer der weißen Pferde und den sagenumwobenen Riesenhabicht Turul, und von den längst vergangenen Zeiten der Stamm-Mutter Emese und dem göttergleichen Fürstenhaus der Arpaden, das aus deren Schoß hervorgegangen war und dem auch Richlints Geliebter angehörte.

Das Wasser im steinernen Becken war während Richlints lebhafter Erzählung kalt geworden, und ich stieg mit steifen Gliedern aus der Wanne und zog meine Kleider wieder an. »Und wenn Herzog Liudolf und mit ihnen die ungarischen Reiter den Krieg gegen König Otto verlieren?«, fragte ich leise, »die Rache des Königs wird keinen der Aufständler verschonen, und schon gar nicht die wilden Barbaren, die seit alters her unsere Feinde gewesen sind! Dann ist Arpads Leben und auch das deine in höchster Gefahr, denn die Pitengouuer werden wieder ihrem früheren Herrscher gehorchen und keinen einzigen Feind verschonen, der sich im Ambragau aufhält, und auch du und dein Kind werden dann zu ihren Feinden gehören und vom Tode bedroht sein.«

Im Baderaum mit den farbenfrohen, wie lebendig wirkenden Malereien an den Wänden herrschte plötzlich eine atemlose Stille, und Richlint und ich saßen mit gesenktem Kopf und wollten uns nicht ins Gesicht schauen.

Da ergriff Justina unsere Finger der linken Hand und legte sie aufeinander, umschloss sie eng mit ihren beiden Händen und sprach mit leiser, aber fester Stimme zu uns. »Keine von uns dreien weiß, wie dieser unselige Krieg enden wird, und keine unter uns kann am heutigen Tag sicher sein, auf der Seite der Sieger zu stehen. Aber jede von uns Frauen hat ihre eigene Entscheidung getroffen und besitzt auch die Kraft, sie zu tragen. Es ist zu spät für Richlint, um noch einen anderen Weg einzuschlagen, denn die Verbindung zwischen Arpad und ihr ist vollzogen, und das ungeborene Kind ihrer Liebe bewegt sich schon in ihrem Leib und will geboren werden. Es ist zu spät, um über vergangene Gelegenheiten oder Hoffnungen für die Zukunft nachzudenken, denn wir Menschen lenken nicht das Schicksal dieser Welt, und was geschehen soll, das wird auch geschehen, denn alles steht unter einem göttlichen Stern. Aber es ist niemals zu spät für Freundschaft und Liebe, denn sie überdauern unser irdisches Leben und den Tod und wirken darüber hinaus, und deshalb nehme ich eure linken Hände, die dem Herzen am nächsten sind, und ich lege sie ineinander, damit ihr die Verbindung zwischen euch spürt und euch dieser Stärke immer bewusst seid, und nicht das Leben und nicht der Tod werden euch jemals trennen!«

Den ganzen Sinn von Justinas Rede habe ich an diesem letzten gemeinsamen Nachmittag im Badehaus des welschen Gutshofs nicht verstanden, und auch noch lange nach Richlints Tod und dem Ende des Krieges bedeuteten mir ihre Worte nicht mehr als viele andere. Doch heute weiß ich, dass unsere schwarzhaarige Heilerin und Freundin die seltene Gabe des Vorausschauens hatte und dass sie schon damals spürte, wie das Schicksal über uns drei Frauen entscheiden würde, und der Sinn ihrer Gedanken und Worte war rein und wahr.

Im Laufe der folgenden Monate fiel ein rebellischer Graf und Herzog nach dem anderen von den Aufständischen um den Schwabenherzog Liudolf wieder ab und kehrte mit seinen Mannen zum König zurück, und als ein großes ungarisches Heer sich auf den Weg nach Baiern machte, um König Otto endgültig zu besiegen und zu vernichten, versöhnten sich auch sein Sohn Liudolf und sein Bruder Heinrich wieder mit dem Herrscher unseres Landes und schlossen sich reumütig dem Reichsheer an. Vereint und mit all ihrer Macht wollten sie diesmal die Heiden schlagen und in die Flucht jagen, auf dass diese Reiterkrieger nie wieder einen Fuß auf unseren Boden zu setzen wagten, und in dem kleinen Dorf Pitengouua im Ambragau wurde dies mit Jubel und Erleichterung begrüßt.

Meine Freundin Richlint stand vollkommen allein, aber ich folgte den Worten von Justina und behielt ihre Hand in der meinen.

Das erste Licht des Tages stieg zögernd und langsam am östlichen Himmel empor, hob die verschwommenen Umrisse der

Zelte und Fahnenstangen aus dem Dunkel der Nacht und brachte die bis dahin ruhig grasenden Pferde in den hölzernen Gattern zwischen den Zelten zum Schnauben und Stampfen. Dichte Nebel lagen über den Büschen und Bäumen der Niederung des Flusses, in der das Lager der ungarischen Reiter errichtet war, und sie wichen nur langsam fallend dem hellen Licht des anbrechenden Tages. Die Krieger erhoben sich vom Sattellager, müde und erschöpft nach ihrem tagelangen, erfolglosen Ansturm auf die ummauerte Stadt, und sie schauten nach den aufgeregten Rössern, um die Tiere mit leisen Worten zu beruhigen, und streiften im Vorbeigehen mit den Händen den Tau von Gräsern und Sträuchern und benetzten mit dem kühlen Nass ihre angespannten Gesichter.

Auf einem kleinen Hügel abseits vom Zeltlager stand ein hoch gewachsener Mann in voller Rüstung neben einem graubraunen Pferd, das ruhig und wie aus Stein gemeißelt verharrte, während sein Herr die dunklen Augen unter dem eisernen Helm mit dem Rossschweif nachdenklich über das Lager und die Landschaft schweifen ließ. Eine Hand hatte der langhaarige Mann auf die Kruppe des Tieres gelegt, wie um sich festzuhalten, und mit der anderen umfasste er den Schaft seiner eisenbeschlagenen Lanze so stark, dass die Fingerknöchel weiß hervortraten und die blauen Adern wie dicke Schnüre am tätowierten Unterarm entlangliefen.

Die grausamen Bilder der letzten Tage zogen unerbittlich und in voller Schärfe an seinem inneren Auge vorbei, obwohl er sie vergessen und lieber an die Herausforderungen des anbrechenden Tages denken wollte. Aber er sah noch einmal all die leblosen Männer mit ihren unnatürlich verdrehten Gliedern und den starren, blicklosen Augen auf der Erde liegen, hörte das Grauen erregende Brüllen der erneut gegen die Stadttore anstürmenden Krieger und dazwischen die qualvollen Stimmen von Verletzten, die sich kriechend und strauchelnd zwischen den stampfenden Hufen der Pferde, den Schwertern der angreifenden Reiter und den spitzen Pfeilen der Verteidiger in Sicherheit zu bringen suchten, sah am Boden hilflos strampelnde Rösser mit gebrochenen Beinen und tiefen Wunden im Fleisch, mit lautlosem Schmerz in den vor Verwunderung weit aufgerissenen treuen Augen, und diese Bilder und Laute der vergangenen Kampftage schnürten ihm die Kehle zu und wollten nicht weichen. Bei der Belagerung der Stadt war ein guter Freund gefallen, Anführer eines Trupps wie er selbst, und als nach dem schrecklichen Tod eines ihrer Führer die ungarischen Krieger voll Angst zu flüchten begannen und die Stadtbewohner schon ein triumphierendes Geheul anstimmten, musste er seine eigenen Leute mit Geißelhieben unerbittlich vorwärts treiben, damit sie den Kampf nicht aufgaben.

Wut und Trauer beherrschten die Gedanken des Mannes, während er auf dem Hügel neben seinem Pferd stand, und als er über den Verrat der bairischen und schwäbischen Grafen und Herzöge an der gemeinsamen Sache nachdachte und Tränen um die getöteten Freunde in seinen Augen standen, da wuchs der Hass in ihm an, heiß und stark, und er verfluchte mit lauter Stimme den König mit all seinen Gefolgsmännern und ballte die Faust gegen sie und ihren christlichen Gott, obgleich er selber ein Christ war.

Und doch war nicht alle Hoffnung auf den Sieg verloren, denn einen Freund gab es noch unter den bairischen Fürsten des Königs, und dieser hatte die Ungarn vor dem anrückenden Heer gewarnt und ihnen die Anzahl der Krieger und ihre Marschrichtung verraten. Am heutigen Tag sollte die Entscheidung fallen und das Königsheer den zahlreicheren ungarischen Kriegern unterliegen, heute würden sie die Truppen von hinten angreifen und in der gewohnten Kesselschlacht vollständig aufreiben, reiche Beute und zahllose Gefangene machen und den selbstherrlichen König zur Aufgabe und zu neuen Verhandlungen zwingen. Das Gesicht des Mannes entspannte sich, als er an den sicheren Sieg und den von seinen Herrschern versprochenen Triumph und Reichtum dachte, und das Bild einer lachenden Frau mit goldbraunen Augen und gesegnetem Leib schob sich vor das Grauen der vergangenen Tage und erfüllte ihn mit neuer Hoffnung.

»Dieses Pferd wird uns in die Heimat tragen, Geliebte«, flüsterte er fast unhörbar, »in die weiten, grünen Steppen unter dem unendlichen Himmel, geradeso, wie ich es dir versprochen habe, und unser Kind wird dort in Frieden leben!«

Doch das unberechenbare Kriegsglück lag an diesem heißen Tag im August nicht bei den angreifenden Ungarn, sondern aufseiten des Königs und seiner Herzöge und Grafen, die einig und stark waren, und kein einzelner Mann vermochte allein mit seiner Wut und Trauer, mit seiner Kraft und seinem Willen das endgültige Schicksal der Reiterkrieger aufzuhalten.

Viele lange Stunden unter den heißen Strahlen einer gnadenlosen Sonne waren vergangen, und der Mann versteckte sich auf einer Anhöhe im Dickicht von Büschen und Sträuchern vor den unerbittlich nach flüchtenden oder verletzten Ungarn suchenden Blicken der Feinde. Er war allein, denn sein schöner, graubrauner Hengst mit der dichten Mähne lag voller Blut und mit heraushängendem Gedärm unter all den leblosen Leibern von Menschen und Tieren in der Senke des Flusses begraben, hilflos und ohnmächtig hatte der Mann das grausame Ende des Tieres durch einen scharfen Schwerthieb in den ungeschützten Bauch erlebt, und es blieb ihm nichts, als um sein eigenes Leben zu rennen. Helm und Krummsäbel hatte er beim Kampf verloren, die hinderliche Rüstung beim Laufen abgenommen und weggeworfen, und nur der lederne Köcher mit den Pfeilen baumelte noch auf seinem Rücken und der Bogen aus Holz und Horn hing über seiner Schulter. Der Schweiß lief in dunklen Strömen über sein Gesicht und die bloßen Arme, tränkte Hemd und Beinkleider und vermischte sich mit dem Staub der Erde und dem roten Blut der getöteten Gegner. Die Augen des Mannes waren tiefschwarz vor Schmerz und Verzweiflung, ohne jede Hoffnung oder Glauben an den Sieg, und nur der Gedanke an eine erbarmungslose Rache für sein geschlagenes Volk hielt ihn aufrecht.

Sie hatten das Heer des Königs überraschend und unter unglaublichem Geschrei von hinten angegriffen und dabei die drei letzten Truppen fast vollständig niedergemacht, das gesamte

Gepäck und den Proviant geraubt und viele Gefangene genommen, und es schien, als ob ihnen der Sieg sicher und nicht mehr weit entfernt wäre. In einem einzigen Gefecht hatten seine eigenen Leute über fünfzig Feinde getötet und darüber ein lautes Triumphgeheul angestimmt, doch dann hatte der König den Herzog von Lothringen, einen erfahrenen Kämpfer und wilden Streiter, mit einem Trupp junger und blutdürstiger Franken seinen Legionen zu Hilfe geschickt, und diese unerfahrenen, aber tapferen Krieger brachten es fertig, die Beute zurückzuholen und die Gefangenen zu befreien. Verwirrung und Panik brach nun unter den Ungarn aus, und nur die mutigsten unter ihnen leisteten erbittert Widerstand und kämpften um ihr Leben. Trotz der scharfen Peitschenhiebe und dem aufmunternden Brüllen ihrer Anführer wichen manche Reiterkrieger mit ihren erschöpften Pferden zurück und suchten ihr Heil in der Flucht, und die Übriggebliebenen gerieten zwischen die Feinde und wurden von ihnen schonungslos niedergemetzelt.

Nach Atem ringend ließ sich der hoch gewachsene Mann auf die Erde fallen und ballte verzweifelt seine Finger zu Fäusten. Dieser Kampf und mit ihm die ganze Schlacht war verloren, das wusste er, und es galt nun, das eigene Leben zu retten, um in die Heimat zu gelangen und später grausame Rache für diese Niederlage nehmen zu können. Er dachte an die Frau, die voller Vertrauen auf ihn wartete, und an das unschuldige Kind in ihrem Bauch, und er spürte deutlich, dass nur seine Stärke und Lebenskraft diese beiden geliebten Menschen erretten konnte. Und so richtete er sich auf, mühsam und zerschlagen, und spähte zwischen dem Strauchwerk hervor, um zu sehen, wie der Kampf stand, und um einen Fluchtweg für sich ausfindig zu machen.

Unten in der Talsenke metzelten die Männer des Königs die wenigen noch kämpfenden Ungarn gnadenlos hin, und ein breiter Strom von Flüchtenden rannte und stolperte und schwamm ans andere Ufer der Lecha, um dort Schutz und Rettung zu finden. Doch der wilde Fluss kannte kein Erbarmen mit den verzweifelten Menschen und verschlang die meisten von ihnen, wenn sie beim Hochklettern am Steilufer die Kraft verloren und in die schäumenden Fluten stürzten. Ringsum in den Dörfern des Flusstales loderten rotgelbe Flammen aus den hölzernen Scheunen und Ställen, in die wütende Bauern viele erschöpfte Ungarn samt ihren Pferden getrieben und bei lebendigem Leib verbrannt hatten, und nirgendwo in dieser Gegend schien es einen sicheren Weg aus diesem Ort der Verdammnis zu geben.

»Steht mir bei, ihr alten Götter unseres Volkes«, murmelte der Mann auf der Anhöhe verzweifelt, und seine scharfen Vogelaugen suchten das Tal und den Fluss und die Weiler ab, ohne einen Ausweg zu finden. In der Ferne sah er die bairischen Streiter auf gepanzerten Schlachtrössern näher kommen, bunte Fahnen und scharfe Lanzen in den Fäusten, und im flachen Tal kämpfte der fränkische Herzog inmitten seiner jungen Krieger und rückte dabei immer weiter auf die Anhöhe vor.

Ein großer Mann mit der Kraft eines Bären war dieser rothaarige Franke, leidenschaftlich und mutig wie zehn Männer zugleich, und nachdem ein guter Freund von ihm von den ungarischen Reitern durch Pfeilschüsse getötet worden war, wütete der Franke voller Zorn wie ein reißendes Tier unter den Feinden und verschonte keinen einzigen, mochte er auch auf Knien vor ihm liegen und um sein Leben betteln. Im letzten Jahr hatte dieser einflussreiche Herrscher noch den Nomadenkriegern Freundschaft und Treue gegen den König gelobt, sie feierlich in seiner Residenz empfangen und einen förmlichen Vertrag mit ihnen abgeschlossen, hatte den Ungarn den Weg nach Norden gewiesen und mit ihnen getrunken und gelacht, und jetzt stand er auf der Seite des Königs und mordete die ehemaligen Verbündeten ohne jede Gnade. Immer wieder blitzte sein scharfes Schwert im Sonnenlicht auf und fuhr erbarmungslos hernieder, um einem Reiterkrieger den Garaus zu machen, und die Ungarn stoben in Scharen davon, um diesen schweren Hieben zu entgehen.

Wut und blanker Hass verdunkelten die Augen des in den Büschen verborgenen Mannes, als er den gemeinen Verräter im

Verlauf des Kampfes immer näher kommen sah, und anstatt sein eigenes Leben zu schützen und sich tiefer ins Gebüsch zurückzuziehen, schlich er sich auf Händen und Füßen, von den Zweigen der Sträucher halbwegs gedeckt, immer näher an den fränkischen Herzog heran. Deutlich konnte er die wilden Augen und den roten Bart des Franken erkennen und seinen schweren Atem hören, und wie unter einem schicksalhaften Zwang griff er nach dem Bogen über seiner Schulter und löste einen spitzen Pfeil aus dem Lederköcher.

Als der Herzog, erhitzt durch das Gefecht und die Glut der Sonne, die Bänder seines Panzers löste und den eisernen Helm abnahm, um nach Luft zu schöpfen, siegesgewiss und sich keiner drohenden Gefahr bewusst, da schwirrte aus dem Gebüsch schnurgerade ein scharfer Pfeil heran und durchbohrte seine ungeschützte Kehle. Wie vom Blitz getroffen stürzte der fränkische Herrscher reglos zu Boden und war tot, und erstarrt standen seine Männer neben der Leiche und konnten dieses Unglück nicht begreifen.

Afra

Ich bin am Ende meiner Geschichte angelangt, und es bleiben die letzten Tage im Dorf vor Richlints Tod, von denen ich noch erzählen muss. Doch es ist schwer, die richtigen Worte zu finden und allen Menschen nach so langer Zeit gerecht zu werden, und ich brauche meine ganze Kraft und meinen ganzen Willen, um mich an diese schwarzen Stunden zu erinnern.

Es fällt mir nicht leicht, vom Ende des unseligen Bruderkrieges zwischen dem König und seinem Sohn zu berichten, von der Versöhnung aller deutschen Stämme und dem vereinten Hass auf die Ungarn, und von der großen Schlacht gegen die heidnischen Reiterkrieger, die unser Volk gemeinsam geschlagen und gemeinsam gewonnen hat und die das Leben von uns allen von Grund auf veränderte.

Es fällt mir nicht leicht, vom eigennützigen Verhalten der Menschen in meinem Dorf zu erzählen, die nur an ihr irdisches

Leben und an ihr Hab und Gut auf dieser Erde dachten und darüber meine Freundin, die eine von ihnen war, verleugneten und verrieten.

Es ist schwer, von den letzten Tagen und Stunden Richlints zu sprechen, von ihrer Angst um das Kind und den geliebten Mann, von ihrer Verzweiflung über den Ausgang des Kampfes und von der tiefen Enttäuschung über all die Menschen, die sie im Stich gelassen haben. Auch Justina und ich gehören dazu, denn wir haben unsere Freundin nicht in Sicherheit gebracht, als die Zeit dafür noch reichte, sondern die blutige Entscheidung der Schlacht auf dem Lechfeld abgewartet und damit ihr Leben verloren.

Am schwersten aber ist es für mich, von meiner eigenen Schuld an Richlints Tod zu sprechen, und doch muss ich um unser aller Frieden willen die Geschichte zu Ende erzählen, auch wenn die Tränen in meinen Augen mich blind machen und meine Stimme versagt.

Erst im Februar des Jahres 955 erfuhren wir in Pitengouua, dass der Schwabenherzog Liudolf bei einer Jagd im Saufeld die Vergebung seines Vaters König Otto erfleht hatte, im härenen Büßergewand und mit bloßen Füßen soll er die königliche Verzeihung erbeten haben, und auf dem Hoftag zu Arnstedt im Dezember 954 wurden die Herzöge Konrad von Lothringen und Liudolf von Schwaben wieder in die Huld des Königs aufgenommen und standen nun entschlossen auf dessen Seite. Doch die bairischen Adeligen wollten sich nicht damit abfinden, dass der sächsische Bruder des Königs, Herzog Heinrich, weiterhin ihr Herr sein sollte, und so kam es Anfang März zu der harten Auseinandersetzung bei Muldorf am Influss, bei der einige Männer aus unserem Gau ihr Leben lassen mussten und der bairische Aufstand vom Herzog endgültig niedergeschlagen wurde.

Trotz des Todes von Utz aus Haslach, dem blonden, freundlichen Bruder von Chuonrad, und einigen anderen Kriegern aus dem Ambragau während dieser Schlacht, und trotz der erneuten Herrschaft des verhassten Herzogs Heinrich waren die Menschen in unserem Dorf froh und erleichtert, dass der Krieg vorüber war und wieder Einigkeit unter den Stämmen und Völkern herrschte. Recht und Ordnung waren wieder hergestellt, Otto von Sachsen war unser aller König und die ungarischen Reiterkrieger unser aller Feind, so wie schon seit vielen Jahren und solange ich denken konnte. Nach einem regenreichen Frühjahr und einem nassen Sommeranfang war das Einbringen der Ernte und der Vorräte für das Vieh unsere größte Sorge, und was sich außerhalb unseres Gaus unter den großen Herren ereignete, war für uns einfache Bauern nicht von Bedeutung, solange es nur keinen Krieg gab.

Als die Ungarn noch unsere Verbündeten waren, wurde Richlint von den meisten Menschen in Pitengouua mit zuvorkommender Freundlichkeit und einer gewissen Vorsicht behandelt, denn keiner wusste genau, ob wir nicht alle eines Tages auf ihre Hilfe und ihren Schutz angewiesen sein würden, weil sie einem Anführer der heidnischen Krieger so eng verbunden war. Besonders Liutbirc von Dornau, deren Mann Arbeo mit Arpad in diesem Sommer an der Lecha Freundschaft geschlossen hatte, war den ganzen Winter über ausgesprochen liebenswürdig zu Richlint, sehr entgegen ihrer früheren, ablehnenden Haltung, und meine Freundin wusste sich oft gar nicht all der Gefälligkeiten und süßen Worte und Einladungen nach Dornau zu erwehren. Doch auch die anderen Frauen und Männer ließen es nicht an Aufmerksamkeiten fehlen, so brachte Chuonrad von Haslach seiner geschiedenen Frau im Januar einen weißen Fuchspelz von der Jagd mit und die Knechte von Pitengouua richteten auf Anweisung des Meiers Leonhard die fast zerfallene Hütte von Folchaid wieder her.

Nur mein alter Vater Wezilo konnte Richlint nicht verzeihen, dass sie sich mit unserem heidnischen und blutdürstigen Erzfeind eingelassen hatte, und er sprach kein Wort mehr mit ihr und strafte sie mit Verachtung, seit ihr Verhältnis mit Arpad offensichtlich und kein Geheimnis mehr war.

Doch von dem Tag an, als der Bruderkrieg zu Ende war und wieder alle vereint gegen die Ungarn standen, veränderte sich die Stimmung im Dorf und im Gau, und Richlint wurde wie eine Aussätzige behandelt. Niemand wollte zusammen mit ihr arbeiten oder in der Kirche neben ihr stehen, und böse Blicke und feindseliges Gerede folgten ihrer aufrechten Gestalt, wohin sie auch ging. Liutbirc und ihre alte Mutter Uoda übersahen meine Freundin jetzt vollkommen, genauso wie die Haslacher Familie, und nur Eilika, die gutmütige Frau von Wichard, schenkte Richlint hin und wieder ein Lächeln oder einen Gruß, wenn ihr Ehemann nicht dabei war. Die Mägde und Knechte taten es ihrer Herrschaft gleich, und so hatte Richlint nur noch Justina und mich und unsere kleine Kindsmagd Gisel, die all diese Vorgänge nicht richtig begreifen konnte und freundlich zu allen Dorfleuten war. Selbst Leonhard wollte nicht mehr, dass Richlint bei uns im Meierhof ein und aus ging, obwohl der Hof wie ihr Zuhause war und ich und meine Kinder wie ihre Familie, und nur dank eines vom Altmeier Wezilo gesprochenen Machtwortes stand ihr die Tür bei uns weiter offen. Denn mein Vater handelte stets nach seiner tiefen christlichen Überzeugung, und deshalb nahm er Richlint wieder in sein Herz auf, als sie schutzlos und verfemt war, obwohl er sie vorher verachtet hatte, und er versuchte durch seine innigen Gebete, sie im Glauben zu stärken und ihr zu helfen.

Sobald die Schwangerschaft von Richlint nicht mehr zu verbergen war, wurde das Gerede im Dorf gehässig und richtig böse. Meine Freundin musste sich als schamlose Hure und Ungarnschlampe bezeichnen lassen, die es nicht wert sei, ihr tägliches Essen und ihre Unterkunft in einem ordentlichen und christlichen Dorf zu erhalten. Sogar vor mir als der Meiersfrau hielten sich die gemeinen Stimmen nicht zurück, und wenn ich mit den Mägden im Stall oder im Garten arbeitete, redeten sie über Richlint und ihr ungeborenes Kind, als wenn ich nicht da wäre.

»Solch ein Weib sollte man gleich im Gumpen ertränken, mitsamt dem heidnischen Balg in ihrem Leib! Sie bringt nur Unglück über Pitengouua, und wenn der Bischof in Augusburc oder der Herzog von ihrer Liebschaft mit einem feindlichen Ungarn erfahren, werden sie uns alle dafür verantwortlich machen und uns bitter bestrafen!«

Diese Worte einer Frau aus unserem Dorf wurden laut und deutlich gesprochen, denn sie waren für meine Ohren bestimmt, aber ich senkte nur den Kopf und tat so, als ob ich nichts gehört hätte.

Richlint war meine Freundin und Vertraute und ich würde sie nicht verleugnen, aber ihr eigensinniges Verhalten und ihre sorglosen Reden zu dieser Zeit konnte ich nicht verstehen, und Wut auf ihr unvernünftiges Gebaren und Angst um ihre und meine Zukunft beunruhigten mein Herz.

Denn Richlint gab sich nicht reumütig und bescheiden, und sie beugte nicht demütig ihr Haupt und flehte auf Knien in der Kirche Christus um Vergebung für ihre große Schuld, wie alle es von ihr erwarteten. Sie hielt an Arpad und ihrer Liebe zu ihm fest, auch wenn dieser Mann jetzt wieder ein Feind der Baiern war, und sie machte kein Geheimnis aus dieser Gesinnung und sprach offen von ihrem Wunsch, mit Arpad nach Ungarn zu reiten. Stolz und trotzig ging Richlint mit ihrem gewölbten Bauch am Bach entlang und trug dabei die kostbaren Lederstiefel, die ihr ungarischer Geliebter ihr vor seinem Abschied geschenkt hatte, und dazu ein einfaches Kleid aus Schafwolle, das durch seine Weite ihre Schwangerschaft hervorhob und so kurz geschnitten war, dass es nicht einmal ihre nackten Knie bedeckte. Dafür konnten alle Dorfleute die auffallenden Stiefel besser sehen, deren Schaft aus weichem und hellem Ziegenleder mit einem Fußoberteil und einer Sohle aus festerem Rindsleder verstärkt war und die bis in die Kniesenkel hinaufreichten. Stiefel aus solch feinem Leder und in dieser Machart waren bei uns gänzlich unbekannt, und niemals habe ich einen bairischen Mann und schon gar nicht eine Frau mit ähnlich wertvollem Schuhwerk gesehen.

Als im Juli durch Boten des Grafen die Nachricht kam, dass ungarische Horden über die bairische Grenze ins Land eindrangen und sich zu einem großen Heer zusammenfanden und dass auch der König seine Leute versammelte, um die Feinde zu schlagen, da schnitt Richlint zu meinem Entsetzen ihre hüftlangen, goldbraunen Haare ab und trug die Locken, von einem gewebten Band gebändigt, nur noch bis zum Kinn. »Erst wenn die große Schlacht geschlagen ist und Arpad als Sieger nach Pitengouua kommt, um mich zu holen, erst dann werde ich meine Haare wieder wachsen lassen und nach Art der verheirateten Frauen tragen!«

Richlints Kind sollte im Monat August geboren werden, mitten in der Erntezeit, und Justina und ich bedrängten sie schon Wochen vorher, hinaus ins Weinland zum alten Gutshof zu ziehen, um dort ihr Kind fernab vom Dorf und von den feindseligen Menschen in Ruhe und Sicherheit zu gebären. Doch Richlint weigerte sich entschlossen, Pitengouua zu verlassen und in der Einöde zu leben, denn sie wartete auf Nachrichten von Arpad und auf das Ende des Krieges, und nur im Dorf würde sie von allen wichtigen Vorgängen erfahren. Kein Flehen und keine Sorge von uns konnte sie umstimmen, und so richtete sich Justina mit ihren Kräutern und Salben und dem großen, weißen Hund in der alten Hütte beim Hollerbusch ein, um auf die Geburt des Kindes zu warten und Richlint zur Seite zu stehen.

Erneut zogen die Männer aus unserem Gau zu den Truppen des Königs und des Herzogs Heinrich, um ihre Heimat diesmal vereint gegen die Ungarn zu verteidigen, und Arbeo von Dornau schloss sich mit seinen Leuten dem Königssohn Liudolf an, der als ihr Herzog die Schwaben anführte. Wieder blieben nur die Alten und Kranken, die Frauen und Kinder, die Dorfmeier und wenige Knechte zur Erntearbeit in den Weilern und Höfen zurück, und wieder waren unsere Tage angefüllt mit schwerer Arbeit und bangem Warten auf den Ausgang des Krieges.

Im Juli war es für die Jahreszeit zu kalt und feucht gewesen, doch Anfang August änderte sich das Wetter und es wurde drückend heiß und sehr schwül. Zahlreiche schwere Unwetter zogen an den Abenden über den Himmel und erschütterten mit ihren lauten Donnerschlägen und den hell leuchtenden Blitzen die Menschen, und wir alle drängten uns bei so einem Gewitter in der Stube des Meierhofes zusammen, zündeten geweihte Wetterkerzen an, brannten kostbaren Weihrauch in Haus und

Stall und baten Gott und alle Heiligen um ihren Beistand und Schutz. Die Angst und Ehrfurcht vor dem Donnergott und den anderen alten Göttern war in uns allen noch lebendig, und nachdem drei Kühe auf der Weide vom Blitz getroffen verendeten und ein Hagelschauer mit eisigen Körnern über den Dächern von Pitengouua niederging, fürchteten sich die Leute vor den göttlichen Zeichen und erwarteten den Untergang unserer christlichen Welt. Denn ein herumziehender Bettler hatte uns berichtet, dass die ungarischen Krieger die Lecha hinunter gegen Augusburc ritten, eine so große Zahl von Männern und Pferden, wie sie noch keine Menschenseele jemals gesehen hatte, und sie seien blutdürstig und wild wie tolle Hunde und schreckten vor keiner Kirche und keinem Kloster auf ihrem Weg zurück. So hatten die Ungarn die unschuldigen Mönche in Wezzinbrunnen überfallen und auf grausame und niederträchtige Art mitsamt ihrem Abt Thiento erschlagen, und nun wollten sie die Stadt von Bischof Udalrich erobern und sich dem König auf dem Lechfeld zum Kampf stellen, denn sie waren Otto und seinen Männern an ihrer Zahl um ein Vielfaches überlegen und sich deshalb ihres Sieges gewiss.

Eine seltsame Stimmung herrschte in diesen Tagen im Dorf. Wir lebten wie abgeschnitten von der übrigen Welt hinter unseren Schutzzäunen und Dornenhecken, und keine Nachricht über den Stand des Krieges und den Verbleib der Männer aus unserem Gau erreichte uns außer den wenigen Worten des zerlumpten Bettlers, der nur auf Treu und Glauben weitererzählte, was ihm andere berichtet hatten. Keiner von uns getraute sich mehr, Pitengouua zu verlassen und nach Bobinga oder Dornau zu reiten, um nicht herumstreifenden feindlichen Horden in die Hände zu fallen, und Eilika mit ihren Kindern und der alten Uoda zog vom Meierberg herunter ins Dorf, um mit uns zu warten und zu beten. Auch Liutbirc war gekommen, denn sie fürchtete sich allein mit den Mägden auf dem Dornauer Gutshof, nachdem Arbeo und Aistulf mit ihren Knechten zu den Truppen des Königs gezogen waren und sie lange nichts mehr von ihnen gehört hatte. Alle diese Menschen drängelten sich im

Meierhof und in der Schmiede voller Sorge zusammen, und die Gebete meines frommen, alten Vaters tönten von Sonnenaufgang bis zur späten Nacht im Haus und beruhigten mich nicht. In der kleinen Holzkirche knieten der Priester und die Frauen und baten Gott und alle Heiligen um ihren Beistand, und dabei zündeten sie so viele Kerzen an, dass die Luft noch heißer und stickiger wurde und ich kaum noch atmen konnte. Ungewissheit und nagende Angst bestimmten diese heißen Tage in Pitengouua, und ich ließ meine Kinder Ella und Agilolf keinen Augenblick mehr allein und überlegte verzweifelt, wie ich sie beschützen könnte.

Auch Richlint wartete mit uns, sie wartete auf die Geburt ihres Kindes und auf eine Nachricht von ihrem Geliebten, und wenn sie hinten in der Kirche stand und betete, dann wusste keiner unter uns, wem ihre Fürbitten und Gebete galten, dem König oder dem Feind. Doch niemand verwehrte ihr den Zugang zur Kirche oder zum Meierhof, und die böse Hetze gegen meine Freundin war verstummt und betretenem Schweigen gewichen. Keiner schaute ihr in die Augen oder richtete das Wort an Richlint, außer Justina und mir, und Liutbirc und Uoda gingen ihr mit gesenkten Augen aus dem Weg und vermieden es, im gleichen Raum mit meiner Freundin zu sein.

Am Abend des zehnten August kam endlich Arbeo von Dornau erschöpft und todmüde nach Pitengouua, und wir versammelten uns im Hof vor dem Meieranwesen, weil die Stube viel zu klein für so viele Menschen war und alle den Bericht von Arbeo hören wollten. Leonhard hatte Pechfackeln in die Erde gesteckt, um die Dunkelheit der anbrechenden Nacht zu vertreiben, und im flackernden Licht saßen und standen Männer und Frauen, Knechte und Mägde und die Kinder des Dorfes dicht gedrängt um Arbeo und lauschten angespannt den Worten des Dornauers.

»Noch ist nichts entschieden!«, begann der Gutsherr seine Erzählung, und ein schmerzvolles Aufstöhnen erklang daraufhin unter den Wartenden. Dann prasselten die Fragen so wild durcheinander auf Arbeo ein, dass der Meier fast mit Gewalt für Ruhe sorgen musste, bevor der müde Arbeo fortfahren konnte. »Ich erzähle euch alles, was ich weiß und mit eigenen Augen gesehen habe, Leute von Pitengouua, aber ihr müsst still sein und ruhig zuhören, weil meiner Stimme die Kraft fehlt nach diesen schrecklichen Tagen, und weil ich so müde und zerschlagen bin wie noch nie in meinem Leben!«

Mit Agilolf auf dem Schoß und Ella dicht an meiner Seite saß ich inmitten all der besorgten Menschen, und es herrschte eine atemlose Stille, als der Dornauer zu erzählen begann.

»Die Ungarn kamen vor wenigen Wochen in so großer Zahl nach Baiern, wie keiner es für möglich gehalten und je vorher gesehen hatte. Sie verwüsteten das Land von der Donua bis zum Schwarzen Wald beim Gebirge, brannten Dörfer und Kirchen und Klöster, und dann setzten sie über die Lecha und drangen in Schwaben ein. Bei der Stadt Augusburc sammelten sie ihre Truppen und steckten die Kirche der heiligen Afra in Brand, die vor den Toren der Stadt liegt, und wir Krieger standen mit dem Bischof hinter den niedrigen Mauern von Augusburc und sahen gelbe und rote Flammen wie feurige Zungen aus dem Haus der Heiligen lodern und hörten das schaurige Gebrüll der plündernden Barbaren. Die Leute des Bischofs und wir anderen Männer, die unter seinem Bruder Graf Dietpald kämpften, wollten hinaus aufs freie Feld und den Heiden entgegentreten, doch Udalrich erlaubte uns nicht, die Stadt zu verlassen, sondern befahl, die Wälle und Mauern zu verstärken und das Tor, welches zum Wasser führt, fest zu verrammeln. Dort beim Osttor begannen die Ungarn auch ihre Belagerung, genau vor zwei Tagen, und sie bestürmten uns derart, dass ich schon glaubte, sie in den nächsten Stunden in die Stadt eindringen zu sehen. Doch der Bischof gab uns Kraft und Mut durch sein Beispiel, hoch zu Ross war er immer unter den Kämpfenden und blieb wie durch ein Wunder unverletzt und unbeschadet von all den spitzen Pfeilen und schweren Steinen, die ihn umschwirrten. Und so hielten wir dem Ansturm stand, bis einer der heidnischen Anführer getötet war und seine Leute sich verwirrt und verängstigt mit dem Leichnam in ihr Lager zurückzogen.«

Arbeo hielt für einen Augenblick inne und schaute Richlint an, die mit bleichem Gesicht und verkrampften Händen aus der Dunkelheit des Hofes ins Licht der Fackeln getreten war. »Es war nicht Arpad«, sagte er leise in ihre Richtung, und Richlint trat ohne ein weiteres Wort wieder in den sie vor den Blicken der Dorfleute schützenden Schatten zurück.

»In der folgenden Nacht tat kein Mensch in Augusburc ein Auge zu, denn der Bischof befahl uns, die Wälle wieder auszubessern und neue Wehrhäuser zu errichten, und er selbst betete auf seinen Knien die ganze Nacht über und gönnte sich nur im Morgengrauen eine Stunde Schlaf. Dann feierte er mit uns allen die heilige Messe und bestärkte uns im Glauben an Gott, der auch im finsteren Tal an unserer Seite war, und mit neuem Mut und Vertrauen stellten wir uns den angreifenden Feinden und kämpften wie Löwen. Die Ungarn aber hatten sich mit Sturmgerät und Leitern ausgerüstet, um die Mauern von Augusburc zu bezwingen, und ihre Anführer trieben die Krieger mit Geißelhieben zum Kampf, über die Leichen der gefallenen Freunde und Brüder hinweg, und das folgende Blutbad war entsetzlich. Auch bei uns gab es Tote und Verletzte, viele tapfere Männer sah ich sterben, und das Wehklagen der trauernden Frauen klang von einem Tor der Stadt zum anderen.«

»Aber Gott steht auf der Seite der Gerechten«, ertönte die raue Stimme von Wezilo, »und wer an ihn glaubt, dem wird geholfen! Ihr seht doch, dass der Bischof unbeschadet geblieben ist, und dank unserer Gebete und Fürbitten wird der Ungarnsturm endlich auch an uns vorüberziehen.«

Arbeo schwieg. Betroffen hatte ich seinen Worten zugehört, und Angst um unser aller Leben und unermesslicher Hass und heiße Wut auf die Feinde erfüllten mein Herz, und der tiefe Glaube meines alten Vaters konnte mich nicht beruhigen. Richlint und ihre Sorge um den Geliebten aber berührten mich nicht mehr, denn Arpad war ein heidnischer Ungar, wenn er sich auch Christ nannte, und er kämpfte gegen mein Volk und gegen mein Land, gegen mich und meine beiden unschuldigen Kinder, und ich würde ihm niemals verzeihen können, was seine Reiterkrieger in Baiern und Schwaben angerichtet hatten.

Doch als der Dornauer mit seinem Bericht fortfuhr, keimte eine vorsichtige Hoffnung auf den Sieg und auf Frieden bei den Menschen von Pitengouua auf, und sie lauschten aufmerksam und ohne ihn zu unterbrechen.

»Plötzlich erscholl ein lautes Hornsignal, und die Ungarn ließen auf einmal von Augusburc ab und zogen sich in ihr Lager östlich der Lecha zurück. Der Verräter Perchtold, ein Sohn des Pfalzgrafen, hatte dem Heerführer der Reiterkrieger die Nachricht gebracht, dass unser König mit seinem Heer auf dem Weg nach Augusburc war, um den Feind in einer großen und entscheidenden Schlacht zu stellen, und die Heiden versammelten sich zu ihrer ganzen Stärke, um uns endgültig zu schlagen. In der folgenden Nacht schickte Bischof Udalrich seinen Bruder Dietpald und seinen Schwestersohn Reginpald mit ausgesuchten Männern zum König, damit sie seine Mannschaft verstärkten und ihm zum Sieg verhalfen, und auf Weisung des Bischofs ging ich mit ihnen aus der Stadt hinaus und erstattete in allen Dörfern und Weilern die Lecha entlang einen Bericht über die Lage, und so bin ich bis nach Pitengouua gekommen und werde morgen früh wieder aufbrechen. Denn die Schlacht wird heute am Tag des heiligen Laurentius geschlagen, auf dem Gunzenle, dem Thingplatz der Ahnen und der Richtstätte des Königs, und ich weiß nicht, wie unsere Sache steht. Denn sie waren in der Übermacht, diese unseligen Reiterkrieger, und nur mit der Hilfe Gottes und der Heiligen kann unser Heer den Kampf gewinnen!«

Die ganze lange Nacht über und den darauf folgenden Tag verharrten die Menschen wartend und bangend auf unserem Hofplatz. Die einen suchten ihre Zuflucht im stillen Gebet und fassten einander dabei angstvoll bei den Händen, und die anderen beredeten wieder und wieder den Ansturm der Ungarn auf Augusburc und die tapferen Krieger des Bischofs, und wenn auch in ihren Augen Furcht und Verzweiflung stand, so gaben sie sich doch siegessicher und lobten die Truppen unseres Königs mit glühenden Worten.

Kein Mann und keine Frau aus unserem Dorf fand in dieser langen Nacht Schlaf und Ruhe, und nur die Kinder rollten sich irgendwann auf einer wollenen Decke zusammen und schliefen vor lauter Erschöpfung und Angst ein. Ich blieb wach und kauerte neben Ella und Agilolf auf der Erde, und ich betete mit meinem Vater und den Frauen und hörte den aufgeregten Gesprächen der Männer zu. Erst im Morgengrauen stand ich widerwillig auf und ging in den Stall, um das Vieh zu füttern und zu melken, und Richlint, die abseits von mir und den Kindern am Rande des Platzes gewacht hatte, folgte mir ohne ein Wort.

Schweigend hoben wir mit den schweren Holzgabeln das dreckige Stroh auf die Karren, schweigend hockten wir eng nebeneinander im düsteren Stall auf den dreibeinigen Schemeln und molken die Kühe und Ziegen, und selbst als wir im hellen Licht des Tages im Obstgarten die Eier der Hühner einsammelten und die Schafe in ihrem Pferch fütterten, fiel kein einziges Wort zwischen uns. Aus den Augenwinkeln sah ich, dass Richlint blass und müde war, ihre goldbraunen Augen waren von dunklen Schatten umgeben und lagen tief in ihrem Gesicht, und ihre Lippen waren weiß und dünn wie ein schmaler Strich. Immer wieder fasste sie mit einer Hand an ihren Rücken, so als ob sie Schmerzen hätte und nicht länger stehen könnte, und doch arbeitete sie beharrlich und ohne einen Laut an meiner Seite, bis wir alle Tiere versorgt hatten und die warme Milch in Trögen gesammelt war.

An der Furt bei der Schmiede stieg ich mit hochgeschürztem Rock zwischen den Büschen und Sträuchern am Bachrand ins Wasser und wusch den braunen Mist in meinen Zehen aus, und Richlint stand neben mir, in ihrem kurzen, weiten Kleid, und ließ das kühle Wasser der Pitenach über ihre nackten Füße laufen. Ich spürte die groben Kiesel unter meiner Sohle und sah die hellen Strahlen der Sonne auf den großen Steinen im Wasser glänzen, und über mir rauschte ein leichter Wind in den

Blättern der Bäume und vertrieb die schwüle Luft der vergangenen heißen Tage. Kein Mensch war zu sehen außer Richlint und mir, und als ich so neben meiner Freundin im klaren und reinen Wasser des Baches stand, wurde mir bewusst, wie sehr ich sie liebte und brauchte, und salzige Tränen liefen im Innern meiner Kehle hinunter, weil ich mich so sehr davor fürchtete, sie zu verlieren.

Und doch gab es nichts zwischen uns zu sagen, was nicht schon gesagt worden war, und keine noch so schönen Worte konnten unser Schicksal aufhalten oder verändern. Wir schauten uns an und schlossen uns schweigend in die Arme, und wenn ich heute meine Augen schließe und an diesen Moment denke, dann rieche ich immer noch den süßen Duft von Richlints Haut, und ich spüre ihre kurzen Haare meinen Hals kitzeln und den sanften Druck ihrer Hände und Arme auf meinen Schultern. Für den Rest meines Lebens und in alle Ewigkeit wollte ich geradeso stehen bleiben, die bloßen Füße von kühlem Wasser umspült, das Licht der Sonne in den Augen und die Arme der Freundin um meine Hüften, und ich wünschte mir, dass die Zeit für uns beide nicht gelten und es niemals wieder Nacht werden sollte.

Doch vom Hofplatz riefen meine beiden Kinder mit lauten Stimmen nach mir, und die kleine Gisel kam mit wehenden Röcken angelaufen, um mich wieder zu den anderen Dorfleuten zu holen. »Chuonrad kommt! Der Haslachbauer kommt zurück!«, rief sie Richlint und mir entgegen, und wir rannten an der Schmiede vorbei zum Hofplatz, so schnell wir nur konnten. Gerade als wir atemlos vor dem Meierhof ankamen, wurden die Tore für Chuonrad geöffnet, und auf seinem schaumbedeckten Pferd galoppierte der Haslacher mitten unter die wartenden Leute. »Sieg! Sieg!«, schrie er mit hochgereckter Faust und sprang mit beiden Beinen von dem schnaubenden Ross auf die Erde, »der König hat den Kampf gewonnen! Das ungarische Heer ist zerstört und aufgerieben, und die blutdürstigen Heiden fliehen in Scharen über die Lecha nach Osten!«

Unbeschreiblicher Jubel brach unter den Pitengouuern aus, sie schrien und kreischten und weinten vor Glück, und voller Erleichterung fielen sich die Menschen in die Arme und drehten und tanzten wie Tollwütige über den Platz. Unser Priester und mein Vater Wezilo aber sanken in die Knie und dankten Gott mit hocherhobenen Armen und lauter Stimme für seine Gnade, und einer nach dem anderen hörte auf zu jubeln und kniete nieder, Männer, Frauen und Kinder, Alte und Junge, und gemeinsam schickten wir unser Dankgebet hinauf in den Himmel.

Nur Richlint war am Rande des Hofplatzes stehen geblieben, mit versteinertem Gesicht und ineinander verkrampften Händen starrte sie Chuonrad an und wartete auf erklärende Worte, und als der Haslachbauer seine ehemalige Frau erkannte, hochschwanger von einem anderen Mann, von einem heidnischen Feind, da verzog er verächtlich seine Lippen und spuckte auf den Boden. »Der König befiehlt, dass alle Furten und alle Brücken über die Lecha Tag und Nacht bewacht werden, und jeder Krieger aus dem feindlichen Heer, der bis dahin den Schwertern entkommen ist, soll von den Bauern und Dorfleuten erschlagen und verbrannt werden, auf dass kein Ungar nach dieser grausamen Schlacht die gelben Steppen seiner Heimat jemals wieder sieht! Wer aber einem Heiden zur Flucht verhilft oder ihn versteckt, der soll von seinen Nachbarn und Verwandten mit Stricken gebunden in der Lecha ersäuft werden, wie es einem gemeinen Verräter gebührt!«

Ein unmenschlicher Laut des Schreckens drang aus Richlints Kehle, und mit beiden Händen umfasste sie schützend ihren gewölbten Leib, strauchelte und fiel fast zu Boden. Justina und ich eilten an ihre Seite und versuchten, sie aufzurichten und zu ihrer Hütte zu bringen, denn heftige Krämpfe schüttelten meine Freundin, und Justina war sich sicher, dass die Wehen mit voller Macht eingesetzt hatten und die Geburt unmittelbar bevorstand.

»Das Kind kommt«, sagte sie mit ihrer ruhigen und sicheren Stimme, »ich weiß, dass du schon seit gestern Morgen Wehen hast, Richlint, und du hast uns nichts gesagt, damit du auf dem Hofplatz bleiben und alles über den Krieg erfahren kannst. Aber nun ist nichts mehr wichtig außer diesem Kind, das mit all seiner Kraft auf die Welt drängt, und Afra und ich werden dich zu deiner Bettstatt bringen und dir beistehen!«

Keine der anderen Frauen machte Anstalten, uns zur alten Hütte von Folchaid zu begleiten und während der anstehenden Geburt zu helfen, wie es der Brauch war, sie verbargen ihre Augen vor uns auf dem Weg den Bach entlang und schauten uns nur heimlich mit ablehnenden oder schadenfrohen Gesichtern hinterher. Einzig die kleine Gisel blieb treu an der Seite von Richlint, Justina und mir und kümmerte sich nicht um die bösen Blicke, die uns folgten, und als wir Richlint endlich mühsam auf das Strohlager gebettet und ihr die Stiefel ausgezogen hatten, holte Gisel frisches Wasser und reine Tücher und setzte sich dann auf die Bank, um mit uns auf das Kind zu warten.

Endlos lange Stunden in der kleinen, rauchigen Stube vergingen, und die Wehen waren stark und durchliefen Richlints Körper immer schneller hintereinander, doch meine Freundin widersetzte sich voller Unruhe über das Schicksal ihres Geliebten dem drängenden Kind in ihrem Leib und verzögerte dadurch die Geburt. All ihre Gedanken galten dem Ungarn Arpad und seiner Flucht, und sie wälzte sich stöhnend vor Schmerzen auf dem durchgeschwitzten Lager und wollte immer wieder hinaus ins Dorf, um von Chuonrad Einzelheiten über die Schlacht zu erfahren und die Männer des Dorfes zu bitten, Arpad und ihr selbst zu helfen.

»Sie haben mit ihm getrunken und gefeiert und gelacht, sie haben sich so gut mit ihm verstanden, Arbeo, Chuonrad und Leonhard, das können sie doch nicht vergessen und ihn jetzt wie einen Feind behandeln und verfolgen!«

Verzweifelt presste Richlint in der kurzen Atempause zwischen zwei Wehen meine Hand. »Bitte geh', Afra, bitte geh' für mich zu den Männern und flehe sie in meinem Namen und bei der Liebe Gottes an, Arpad zu verschonen!«

Ich wollte nicht aus der dämmrigen Hütte hinausgehen und Richlint mit Schmerzen auf ihrem Lager liegen lassen, ich wollte nicht mit den anderen das glückliche Ende dieses Krieges feiern, ich wollte nicht in den Mienen von Uoda und Liutbirc den unverhohlenen Hass auf meine Freundin sehen und die Genugtuung über den Sieg der christlichen Welt in den Reden von Chuonrad und unserem Priester hören, und vor allen Dingen wollte ich nicht den mahnenden Blick meines Mannes spüren, der mich an meine eigenen Kinder und an die Verantwortung für sie erinnerte. Doch auch Justina bat mich, Richlints Wunsch zu erfüllen, damit meine Freundin sich beruhigte und das Kind endlich geboren würde, und so verließ ich nach einigem Zögern die stickige Hütte von Folchaid und ging langsam am Bach entlang zum Meierhof.

Im Hof steckten noch die heruntergebrannten Pechfackeln der vergangenen Nacht in der Erde, doch die Mägde und Knechte waren jetzt am frühen Abend an ihre Stallarbeit zurückgekehrt und der Platz vor unserem Haus war menschenleer. Ich stieg die Stufen zum Schopf hinauf und sah in meiner Stube Uoda, Liutbirc, Eilika und meinen alten Vater sitzen, und Ella und Agilolf spielten mit den Burgkindern und ihren Strohpuppen in der Herdecke. Doch ich sah keinen der erwachsenen Männer, weder Chuonrad noch Leonhard, noch den Schmied Reimbold oder unseren Hausknecht Lutold, und eine dunkle Ahnung schlich sich wie brennendes Gift in mein Herz und machte mir Angst.

»Wo sind die Männer?«, fragte ich mit dünner Stimme, und alle Augen wandten sich zu mir.

»Da bist du endlich, Afra«, sagte Eilika und lächelte mich freundlich an, und Wezilo schaute unter seinen schweren Lidern forschend in mein müdes Gesicht und fragte nach Richlint und ihrem Kind. Kaum hatte ich begonnen, von der schweren Geburt und Richlints Angst um Arpad zu erzählen, da unterbrach mich Liutbirc mit Worten voll Häme und heimlichem Triumph.

»Sie braucht sich bald keine Sorgen mehr um ihren Geliebten zu machen, die Ungarnschlampe, denn unsere Männer sind bereits im ganzen Gau unterwegs, um die Anordnungen des Königs zu erfüllen und jedem Feind, dem sie begegnen, das Schwert in die Brust zu stoßen! Unser Heer hat die Schlacht gewonnen, und es ist Richlints eigene Schuld, dass sie sich mit einem der feindlichen Heiden eingelassen hat und jetzt vogelfrei und ohne jeden Schutz ist! Aber was kann man von der Tochter einer unfreien Magd wie Folchaid anderes erwarten, als dass sie wie eine Hure zum nächstbesten Mann aufs Lager kriecht, auch wenn er ein Feind ihres Volkes und ein Heide obendrein ist. Die bittere Strafe des Herzogs und seiner Männer wird auch deine Richlint zu spüren bekommen, Afra, und es wäre wirklich besser für uns alle, wenn sie das Dorf für immer verlassen und ihr Name nie wieder erwähnt würde, noch bevor wir sie mitsamt ihrem Bankert im Gumpen ertränken müssen!«

Mit beiden Fäusten wollte ich auf Liutbirc losgehen, um sie hart auf den Mund zu schlagen und ihre bitterbösen Worte im Rachen zu ersticken, doch mein Vater hielt mich zurück. »Sie hat Recht, Afra, du musst es endlich einsehen, Liutbirc spricht nur aus, was alle Menschen im Dorf und im Gau befürchten! Wenn der Herzog von Richlint und ihrem Verhältnis mit einem feindlichen Anführer erfährt, dann wird er uns alle hier in Pitengouua dafür bestrafen, dass wir den Ungarn nicht gleich erschlagen und die Frau gezüchtigt haben, wie unser bairisches Gesetz es befiehlt. Richlint ist eine Frau unseres Dorfes, und wir alle, besonders dein Mann als Meier und Wichard als Burgvogt, sind für ihr Handeln verantwortlich und werden zur Rechenschaft gezogen!«

Immer noch verständnislos starrte ich Wezilo an. Mein Vater seufzte und nahm meine beiden Hände fest zwischen seine rauen Finger.

»Richlints Trotz und Eigensinn und ihre Liebe zu dem ungarischen Mann werden es nicht zulassen, dass wir diese Liebschaft vor dem Grafen oder den Männern des Herzogs verheimlichen und verleugnen können, sie wird von Arpad sprechen und wieder und wieder nach ihm suchen! Afra, du warst nicht hier, als Chuonrad von der Lechfeldschlacht berichtet hat, und du hast noch nicht wirklich erkannt, was diese heidnischen Reiterkrieger uns angetan haben! Heimtückisch haben sie von hinten das Heer des Königs angegriffen, Proviant und Waffen geraubt, Hunderte von unseren tapferen Kriegern erschlagen und Gefangene in ihr Lager gebracht, um sie zu Sklaven zu machen. Erst als Herzog Konrad von Lothringen mit seinen Leuten vom König geschickt wurde und ohne Zögern den blutigen Kampf mit den grausamen Barbaren aufnahm, wendete sich das Kriegsglück und die Heiden flohen zu ihrem Lager jenseits der Lecha zurück. Es waren so viele Krieger, so eine Übermacht von Feinden, dass die Augusburcer auf ihren Wehrtürmen zuerst meinten, ein neuer Sturmangriff stünde bevor und die Stadt wäre endgültig verloren! Die hinterlistige Absicht der ungarischen Anführer war, den Bruderkrieg in unserem Land auszunutzen und mit Tausenden von Kriegern unseren König unwiderruflich zu besiegen, und sie wollten uns alle vernichten und töten, Frauen und Kinder in die Sklaverei verschleppen und unsere Städte und Dörfer und Kirchen niederbrennen. Doch der allmächtige Gott hat nicht zugelassen, dass die Heiden diese Schlacht gewinnen, und als unser König die heilige Lanze ergriff, Gott und alle Heiligen um Beistand anflehte und mutig an vorderster Stelle in den Kampf ritt, als tapferster Ritter ein Vorbild für alle Streiter, da legte Gott seine schützende Hand über den König und sein Heer und verhalf ihnen zum gerechten Sieg. Doch viele starke und furchtlose Männer mussten ihr Leben auf dem mit rotem Blut besudelten Schlachtfeld lassen, unser Bischof verlor seinen Bruder und den Sohn seiner Schwester schon zu Beginn des Kampfes, und Arbeo klagt um seinen Bruder Aistulf, der doch noch so jung war und in der Blüte seiner Jahre stand! Und von einem Pfeil aus dem Hinterhalt getroffen wurde der Tapferste von allen, der rote Herzog Konrad, als er den Helm lockerte und sich den Schweiß von der Stirn wischte, starb er einen grausamen Tod und wurde von allen bitterlich beweint.«

Wezilo holte tief Luft. »Hast du vergessen, was die Barbaren deiner unschuldigen Mutter und den Frauen und Kindern aus Pitengouua angetan haben? Hast du vergessen, wie wir sie in ihrem Blut liegend fanden, getötet und geschändet auf unserem Grund und Boden, in unserem Land? Nein, Afra, Arpad muss jetzt sterben, wenn er nicht schon auf dem Schlachtfeld gefallen ist, er muss erschlagen werden, so wie alle diese blutdürstigen Heiden erschlagen werden müssen, damit sie niemals ihre Heimat wieder sehen und ihr Volk niemals wieder zu Beutezügen aufbrechen und Trauer und Tod in unser Land bringen kann. Als Sühne für mein Weib Rautgund und all die anderen bairischen Frauen und Männer soll Arpad getötet werden, und Richlint mit ihrem Kind muss das Dorf in Schande für immer verlassen, wenn sie sich nicht von ihrem Geliebten lossagt und auf Knien in der Kirche vor allen Pitengouuern ihr Verhältnis mit dem Feind bitter bereut und sühnt!«

Während der langen und heftigen Rede meines Vaters hatten die Kinder aufgehört zu spielen und mit großen Augen gebannt dem Altmeier zugehört, und unter den Frauen in der Meierstube fiel kein einziges Wort mehr. Sogar die fette Liutbirc mit ihrem gemeinen Mundwerk war nun still, sie hockte zufrieden über Wezilos strenge Worte auf meiner Herdbank und schaute mich nur hin und wieder voller Schadenfreude an.

So warteten wir schweigend auf die Rückkehr der Männer, Wezilo, Eilika, Uoda, Liutbirc und ich, und in meinem Kopf und in meinem Herzen wirbelten die Gedanken und die Gefühle wie trockene Blätter im Herbstwind durcheinander und machten mich so schwindelig, dass ich mit beiden Händen die Lehne des Hockers umklammerte und mich daran festhielt. Da war meine Freundin Richlint mit ihrem ungeborenen Kind und der Liebe zu einem Fremden, der mein Feind war, und da waren meine beiden Kinder und mein Mann und meine Familie und mein Dorf und meine Heimat, und ich fühlte mich hilflos und zerrissen zwischen diesen Menschen und wusste nicht mehr, ob ich Richlint weiter beschützen und an ihrer Seite bleiben konnte. Denn ich spürte den Hass auf die Ungarn wie Feuer in meinen Eingeweiden brennen, und ich wollte auch um Richlints willen meinen Mann nicht mehr daran hindern, unseren Feind Arpad zu töten, auch wenn er der Geliebte meiner Freundin war.

Es war schon spät in der Nacht, als die Männer zurückkehrten, und die Kinder schliefen längst eng aneinander geschmiegt auf der Bettstatt hinter der Feuerstelle. Ich hatte meinen Platz auf dem kleinen Schemel nicht verlassen und mich um Richlint gekümmert, sondern die ganzen langen Stunden mit meinem Vater und den Frauen auf Leonhard und Chuonrad gewartet, und als sie nun endlich in der Tür standen, fürchtete ich mich davor, in ihre Augen zu schauen und zu erfahren, was geschehen war.

»Nun ist er tot, der niederträchtige Heide, und er treibt mit den Fischen in den wilden Fluten der Lecha, so wie der gerechte Gott und unser König es wollten!«, rief Chuonrad mit lauter Stimme, kaum dass er in die Stube getreten war, »wie wir alle schon geahnt haben, hat er sich bis nach Pitengouua durchgeschlagen, um hier seine schwangere Hure zu holen und von uns Hilfe bei der Flucht zu erhalten. Unten am Fuße des Schneckenbichls, nahe der Lechafurt, da haben wir ihn getroffen, Bogen und Pfeil hielt er schussbereit in den Händen, und das blutbefleckte Schwert eines fränkischen Kriegers, den er wohl getötet und schändlich beraubt hat, hing an seinem Gürtel. Ohne einen Laut schlich er wie ein spitzohriger Luchs durch unseren Wald, und wir hätten ihn wohl schwerlich bemerkt, wenn er sich nicht selbst zu erkennen gegeben hätte. Doch der Ungar ließ seine Waffen sinken und kam voll Freude auf Leonhard und mich zu, als er unsere Stimmen im Dickicht hörte, und er tat wie ein Freund und hieß uns Brüder und Verbündete und reichte beide Hände zum Gruß. Da haben wir mit den Streitäxten zugeschlagen, Leonhard und ich, mit aller Kraft, und dem Feind den Schädel gespalten, sodass sein graues Hirn auf den Waldboden sickerte und er noch im selben Augenblick seinen letzten Atem aushauchte!«

Bei den frohlockenden Worten von Chuonrad sprang ich voller Abscheu über diesen heimtückischen Mord auf und stellte mich anklagend vor meinen Mann, doch er schob mich einfach zur Seite und redete mit Wezilo. »Reimbold und Lutold haben den leblosen Körper dann zur Furt hinuntergeschleift und in die Lecha geworfen, wo in diesen Tagen viele tote Leiber bis zur Donua und mit ihr weiter nach Osten treiben, und so erreicht manch einer dieser ruchlosen Barbaren als aufgedunsener Leichnam sein Heimatland und warnt das Heidenvolk davor, noch einmal gegen König Otto nach Baiern oder Schwaben zu ziehen!«

Mein Vater nickte zustimmend und schlug Leonhard anerkennend auf die Schulter. »Das war richtig und gut, was du und Chuonrad für unser Dorf getan habt, mein Sohn, und auch meine Tochter Afra wird es euch angesichts ihrer unschuldigen Kinder eines Tages danken! Solange Ella und der kleine Agilolf leben, werden es die grausamen Reiterkrieger nicht wagen, noch einmal nach Pitengouua zu reiten, und wir alle können ohne Angst und in Frieden hier im Dorf beisammen sein und unsere Felder bestellen. Lasst uns Gott danken für seine Gnade!«

Wie versteinert stand ich mitten in der Stube und dachte über Wezilos Worte nach, und obwohl ich den hinterlistigen Totschlag an der Lechafurt verabscheute und mit Bangen Richlint und ihren Schmerz über den Tod des Geliebten vor mir sah, spürte ich doch Erleichterung und eine tiefe Genugtuung in meinem Herzen. Denn die heidnische Gefahr war nun für lange Zeit gebannt und meine Kinder und ich waren vor den Pfeilen der Barbaren sicher, und meine Mutter Rautgund, die schöne Folchaid und der liebe, alte Haimeran waren so grausam und unerbittlich gerächt worden, wie sie selbst vor vielen Jahren von den Ungarn getötet worden waren.

Chuonrad und Leonhard hatten sich an den Tisch in der Stube gesetzt und redeten mit meinem Vater, doch ich war mit meinen Gedanken beschäftigt und achtete nicht auf die Gespräche der Männer. Erst als der Name meiner Freundin fiel, wurde ich aufmerksam und hörte mit Entsetzen, was Liutbirc mit gehässiger Stimme über Richlint und ihr Kind sagte.

»Sie muss genauso sterben wie der heidnische Anführer! Hat nicht unser König verfügt, dass alle Baiern, die dem Feind helfen oder ihn verstecken, mit Stricken gebunden in der Lecha ersäuft werden sollen? Dieses schamlose Weib wird noch lange nach ihrem Geliebten rufen und seinen Leichnam suchen, und sie gebiert das Balg eines heidnischen Kriegers und wird niemals über den Vater dieses Kindes schweigen. Sollen die Männer des Königs erfahren, dass wir in Pitengouua ein Heidenkind aufziehen und eine ungarische Hure beschützen? Sie werden uns alle dafür verantwortlich machen und bitter bestrafen!«

Chuonrad nickte zustimmend zu den Worten der Gutsbesitzerin aus Dornau, und blinder Hass auf die ehemalige Haslachbäuerin war in seiner aufgebrachten Stimme zu hören. »Liutbirc hat Recht! Es reicht nicht aus, wenn die Schlampe auf Knien in unserer Kirche um Vergebung fleht und dem Feind abschwört, so wie du es vorschlägst, Altmeier Wezilo! Habt ihr alle vergessen, wie stolz und hochmütig sie in ihren kostbaren Lederstiefeln durchs Dorf geschlendert ist und wie sie im ungarischen Lager an der Lecha unter all den halb nackten Männern gehaust hat, so als ob sie schon die rechtmäßige Frau dieses heimtückischen Reiterführers wäre? Richlint hat sich gegen den König, gegen uns Pitengouuer, gegen ihr bairisches Heimatland für die feindliche, die heidnische Seite entschieden, und sie wollte mit Arpad und seiner blutdürstigen Horde ins Ungarnland ziehen! Jetzt muss sie die Folgen ihres schamlosen und unchristlichen Handelns ertragen, so wie ein jeder von uns für seine Taten vor dem Dorfgericht und dem Grafen einstehen muss, und auf Hurerei und Verrat gegenüber dem eigenen Volk steht die Todesstrafe!«

Bei seinen letzten Worten schaute Chuonrad nicht mehr die anderen Männer an, sondern selbstsicher und fordernd geradeaus in mein Gesicht, und verzweifelt suchte ich in den Augen meines Mannes und meines Vaters festen Widerspruch gegen die Rede des Haslachbauern und eine winzige Hoffnung für meine Freundin. Doch in den Blicken von Leonhard und Wezilo lag nur unendliches Mitleid und tiefe Sorge für mich, und ich erkannte, dass sie Chuonrad und Liutbirc Recht gaben und Richlint nicht länger schützen wollten.

Da drehte ich mich um und rannte wie von Geistern getrieben aus der Meierstube in die schwarze Nacht hinaus, barfuß und mit wehenden Röcken den Bach entlang zur Hütte am Hollerbusch, und schwer atmend stemmte ich die sperrige Tür auf und schlüpfte in die kleine Stube mit ihrem dämmrigen Licht.

Richlint lag in der Ecke auf ihrem Strohlager und schien fest zu schlafen, und die kleine Gisel klapperte an der Feuerstelle mit dem eisernen Topf herum und summte dabei leise vor sich hin. Justina saß mit aufgestützten Armen auf einem dreibeinigen Stallschemel, den weißen Hund lang ausgestreckt neben sich, und ließ das Haupt mit den schwarzgrauen Locken müde nach unten hängen, doch als sie das Knarren der zufallenden Tür und meinen schweren Atem hörte, hob sie sofort den Kopf und erforschte mit wachen Augen mein Gesicht.

Meine verzweifelte Miene, mein wie Espenlaub bebender Körper und die hilflos zu Fäusten geballten Finger meiner Hände erzählten Justina alles, was geschehen war, und schwarze Tränen verschleierten ihren samtdunklen Blick, als sie erkannte, wie ernst es um Richlints Leben stand. Schwerfällig und mit gebeugtem Rücken stand sie auf und blieb für einen Augenblick so stehen, mit gesenktem Kopf und herabhängenden Armen, und angesichts der Hoffnungslosigkeit und Trauer dieser starken und allwissenden Frau fühlte ich mich so hilflos und verloren wie ein treibendes Blatt allein in den tosenden Wellen der Lecha.

Doch wie von einer unsichtbaren Hand berührt und gestärkt straffte Justina plötzlich die Schultern und richtete sich auf, schickte mit einer barschen Handbewegung die kleine Magd nach draußen und verschloss hinter Gisel sorgfältig die schwere Tür. Dann ging sie mit schnellen Schritten zu ihrem

Ledersack voller Kräuter und Heilmittel und wühlte darin herum, bis sie ein sorgsam verschnürtes Leinensäckchen und eine braune Tonschale gefunden hatte, und erleichtert schlossen sich ihre langen, schmalen Finger um das Säckchen und hielten es fest.

»Geh' zu Richlint, Afra«, sagte Justina mit leiser und sanfter Stimme, »sie hat ein wunderschönes Mädchen geboren, ein Kind mit gesunden Gliedern und dichten, pechschwarzen Haaren, ein Kind mit den Erinnerungen und den Seelen von zwei Völkern, wie sie verschiedener nicht sein könnten, und sie wird dir ihre neugeborene Tochter zeigen und das Kleine deiner Obhut anvertrauen!«

Richlint war wach, als ich zur Bettstatt hinüberging, erschöpft nach der langen Geburt lag sie auf dem mit Stroh gefüllten Kissen und drückte den schlafenden Säugling an ihre Brust. Ihr Gesicht war bleich und ernst, die Augen umrandet von tiefen Schatten, und die sonst so vollen Lippen waren schmal und weiß wie frisch gefallener Schnee. Sie versuchte zu lächeln und sich aufzurichten, als sie mich sah, und ich nahm das Kind aus ihren Armen entgegen und beugte den Kopf tief über das kleine, warme Wesen, um den nach der Wahrheit suchenden Augen meiner Freundin zu entgehen.

»Sie ist das schönste Neugeborene, das ich jemals gesehen habe, Afra, sie ist einfach vollkommen!«, flüsterte Richlint mit belegter Stimme, »schau' dir ihre zarten Finger an, und diese kleinen Füße mit den winzigen Zehen! Es war schmerzhaft und sehr schwer, dieses kleine Mädchen zur Welt zu bringen, und die Sorge um Arpad hat mir so viel von meiner Kraft geraubt, dass ich während der Geburt um mein eigenes Leben fürchtete. Aber nun ist meine Tochter geboren, stark und gesund, und während du sie so gut behütest wie deine eigenen Kinder, gehe ich zur Lecha hinunter und versuche ihren Vater vor den Pitengouuern zu warnen!«

Bei ihren letzten Worten war Richlint mühsam aufgestanden und hatte die hellbraunen Stiefel hervorgeholt, und ich saß am Rande der Bettstatt, hielt das Kind sorgsam in meinen Armen und neigte den Kopf noch tiefer herab. Das Neugeborene schaute mich mit seinen tiefblauen Augen an und zugleich durch mich hindurch auf etwas Fremdes und Fernes, und dieser klare Blick voller Unschuld ließ es nicht zu, dass ich meiner Freundin mein Wissen über den Tod von Arpad noch länger verschwieg.

»Du brauchst nicht zu gehen und nach ihm zu suchen, Richlint, Arpad ist tot. Sie haben ihn im Dickicht bei der Lechafurt am Schneckenbichl mit ihren Schwertern erschlagen und seinen leblosen Körper in den Fluss geworfen, Chuonrad und Leonhard und die anderen, und nun wollen sie auch dich für deine Liebschaft mit einem ungarischen Feind bestrafen und vors Dorfgericht bringen. Liutbirc und Chuonrad fordern unverhohlen deinen Tod, noch bevor die Männer des Herzogs in Pitengouua erscheinen und uns alle der Freundschaft mit den Reiterkriegern anklagen oder sogar ein verbotenes Bündnis vermuten, und wenn auch mein Vater Wezilo nur strenge Buße und ernsthafte Reue von dir verlangt, so weiß ich doch nicht, ob seine Stimme allein dein Leben retten kann.«

Vollkommene Stille herrschte in der kleinen Stube, als ich geendet hatte. Richlint war ohne einen einzigen Laut auf die Bettstatt gesunken, und sie lag mit ihren schönen Lederstiefeln auf dem Stroh und krümmte sich wie ein schwer verletztes Tier, stumm vor grenzenlosem Schmerz und mit Entsetzen in den weit aufgerissenen Augen. Justina setzte sich zu uns auf das Lager und nahm Richlint in ihre Arme, streichelte wieder und wieder sanft und zärtlich über das blasse Gesicht und die zuckenden Hände, über das lockige, kurze Haar und den lautlos bebenden Rücken. Ich hielt Richlints neugeborenes Kind fest an mich gedrückt und begann leise zu weinen, voller Angst, dass schon bald die Stimmen der Männer aus Pitengouua sich der kleinen Hütte nähern und uns drei Frauen für immer auseinander reißen würden.

Wie festgefroren waren wir in Schmerz und Trauer und schierer Angst, Justina, Richlint und ich, und die Zeit in der rauchigen Hütte schien stillzustehen und ewig zu währen.

Doch dann packte Richlint die Hand von Justina und richtete sich entschlossen auf.

»Lass' es nicht zu, Justina, dass Männer wie Chuonrad und Wichard über mich und meine Liebe urteilen und mir einen ehrlosen Tod bereiten! Lass' es nicht zu, dass sie mich wie eine Verräterin und Feindin vor allen Pitengouuern demütigen und verhöhnen und dass sie mein unschuldiges Kind für seinen Vater und seine Mutter bestrafen, kaum dass es den ersten Schrei getan hat!«

Richlint umklammerte Justinas Hände mit eisenhartem Griff, und ihre dunkel umrandeten Augen in dem schneeweißen Gesicht flehten die schwarzhaarige Heilerin an. »Afra wird sich um den Säugling kümmern und sein Leben mit der Hilfe und Fürbitte ihres alten Vaters retten. Ich aber will zu Arpad, Justina, ich will zu meinem Geliebten! Ich will den einsamen und schmerzhaften Weg gehen, den auch er gegangen ist, und wenigstens am Ende dieses Weges will ich wieder mit ihm vereint sein. Ich bitte dich, mir zu helfen, so wie du mir damals geholfen hast, als ich das Kind von Chuonrad in meinem Leib trug und nicht mehr weiterleben wollte. Keinen Ausweg und keine Flucht für mich und das Neugeborene kann ich erkennen, denn die Menschen des ganzen Gaus stehen mitleidlos gegen uns, und ich bin krank und schwach und ohne die Mittel, mir Hilfe und Flucht zu erkaufen. Erbarme dich meiner, denn die Tochter von Arpad und mir soll leben, auch wenn ich nicht mehr bin, es ist unmöglich, uns beide zu retten!«

Justina schloss Richlint in ihre Arme und drückte sie fest an sich, und schwerfällig stand sie auf und ging zu ihren Kräutern und Töpfen an der Feuerstelle. In einer kleinen Tonschale verrührte sie das weiße Pulver aus dem Leinensäckchen in ihrer Faust mit Wasser und etwas Wein zu einem dünnflüssigen Brei, und dann kam sie zur Bettstatt zurück und reichte meiner Freundin mit beiden Händen die braune Schale.

Ich hielt das Kind eng an meiner Brust und schaute sie nur an, Richlint und die Heilerin, und ich stieß die Hände von Justina nicht zur Seite, damit die Tonschale in tausend Scherben auf dem Boden zerbrach und das weiße Wasser in der Erde versickerte, und ich verschloss nicht Richlints Lippen fest mit meiner Handfläche, damit sie die helle Flüssigkeit nicht trinken konnte und der dünne Brei ohne jede Wirkung über ihren Hals und ihr Kleid floss.

Ich schaute nur zu, wie meine Freundin mit den goldbraunen Augen das Gift in einem Zug austrank und sich dann niederlegte, bereit für den Tod, und ich schaute nur zu, als schließlich ihr Atem stockte und sie keine Luft mehr bekam und sich verzweifelt mit den Händen an die Kehle fasste.

Ich schwieg und wartete und wiegte den Säugling in meinen Armen, und nur meine Augen versprachen Richlint meine Sorge und Liebe für das Kind, solange ich lebte, und nur meine Augen baten meine Freundin um Vergebung für meine Schuld. Über meine Lippen aber kam in dieser schwarzen Nacht kein einziges Wort mehr, und als im Morgengrauen die Männer von Pitengouua mit ihren Äxten und Schwertern kamen, um über die Frau des Ungarnführers Arpad das Urteil zu fällen und sie zu richten, weilte Richlint schon bei ihrem Geliebten, und ich betete inbrünstig zu Gott, dass meine Freundin mit ihm über die unendlichen Steppen seiner Heimat ritt und glücklich und für immer frei war.

Mein Name ist Afra, und ich habe alles erzählt über das gemeinsame Leben von Richlint und mir, und ich habe nichts weggelassen und nichts beschönigt.

Mehr als tausend Jahre sind seit dem Tod meiner Freundin vergangen, und endlich fühle ich mich befreit von den dunklen Schatten der Vergangenheit und sehe das unendliche Licht. Meine Schuld an Richlints Ende habe ich eingestanden vor Gott und den Menschen, meine Feigheit und mein Zögern, ganz für sie einzustehen und ihren Tod zu verhindern, meine Angst nur um das eigene Leben und das meiner Kinder, und mir wurde voll Gnade vergeben.

Mein Name ist Afra, und ich stehe mit bloßen Füßen im kühlen Wasser des Baches, und die hellen Strahlen der Sonne glänzen auf den nassen Bachkieseln und zaubern goldene Lichter ins lockige Haar meiner Freundin. Über uns rauscht leise ein samtener Wind in grünen Blättern, und Richlint legt ihre Arme um meine Hüften und drückt mich fest an sich.

Nach mehr als tausend Jahren haben wir unseren Frieden gefunden, Richlint und ich, und das Licht Gottes umfängt uns sanft und sicher in alle Ewigkeit.

Danksagung

Für ihre tägliche Hilfe, ihr Verständnis und ihr unermüdliches Interesse an der Geschichte von Afra und Richlint danke ich meiner Familie, besonders Ruth Werner, Marlis Bader, Sarah Dopfer, Georg Werner und Karl Werner.
Mut und Zuversicht verdanke ich meinen Freundinnen und Freunden, ganz besonders Johanna Glück und Inge Pfettrisch.
Meine Arbeitskolleginnen haben mich immer unterstützt, mein Dank geht vor allem an Hildegard Tremer und Margit Dietheuer-Holl.
Korinna Suckardt danke ich für ihre tatkräftige Unterstützung bei der Recherche für dieses Buch.
Anita Schwarz danke ich für ihre spirituelle Hilfe und dafür, dass sie mir die Angst vor dem Schreiben genommen hat.
Herrn Koralus danke ich für sein ermutigendes Interesse schon während der Entstehung der Geschichte.
Ernst Dopfer danke ich für seine fruchtbare Kritik, sein unbedingtes Vertrauen in mich und meine Fähigkeiten und vor allem für seine Liebe.

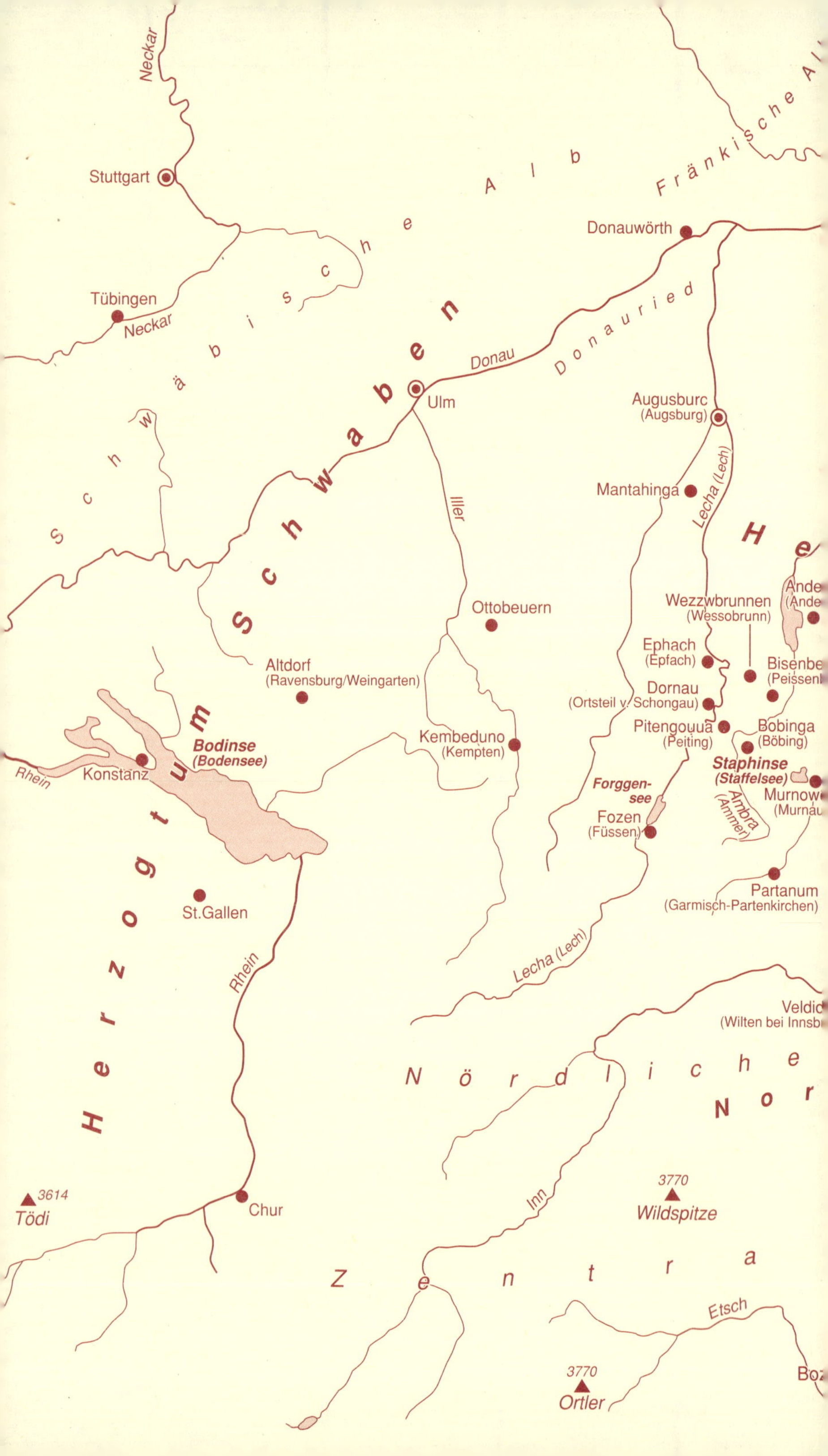

Neckar
Stuttgart
Schwäbische Alb
Fränkische Al
Donauwörth
Tübingen
Neckar
Schwaben
Donau
Donauried
Ulm
Augusburc
(Augsburg)
Mantahinga
Lecha (Lech)
Iller
He
Ande
(Ande
Wezzwbrunnen
(Wessobrunn)
Ottobeuern
Ephach
(Epfach)
Bisenbe
(Peissenb
Dornau
(Ortsteil v. Schongau)
Altdorf
(Ravensburg/Weingarten)
Pitengouua
(Peiting)
Bobinga
(Böbing)
Kembeduno
(Kempten)
Bodinse
(Bodensee)
Staphinse
(Staffelsee)
Rhein
Konstanz
Forggen-
see
Murnow
(Murnau
Ambra
(Ammer)
Fozen
(Füssen)
Herzogtum
St.Gallen
Partanum
(Garmisch-Partenkirchen)
Rhein
Lecha (Lech)
Veldic
(Wilten bei Innsb
Nördliche
Nor
3770
Wildspitze
3614
Tödi
Chur
Inn
Zentra
Etsch
3770
Ortler
Bo